ÅSA HELLBERG wurde 1962 in Fjällbacka geboren. Heute lebt sie mit Sohn, Katze und ihrem Lebensgefährten in Stockholm. Sie arbeitete unter anderem als Flugbegleiterin, Coach und Dozentin, bevor sie mit dem Schreiben begann. Mit ihren Romanen schrieb sie sich auf Anhieb in die Herzen der Leserinnen und stand wochenlang auf der Spiegel-Bestsellerliste.

Von Åsa Hellberg sind in unserem Hause bereits erschienen:

Willkommen im Flanagans

Sommerfreundinnen

Herzensschwestern

Sommerreise

Mittsommerleuchten

Wir sehen uns im Sommer

Åsa
Hellberg

Wiedersehen im Flanagans

Das Hotel unserer Träume

Roman

Aus dem Schwedischen
von Nike Karen Müller und Leena Flegler

Ullstein

Besuchen Sie uns im Internet:
www.ullstein.de

MIX
Papier
FSC FSC® C083411

Deutsche Erstausgabe im Ullstein Taschenbuch
1. Auflage April 2021

Die schwedische Originalausgabe erschien 2020 unter dem Titel
Kvinnorna på Flanagans bei Forum, Stockholm.
Umschlaggestaltung: bürosüd° GmbH, München
Titelabbildung: Trevillion Images / © Elisabeth Ansley (Frau);
bürosüd° GmbH (Schild, Gebäude, Landschaft)
Gesetzt aus der Quadraat Pro powered by pepyrus.com
Druck und Bindearbeiten: CPI books GmbH, Leck
ISBN 978-3-548-06122-1

Dieses Buch ist allen gewidmet, die im Gesundheitswesen und in Pflegeberufen arbeiten, in Kindergärten und Schulen, allen Reinigungskräften, Verkäuferinnen und Verkäufern, Busfahrerinnen und Busfahrern und all denen, die nicht zu Hause bleiben können, weil wir euch da draußen brauchen.

Tausend Dank!

1

Silvesterabend 1982

» … viel Glück«, sang Elinor und dirigierte beschwingt den Chor, der aus ihrer Tochter Billie und Emmas Tochter Frankie bestand. »Zum Geburtstag viel Glück!«

Billie stimmte ein, während Frankie schlechterer Laune denn je zu sein schien. »Viel Glück«, sagte sie tonlos und dann: »Sind wir jetzt fertig? Dann kann ich ja gehen.«

»Frankie«, zischte Elinor. »Deine Mutter hat heute Geburtstag, also sei so gut und benimm dich auch so, wie es sich für eine einundzwanzigjährige Frau gehört.«

Was war nur in das Mädchen gefahren?

Billie rannte zum Sofa, auf dem Emma saß.

»Herzlichen Glückwunsch zum Geburtstag«, sagte sie, ließ sich neben ihr auf die Polster fallen und überreichte ihr Geschenk. »Und, was ist das für ein Gefühl, so alt zu sein?«, fragte sie rundheraus.

»Danke, eigentlich kein schlechtes«, entgegnete Emma und nahm einen Kaschmirschal aus der hübschen Schachtel. »Ach, wie schön! Das ist aber nett von dir«, sagte sie, beugte sich vor und gab Billie einen Kuss auf die Wange. »Den trage ich jetzt immer, wenn ich an kühlen Abenden noch im Büro sitze.«

Elinor sah, wie Emma ihrer Tochter einen Blick zuwarf und Frankie daraufhin demonstrativ langsam auf ihre Mutter zuging und ihr Geschenk überreichte.

»Alles Gute.«

»Danke, mein Schatz!« Emma machte es auf und hielt ein Buch in die Höhe. »*So wirst du eine bessere Mutter.*« Sie las den Titel laut vor. »Wie umsichtig von dir, Frankie. Ich freue mich wirklich auf die Lektüre«, kommentierte sie trocken.

Elinor bemerkte, dass Emma Anstalten machte, sich Frankie zu nähern, die jedoch rasch zurückwich.

»Ich muss los. Frohes neues Jahr und so weiter.«

»Wie meinst du das? Bist du bei der Silvesterfeier im Flanagans gar nicht dabei?«, fragte Emma.

Frankie schüttelte den Kopf.

»Eh, nee. Aber ich wünsche euch viel Spaß. Und Billie, zieh ein Volantkleid an. Das passt zu deinem krausen Haar.«

»Du hast doch auch krauses Haar.«

»Mhm, aber das ist eine Dauerwelle. Das ist ein Unterschied.«

Sie rauschte aus Emmas Suite hinaus und schlug die Tür fest hinter sich zu.

Emma schüttelte den Kopf.

»Es tut mir leid, dass sie immer so auf dir herumhackt, Billie«, sagte sie gedämpft.

»Das ist mir wirklich völlig egal. Sie ist eifersüchtig, das ist alles. Und die Sympathie beruht auf Gegenseitigkeit, also mit anderen Worten mögen wir uns nicht.«

Elinor und Emma tauschten einen Blick, wie sie ihn im Lauf der Jahre schon unzählige Male gewechselt hatten. Ihre gleichaltrigen Töchter hassten sich, und es gab nichts auf der Welt, was Emma und Elinor dagegen tun konnten.

2

Weil Frankie inzwischen nicht mehr übers Treppengeländer von der Wohnung ihrer Familie ganz oben im Flanagans hinunterrutschte, sauste sie stattdessen die Stufen runter. Ihre Mutter ermahnte sie stets, langsam zu gehen, um all das Schöne um sie herum zu genießen und dessen Bedeutung zu würdigen. Doch Frankie lief durch das Hotel, seit sie denken konnte, und sie kannte das Muster der Auslegeware bis ins Detail, wusste, wer auf den Porträts an den Wänden zu sehen war und dass die ehemalige Hotelbesitzerin Lena Lansing hieß, die Kronleuchter einmal im Jahr vor Weihnachten geputzt wurden, die Marmorböden robust waren; und das mussten sie auch sein in Anbetracht der zahllosen Schuhsohlenpaare, die Tag für Tag darüberliefen. Und natürlich wusste sie, dass ihre Mutter und Elinor sich in der Hierarchie nach oben gearbeitet hatten. All dies kannte sie in- und auswendig.

Sie musste sich beeilen, wenn sie den Fragen entkommen wollte, und ohne innezuhalten, rannte sie an Charles vorbei – er musste mittlerweile bestimmt schon hundert sein –, der einem Gast die Reisetasche abgenommen hatte. Sie winkte, er nickte zurück und zwinkerte verschwörerisch.

Dann schlich sie sich gebückt an der Rezeption vorbei, an der ihr Vater stand. Sie hatte beim besten Willen keine Lust, ihm Rede und Antwort zu stehen. Es würde einen Riesenaufstand geben, wenn ihm aufginge, dass ihr der Silvesterabend im Flanagans einerlei war, aber ihre Mutter würde das mit ihm ausdiskutieren. Sie würden sich auch heute Abend wieder streiten, wie an all den anderen Abenden, da konnten sie genauso gut auch über Frankie streiten. Es gab kein unglücklicheres Paar unter der Sonne.

Als sie hinaus in den Stadtteil Mayfair trat, zog sie ihre Handschuhe an und schlug den Fuchskragen hoch. Es war kalt draußen, aber nicht eiskalt, und zu Carols Wohnung in Covent Garden brauchte sie zu Fuß höchstens zwanzig Minuten. Es war herrlich, dem Flanagans zu entkommen.

Denn Frankie wusste ganz genau, wie der Abend dort verlaufen würde, zu oft war sie schon dabei gewesen. Zuerst würden ihre Eltern lächelnd nebeneinander auf der Treppe stehen, an deren Fuß sich Gäste und Pressefotografen versammelten, und Elinor mit ihrem Mann Sebastian und der gemeinsamen Tochter, der blöden Billie, würde sich danebenstellen. Ihr Vater würde Sebastian zunicken und »Sebastian« sagen, Sebastian würde den Blick erwidern, nicken und »Alexander« sagen. Dann würden sie in die Kameras lachen, und am folgenden Tag berichtete die Presse von der famosen Erfolgsgeschichte, die Emma und Elinor zusammen mit ihren Ehemännern geschrieben hatten.

In Wirklichkeit hassten Sebastian und ihr Vater sich jedoch. Das war zwar ein ziemlich starkes Wort, aber Frankie hatte immer schon gespürt, dass die beiden sich nicht mochten. Das Verhältnis zwischen ihnen war genauso frostig wie das zwischen Frankie und Billie. Wenn jemand nach dem Grund fragen würde, hätte Frankie keine Antwort darauf geben können. Manche Menschen konnten einfach nicht miteinander. Sowie die Fotografen ihre Bilder gemacht hätten, gingen Sebastian und ihr Vater ihrer Wege. Ihr Vater würde eine sauertöpfische Miene aufsetzen, und Sebastian ließe sich volllaufen. Schließlich war das nicht der erste Silvesterabend, den sie zusammen verbrachten.

Anschließend würden ihre Mutter, Elinor und Billie zu den Gästen gehen und sie begrüßen. Diana und Charles würden mit Sicherheit kommen. Und Elton. Ihrer Mutter war so was wichtig. Elinor und Billie auch. Sie liebten ihre Gäste, und die prominenten besonders. Wenn ihre Mutter Kim Wilde oder Bowie eingeladen hätte, hätte Frankie es sogar in Erwägung gezogen zu bleiben.

Die Kronleuchter waren nun wochenlang auf Hochglanz poliert worden und das Besteck ebenso. Alle Servicemitarbeiter hatten neue Hemden erhalten und waren angehalten, nur dann mit den Gästen zu sprechen, wenn diese das Wort an sie richteten. Die weiblichen Bedienungen mussten Hochsteckfrisuren tragen, und es durfte auf keinen Fall jemand mit zu kurz geschnittenen, unlackierten Fingernägeln darunter sein. Die Männer durften keinen Schnauzer tragen – es sei denn, sie sahen Tom Selleck auffallend ähnlich, was auf keinen von ihnen zutraf. Ihre Mutter inspizierte sie streng vor dem Eintreffen der Gäste. Total lächerlich. Aber so albern waren die Regeln im Flanagans.

Nachdem ihr Vater eine Runde gedreht hätte, um nachzusehen, ob alles seine Richtigkeit hatte, würde er sich zu ihrer Mutter gesellen, ihr den Arm um die Schultern legen und ihr einen Kuss auf die Wange geben. Als wenn nicht jeder bemerken würde, wie sie dabei zurückzuckte. Frankie konnte doch nicht die Einzige sein, die sah, dass ihr Vater ihre Mutter mehr liebte als umgekehrt. Die Eiskönigin, die sich nur um ihr Hotel kümmerte. Wie konnte man in so einen Menschen verliebt sein? Das war schlicht ein Ding der Unmöglichkeit. Aber ihr Vater war in sie verliebt gewesen – zumindest bis vor ein paar Jahren. Inzwischen tat er nur noch so, hauptsächlich wegen des Flanagans.

Sebastian schien der Einzige zu sein, dem das Hotel nicht heilig war. Aber das hing möglicherweise damit zusammen, dass er so viel trank. Er würde es vermutlich nicht einmal merken, wenn Frankies Eltern sich allmählich nach oben in ihre Wohnung zurückzögen, um den ersten Kardinalsstreit des Jahres vom Zaun zu brechen. Ob Elinor mit Sebastian glücklich war, war schwer zu sagen. Er war recht nett und witzig, aber er war ein Trinker, und das war bestimmt nicht lustig.

Frankies Eltern stritten stets um dasselbe: Ihr Vater behauptete, sie habe ein abnorm großes Bedürfnis, die Aufmerksamkeit anderer Männer auf sich zu ziehen, und ihre Mutter erwiderte, dem sei nicht so. Frankie fand, ihre Mutter biederte sich bei allen gleichermaßen an, aber was wusste sie schon. Einmal hatte sie gehört, wie ihre Großmutter ihre Mutter als zügellos bezeichnet hatte. Und vielleicht entsprach das der Wahrheit.

Jedenfalls würde es einfach wunderbar sein, den heutigen Abend ohne sie zu verbringen.

Frankie wollte bei Carol übernachten. Ihre Mutter würde durchdrehen, wenn sie wüsste, dass Frankie und Carol miteinander schliefen. Vielleicht kam auch Tom zur Party, dann wären sie schon drei, die sich dem Kokain und der Liebe hingaben. Wie auch immer, ihr stand ein denkwürdiger Silvesterabend bevor.

Frankie konsumierte Drogen nur in Maßen, sie wollte auf keinen Fall abhängig werden. Aber Kokain war manchmal unschlagbar. Wenn man es nahm, fühlte man sich unbesiegbar. Der Sex war unbeschreiblich heiß, und das Leben wurde irgendwie total klar. Frankie war weder in Carol noch in Tom verliebt, aber der Sex war großartig, und sie nahm bereits seit einigen Jahren die Pille, um dabei entspannen zu können. Ihre Mutter war mit achtzehn schwanger geworden. Bestimmt war sie deswegen so gefühlskalt. Sie war wohl der Meinung, Frankie hätte ihr Leben zerstört. Frankie war fast zweiundzwanzig und würde niemals Kinder bekommen. Man wiederholte schließlich nicht die Fehler seiner Eltern.

Frankie war bereits mit einigen Männern im Bett gewesen. Auf dem Piccadilly blieb sie kurz stehen und zählte nach. Dreiunddreißig? Waren es nicht mehr? Als sie zuletzt darüber nachgedacht hatte, und das war nur einen Monat her, war sie auf über dreißig Männer und elf Frauen gekommen. Obwohl es darauf ankam, wie man zählte, denn manchmal lag man in der Schlangengrube und hatte Sex mit allen.

Am Brunnen mit der geflügelten Statue war viel los. Frankie nickte ein paar Bekannten zu. Einer von ihnen hatte vor Kurzem noch gedealt und war verurteilt worden, hatte aber aus irgendeinem Grund seine Strafe nicht abgesessen. Gut gemacht. Sie lächelte ihm aufmunternd zu, ehe sie Richtung Trafalgar Square abbog.

Jede andere Mutter hätte reagiert, wenn ihre Tochter vollkommen dicht nach Hause gekommen wäre, aber Frankies Mutter war da anders. Sie seufzte nur, rückte sich das Schulterpolster zurecht und sah ihrer Tochter nie auch nur lang genug in die Augen, um deren große Pupillen und fahrige Bewegungen zu bemerken, die der Kokainkonsum mit sich brachte. Und ihr Vater war stets so beschäftigt damit, ihre Mutter anzustarren, dass auch er nichts sah. Insofern war es wenig riskant, in der Familie Nolan Drogen zu nehmen. Es kümmerte sowieso keinen.

Frankie klopfte an Carols Tür. Laute, fröhliche Stimmen drangen aus der Wohnung. Das Fest war bereits in vollem Gange. Tom kam auf sie zu und fiel ihr um den Hals, noch bevor sie ihren Pelz ablegen konnte, und ehe sie wusste, wie ihr geschah, hatte sie die erste Line geschnupft und fand sich zwischen den Partygästen wieder. Dieses Jahr würde einfach großartig enden.

3

»Sei doch so gut und mach die Tür zu.« Emma musterte sich im Ankleidespiegel in ihrer Wohnung im Flanagans. Das silberne Kleid schimmerte; es war nicht mehr neu, aber immer noch sehr schön. Sie würde Strassohrringe und eine kleine Clutch dazu tragen, mehr nicht. Den ganzen Abend in Stilettos war mörderisch, aber am Silvesterabend gab es keine Alternative.

Alexander zog den Reißverschluss langsam zu, dann küsste er ihren Nacken. Emma erschauderte. Wenn es wenigstens aus Leidenschaft wäre. »Nicht jetzt«, sagte sie und trat an ihren Schminktisch.

»Das hatte ich auch gar nicht erwartet«, entgegnete ihr Ehemann ruhig. »Bist du so weit?« Er knotete seine Krawatte.

»Gleich, es fehlen nur noch die Ohrringe.« Sie machte ihre Schmuckschatulle auf. »Ich muss aber noch kurz etwas im Büro regeln. Das dauert höchstens eine Viertelstunde. Nimm dir doch so lange einen Drink«, sagte sie mit einem Lächeln und befestigte den Ohrschmuck an den Ohrläppchen.

»Ich begleite dich.«

»Nein, nein, das ist nicht nötig. Ich klingle kurz durch, wenn ich fertig bin. Mach dir einen Drink«, schlug sie nochmals vor.

Ob er ihrem Vorschlag nachkam oder nicht, war ihr relativ egal. Sie brauchte ein paar Minuten für sich, bevor die Festivitäten begannen. Wenn sie erst einmal im Salon wäre, konnte sie erst weit nach Mitternacht wieder durchatmen, und bis dahin vergingen Stunden. An Frankie wollte Emma jetzt nicht denken, dennoch war sie diejenige, über die sie ständig grübelte. Würden sie je wieder zueinanderfinden? Sie waren sich früher so nah gewesen, und diese Nähe vermisste sie so sehr, dass es schmerzte. Aber was sollte sie tun?

Als hätte Alexander ihre Gedanken gelesen, fragte er: »Und unsere Tochter? Wo ist sie eigentlich?«

»Ich weiß es nicht«, gab Emma zurück. »Sie hat sich vorhin davongestohlen und wohl geglaubt, ich würde es nicht bemerken.«

»Ist sie heute Abend gar nicht bei uns?« Er warf Emma einen überraschten Blick zu.

Sie schüttelte langsam den Kopf. »Ich glaube nicht.«

Zum ersten Mal würden sie ohne Frankie das neue Jahr begrüßen.

Billie trat aus ihrem Zimmer in dem großen Haus in Belgravia und traf in der Diele auf ihren Vater.

»Wie hübsch du bist«, sagte Sebastian aufrichtig und lächelte. »Wo ist denn deine Mama?«

»Hier bin ich«, rief Elinor und erschien in der Schlafzimmertür.

Er stieß einen Pfiff aus.

»Also bitte, Papa«, sagte Billie. »Gehen wir?«

Das Etuikleid folgte jeder Kurve des Körpers ihrer Mutter, und ihre braune Haut glänzte von irgendeiner Lotion, mit der sie sich eingecremt hatte. Billie kam sich blöd vor neben ihren viel zu schönen Eltern. Ihre Hautfarbe war bedeutend heller als die ihrer Mutter, das Blut zu vieler kreideweißer Menschen rann durch ihre Adern. Ihre Mutter war die Ältere von ihnen beiden und trotzdem hübscher, das ging doch nicht mit rechten Dingen zu. Billies Kleid machte die Sache nicht besser. Hätte nicht eigentlich sie das Etuikleid tragen sollen?

Sebastian bot ihnen jeweils einen Arm, als sie den Korridor bis zur Treppe entlangschritten.

Billie fand es unerträglich, dass Frankie sich so sehr losgelöst hatte. Sie pfiff einfach auf die Silvesterfeier im Flanagans. Sie selbst wäre nie auf den Gedanken gekommen zu sagen, dass sie nicht mit dabei sein wollte. Bald würde sie wie immer zwischen ihren Eltern auf der berühmten Treppe stehen und sich wie ein Kind fühlen, obwohl sie fast zweiundzwanzig war. Als ihre Mutter so alt gewesen war wie sie, war sie die erste schwarze Chefin im Flanagans gewesen, hatte ihren Vater geheiratet und eine Familie gegründet.

Und was hatte Billie bislang aus ihrem Leben gemacht? Nichts. Sie brauchte nicht zu arbeiten; wenn sie Geld wollte, fragte sie ihren Vater, wenn ihre Mutter nichts davon mitbekam. Zwar besuchte sie das eine oder andere Seminar und jobbte im Hotel, aber sie tat nicht wirklich etwas.

Frankie hingegen benahm sich wie eine Schlampe, sie trank, konsumierte Drogen und verschwendete ihre Jugend. Sie machte auch nichts Sinnvolleres als Billie. Frankie sah gut aus, war blitzgescheit und schlagfertig, und während sie die Schule mit Leichtigkeit absolviert hatte – mit hervorragenden Noten obendrein, obwohl sie schnippisch gewesen war und sogar einen Verweis bekommen hatte –, hatte Billie hart für ihre Leistungen arbeiten müssen, die trotz allem schlechter gewesen waren als Frankies. Das war schrecklich ungerecht. Billie war immer nur brav gewesen, und deswegen trug sie nun ein unsexy Kleid, in dem sie aussah wie vierzehn.

1983, das ist mein Jahr, dachte sie im Auto, das zum Flanagans fuhr. Euch werd ich's zeigen.

Nachdem ihre Ehemänner und Billie sie nach den üblichen Familienfotos auf der Treppe sich selbst überlassen hatten, gesellte Elinor sich zu Emma. Jetzt sollten nur noch die Hotelbesitzerinnen fotografiert werden.

»Ich glaube, Sebastian hat wieder eine Affäre«, flüsterte sie Emma ins Ohr.

»Oh nein! Wie kommst du darauf?«

»Ich weiß nicht, es ist nur so ein Gefühl.« Sie lächelte steif und winkte jemandem zu, den sie kannte, während sie weiterflüsterte: »Was würdest du machen, wenn Alexander eine Affäre hätte?«

Emma zuckte mit den Schultern. »Ich wünschte mir fast,

dass Alexander eine Geliebte hätte. Ich habe ihn nur wegen Frankie geheiratet. Aber das weißt du ja.«

»Ja. Aber ich weiß auch, dass er dir im Lauf der Jahre immer mehr bedeutet hat.« Elinor grüßte einen anderen Bekannten, der am Fuß der Treppe stand. Die Fotografen liebten das, und unter dem Blitzlichtgewitter wirbelten die anderen Gäste in Festtagskleidern an ihnen vorbei.

»Was würdest du denn machen, wenn er wieder untreu wäre?«, fragte Emma.

Sebastians Affären setzten Elinor hart zu. Sie konnte gar nicht mehr zählen, wie oft er sie schon verletzt hatte. Die vergangenen zehn Jahre waren nicht leicht gewesen. »Ich weiß es nicht«, flüsterte sie.

»Liebst du ihn immer noch?«, wollte Emma wissen.

Was sollte Elinor darauf antworten? So schwer es inzwischen auch war, sie konnte sich ein Leben ohne ihre Familie nicht vorstellen. Sie mussten auch dieses Tief überwinden.

»Ja, schon, aber ist eine Ehe nicht viel mehr als nur Liebe?«, entgegnete sie. »Ich habe immer gedacht, dass eine Ehe viel größer wäre und eine solche Verbindung so viel mehr beinhalten würde, was nichts mit Liebe zu tun hat. Wir haben uns versprochen, in guten wie in schlechten Tagen füreinander da zu sein. Wir sind eine Familie. Und ich liebe meine Familie.«

»In meinen Augen hast du alles. Einen Mann, den du liebst, eine wunderbare Tochter, mit der du gut auskommst, und einen Job, der dich glücklich macht. Außerdem bist du gesund.« Emma lächelte über das Treppengeländer hinweg in eine Kameralinse, ehe sie sich wieder umwandte.

Elinor lachte auf. »Du hast ja recht, ich habe alles.« Dabei hatte sie einen Kloß im Hals. Denn das bedeutet auch, dass ich viel zu verlieren habe, dachte sie. Dann stellte sie die gleiche Frage wie jedes Jahr: »Was wünschst du dir für das neue Jahr?«

»Dass Frankie und ich uns wieder näherkommen«, sagte Emma, ohne zu zögern. »Und du?«

»Dass meine Ehe 1983 überlebt.«

Nach einem kurzen Nicken und einem Lächeln, das ihre tiefe Freundschaft und das gegenseitige absolute Vertrauen zum Ausdruck brachte, schritten sie die Treppe hinunter und mischten sich unter die Silvestergäste des Flanagans.

Der Kloß in Elinors Hals würde sicher auch dieses Mal wieder verschwinden.

4

Am Neujahrstag kam Frankie nach Hause und packte zwei große Reisetaschen.

»Schönen Dank für die Jahre hier, aber jetzt ziehe ich aus.« Rebellisch sah sie Emma ins Gesicht.

Emma überlief es eiskalt. Sie hätte Frankie am liebsten an sich gerissen und Nein gerufen, nicht jetzt, nicht ausgerechnet jetzt, wo wir uns so fremd geworden sind. Aber sie sprach es nicht aus.

»Was? Warum denn? Und so plötzlich – wo willst du denn hin? Ich will nicht, dass du ausziehst.«

»Ich gehe zu Carol, ihre Nummer liegt auf dem Küchentisch. Sonst noch was?« Frankies Ton war gewohnt knapp und abweisend. Daran würde Emma sich nie gewöhnen. Sie versuchte, nicht zu zeigen, wie traurig Frankies Entschluss sie machte. Sie selbst hatte ihrem Elternhaus mit achtzehn den Rücken gekehrt, wer war sie also, über Frankie zu urteilen, die mehrere Jahre älter war als sie damals.

»Bitte, liebe Frankie, können wir nicht wenigstens darüber reden? Willst du arbeiten? Studieren? Brauchst du einen Job im Hotel? Wer ist denn diese Carol? Komm, wir frühstücken erst mal zusammen, danach kannst du immer noch fahren. Ich lasse dir einen Wagen kommen. Charles kann dich fahren.«

Sie warf Frankie einen flehenden Blick zu.

Frankie schien kurz zu zögern, doch dann griff sie nach ihren Taschen. »Sag Papa, dass ich ihn anrufe.« Dann war sie weg.

Was sollte Emma tun, um ihre Tochter aufzuhalten? Sie könnte ebenso streng und eisern sein, wie ihre eigene Mutter es gewesen war, aber sie wusste ja, wohin das geführt hatte. Emma hatte ihre Tochter nie einengen, sondern ihr alle Freiheiten lassen wollen. Doch inzwischen verzweifelte sie, weil sich Frankies Verhalten in keiner Weise zu bessern schien. Sie war permanent wütend. Nicht nur auf Emma, auch Alexander und Billie bekamen ihr Fett weg. Die Einzige, mit der sie klarzukommen schien, war Elinor. Sebastian war Luft für sie. »Der Schluckspecht von Belgravia«, hatte sie ihn kürzlich genannt, und Alexander war in Gelächter ausgebrochen, als hätte sie etwas Lustiges gesagt. Doch Emma war eingeschritten. Es gab Grenzen, und sie erlaubte ihrer Tochter nicht, andere Menschen zu beleidigen. Sebastian am allerwenigsten.

Als Alexander sich an den Frühstückstisch setzte, schenkte Emma Tee ein und hielt ihm den Teller mit Scones hin.

»War das Frankie, die die Tür so zugeknallt hat?«, fragte er.

Emma nickte.

»Will sie nichts essen?«

»Sie war kurz hier und hat auf dem Absatz wieder kehrtgemacht«, erklärte Emma. »Offenbar will sie bei ihrer Freundin Carol in Covent Garden einziehen.«

Sie nippte an dem heißen Tee, während sie mit leerem Blick die Tischplatte fixierte. War das die Strafe, weil sie damals kein Kind gewollt hatte? Die Liebe loderte in ihrer Brust ebenso stark wie einst, trotzdem war sie einmal kurz davor gewesen, ihre Tochter wegzugeben. Ahnte Frankie das? Waren Bruchstücke der Wahrheit zu ihr durchgedrungen, obwohl Emma und Alexander beschlossen hatten, ihr nie davon zu erzählen? Nur Emma allein kannte die ganze Wahrheit, und die würde sie mit ins Grab nehmen.

»Emma?«

Sie hob den Blick. »Ja?«

»Du warst in Gedanken.«

Sie nickte. »Ich mache mir Sorgen um Frankie«, sagte sie matt. »Sie zieht sich immer mehr zurück. Ich weiß nicht, was ich dagegen tun soll.«

Der nächtliche Streit war vorüber, wie jedes Jahr um diese Zeit. Beide waren müde, und keiner von ihnen wollte dort anknüpfen, wo sie vor ein paar Stunden aufgehört hatten. Alexanders Vorwürfe, sie würde sich nicht um ihn kümmern und keinen Sex mit ihm wollen, während sie kein Problem damit zu haben schien, mit allen anderen Männern zu flirten, waren ohnehin stets die gleichen.

»Noch Tee?«, fragte er.

»Danke«, sagte sie lächelnd.

»Wenn Frankie jetzt ausgezogen ist, dann gehe ich auch«, sagte er ruhig und schenkte ihr Tee ein. »Du solltest einen Nachfolger für meine Stelle als Rezeptionschef finden. Ich nehme an, wir sind uns einig, dass unsere Ehe am Ende ist.«

Sie rang nach Worten. Müsste sie jetzt nicht sagen, dass sie anderer Meinung sei? Dass sie ihrer Ehe noch eine Chance geben sollten? Vermutlich würde er noch eine Weile an ihrer Seite bleiben, wenn sie ihn ins Schlafzimmer ziehen und ihm das geben würde, wonach er sich sehnte. Aber dann müsste sie das regelmäßig machen, und das würde sie nicht über sich bringen. Schon seit Langem hatte sie keine Lust mehr. Das lag nicht an ihm und auch nicht an ihr. Es war einfach so.

»Hast du gar nichts zu sagen nach all den Jahren, in denen ich dir immer alles recht gemacht habe?« Er sagte es so, als wollte er, dass sie protestierte.

Emma schob ihren Stuhl zurück und stand auf, während sie sich mit der Leinenserviette den Mund abtupfte. Dann legte sie die Serviette auf den Tisch.

»Nein, ich habe nichts zu sagen.« Sie wandte ihm den Rücken zu und ging. Ein neuer Arbeitstag stand bevor.

Als Emma das Büro betrat, stellte sie zu ihrer Verwunderung fest, dass Elinor schon an ihrem Schreibtisch saß.

»Guten Morgen! Ich weiß, eigentlich habe ich heute frei, aber ich wollte trotzdem schnell schauen, ob alles in Ordnung ist«, sagte Elinor. Ihr Blazer hatte die moderne breitere Schulterpartie, die ihr noch mehr Ausstrahlung verlieh.

»Du weißt schon, dass du ein Kontrollfreak bist?«, kommentierte Emma lachend. Sie war froh, dass ihre beste

Freundin und Geschäftspartnerin da war. Sie brauchte jemanden, dem sie ihr Herz ausschütten konnte, und es gab keine bessere Gesprächspartnerin als Elinor.

Elinor nickte in Richtung Telefon. »Ich soll dich von Linda grüßen. Sie und Robert kommen im Frühling zu Besuch.«

Emma sah zu Lindas Porträt an der Wand, wie immer, wenn das Gespräch auf sie kam. Und das war oft der Fall. Ihre Mentorin und ehemalige Hotelbesitzerin war auf diese Weise stets anwesend, und Emma und Elinor sahen Lindas seltenen Besuchen immer voller Vorfreude entgegen.

»Ich verehre Linda«, sagte Emma mit einem Lächeln und ging auf Elinor zu. »Ich kann noch so viel von ihr lernen. Ich frage mich oft, wenn ich ein Problem habe, was sie an meiner Stelle tun würde.«

»So viele Probleme haben wir doch gar nicht«, wandte Elinor ein. »Wir haben übrigens gestern unseren Rekord getoppt.«

»Ja, das Flanagans läuft gut«, meinte Emma. »Aber mein Mann hat heute Morgen beschlossen, mich zu verlassen. Und meine Tochter genauso. Sie ist zu ihrer Freundin Carol gezogen. Wo Alexander abbleiben will, weiß ich nicht.« Sie zuckte ratlos mit den Schultern.

Elinor ließ ihren Stift fallen.

»Aber, Emma, Liebes!« Sie bedachte ihre Freundin mit einem besorgten Blick.

»Jetzt stellt sich also die Frage, ob ich versuche, sie zurückzuholen, oder mich in die Arbeit stürze.«

»Frankie kannst du nicht loslassen, so viel ist klar. Aber willst du Alexander wirklich aufhalten?«

Emma schüttelte den Kopf. »Nein, eigentlich nicht. Aber solange wir Freunde sind, ist zwischen uns ja alles in Ordnung.«

»Willst du das denn so haben?«

Nein, ich will deinen Mann. Ich habe immer schon deinen Mann gewollt, schoss es Emma durch den Kopf, als sie sich an ihre Seite des Schreibtisches setzte. Schnell griff sie zu einem Bericht, der vor ihr lag.

»Willst du einen guten Rat?«, fragte Elinor.

Emma nickte hinter dem Ausdruck, bis die Schamesröte verblichen war, und ließ die Unterlagen wieder auf den Schreibtisch sinken.

»Lass sie ziehen.«

Elinor musterte Emma. Sie litt mit ihrer besten Freundin. Emma sah aus wie ein Engel, allerdings war sie davon weit entfernt. Aber wer war schon perfekt? Elinor lächelte in sich hinein. Emma hatte viele Eigenschaften, die sie nicht nach außen zeigte. Sie hatte das größte Herz, aber dafür hatten ihr Mann und ihre Tochter keinen Blick. Sie sahen nur den Ehrgeiz – die Emma, die über Leichen ging, um ihr Ziel zu erreichen. Eine Eigenschaft, die für das Hotel unschätzbar, im Privaten allerdings weniger geeignet war.

Seit 1960 waren sie beste Freundinnen. Emma hatte Elinor mit ihrem sprudelnden Charme, ihrem Scharfsinn und ihrer Großzügigkeit sofort für sich eingenommen. Immer wieder hatte sie Elinor unterstützt, Stellung bezogen und bewiesen, dass es sie kein bisschen kümmerte, dass Elinor schwarz war. Damals hatte das noch eine andere Bedeutung gehabt als heute, und es war gut gewesen, eine Freundin wie Emma zu haben.

Als sie beide Anfang 1962 als frischgebackene Mütter ins Flanagans zurückgekehrt waren, hatten Elinor und Emma an ihre Freundschaft angeknüpft. In den ersten Jahren hatten ihre Töchter fröhlich miteinander gespielt, doch dann schien es, als wäre irgendetwas passiert, und die Mädchen schrien Zeter und Mordio, sowie sie aufeinandertrafen. Frankie biss, Billie zog Frankie an den Haaren. Sie waren gleichermaßen schuldig an jedem Streit. Keine gab je nach, und den Traum, ihre Töchter eines Tages in ihre Fußstapfen treten zu sehen, um im Hotel zu arbeiten, mussten Emma und Elinor bald aufgeben.

Alexander und Sebastian waren sich auch nicht grün. Sie musterten einander verhalten und versuchten, sich aus dem Weg zu gehen. Manchmal kamen sie nicht drum herum, wie gestern bei der traditionellen Silvesterfeier im Flanagans, doch ansonsten mieden sie einander, so gut es ging. Sie waren so verschieden, wie zwei Männer nur sein konnten.

»Lass sie ziehen«, sagte Elinor noch einmal. »Aber melde dich gelegentlich bei Frankie, egal ob sie das will oder nicht. Du hast doch die Telefonnummer von dieser Carol?«

»Ja«, gab Emma tonlos zurück.

»Und wann geht Alexander?«

»Ich habe ihn nicht gefragt.«

»Er kommt schon zurecht, schließlich ist er erwachsen«, sagte Elinor, gleichzeitig verspürte sie einen Stich. Sie mochte Alexander wirklich sehr, und sie konnte ihn sogar verstehen. Es war sicher nicht leicht, mit jemandem zusammenzuleben, der einem immer wieder das Herz brach. Das wusste sie aus eigener Erfahrung. »Soll ich heute bei dir bleiben?«

»Nein, ich denke, du solltest Zeit mit deiner Familie verbringen«, sagte Emma.

»Sebastian schläft fast den ganzen Tag, und Billie ist mit einer Freundin verabredet«, sagte Elinor lächelnd. »Es wäre sogar ganz schön, hier in meiner kleinen Wohnung zu bleiben. Darf ich dich nachher vielleicht zum Tee einladen?«

»Danke, das klingt herrlich. Ich muss nur noch ein paar Sachen wegarbeiten, die gestern liegen geblieben sind, danach komme ich hoch.«

Elinor stand auf. »Es wird sich alles klären, das verspreche ich dir.«

»Und woher willst du das wissen?«, fragte Emma mutlos.

»Nimm an, was das Leben für dich bereithält. Das hast du doch immer schon gekonnt, egal wie schwer du es hattest.«

»Ich hoffe, du hast recht.«

Elinor drehte sich in der Tür noch einmal um. »Bis später!«

Bis vor zehn Jahren hatten Emma und Alexander sogar eine sehr harmonische Beziehung geführt. Erst nach der Katastrophe war alles zum Teufel gegangen, dachte sie bedrückt und betrachtete Emma, die bei den Unterlagen, die sie wegsortieren wollte, innegehalten hatte. Dachte sie auch an damals?

5

1961

Wütend wie ein Stier erblickte Frankie das Licht der Welt, und so war es auch weitergegangen.

Sowie die Hebamme die Tür des Kreißsaals geschlossen hatte, hatte Emma ihr Baby überglücklich wieder aus der Decke gewickelt, damit die brüllende Frankie mit ihren winzigen Armen herumfuchteln konnte. Da wurde sie ruhiger, und Emma hielt sie im Arm und tröstete sie, und Frankie wurde wieder ganz still. Sie war perfekt und blickte ihre Mutter aus großen Augen an. Emma strich ihr behutsam über den blonden Flaum auf dem Kopf. Jeder Tag, der verstrich, tat ihr im Herzen weh.

Sie hatte eine kleine Kämpferin geboren. Dass das Mädchen Ausdauer hatte, war nicht zu übersehen. Das war gut so, denn sie würde es vermutlich nicht immer leicht haben. Den Namen Frankie hatte Emma in irgendeiner Zeitschrift aufgeschnappt. Sowohl Jungen als auch Mädchen konnten so heißen, und es war wichtig, dass ihre Tochter für ihre kleinen Fäuste einen passenden Namen bekam.

Die Adoptiveltern in spe hatten sich kurz vor der Geburt mit Emma getroffen, und sie hatten erklärt, wie wichtig es für sie sei, dass Emma einwilligte, ihr Kind abzugeben. Sie wollten es adoptieren und nicht nur Pflegeeltern sein. Emma hatte genickt und gesagt, das sei selbstverständlich, sie würden ihr Kind bekommen.

Inzwischen war das *längst* nicht mehr so einfach.

Frankie packte Emmas Zeigefinger, ohne den Blick von ihr abzuwenden. Emma selbst musste wegschauen, ehe sie sich ihrer Tochter wieder zuwenden konnte.

»Kleines Liebchen«, flüsterte sie. »Ich kann dich nicht behalten.« Sie hob ihr Kind in die Höhe und atmete den Duft ihrer Tochter ein. »Ich bin untröstlich. Aber ich werde dich immer lieben, das schwöre ich dir.«

Mit der Nase in Frankies Flaum ließ Emma ihren Tränen freien Lauf. Schluchzend umklammerte sie ihr Baby immer fester.

»Das sind die Hormone, Miss Emma. Dritter Tag. Sie werden sehen, bald ist das alles vergessen«, sagte die Hebamme und nahm Frankie aus Emmas Armen. »Das Kind muss essen, und danach kommen die neuen Eltern zu Besuch. Sie wollen sich bestimmt ein bisschen frisch machen?« Sie verließ mit Frankie das Zimmer, die nun aus vollem Hals schrie.

Im Waschraum hängte Emma den Krankenhausbademantel an den Haken und legte die Unterhose mit der Binde ab. Ihre Brüste waren groß wie Fußbälle und taten unbeschreiblich weh. »Jetzt hören Sie schon auf zu jammern, die Milch wird bald nicht mehr einschießen. Denken Sie lieber daran, dass das Mädchen kerngesund ist und ein gutes Zuhause gefunden hat«, hatten sie zu ihr gesagt.

Ich bin wie eine Zuchtkuh, dachte Emma und befühlte vorsichtig ihre schmerzenden Brüste. Sie konnte nicht umhin, sich mit Elinor zu vergleichen und wie es ihr mutmaßlich erging. Auch sie hatte inzwischen wahrscheinlich ihr Kind zur Welt gebracht. Emma wollte wirklich nicht neidisch sein, aber genau das fiel ihr schwer. Elinor war verheiratet, noch dazu mit einem wohlhabenden Mann, der ihr alles schenkte, wenn sie nur mit dem Finger darauf deutete. Und nicht nur das. Vermutlich liebte er sie sogar. Gab ihr einen Gutenmorgenkuss und lag ihr in den Nächten zu Füßen.

Es tat noch immer weh. Emma wusste nur zu gut, was für ein geschickter Liebhaber er war. Und darauf war sie besonders neidisch. Was sie von der Ehe halten sollte, wusste sie nicht recht. Ihrer Freiheit würden Grenzen gesetzt werden, und das war für Emma ein grauenvoller Gedanke. Andererseits müsste sie Frankie nicht weggeben, wenn sie einen Ehemann hätte. Sobald sie ins Flanagans zurückkehrte, würde sie Elinor und Sebastian über den Weg laufen, das ließe sich nicht vermeiden. Sie würden ihr bestimmt ihr Eheglück und ihr Babyglück präsentieren. Wie würde sich das anfühlen? Sollte sie sich in einem anderen Hotel eine Stellung suchen? Im Ritz? Miss Lansing würde ihr wahrscheinlich kein schlechtes Zeugnis ausstellen, da war Emma sich ziemlich sicher. Doch kein Hotel war wie das Flanagans, obwohl auch das Ritz einen guten Ruf genoss und als gehoben galt.

Sie schrubbte sich ab; nur ihre Brüste wusch sie ganz vorsichtig. Sie fühlten sich an, als würden sie jeden Moment explodieren.

Erschöpft und deprimiert mied sie ihr Spiegelbild. Wie sie aussah, war ihr gleichgültig. Frankies zukünftige Eltern würden ihr zwar mit Verachtung begegnen, doch Emma hatte keine Kraft mehr, um sich ins Zeug zu legen. Lippenstift und Haarbürste lagen in ihrer Reisetasche neben dem Bett. Sie würde einen Versuch unternehmen, so auszusehen wie immer, wenn sie diesen Ort hinter sich ließ, aber bis dahin würde sie sich nicht bemühen. Sie hatte einfach keine Kraft.

Die anderen jungen Mütter hier befanden sich in der gleichen Lage wie sie. Die meisten von ihnen würden ihre Kinder in ein Kinderheim geben und sie wieder zu sich holen, wenn sich ihre Situation gebessert hätte, was oft hieß: sobald sie einen akzeptablen Mann kennengelernt hatten, der damit leben konnte, das Kind eines anderen am Hals zu haben. Emma war felsenfest davon überzeugt gewesen, dass sie anders war und ihr Neugeborenes durchaus ohne größere Schwierigkeiten in fremde Hände geben konnte. Aber das war, bevor sie gewusst hatte, dass ausgerechnet Frankie in ihrem Körper gewohnt hatte, sie rund hatte werden lassen wie eine Kugel und ihr Übelkeit verursacht hatte. In ihrem Herzen hatte sich seit Frankies Geburt einiges verändert.

Eine der Hebammen spähte durch die Badezimmertür. »Die Eheleute Ingram sind jetzt da, um ihre Tochter kennenzulernen. Miss Emma, Sie sollten sich beeilen.«

Die Schwester sah tadellos aus. Ihre Frisur saß perfekt, wie alles an diesem Ort. Draußen grünte ein prachtvoller Park, in den Schlafsälen gab es kein einziges Staubkorn, und die Babys bekamen frische Sachen angezogen, sobald sie auch nur ein kleines bisschen gespuckt hatten. In dieser Hinsicht war alles gut. Aber warum konnte das Personal nicht ein wenig freundlicher sein? Emma war besorgt, wie sie wohl mit Frankie umgingen, wenn sie nicht in der Nähe war, und deshalb verbrachte sie jede Minute mit ihrer Tochter. Und ihre Liebe wuchs genauso schnell wie ihre Sorge darüber, sie bald weggeben zu müssen. Sie hatte Angst, nach Frankies Adoption nie wieder Mensch zu sein.

Der Tee wurde im Gemeinschaftsraum serviert. Es sah unbeschreiblich lächerlich aus mit all den jungen Müttern in ihren Morgenmänteln und den Adoptiveltern, die sich ausstaffiert hatten. Keine Frage, wer hier die Macht hat, dachte Emma, als sie auf das Ehepaar Ingram zuging. Sie machte einen Knicks, ehe sie sich setzte, obwohl Mrs Ingram nur wenige Jahre älter war als sie. Sie wirkte bloß so aufgrund ihrer überkorrekten Aussprache und der tristen Garderobe. Ihr Mann war keinen Deut munterer. Arme Frankie.

»Wir würden Evelyn dann am Donnerstagabend holen. Es wäre gut, wenn sie da gebadet wäre«, sagte Mrs Ingram resolut.

»Evelyn?« Emma runzelte die Stirn. Von wem redete die Frau?

»Ja, so wird sie von jetzt an heißen.« Mrs Ingram lächelte gekünstelt.

Emma riss die Augen auf. »Aber sie heißt doch Frankie!«

»Ein Jungenname für unser Mädchen? Ich muss wirklich sehr bitten. Das kommt überhaupt nicht infrage. Evelyn wird ein braves Mädchen aus gutem Hause sein, und ihr Name wird das selbstverständlich widerspiegeln.«

Es schlug ein wie ein Blitz. Ihre Vernunft und sämtliche Zukunftspläne waren wie weggefegt. Emma konnte ihre Tochter *unmöglich* diesem Paar überlassen. Sie waren zu hochnäsig und konservativ, und Frankie würde es keine Minute bei ihnen aushalten, sie würde verrückt werden. Emma wusste schon jetzt, dass ihre Tochter widerspenstig und eigensinnig und völlig unmöglich zu kontrollieren war. Und wenn Mr und Mrs Ingram nicht begriffen, wie Frankie war …

Emma stand abrupt auf. »Danke, lassen wir's gut sein«, sagte sie ruhig. Ihr war plötzlich sonnenklar, dass nur sie selbst ihre Tochter verstehen konnte. Sie würde Frankie die Freiheit gewähren, die sie brauchte, um zu einer einzigartigen Persönlichkeit heranzuwachsen. Emma würde sie nicht einsperren, so wie ihre eigene Mutter es mit ihr getan hatte. Wie sie Frankie allein großziehen sollte, musste sie sich noch überlegen, aber mit diesen furchtbaren Menschen, die ihr das Kind wegnehmen wollten, wollte sie nichts mehr zu tun haben.

»Ich muss doch sehr bitten!« Mr Ingram, der bislang geschwiegen hatte, erhob sich energisch und trat einen Schritt auf Emma zu. »Du hast uns ein Kind versprochen. Und jetzt wirst du dieses Versprechen auch halten.«

Schlagartig waren sämtliche Blicke auf ihn gerichtet. Er war hochgewachsen und wirkte kräftig. An den anderen Tischen wanderten die Blicke der werdenden Eltern und Mütter im Wochenbett schockiert von Emma zu Mr Ingram und wieder zurück. Die Luft war zum Schneiden dick. Aber der Gedanke an Frankie gab Emma Mut, und sie hielt, ohne mit der Wimper zu zucken, seinem Blick stand.

»Jetzt beruhigen wir uns erst mal wieder«, maßregelte Mrs Ingram sie beide geniert und zog ihren Mann am Arm, damit er sich wieder setzte.

Doch Emma hatte andere Pläne. Sie würde so schnell wie möglich dieses Haus verlassen – mit ihrer Tochter im Arm. Allerdings wusste sie nicht, wohin. Zurück nach Hause, ins Dorf zu ihrer Mutter und ihrer Großmutter, konnte sie nicht. »Komm bloß nicht mit deinem Kind zu mir«, hatte ihre Mutter gesagt. Es grenzte an ein Wunder, dass sie die Monate hatte bleiben dürfen, bis der Bauch dick wurde. Ihre Mutter war es auch gewesen, die ihr das Heim für ledige Mütter genannt hatte, und das war auch nur richtig so. Wo hätte sie sonst hingehen sollen?

Aufrecht schritt sie aus dem Raum und ging in den Saal, in dem die Kinder aufgereiht lagen. Behutsam nahm sie Frankie hoch. »Ich bringe das in Ordnung«, flüsterte sie dem schlafenden Baby ins Ohr. »Das schwöre ich, hoch und heilig.«

»Ich habe eine liebe Tante, die vermietet Zimmer nicht weit von hier. Soll ich die fragen, ob sie für dich und Frankie Platz hat?«, hatte Laura gefragt. Emma hatte sich in den vier Monaten im Heim mit ihr angefreundet. Laura hatte einen Sohn bekommen, der bei ihrer verheirateten Schwester aufwachsen sollte, bis sie selbst einen Ehemann gefunden hätte. Das war die beste Lösung für sie. Ein anderes Mädchen würde den Vater ihres Kindes heiraten, doch die meisten waren gezwungen, ihre Kinder wegzugeben. Es gab schlicht keine Alternative.

Die anderen Mütter starrten Emma nun mit großen Augen an, während sie ihre wenigen Sachen zusammenpackte. Lauras Tante hatte Emma und Frankie ein Zimmer in ihrem Haus außerhalb von Colchester zugesagt.

»Wie willst du das schaffen?«, fragte jemand. »Wo bleibt Frankie, wenn du arbeiten musst?«

»Ich weiß es noch nicht«, antwortete Emma. »Aber irgendwie stemme ich das schon. Für Frankie tue ich alles.«

Ihre Freundinnen halfen ihr bis auf die Straße und warteten mit ihr zusammen auf das Taxi. Das Heimpersonal war verärgert und ließ sich nicht mehr blicken. Die Netteste von ihnen, Anna, war noch in den Schlafsaal gehuscht, als Emma allein war, und hatte ihr einen Beutel mit Windeln, Waschlappen und einem Schlafsack zugesteckt. »Viel Glück«, hatte sie geflüstert.

Laura nahm Emma in den Arm. »Ich komme dich besuchen«, versprach sie.

Emma konnte sich eigentlich keine Taxifahrt leisten, aber es ging nicht anders. Sie hatte keinen Kinderwagen für Frankie und musste sie in den Armen tragen. Und die Tasche überdies. Als sie alles verstaut und sich auf die Rückbank gesetzt hatte, blickte Emma ein letztes Mal zurück zu den jungen Frauen auf dem Gehweg. In ihren Augen brannten Tränen, aber sie durfte jetzt nicht weinen. Sie war Mutter und tat das, was für ihre Tochter das Richtige war. Da hatten Tränen keinen Platz.

Die Fahrt dauerte eine Weile. Frankie schlummerte geborgen in Emmas Armen, die über die Zukunft nachdachte. Am schwersten fiel ihr die Vorstellung, dass sie nicht mehr nach London zurückkehren konnte, denn wo sollte Frankie da abbleiben? Sie konnte sie schließlich nicht mit ins Flanagans nehmen. Und welche Blicke würde sie ernten? Vermutlich galt sie dort als loses Frauenzimmer. So hatte auch ihre Mutter sie bereits betitelt. Und obwohl sie ihre Mutter dafür hasste, dass sie Emma ihr Leben lang belogen hatte, konnte sic die Beweggründe allmählich besser nachvollziehen. Vielleicht wäre es das Beste zu sagen, der Vater sei tot und begraben. Lieber das, als zuzugeben, dass man mit jemandem Sex gehabt hatte, der einen gar nicht haben wollte.

Wer Frankies Vater war, durfte nie herauskommen. Niemals.

Vor dem Haus von Lauras Tante stand eine Frau mit einer Harke in den Händen. Sie lehnte an der Hauswand, trocknete sich die Stirn und kam auf das Taxi zu, sobald Emma mit Frankie ausstieg.

»Herzlich willkommen, ich bin Mrs Foster.« Sie lächelte und zog die Gartenhandschuhe aus.

Die Frau machte einen freundlichen Eindruck, genau wie Laura gesagt hatte.

»Darf ich?« Mrs Foster streckte die Arme nach Frankie aus, Emma übergab ihre Tochter und griff dann nach der Tasche. Rosenbüsche säumten den Kiesweg, der zu dem kleinen roten Backsteinhaus führte.

»Sie wohnen im zweiten Stock. Ich habe eine Wiege ins Zimmer gestellt, Sie können die Kleine doch sicher auf dem Bett wickeln? Ich habe eine Frotteeunterlage mit Plastikunterseite, da können Sie sie drauflegen.«

»Danke, das ist sehr nett. Das geht wunderbar«, sagte Emma. »Wir sind Ihnen wirklich sehr dankbar, Mrs Foster.«

Ihre Vermieterin hielt Frankie im Arm, während sie Emma das Zimmer zeigte. Es war ordentlich, auf dem Bett lag ein gehäkelter Überwurf, daneben stand eine kleine, weiß gestrichene Wiege. Das Fenster über dem alten Küchentisch zeigte zum Garten, und in einer Vase standen die gleichen rosa Rosen, die Emma bei ihrer Ankunft gesehen hatte. Der Flickenteppich war verschlissen, aber sauber. Emma war zufrieden. Hier würde sie sich wohlfühlen.

Die Küche lag ein Stockwerk tiefer, und als sie alles gesehen hatte, zückte Emma ihre Brieftasche und bezahlte die Miete für den ersten Monat. Die Verpflegung war glücklicherweise inklusive. Mrs Foster hatte ihr erklärt, sie werde gelegentlich verreisen, da müsse Emma die Mahlzeiten selbst zubereiten. Sie hoffe, das sei kein Problem. Emma schüttelte nachdrücklich den Kopf.

Für den darauffolgenden Monat würde ihr Geld nicht mehr reichen, aber daran konnte sie jetzt noch nicht denken. Für vier Wochen waren sie und Frankie nun in Sicherheit – und die Nahrung für ihr Baby hatte sie ja stets bei sich.

Mrs Foster sah Emma neugierig an. »Ich vermute, das Fräulein braucht erst mal eine ordentliche Stulle«, sagte sie dann. »Milch zu geben, zehrt am Körper. Kommen Sie mit in die Küche, dann sehen wir weiter. Ich habe das letzte

Blech aus dem Ofen genommen, kurz bevor Sie hier eingetroffen sind.« Sie legte Frankie behutsam in Emmas Arme.

Emma strich ihrer Tochter über den Kopf und folgte mit dem Finger der Rundung der winzigen Ohrmuschel. Man kann schon jetzt sehen, dass Frankie zu einer Schönheit heranwachsen wird, dachte sie stolz. Die Wimpern lagen auf den Wangen auf wie Federn.

»Du und ich«, hauchte sie, als Frankie die Augen aufmachte und ihrem Blick begegnete. »Du und ich.« Dann folgte sie Mrs Foster in die Küche.

Einige Wochen später klopfte es an Emmas Zimmertür.

»Ja?«

Mrs Foster schob die Tür langsam auf.

»Hier ist ein junger Mann, der nach Ihnen verlangt«, sagte sie gedämpft.

»Nach mir? Ein junger Mann? Wer?«

»Er sagt, er heißt Alexander Nolan und ist ein Arbeitskollege von Ihnen aus London.«

6

Es gab so vieles, was ihr Sorgen bereitete. Elinor konnte sich nicht gegen den Gedanken wehren, dass etwas nicht stimmte, denn das Kind wollte einfach nicht kommen. Sie war eine ganze Woche über dem Termin und hatte Angst. Alles würde wie ein Kartenhaus zusammenfallen, wenn sie ein Kind bekämen, das nicht perfekt war.

»Unser Kind wird das perfekteste und süßeste schokoladenbraune Baby – mit Locken«, sagte Sebastian unbekümmert, zündete sich eine Zigarette an und blies Rauchringe an die Decke.

Muss er bei jeder Gelegenheit erwähnen, welche Hautfarbe das Baby hat?, dachte Elinor. Ein süßes Baby reichte doch.

»Du machst dir einfach zu viele Sorgen. Der Arzt hat gesagt, dass du dich ausruhen und bis zur Geburt das Leben mit deinem Mann genießen sollst.«

Sie saßen in ihrem großen Wohnzimmer auf dem Sofa. Magda hatte vor ihrem Feierabend im Kamin Feuer gemacht, das angenehm wärmte. Sebastian hatte eine Decke über Elinors Beine gelegt und sich dann neben sie aufs Sofa gesetzt. Bis vor wenigen Monaten hatte Elinor ein Zimmer im Keller des Flanagans bewohnt, und jetzt hatte sie alles, was man sich nur wünschen konnte. Aber sie hatte auch alles zu verlieren.

Es war schön, dass Sebastians Blick auf das Leben nicht so ernsthaft war wie ihr eigener, und sie wünschte sich, sein Enthusiasmus wäre ansteckend. Elinor sah ihn an und spürte, wie die Liebe für ihn durch ihren Körper strömte.

Es war alles so schnell gegangen – zuerst hatte sie beinahe einen Abbruch vornehmen lassen, dann war sie plötzlich frisch verheiratet und residierte in einem neuen Haus mitten in London, und manchmal konnte sie noch gar nicht richtig begreifen, was alles passiert war. Eine schwarze junge Frau aus Notting Hill durfte es doch nicht so gut haben! Das gab es nur im Märchen. Und dennoch wohnte sie nun in diesem schönen Haus in Belgravia. Sie hatte Personal, Geld, und neben ihrem Schlafzimmer lag das Kinderzimmer mit der niedlichsten Tapete, die sie je gesehen hatte.

Deswegen war es nicht weiter verwunderlich, dass sie Angst hatte, all das wieder aufgeben zu müssen.

Sobald ihr Kind auf der Welt wäre, würden sie eine Nanny einstellen, das hatten sie beschlossen. Elinors Ehrgeiz, Chefin des Flanagans zu werden, war auch nach ihrer Heirat mit dem Cousin der Hotelbesitzerin ungebrochen. Im Gegenteil, sie musste Linda Lansing nun noch mehr beweisen, dass sie dafür geeignet war. Das setzte einen Nachkommen voraus, der perfekt war.

Emma hätte ihre Sorgen verstanden und nicht darüber gelacht. Vor gar nicht langer Zeit hatten Elinor und Emma im Keller des Hotels dieselben Träume geteilt, aber seit Elinors Heirat hatten sie sich nicht mehr gesehen.

Emma war nach Hause zu ihrer Mutter gefahren. Anfangs hatten sie sich noch Briefe geschrieben, doch in den letzten Monaten waren Elinors Briefe an Emma wieder zu ihr zurückgekommen. Das beunruhigte Elinor. Wohnte Emma vielleicht nicht mehr bei ihrer Mutter? Das wäre nicht verwunderlich, denn die beiden hatten kein gutes Verhältnis, deswegen war Emma ursprünglich auch nach London gegangen und hatte am Silvesterabend 1959 im Flanagans angefangen. Doch wo wohnte sie jetzt? Sie hatte versprochen, schon bald wieder nach London und ins Flanagans zurückzukehren. Elinor vermisste ihre beste Freundin sehr. Würde zwischen ihnen wieder alles so werden wie vorher? War das überhaupt denkbar?

Elinor hatte mit Alexander darüber gesprochen. Er arbeitete an der Rezeption und hatte sich einst auf den ersten Blick in Emma verliebt. Er wollte ebenfalls, dass sie zurückkam. Am liebsten zu ihm, hatte er gesagt.

Sie seufzte.

»Woran denkst du, Liebling?«, fragte Sebastian. »Bist du besorgt wegen des Babys?« Er schenkte sich Wein nach.

»Ach, ich weiß, es ist dumm, aber ich muss die ganze Zeit an Emma denken. Ich wünschte, sie wäre hier«, sagte sie kopfschüttelnd, als er mit der Weinflasche auf ihr Glas deutete. »Ich vermisse sie und frage mich, wie es ihr geht.«

»Ich kenne sie zwar kaum, aber auf mich wirkte sie wie eine junge Frau, die gut allein zurechtkommt.« Er legte den Kopf an die Sofalehne. Seine Hand tastete nach ihrer. Er führte sie zum Mund und küsste ihre Handfläche. Seine Zungenspitze kitzelte. »Was meinst du, Schatz, wollen wir für Baby Lansing noch eine Nummer schieben?« In seinen Augen blitzte Verwegenheit auf. »Der Arzt hat gesagt, dass so die Wehen einsetzen können.«

»Massier mir erst mal die Füße, dann können wir weitersehen«, erwiderte sie mit einem Lächeln und legte ihre Füße auf seinen Schoß. Sie stöhnte auf, als er die Daumen in ihre Fußsohlen bohrte. »Ist das schön! Mach weiter«, murmelte sie und lehnte sich zurück.

Sie hatten sich gerade vom Bett erhoben – denn nur dort konnten sie momentan noch Sex haben –, als sich zwischen ihnen eine große Pfütze auf den Boden ergoss.

Sebastian sah zu Boden. »Ist das ... was ... Musstest du so eilig?«

Elinor blickte erst an sich hinunter und dann zu ihrem Mann. »Nein, ich glaube nicht ...« Sie starrte auf die Pfütze. »Das war dann wohl die Fruchtblase.«

»Aber dann müssen wir ... müssen ins ... Krankenhaus fahren.« Verwirrt drehte er sich zweimal um die eigene Achse. »Ich muss ... Kleider ... ich ... Wo sind meine Klam ...?«

Elinor packte ihn am Arm. »Sebastian, beruhige dich. Wir haben genug Zeit. Zieh dich an, ruf meine Mutter an, und sag ihr, dass wir uns im Krankenhaus treffen. Dann rufst du ein Taxi, und ich suche mir in der Zwischenzeit eine trockene Sitzunterlage. Meine Tasche steht fertig gepackt an der Tür.«

Er hielt inne und sah ihr ins Gesicht. »Wir bekommen ein Kind!«

Sie griff sich ins Kreuz, als sie vor Schmerzen fast ohnmächtig wurde. »Zu Hause, wenn du jetzt nicht die Beine in die Hand nimmst«, stöhnte sie.

Als er ihre schmerzverzerrte Miene sah, blickte er sie erschrocken an.

»Ich hab gelogen ... Beeil dich!«

Billie Isadora Lansing erblickte vier Stunden später das Licht der Welt und war genauso perfekt, wie Elinor in ihren verzweifelten Gebeten gehofft hatte.

Sobald Sebastian seine Tochter auf den Arm nehmen durfte, gab er sie nicht mehr her. Sie lag in seinen Armen, und er wiegte sie in den Schlaf, sang für sie und schnitt Grimassen, um sie zum Lachen zu bringen.

»Darf ich?«, fragte Elinors Mutter und streckte ihrer Enkelin die Arme entgegen.

»Auf keinen Fall.« Sebastian trat einen Schritt zurück. »Du warst bei ihrer Geburt dabei, jetzt bin ich dran.« Er betrachtete das stille Kind. »Billie, Billie, Billie«, sang er leise. »Bekommt alles, was sie willie, willie, willie.«

Elinor lachte. »Nein, mein lieber Gatte, sie bekommt *nicht* alles, was sie willie, willie.«

Sebastians Blick ruhte fortwährend fasziniert auf seiner Tochter. »Wie soll ich da Nein sagen?«, sagte er gedankenverloren.

»Überlass das nur mir«, sagte Elinor. »Aus ihr wird mal eine starke, selbstständige Frau und eine hervorragende

Studentin. Und das geht nicht, wenn man immer alles bekommt, was man will.« Sie grinste. Ihr Mann war verwöhnt. Er würde ein wundervoller Vater sein, daran hatte sie nicht den geringsten Zweifel.

»Hör nicht auf deine Mutter«, säuselte er. »Sie will eines schönen Tages eine Premierministerin aus dir machen, aber dann verpasst du im Leben alles, was schön ist. Und weil du so süß bist, werden deine Mutter und ich gleich dafür sorgen, dass du ein Geschwisterchen bekommst.«

Elinors Lächeln erstarb, und sie sah ihren Mann entsetzt an. Sie hatte andere Mütter über die Schwangerschaft reden hören, und keine von ihnen hatte solche Ängste gehabt wie sie. Keine. Alle waren glücklich und zufrieden – und hatten sich allerhöchstens mal übergeben. Elinors Ängste hatten ihr Leben im Klammergriff gehabt, hatten jede einzelne Stunde in den vergangenen sechs Monaten bestimmt. Es war unerträglich gewesen, ihre Angst war größer gewesen als die Freude auf ihr gemeinsames Kind.

»Nein«, sagte sie. »Ich kann das nicht noch mal. Freuen wir uns lieber zusammen über unser wunderschönes kleines Mädchen.« Sie streckte sich nach Billie aus, sobald die in den Armen ihres Vaters zu wimmern begann.

»Aber, Schatz, schau sie dir doch an«, sagte er und gab sie Elinor.

Sie war bezaubernd. Doch wie sollte Elinor ihre Tochter vor all dem Bösen beschützen? Um sich zu behaupten, würde sie doppelt so hart für ihr Studium arbeiten müssen wie alle anderen. Damit sie in den weißen Kreisen akzeptiert würde, musste sie netter sein als alle anderen, und wenn sie dann auch noch einen guten Job haben wollte, musste sie besser sein als alle anderen zusammen. Das war das Los eines schwarzen Mädchens, obwohl es 1961 zur Welt gekommen und Sebastian Lansing der Vater war.

Sebastian würde das niemals verstehen, nicht weil er nicht klug und warmherzig gewesen wäre, denn das war er sehr wohl, sondern weil ihm die Erfahrung fehlte. Er war ein weißer Mann der Oberschicht. Elinors Aufgabe war es, ihrer Tochter dies alles nahezubringen, und das würde nicht immer leicht werden. Aber sie tat es aus Liebe.

Ihr ging das Herz auf, als sie über die Wange ihrer Tochter strich. *Alles*, dachte sie. *Ich werde alles dafür tun, damit du es gut hast.*

»Sie ist wunderbar«, sagte Elinor andächtig.

Sebastian setzte sich auf die Bettkante, legte den Arm um seine Frau und drückte ihr einen Kuss auf die Stirn.

»Eins noch«, bettelte er. »Einen kleinen Jungen.«

Sie sah ihn an. »Nein, Sebastian, ich meine das ernst. Ich will das kein zweites Mal durchmachen. Und du musst mir versprechen, dass du mich unterstützt.«

7

1972

Angeblich erinnerten manche sich an nichts. Alles sei bloß ein einziges schwarzes Loch.

Emma würde das Quietschen der Reifen niemals vergessen, den Schrei des geschockten Fahrers, der aus seinem Wagen gesprungen war, Frankies versteinerte Miene und ihren geliebten Edwin, der reglos auf der Straße neben seinem Fahrrad lag.

Sie wusste noch genau, wie viel Uhr es gewesen war, als es passierte, und nach wie vielen Minuten der Krankenwagen eintraf; innerhalb der folgenden sechzig Minuten war klar gewesen, dass Edwin von ihnen gegangen war, und sobald Elinor und Sebastian im Krankenhaus angekommen waren, hatte Elinor sich zu Emma gesellt und war ihr keine Sekunde mehr von der Seite gewichen. Alexander war untröstlich gewesen und hatte für sich getrauert, und ihre Nanny hatte sich um Frankie gekümmert.

Emma hatte die Beruhigungstabletten abgelehnt, die ihr angetragen worden waren. Bei der Beerdigung ihres Sohnes hatte sie alles bis ins letzte Detail ganz bewusst wahrnehmen wollen. Die Musik, Edwins am Boden zerstörte Schulkameraden, seine Freunde aus der Fußballmannschaft, Frankies herzzerreißendes Weinen, Alexanders durchgedrückten Rücken und Elinors Hand, die ihre fest umklammert hatte.

Alexander, Sebastian, Charles und Lindas Mann Robert hatten zusammen mit Edwins Lieblingslehrer und seinem Fußballtrainer den Sarg getragen. Emma konnte sich noch an den knirschenden Kies unter deren Schuhen erinnern und daran, dass alle die Luft angehalten hatten, als der neunjährige Junge in sein Grab hinabgesenkt worden war. Nur der Wind hatte in den Bäumen gerauscht, und als die Blumen auf den Sargdeckel gefallen waren, hatte sich der Schmerzensschrei gelöst, den Emma die ganze Zeit zurückgehalten hatte.

In jenem Augenblick hatte sie gedacht, sie würde bis ans Ende ihrer Tage so schreien.

Einen Monat später war der erste Vorwurf laut geworden.

»Ich verstehe einfach nicht, wie du ihn aus den Augen lassen konntest«, sagte Alexander.

Emma fuhr herum. »Was sagst du da?«

»Ich verstehe das nicht, Emma. Was war dir wichtiger?«

»Dass du mit mir geredet hast?«

»Du hättest mir doch auch antworten können, ohne dich umzudrehen?«

»Und du kannst dir deine verdammte Schuld sonst wo hinstecken«, entgegnete sie.

»Es ist deine Schuld, dass ich keinen Sohn mehr habe«, sagte Alexander. »Und ich weiß nicht, wie ich dir das jemals verzeihen soll.«

Er brach in Tränen aus. Sie hatte ihren Sohn aus den Augen gelassen, obwohl sie das nicht hätte tun dürfen.

Einen weiteren Monat später war Alexander nicht mehr wütend auf sie, er bat sie tausendmal um Verzeihung für das, was er gesagt hatte. Er drehte sich im Bett zu ihr herum und wollte, dass sie sich ganz dicht aneinanderkuschelten, doch von dem, was bisher ein relativ unkompliziertes Zusammenleben gewesen war, war in ihren Augen nicht mehr viel übrig. Meistens stieß sie ihn weg. Ihre Trauer saß so tief, dass niemand mehr zu ihr durchdringen konnte, Alexander am allerwenigsten. Ihr war klar, dass er genauso verzweifelt war wie sie, aber sie schaffte es nicht, ihn zu trösten. Das hatte nichts mit seinen Vorwürfen zu tun. Er hatte schließlich recht, sie war schuld an Edwins Tod.

»Wie geht es euch?«, fragte Elinor besorgt, als Emma ihre Arbeit wieder aufnahm. Ihre kleinen Büros lagen inzwischen nebeneinander, Elinor war Personalchefin und Emma Restaurantchefin. Seit zehn Jahren arbeiteten sie nun Seite an Seite.

Emma seufzte. »Es geht überhaupt nicht. Er will Sex, und mir wird schon beim Gedanken daran speiübel.«

»Bei dem Gedanken an ihn oder an Sex?«

»Sex. Meine Lust ist versiegt, so fühlt es sich jedenfalls an. Ich will Alexander nicht mehr in meiner Nähe haben. Ich weiß auch nicht, wie ich das beschreiben soll, aber ich zucke zurück, wenn er seine Hand nach mir ausstreckt. Als würde er mir wehtun wollen. Ich weiß ja, dass das nicht stimmt. Alexander ist so lieb und würde *niemals* etwas tun, was ich nicht will. Es ist nur so ein Gefühl.«

»Du Ärmste«, sagte Elinor. »Und wie geht es Frankie?«

Bei dem Gedanken an Frankie wäre Elinor am liebsten in Tränen ausgebrochen. »Ihr geht es gar nicht gut. Du weißt ja, wie sehr sie Edwin geliebt hat und was für eine tolle große Schwester sie war. Sie ist wie ausgewechselt. Nichts kann ich ihr recht machen, und sogar Alexander muss sich anhören, was für ein miserabler Vater er ist. Und das, obwohl sie ihren Vater immer bewundert hat.«

Ihren Vater. Emma sagte das immer, obwohl es gar nicht stimmte. Aber er war nun mal der einzige Vater, den Frankie kannte. Er hatte selbst vorgeschlagen, die Vaterschaft anzuerkennen, wenn Emma ihn heiratete und Frankie ein Geschwisterchen schenkte. Über Frankies leiblichen Vater hatten sie nie gesprochen. Vermutlich weil Alexander zu eifersüchtig war und nichts Genaueres wissen wollte. Er hatte zumindest nie gefragt.

»Du musst Frankie Zeit geben«, meinte Elinor. »Jeder von euch geht anders mit seiner Trauer um. Alexander braucht jetzt Nähe, du brauchst Abstand, und Frankie braucht die bedingungslose Liebe von euch beiden.«

»Diese Rechnung geht unmöglich auf«, entgegnete Emma. Ihre Stimme bebte. Sie schluckte die Tränen hinunter, ohne deren Auslöser zu kennen. Sie wusste nicht, warum sie den Tränen ständig so nahe war. Aber allein die Vorstellung, die elfjährige Frankie könnte nicht das bekommen, was sie brauchte, weil ihre Eltern in ihrer eigenen Trauer gefangen waren ...

»Hilf mir, Elinor. Was soll ich tun?«

»Fahr zu unserem Haus in Weymouth«, schlug sie vor. »Sebastian fährt am kommenden Wochenende hin, um es für den Sommer herzurichten. Begleite ihn, und bleib dort, wenn er wieder abreist. Ich glaube, es würde dir guttun, eine Weile allein zu sein.«

»Aber ich muss doch arbeiten ...«

»Miss Lansing hat sicher Verständnis dafür, wenn du dir freinimmst. Für eine Woche kann auch jemand anders das Restaurant übernehmen«, sagte Elinor. »Soll ich mal mit ihr reden?«

»Nein, das mache ich schon. Findest du nicht, dass ich Frankie im Stich lasse?«

»Ich kümmere mich gern um Frankie, solange du nicht da bist. Ich lade sie zum Tee in den Salon ein, das hat ihr doch immer gefallen. Und wir sind immer gut miteinander ausgekommen. Vielleicht öffnet sie sich mir gegenüber.«

Sebastian seufzte. »Emma ist mir einfach zu viel«, sagte er matt.

Billie war schon ins Bett gegangen, weil sie am folgenden Tag Schule hatte. Sebastian lehnte sich in seinem Ledersessel zurück und drehte das Glas mit seinem Drink zwischen den Fingern. »Emma ist so ... finster und komisch.«

»Das ist doch nun wirklich verständlich«, verteidigte Elinor ihre beste Freundin. Diese Angelegenheit war ihr wichtig, auch wenn Sebastian niemals verstehen würde, *wie* wichtig.

»Natürlich kann ich es nachvollziehen. Aber kann ich nicht einfach nach Weymouth fahren, das Haus herrichten und ihr dann die Schlüssel geben? Dann kann sie jederzeit allein hinfahren.«

»Aber du fährst doch sowieso.«

»Und?«

»Bitte tu mir diesen Gefallen«, sagte sie und stand auf. »Ich gehe schlafen. Kommst du auch?«

»Ja.« Er leerte sein Glas und stellte es auf dem Couchtisch ab.

»Magda hat morgen frei. Sei so gut, und bring das Glas noch in die Küche. Und mach den Fernseher aus.« Elinor wusste, wie lästig ihre Ermahnungen waren, aber Sebastian war mit Personal aufgewachsen, das rund um die Uhr zur Verfügung stand. Zehn Jahre Ehe mit Elinor hatten nichts an seiner Überzeugung geändert, dass immer jemand da war, der ihm alles hinterherräumte.

Als das Telefon klingelte, wechselten sie einen überraschten Blick und starrten dann beide das Telefon an der Wand an.

Wer rief um diese Uhrzeit an?

Elinor blieb im Türrahmen stehen, während Sebastian den Hörer abnahm. Im nächsten Moment glitt ihm der Hörer aus der Hand und schlug auf dem Boden auf.

»Sebastian?«, rief sie erschrocken.

»Laurence ist tot ... Er hat sich erschossen«, erklärte er tonlos.

Sebastians Bruder war ein Mistkerl gewesen, und die Brüder hatten keinerlei Kontakt mehr gehabt. Nachdem Laurence Lady Mary Carlisle vergewaltigt hatte, war Sebastian der Kragen geplatzt. Das lag nun zwölf Jahre zurück, aber Elinor wusste, dass er seinen Bruder vermisste. In jüngeren Jahren waren die beiden wie Pech und Schwefel gewesen.

»Ich weiß nicht, was ich sagen soll«, murmelte Elinor und suchte den Blick ihres Mannes. »Es tut mir nur leid, dass ihr kein gutes Verhältnis mehr hattet.«

Sebastian zuckte mit den Schultern. »Geh ruhig schlafen, Schatz. Ich mache mir noch einen Drink. Ich bin auch leise, wenn ich raufkomme.«

»Weck mich, wenn du darüber reden willst.«

»Wann habe ich jemals darüber reden wollen?« Er lächelte schief.

»Dann wäre jetzt vielleicht eine gute Gelegenheit?« Elinor konnte ihm ansehen, wie geschockt er war, und beschloss, ihn nicht allein zu lassen. »Ich bleibe hier bei dir. Wir müssen nicht darüber reden, wenn du nicht willst.«

Er schüttelte den Kopf. »Nein, ich will eine Weile allein sein und das alles sacken lassen. Wirklich. Ich komme gleich nach.«

Sie küsste ihn auf die Wange. »Sicher?«

Er nickte.

Bei der Küchentür wandte sie sich noch einmal zu ihm um, aber es war, als bemerkte er sie gar nicht. Er war mit seinen eigenen Gedanken beschäftigt und ganz weit weg.

Elinor musste Sebastian regelrecht überreden, zu Laurence' Beerdigung zu gehen. Wie auch immer er über seine Familie dachte – das war er ihr schuldig.

Lily und Rose, Laurence' Töchter, saßen mit ihrer Großmutter ganz vorn.

Als Sebastian, Elinor und Billie eintraten, wurde Getuschel laut. Es war, als hätten sie noch nie Menschen mit schwarzer Hautfarbe gesehen, und Elinor hätte am liebsten alle geohrfeigt, die Billie anstarrten. Wie konnten sie die Frechheit besitzen, sie dermaßen unverschämt anzustarren?

Elinor war ein einziges Mal bei ihrer Schwiegermutter eingeladen gewesen. Laura hatte Tee serviert, höflich über das Wetter geplaudert und anschließend kundgetan, Elinor sei eine Schande für die Familie und in ihrem Hause nicht mehr willkommen. Das war über zehn Jahre her, und seitdem hatten sie sich kaum gesehen. Für ihre Enkeltochter hatte Laura sich auch nie interessiert.

Von hinten sah ihre Schwiegermutter alt aus. Ihr Rücken war krumm geworden, und unter dem Trauerflor lugte graues Haar hervor. Aber Elinor wusste, dass ihr Blick so kalt war wie eh und je. Der Verlust eines Sohnes hatte daran nichts geändert.

Offiziell hieß es, Laurence habe sich durch harte Arbeit zugrunde gerichtet, sich all die Jahre so geschunden, dass schlussendlich sein Herz aufgehört habe zu schlagen. Aber er war auch ein erfolgreicher Geschäftsmann gewesen, wie die Zeitungen in ihren ausführlichen Nachrufen schrieben. Er hinterließ seinen beiden Töchtern, deren Mutter schon vor Jahren verstorben war, ein ansehnliches Vermögen.

»Hier ist aber eine seltsame Stimmung«, flüsterte Billie und sah sich um, als sie ein paar Bankreihen hinter Laurence' Mutter und Töchtern Platz nahmen.

»Das ist immer so bei Beerdigungen«, erklärte Elinor und betrachtete Laurence' Sarg. Er war aus Mahagoniholz mit einem Gesteck aus blutroten Rosen auf dem Deckel. Das passte perfekt zu ihm.

»Ja, aber das hier ist etwas anderes. Sie glotzen mich an.« Billie hätte ihnen am liebsten die Zunge rausgestreckt, aber sie war zu gut erzogen, um so etwas zu tun.

»Sie gucken nur, weil du so eine hübsche Elfjährige bist«, raunte Sebastian ihr zu. »Sie sind nur neidisch.«

»Quatsch«, erwiderte Elinor. »Sie starren, weil du meine Hautfarbe hast.«

»Papas Erklärung hat mir besser gefallen«, murmelte Billie.

Elinor tätschelte ihr schmunzelnd das Knie und war dankbar, als Vivaldis schicksalsschweres Streichkonzert ertönte.

Danach mussten sie kondolieren. Sie gingen als Letzte an Laura und den Cousinen vorbei.

»Ah, das ist also deine Tochter, Sebastian«, sagte seine Mutter und musterte Billie von Kopf bis Fuß, während die Enkeltochter vor ihrer Großmutter einen Knicks machte.

»Ich heiße Billie. Bist du meine Großmutter?«, fragte sie neugierig.

»Ja, aber darüber wird nicht offen gesprochen.«

»Ich kann ja mal vorbeikommen und mit dir Tee trinken«, sagte Billie unbekümmert, und Elinor blutete das Herz, weil ihre Tochter glaubte, sie spräche mit einem netten Menschen. »Du kannst mir ruhig sagen, wenn du traurig bist. Ich habe meinen Onkel zwar nie kennengelernt, aber immerhin war er dein Sohn. Die Musik in der Kirche war wirklich sehr schön.« Liebe, einfühlsame Billie. Sie war der Kälte, die manche Mitglieder dieser Familie ausstrahlten, nie zuvor begegnet.

Billies Großmutter Laura schwieg. Dann sah Elinor zu ihrer Verwunderung, dass sie nickte. »Freitag um drei.«

Sebastian räusperte sich. »Ich muss nach Weymouth und kann sie leider nicht begleiten.« Er wandte sich mit fragendem Blick an seine Frau.

Elinor hob abwehrend die Hände und lachte auf. »Sieh mich nicht an. Freitags ist viel zu viel los, da kann ich nicht so früh Feierabend machen. Kannst du deine Großmutter nicht vielleicht ein anderes Mal besuchen, Billie?«

Sie sah ihre Tochter nachdrücklich an, aber der Wink drang nicht bis zu ihr durch. »Nanny kann mich doch begleiten, oder, Großmutter?«, schlug sie fröhlich vor.

Auf dem Weg zum Auto erläuterte Sebastian ihr, dass Großmutter nicht immer nur nett war, sondern auch fies sein konnte, und dass Billie darauf gefasst sein sollte.

»Das bin ich doch«, antwortete sie. »Aber jeder hat eine Chance verdient, um zu zeigen, wofür er steht, oder was sagst du immer, Mama?«

8

Emma setzte sich neben Sebastian in den Sportwagen. Ihre kleine Reisetasche stellte sie in den Fußraum. »Mein Beileid«, sagte sie höflich. Sie war froh über ihre lange Hose, denn in diesen tiefen Sitzen hätte ein Kleid zu viel von ihrem Bein gezeigt.

»Danke«, erwiderte er.

In den folgenden Stunden schwiegen sie. Emma ließ den Blick über die Landschaft schweifen, und Sebastian konzentrierte sich auf die Straße. Sie hatte ihm nichts zu sagen. Zehn Jahre lang hatte sie seine Gesellschaft gemieden, aber mittlerweile spielte es für sie keine Rolle mehr. Inzwischen waren ihre Gefühle mehr als erkaltet, und ihre Geschichte von 1960 war vorbei und vergessen. Sie war leichte Beute für ihn gewesen, als er jemanden fürs Bett gesucht hatte, und jahrelang hatte es wehgetan, ihn mit Elinor zusammen zu sehen und daran erinnert zu werden, dass sie selbst einen Korb bekommen hatte.

»Hast du Hunger?«, fragte er, als sie mehr als die halbe Strecke zurückgelegt hatten.

Seit Edwins Tod war für sie jede Mahlzeit ein einziger

Kampf. Um nicht völlig vom Fleisch zu fallen, aß sie trotzdem, obwohl sie alles hinunterwürgen musste.

»Eigentlich nicht«, meinte sie. »Aber gut, ich kann schon ein bisschen was essen.«

»Es gibt da ein gemütliches Lokal nicht weit von unserem Haus. Es ist ein kleiner Umweg, aber er lohnt sich. Es ist wirklich schön dort.«

»Einverstanden«, sagte sie.

Als er geparkt hatte, umrundete er den Wagen und hielt Emma die Beifahrertür auf. »Hier wären wir«, sagte er.

Sie betrachtete das malerische Haus und hätte beinahe laut losgelacht. Er, der Snob aus London, der alles bekam, wenn er nur darauf zeigte, fand die romantische Pension, die sich hinter Efeu und Rosen versteckte, also »gemütlich«.

Das Essen schmeckte wider Erwarten gut, und nach und nach ging Emma auf, wie nett es mit Sebastian war. Er war unterhaltsam und hatte sie schon mehrmals zum Lachen gebracht – sie wusste gar nicht mehr, wann sie zuletzt so gelacht hatte. Sie vermieden es natürlich, über ihre gemeinsame Vergangenheit zu sprechen, scherzten stattdessen über die Gäste des Flanagans und lästerten über die High Society, die das Hotel bis heute mit diversen Heimlichtuereien beehrte. Zumindest einen Augenblick lang konnte Emma so an etwas anderes denken als an ihre Trauer.

»Ich finde, ich war für das Ende der Fünfziger schon recht freigeistig«, sagte Sebastian grinsend, »aber inzwischen begnügen sich viele unserer alten Bekannten ja nicht mal mehr mit einer Frau nach der anderen.«

Für Emma waren das natürlich keine *alten Bekannten*. Die

Gäste nahmen die Hotelangestellten nur selten wahr, geschweige denn, dass sie sich mit ihnen anfreundeten. Aber Emma kannte inzwischen sämtliche Stammgäste. In ihrer Funktion als Linda Lansings rechte Hand war sie in die meisten Geheimnisse und Gewohnheiten eingeweiht worden.

Er gab ihr mit einer Geste zu verstehen, dass sie sich vorbeugen solle. »Vor ein paar Tagen hatte Woody drei Frauen bei sich oben in der Suite!«

Emma riss die Augen auf. »Woody? Der alte Bankier? Großer Gott! Hat er denn überhaupt noch so viel … Energie?«

»Ja, zumindest wenn er Amphetamine geschluckt hat«, raunte Sebastian ihr zu. »Darüber habe ich auch mit Linda gesprochen. Es ist nämlich gar nicht gut, dass Drogen im Flanagans kursieren.«

Linda und Sebastian standen sich sehr nahe. Das war lange anders gewesen, aber nach allem, was 1960 mit Laurence passiert war, hatten sich Cousin und Cousine ausgesöhnt.

»Wie sollen wir das denn verhindern?«

»Das können wir nicht. Aber ihr könntet der Hauswirtschaftsleiterin sagen, sie soll die Zimmermädchen anweisen, Augen und Ohren offen zu halten. Besonders bei den Papierkörben. Ich habe das alles auch erst gestern erfahren«, sagte er.

Die Bedienung räumte ab, und Sebastian beglich die Rechnung. Zurück im Auto, lachten und scherzten sie immer noch. Sebastian öffnete das Verdeck, und das letzte

Stück zum Haus genossen sie die Aussicht, ließen sich den Wind durch die Haare wehen und lachten über eine junge Katze, die am Randstein spielte. Emma fühlte sich unbeschwerter denn je. Jede Minute der Unbekümmertheit spendete ihr Kraft für den folgenden Tag.

»Wie lang bleibst du?«, fragte sie, als sie die Diele betraten.

Wenn sie sich in diesem Augenblick nicht zu ihm umgedreht hätte, dann wäre es vielleicht nie passiert, doch er hielt sie mit seinem Blick fest, und im selben Moment, als sie die Sehnsucht darin erkannte, wusste sie, es könnte lebensgefährlich werden. Das Verlangen hatte in ihr nie so stark gelodert wie jenes eine Mal mit Sebastian – und wie jetzt, als seine Blicke sie regelrecht verschlangen. Sie schluckte trocken.

»Wie lang soll ich denn bleiben?«, fragte er leise und trat einen Schritt näher auf sie zu.

Sie spürte seinen Atem und nahm den Duft seines Rasierwassers wahr. *Küss mich*, dachte sie.

»Es ist vielleicht das Beste, wenn du sofort wieder fährst«, gab sie zurück und räusperte sich. Ihr versagte fast die Stimme.

Er streckte die Hand aus und strich eine Locke hinter ihr Ohr. Zwölf Jahre lang hatte sie seine Hände nicht mehr gespürt.

»Das wäre früher oder später sowieso passiert, das wissen wir beide.« Von der Wärme in seiner Stimme bekam sie weiche Knie.

Sie nickte. Sie fürchtete sich davor, aber gleichzeitig empfand sie auch Lust.

Er holte tief Luft. »Deine Lippen ...«

Es gelang ihr, einen Schritt zurückzuweichen. Das durfte einfach nicht passieren. Sie griff nach ihrer Tasche und nahm sie wie einen Schutzschild hoch. »Vielleicht zeigst du mir erst mal mein Zimmer.« Sie versuchte sich in einem resoluten Tonfall. Die Spannung zwischen ihnen würde verfliegen, wenn sie erst eine Weile allein wäre und durchatmen könnte.

»Im ersten Stock, erste Tür rechts. Mein Zimmer ist direkt daneben. Da schlaf ich heute Nacht.«

Als sie wieder nach unten kam, stand er mitten im Zimmer. Das Feuer knisterte im Kamin. Sowie er sie bemerkte, wandte er sich ab, ging über den gemusterten Knüpfteppich und stellte sich an die großen Fenster, die zum Meer zeigten. Aber seine Tränen waren ihr nicht entgangen.

»Sebastian?«

Er wischte sich über die Augen.

»Wir waren jeden Sommer hier«, sagte er abwesend und blickte durch die Panoramafenster nach draußen. »Laurence und ich haben an den wenigen Tagen, da er mit uns hier sein konnte, um seine Aufmerksamkeit gewetteifert. Laurence hat immer gewonnen, er war der Intelligentere von uns beiden. Das hat Papa gefallen.«

Zögernd stellte Emma sich neben ihn.

»Du trauerst um Laurence«, stellte sie fest.

»Ja. Vor Elinor kann ich das nicht. Er hat sich ihr gegenüber einfach bodenlos verhalten. Hast du gewusst, dass er sie mal aus unserem Restaurant rausgeworfen hat, nur weil sie schwarz ist?«

»Ja, ich war dabei. Das war schrecklich.«

»Ich wollte dich eigentlich im Auto nicht dabeihaben. Ich dachte, ich müsste allein sein, aber jetzt bin ich froh, dass du da bist.« Er sah sie durchdringend an. Es war, als könnte er ihre Gedanken lesen. »Ich kann mich noch gut an deine Sommersprossen erinnern.« Er grinste bei der Vorstellung, und Emmas Herz machte einen Satz.

»Sex macht Trauer nicht unbedingt leichter.« Sie zuckte mit den Schultern, um die Erinnerung an seine Lippen auf ihrer Haut zu verscheuchen.

»Nicht? Auch dann nicht, wenn dich jemand im Arm hält und die Tränen wegküsst? Das *muss* nicht unbedingt zu Sex führen. Aber es *kann*. Hast du das gar nicht vermisst?«

Was sollte sie darauf sagen? Nein, sie hatte von niemandem berührt werden wollen. Im besten Fall trösteten sich Ehepartner gegenseitig. Nur dass das nicht auf sie und ihre Ehe zutraf.

»Nein, habe ich nicht«, gab sie zurück. Sie wollte nicht über ihre Ehe mit Alexander reden und hatte ebenso wenig Lust, über Elinor zu sprechen. Sie begehrte gerade den Mann ihrer besten Freundin, und dafür schämte sie sich.

Sebastian sah sie forschend an.

»Ich kannte mal eine junge Frau, die vor Lust gebebt hat. Was ist aus ihr geworden?«

»Sie hat geheiratet und ist erwachsen geworden.«

Er seufzte. »Ja, das sind wir wohl alle. Aber ich vermisse

diese Zeit manchmal, als nichts unmöglich war und ich zu einer fleißigen Küchenhilfe huschen und ihre Sommersprossen am ganzen Körper bewundern konnte.« Er lachte auf.

»Nicht nur das ...« Sofort bereute Emma, dass sie sich auf das Gespräch eingelassen hatte. Dennoch fuhr sie fort: »Ich meine, du warst der Erfahrene. Ich war naiv und außerdem noch Jungfrau.«

»Ich weiß«, sagte er. »Ich habe viele Liebesakte vergessen, aber an den einen erinnere ich mich, als wäre es gestern gewesen. Du warst wunderbar.«

»Liebesakt? So nennst du es also? Es war Sex, Sebastian, mehr nicht.« Zumindest für dich, dachte sie.

»Aber es hat dir gefallen«, entgegnete er. »Das weiß ich noch genau. Es ist nie zu spät, das wiederzuerwecken, was tief in einem schlummert, Emma.«

Sie trat vom Fenster zurück. Seine Tränen waren mittlerweile versiegt, und diese Unterhaltung rief Erinnerungen wach, die sie lieber verdrängen wollte. Sie zitterte. Eben noch war sie kurz davor gewesen, sich wie ein hungriger Wolf auf ihn zu stürzen.

»Ich gehe besser schlafen«, sagte sie, um seiner Frage auszuweichen.

»Kein Absacker?« Er wandte sich zum Barwagen um und nahm die Karaffe mit Whisky in die Hand.

»Danke, für mich nicht. Dann sehen wir uns morgen?«, fragte sie, dachte aber: Oder heute Nacht.

Sebastian prostete ihr zu.

Am folgenden Morgen war er nicht mehr da. Während sie geschlafen hatte, hatte er die Terrasse sauber gemacht, die Gartenmöbel rausgestellt und Brennholz reingeholt.

Ich hoffe, du hast eine schöne Woche. Bis Freitagabend!
Samstagfrüh kommt das Boot ins Wasser.
Sebastian

Der Zettel lag auf der Küchenbank neben einer dunkelroten Rose, die er vermutlich im Garten gepflückt hatte. Sie nahm sie hoch und atmete den Duft ein. Es fühlte sich an, als wäre sie nur knapp einem Vulkanausbruch entkommen, das Blut in ihren Adern kochte noch immer. Es war eine Qual gewesen zu wissen, dass er im Nachbarzimmer lag. In der Nacht war sie mehrmals aufgewacht und hatte sich zusammenreißen müssen, um in ihrem Bett zu bleiben. *Sie wollte ihn, auch nach all den Jahren noch.*

Als sich ihre Wege zwölf Jahre zuvor erstmals gekreuzt hatten, hatte sie nicht gewusst, dass er mit Elinor zusammen war. Inzwischen wusste sie es, und so etwas könnte sie ihrer besten Freundin niemals antun. Die Trauer um Edwin machte sie verletzlich. Das musste sie in Zukunft immer mit bedenken. Aber es war nicht leicht: In den Stunden mit Sebastian hatte sie einen Augenblick lang etwas anderes gespürt als Verzweiflung.

9

Elinor liebte ihr Haus in Belgravia. Die Gegend war sicher, sie hatte es nicht weit bis zum Flanagans, und Billie fühlte sich ebenfalls wohl. Ihre Mutter kam gelegentlich zu Besuch, ihr Vater weigerte sich allerdings. Er war der Meinung, Leute wie er gehörten nicht hierher. Ihre Eltern hatten Notting Hill verlassen, als das Wohnviertel nach und nach saniert worden war, und nun wohnten sie seit ein paar Jahren in einer gemütlichen Zweizimmerwohnung in Chelsea. Das war teurer als zuvor, aber inzwischen konnten sie es sich leisten. Elinors Mutter ging jeden Morgen zu Fuß zum Flanagans, wo sie mittlerweile als Hauswirtschaftsleiterin arbeitete. Ihr Vater erledigte Gelegenheitsjobs für Linda Lansing, weil er seine Arbeit im Hafen nicht aufgeben wollte, obwohl er durchaus auch Vollzeit für das Hotel hätte arbeiten können, wenn er gewollt hätte.

»Der Hafen wird ihm noch zum Verhängnis werden«, bemerkte Elinors Mutter, als sie am Morgen zusammen zum Flanagans gingen. Sie hatte noch immer einen starken schwedischen Akzent, trotz der vielen Jahre in England.

Elinor hakte sich bei ihrer Mutter unter. »Stell dir vor, du arbeitest jetzt schon seit über zehn Jahren im Flanagans!«

»Und du noch länger«, entgegnete ihre Mutter.

»Manchmal sagt Sebastian, ich soll dort aufhören, aber was sollte ich dann den ganzen Tag lang machen? Billie geht ja zur Schule.« Sie hatten das Thema nie ausdiskutiert; Sebastian wusste, dass sie ihre Arbeit liebte. In dieser Hinsicht dachte er wirklich fortschrittlich.

»Außerdem hat Billie eine Nanny«, fügte ihre Mutter hinzu.

»Ja, keine Arbeit zu haben, das wäre nichts für mich. Mein Traum ist immer noch, das Hotel eines Tages zu leiten.« Darüber musste Elinor selbst lächeln. Das war natürlich ein vollkommen unrealistischer Traum. Aber dass sie – Elinor aus Notting Hill und Halbjamaikanerin – eines Tages in Belgravia wohnen, mit einem weißen Mann verheiratet sein und eine äußerst gute Position im legendärsten Hotel der Stadt bekleiden würde, war fast genauso unwirklich. Nichts fürchtete sie mehr als die Vorstellung, all das zu verlieren, wofür sie so hart gekämpft hatte.

»Das ist ein guter Traum«, meinte ihre Mutter. »Halt daran fest. Deinen Bruder hat auch der Ehrgeiz gepackt – dank dir. Er will studieren, bevor er dafür zu alt ist.«

»Das freut mich zu hören.« Elinors jüngerer Bruder war klug und beharrlich. »Und Papa? Was sagt er dazu?«

»Er ist richtig stolz auf euch zwei. Auch wenn er das euch gegenüber nie ausspricht – ich kriege es sehr wohl zu hören. Und unsere Nachbarn!« Sie drückte Elinors Arm. »Euer wortkarger Vater ist gar nicht mehr zu bremsen, wenn er nach seinen Kindern gefragt wird. Von seiner Enkelin ganz zu schweigen.«

»Er und Billie sind immer gut miteinander ausgekommen«, sagte Elinor.

Sie hatten keine Eile und schlenderten langsam Arm in Arm durch den Green Park in Richtung Flanagans. Das war ein kleiner Umweg, aber was spielte das an einem Tag wie diesem schon für eine Rolle.

»Wie kommt Sebastian mit dem Tod seines Bruders klar?«

»Schwer zu sagen. Er zieht sich zurück und trinkt ziemlich viel, aber er will nicht darüber reden. Er tut mir wirklich leid.«

»Natürlich hat er seinen Bruder geliebt«, sagte ihre Mutter.

Elinors Blick verfinsterte sich. »Er war ein Schwein. Er hat Frauen misshandelt und hätte hinter Gitter gehört für das, was er Lady Mary angetan hat.«

Ihre Mutter nickte. »Aber sie wollte ihn nicht anzeigen, so war es doch, oder?«

»Stimmt. Und dafür hat sie seinen und Sebastians Anteil am Flanagans bekommen – das war ihre Rache.«

»Arbeitet sie denn noch im Hotel? Ich sehe sie dort nie.«

»Ab und zu. Ich glaube, vor allem als Sparringspartnerin für Miss Lansing. Ihr Mann, Lord Carlisle, ist sehr krank, und sie kümmert sich um ihn, obwohl sie getrennt leben, seit Laurence sich an ihr vergangen hat. In ihren Kreisen ist es nun mal wichtig, die Fassade aufrechtzuerhalten.«

»Bist du eigentlich glücklich, Elinor?«

Diese Frage kam so unerwartet, dass Elinor erst reflexhaft mit Ja antwortete. Hätte sie sich ein wenig Zeit zum Nachdenken gewährt, wäre ihre Antwort vielleicht nicht ganz so klar ausgefallen. Sie war nur schwer zufriedenzustellen, immer wollte sie mehr. *Glücklich* war ein heikles Wort für sie, aber in den Augen ihrer Mutter hatte Elinor alles erreicht, und so war es ja auch tatsächlich. Sie lebten mittlerweile in zwei verschiedenen Welten, und das war Elinor allzu schmerzlich bewusst. Sie hatte absolut keinen Grund zu klagen, und das tat sie auch nicht. Aber manchmal empfand sie etwas anderes, und dafür schämte sie sich. In ihrer Lage sollte man doch einfach glücklich sein.

Ihre Mutter seufzte. »Ich muss oft an deine Freundin Emma denken. Wie hält sie es nur aus, mit dieser Trauer zu leben? Ich könnte das nicht.«

»Jetzt gerade ist sie im Sommerhaus. Sebastian wollte hinfahren, um alles herzurichten. Sie hat ihn begleitet und bleibt eine Woche lang dort.«

»Dann ist er jetzt auch da?«

»Nein, er ist wieder zurückgekommen. Sie habe mitgenommen gewirkt, hat er gemeint. Und er hat recht. Sie ist völlig ausgelaugt, aber sie kämpft. Du weißt ja, wie sie ist.«

Ihre Mutter nickte. »Hoffentlich kommt sie dort zur Ruhe. Manchmal ist Einsamkeit schön, manchmal kann sie aber auch schreckliche Gefühle auslösen.«

»Ich habe Sebastian regelrecht gezwungen, Emma abzuholen und rauszufahren.«

»War das denn so eine gute Idee?«

»Wie meinst du das?«

»Ach nichts, vergiss es.«

»Er musste ohnehin zum Sommerhaus, um das Boot zu Wasser zu lassen, da hätte er sie wohl kaum mit dem Zug fahren lassen können.«

»Nein, natürlich nicht. Und sie sind erwachsen. Du hast recht. Es ist nur so, dass Trauer …«

»Was, Mama?«

»Ach, mach dir keine Gedanken. Ich bin froh, dass du Emma helfen kannst. Ich weiß, dass ihr einander in all den Jahren immer unterstützt habt. Das ist schön.«

Sie hatten den Personaleingang des Flanagans erreicht.

»Wollen wir nicht zusammen Tee trinken? Wir arbeiten heute doch beide tagsüber«, schlug Elinor vor.

»Ja, gern.«

»Dann komm doch in mein Büro.« Elinor gab ihr ein Küsschen auf die Wange. »Ich bin den ganzen Tag da.«

Elinor mochte ihre neue Tätigkeit. Sie gab ihr die Möglichkeit, mehr über die administrativen Anforderungen in einem Hotel zu lernen. Bisher hatte sie in erster Linie mit den Händen gearbeitet, aber nun trug sie ein Kleid und Schuhe mit Absätzen und hatte die Haare hochgesteckt, wenn sie sich an den Schreibtisch setzte. Personalarbeit war zudem interessant. Tag für Tag tauchten neue Fragen auf: ob jemand für einen Zahnarztbesuch freibekommen könnte, ob es eventuell möglich wäre, einen Vorschuss von ein paar Pfund zu erhalten, und ob man früher gehen durfte, wenn ein Kind krank war. Und das waren bloß die gewöhnlichsten Anliegen, die im Lauf eines Arbeitstags zur Sprache kamen.

Gestern erst hatte sie die erhitzten Gemüter zweier Köche besänftigen müssen, mit einer Bedienung ein ernstes Wort geredet, weil die wiederholt zu spät gekommen war, und dann drei Stunden lang mit Linda zusammengesessen, um den Personalbedarf für den Sommer zu regeln. Die zweihundert Angestellten des Hotels hatten alle unterschiedliche Bedürfnisse, und Elinors Tage waren mehr als ausgefüllt.

Das größte Verständnis brachte sie den alleinstehenden Müttern entgegen, die es im Alltag schwer hatten. Sie hätte selbst eine von ihnen sein können.

Dank Sebastian war es anders gekommen. Manchmal bezweifelte sie, dass er sie liebte, und sie wusste genau, dass er andere Frauen hatte. Jedes Mal dachte sie resigniert, es liege an ihr. Vielleicht war sie zu abweisend, nicht schön genug und arbeitete zu viel. Also änderte sie sich, machte nicht mehr so viele Überstunden, achtete darauf, dass sie zu Hause stets geschminkt und elegant gekleidet war, wies seine Annäherungsversuche nie ab. Trotzdem kam er immer wieder eingehüllt in den Duft einer anderen Frau nach Hause.

Elinor ging ihrerseits auf Avancen fremder Männer nicht ein. Eine offene Ehe war Sebastian zufolge gerade populär, doch damit war Elinor alles andere als einverstanden. Dennoch stellte sie ihm nie ein Ultimatum, dafür stand zu viel auf dem Spiel. Sie war bereit, für ihre Familie und ihr gemeinsames Leben zu kämpfen, und wenn ihr Mann gelegentlich einen Seitensprung brauchte, dann musste sie das eben akzeptieren, sosehr es sie auch verletzte.

Sie hatte die Hoffnung, die Ehe würde ihn verändern, inzwischen aufgegeben und versuchte, keine Bitterkeit zu empfinden. Immerhin hatte er sie bislang nie für eine seiner hübschen weißen Geliebten verlassen. Er war ein wunderbarer, aufopferungsvoller Vater für Billie, er brachte sie zur Schule und holte sie wieder ab, und die Liebe beruhte auf Gegenseitigkeit. Billie vergötterte Sebastian.

Er war ein warmherziger und witziger Lebenspartner, und Elinor liebte ihn, obwohl er oberflächlich war; tiefschürfende Gespräche führte sie mit Emma und Linda, das war mit Sebastian nicht möglich. Ihr Begehren war nicht mehr so stark wie früher, aber das war nach all seinen Eskapaden vielleicht auch nicht verwunderlich. Sie hatten auch durchaus noch Sex, allerdings ergriff sie nur noch selten die Initiative. Sie wurde aus den Gedanken gerissen, als Alexander an die Fensterscheibe ihres Büros klopfte. Mit einem Nicken gab sie ihm zu verstehen, er möge eintreten, und ging ihm entgegen, um ihm ein Begrüßungsküsschen auf die blasse Wange zu geben. Dann deutete sie auf den Stuhl vor ihrem Schreibtisch. »Wie geht es dir?« Sie nahm wieder Platz.

Er sah ausgelaugt aus. Elinor blutete das Herz.

»Ich fühle mich hundeelend«, sagte er. »Wie überlebt man den Tod seines Kindes?«

»Ich weiß es nicht«, sagte Elinor. Sie wollte sich gar nicht ausmalen, wenn Billie …

Er betrachtete die Urkunden an den Wänden und das Foto von Elinor und Emma aus dem Jahr 1960. Sein Blick wurde sanft. »Ich weiß noch, wie ich euch kennengelernt habe. Über euch zwei hat das ganze Hotel gesprochen.« Er verstummte kurz. »Hast du etwas von ihr gehört?«

»Nein, sie wollte in Ruhe gelassen werden, aber es ist ja auch nur für eine Woche. Wenn sie reden will, meldet sie sich bestimmt. Hat sie nicht zu Hause angerufen?«

»Doch, aber Frankie war nicht da, und sie hat wieder aufgelegt. Ich habe ihr die Schuld an Edwins Tod gegeben und bereue das zutiefst. Ich hätte das niemals tun dürfen.« Er senkte den Blick.

»Ihr seid beide verzweifelt und habt sicher vieles gesagt, was ihr gern ungeschehen machen würdet.«

»Stimmt, aber diesen Vorwurf hätte ich ihr nicht machen dürfen«, sagte er. »Sie trifft keine Schuld. Ich glaube, ich habe sie verloren«, fügte er hinzu und sah Elinor an. »Denkst du das nicht auch?« »Nein, auf keinen Fall«, entgegnete Elinor. »Du wirst sehen, diese Woche tut ihr gut. Und sie wird Schritt für Schritt wieder auf dich zukommen.«

Er sah sie unverwandt an. »Ich fürchte, sie gehört nur auf dem Papier zu mir. Liebe zählt nicht gerade zu den starken Seiten meiner Frau. Ich kann mich noch gut daran erinnern, wie sie mal gesagt hat, sie wolle nie heiraten und Kinder kriegen. Und ich glaube, das meint sie heute noch genauso ernst wie damals. Vielleicht wäre es besser gewesen, sie gehen zu lassen. Oder ihr die Wahrheit zu sagen.«

»Die Wahrheit …«, sagte Elinor kopfschüttelnd. Warum konnten die Menschen nicht einfach nur über das sprechen, was richtig war? »Du hast mir versprochen, dass das unter uns bleibt. Die Wahrheit würde Emma jetzt viel zu sehr verletzen.«

10

Am späten Freitagabend kehrte Sebastian zum Sommerhaus am Meer zurück. Er hoffte, die Woche dort hatte Emma gutgetan. Ihr Verlust war furchtbar gewesen. Sebastian grübelte über Laurence und den Grund, warum seinem Bruder das Leben derart entglitten war, nicht aber ihm selbst. Warum hatten sie sich so unterschiedlich entwickelt? Was hätte er anders machen können? Er vermisste seinen alten Weggefährten, denn sie hatten auch jede Menge Spaß zusammen gehabt.

Und als Geschäftspartner waren sie unschlagbar gewesen. Laurence hatte sich darauf konzentriert, Geschäftskontakte zu knüpfen, während Sebastian sich um deren Ehefrauen gekümmert hatte. Das war ihm damals ohne jegliche Anstrengung gelungen, und auch heute musste er sich dafür nicht sonderlich ins Zeug legen, doch selbst wenn sich eine Gelegenheit ergab, nutzte er sie inzwischen selten und riskierte nur noch gelegentlich einen Seitensprung. Er hatte Freunde, die sich eine oder mehrere Geliebte hielten, aber daran hatte Sebastian nicht das geringste Interesse. Wenn es doch so weit gekommen war, dann war er betrunken gewesen. Nüchtern war er ein treuer Ehemann, dem seine Familie viel bedeutete.

Am folgenden Vormittag würden sie das Boot zu Wasser lassen, und sobald es an seinem Liegeplatz läge, würde er wieder nach London zurückfahren. Er hatte Elinor versprochen, gegen fünf Uhr zu Hause zu sein.

Funken tanzten hinter den Fenstern, als er vor dem Sommerhaus parkte. Emma hatte vermutlich den Kamin angefeuert. Auch wenn es tagsüber warm war, konnten die Abende am Meer noch recht kühl sein.

Er verspürte eine unerklärliche Anspannung. Ungeduldig war er schon gewesen, als er sich in London hinters Steuer gesetzt hatte. In den vergangenen Tagen hatte er immer wieder an Emma denken müssen. Und dabei Fantasien gehabt, die sich für einen verheirateten Mann alles andere als ziemten.

Er klopfte, um sie nicht zu erschrecken, aber sie machte sofort die Tür auf, als hätte sie schon auf ihn gewartet. Ihr Morgenmantel deutete darauf hin, dass sie bereits am Zubettgehen war, trotzdem half sie ihm aus dem Mantel und erkundigte sich, wie die Fahrt gewesen sei. Sie musste vor Kurzem geduscht haben, denn ein leichter Parfumduft hing in der Luft, als sie vor ihm her ins Wohnzimmer ging.

Noch hatte er keine Ahnung, dass sie unter dem Morgenmantel splitterfasernackt war. Erst nachdem er sich einen Drink eingeschenkt hatte, sah er ihre Brüste unter dem glänzenden Stoff wogen. Im Schein des Kaminfeuers und der brennenden Kerzen glichen ihre Brustwarzen kleinen

Weintrauben. Er kippte den Drink hinunter und schenkte sich eilig nach. Was wollte sie von ihm?

»Möchtest du auch einen?«, fragte er heiser und hob sein Glas in ihre Richtung. Sein Atem ging plötzlich schwer.

»Danke.« Durch ihre Geste glitt der Stoff auseinander und gab den Blick auf ihre fülligen Brüste frei. Als er sie zuletzt gesehen hatte, waren sie klein und fest gewesen. Emma war damals achtzehn und die wissbegierigste junge Frau gewesen, der er je begegnet war. Göttlich in ihrem Eifer, Befriedigung zu erlangen. Wie konnte es sein, dass sie nur ein einziges Mal miteinander geschlafen hatten? Was für eine Verschwendung, dachte er und ließ den Blick über diesen vollendeten Frauenkörper gleiten.

Emma machte keine Anstalten, den Stoff zusammenzuraffen, doch Sebastian wartete darauf, dass sie die Initiative ergriff. Er wurde langsam steif. Konnte er wirklich ... mit Elinors bester Freundin ...? Das Verbotene hatte etwas extrem Erregendes. Weder er selbst noch Emma könnten je mit jemandem darüber reden, sie hätten die geheimste Liebesaffäre aller Zeiten. Er stellte sich vor, wie er es mit ihr überall im Hotel trieb, in den Vorratskammern, in der Küche, im Fahrstuhl, in der Parkgarage, in einer Suite mit zerwühlten Laken, die jemand erst kurz zuvor verlassen hatte. Immer mit der Gefahr im Nacken, in flagranti ertappt zu werden.

Der Gedanke machte ihn verdammt heiß.

Als sie über den glänzenden Morgenmantel strich und den Gürtel öffnete, damit er alles sehen konnte, war es mit seiner Beherrschung vorbei. Er ging vor ihr auf die Knie, hielt ihrem Blick stand, und als sie mit der Zunge ihre Lippen benetzte und einen Schritt auf ihn zutrat, zog er sie an sich. Er küsste ihre Leisten, seine Hände glitten an ihren Schenkeln empor und umfassten dann mit festem Griff ihre Pobacken. Dann zog er ihren Schoß näher und suchte mit der Zunge ihre feuchte Höhle.

Ihre Beine erzitterten. Sie stöhnte, und ihre Hände gruben sich in sein Haar. »Nicht aufhören!«

Sebastian konnte sich nicht erinnern, wann er das letzte Mal seine Lust so erschöpfend gestillt hatte. Es war, als hätte Emma seit Jahren keinen Mann mehr gehabt. Sie sahen einander nicht in die Augen, zeigten keine Gefühle, nur pure Lust. Er war ihr Sexspielzeug, und er zierte sich nicht. Verdammt, was für eine Frau aus ihr geworden war. Sie war vollendet. Sie hatten vergangene Nacht kaum geschlafen. Er war zwar schon ein gutes Stück über vierzig, aber durch ihre Künste hatte er sich wieder jung gefühlt. Wie alt war sie? Dreißig? Ihr Selbstvertrauen war unbeschreiblich sexy. Es war ihr ganz gleichgültig, aus welchen Winkeln und Positionen er sie ansah, sie bot ihm vielmehr ihren Körper dar, und er tat sich gütlich daran, als wäre er vollkommen ausgehungert. Er hatte immer geglaubt, die Eroberung wäre für ihn die größte Befriedigung, aber das hier war die erotischste Erfahrung, die er je gemacht hatte.

Trotzdem *musste* er endlich das Boot zu Wasser lassen, und ein Blick auf die Uhr sagte ihm, dass es höchste Zeit wurde. Er trank seinen Kaffee aus. Die Männer am Hafen warteten schon. Wenn alles glattginge, würde er wiederkommen, um Emma abzuholen, und später auf dem See würde er dann an Deck den feuchten Schimmer zwischen ihren gespreizten Beinen in der Sonne sehen.

»Dann will ich, dass du mich hemmungslos an der Reling nimmst«, hatte sie gesagt, ehe sie unter die Dusche gegangen war.

Er hörte das Wasser prasseln. Vielleicht konnte er mit fünfzig Pfund extra den Stapellauf beschleunigen?

In der Diele kam ihm in den Sinn, dass Emma unrecht gehabt hatte. Durch Sex wog der Kummer leichter. Sebastian hatte kein einziges Mal an Laurence gedacht, seit er am Vorabend aus dem Mantel geschlüpft war.

Stunden später, auf dem Weg nach London, bat Emma Sebastian, von der Autobahn abzufahren. Draußen war es inzwischen dunkel geworden, und Elinor fragte sich bestimmt, wo er so lange blieb. Aber das war ihm einerlei. Die Frau neben ihm hatte ihn vollkommen um den Verstand gebracht.

Unter einer Straßenlaterne hielt er an. »Wir können uns nicht mehr sehen, wenn wir wieder in London sind, Sebastian. Also mach jetzt mit mir, was du willst. Mir ist egal, ob die Leute uns sehen«, sagte sie und öffnete den Knopf im Nacken ihres kurzen Kleides. Er wusste, dass sie nichts darunter trug.

Er suchte ihren Blick. »Wir haben fast alles ausprobiert – außer dass du mich beim Liebemachen ansiehst«, sagte er. »Ich will dir in die Augen sehen, wenn du so voller Lust bist.«

»Ich weiß nicht, ob ich das kann«, entgegnete sie leise.

»Ich will nicht von dir berührt werden – ich will nur ein letztes Mal Sex.«

»Bitte, Emma.« Er wusste nicht, warum er diese Nähe wollte, aber plötzlich war sie ihm wichtiger als alles andere.

Er streichelte ihre bloßen Arme, ihren Nacken, nahm ihr Gesicht in seine Hände und blickte ihr in die Augen. Diesmal wich sie ihm nicht aus. Sie hatten jeden Millimeter ihrer Körper erforscht, doch diese Begegnung war Neuland.

Wärme, wie er sie schon lange nicht mehr gespürt hatte, breitete sich in ihm aus. Und was sagte ihm ihr Blick? Sie war ein Mysterium, die reine Verlockung, und dass diese Begegnung ihre letzte sein sollte, wollte er einfach nicht wahrhaben. Ohne zu blinzeln, sah sie geradewegs durch ihn hindurch. Ihm wurde heiß, und behutsam zog er sie an sich. Er küsste sie, als wäre es das erste Mal. Sie öffnete ihre weichen Lippen, und ihre Zungen fanden einander.

Ich kann gar nicht mehr aufhören, sie zu küssen, dachte er verwirrt. Was war das auf einmal? Diese Zärtlichkeit hatte ihn völlig überrumpelt. Er wollte keinen Sex, er wollte ihr nah sein. Als ihr die Tränen kamen, nahm er sie in den Arm, bis ihre Schluchzer verebbten. Dann küsste er die salzigen Tropfen von ihrer Wange.

»Danke fürs Mitnehmen«, sagte sie mit einem flüchtigen Lächeln, als er vor ihrem Haus gehalten hatte. Ein letzter Blickwechsel, dann stieg er aus, umrundete den Wagen und öffnete die Beifahrertür für sie. Er lud ihre Reisetasche aus, und als er sie ihr übergab, berührten sich ihre Hände. Sie lächelten sich an, dann ging sie in das Haus, in dem sie mit Alexander und Frankie wohnte.

Bei der Heimfahrt ließ Sebastian sich Zeit. Emma raubte ihm alle Sinne. Sie wollte ihn nicht wiedersehen, hatte sich aber bei ihm bedankt, weil er sie auf andere Gedanken gebracht und von ihrer Trauer abgelenkt hatte.

»Aber Elinor ist meine beste Freundin, ich kann ihr das nicht antun«, hatte sie gesagt.

Er stellte das Auto ab, blieb sitzen und ließ die Stirn gegen das Lenkrad sinken.

Emma hatte recht. Das durfte nie wieder passieren.

11

Emma war in die Schule bestellt worden und wurde von einem äußerst aufgebrachten Direktor empfangen, der damit drohte, Frankie von der Schule zu verweisen.

»Den Bruder zu verlieren, ist tragisch, und wir haben Verständnis dafür, dass sie eine schwere Zeit durchmacht, aber Frankie schlägt wirklich über die Stränge, und das können wir nicht länger hinnehmen.«

»Das sieht ihr gar nicht ähnlich«, entgegnete Emma.

»Im Gegenteil«, gab der Rektor zurück. »Seit Monaten ist das Mädchen nicht mehr zu bändigen. Ich kann mir auch nicht vorstellen, dass sie sich lediglich in der Schule unangemessen benimmt.«

Er begriff überhaupt nichts. Das taten nur wenige. Aber Emma verstand ihre Tochter, das hatte sie immer getan. Sie hatte gespürt, dass Frankie sich zurückzog, aber das war auch nicht weiter verwunderlich. Die Familie hatte sich verändert. Emmas und Alexanders Beziehung hatte Risse bekommen, und Frankie spürte das. Emma hatte versucht, zu ihr durchzudringen, aber das war momentan nicht so einfach. Außerdem vermutete sie, dass Frankie in der Pubertät war. Das machte alles nur noch schlimmer.

»Wen hat sie denn niedergeschlagen?«

Der Direktor räusperte sich. »Albert, den Sohn von Dr. Robinson.«

»Und wie hat Frankie das begründet?«

»Der Bursche hat Frankie unziemlich berührt – unbeabsichtigt natürlich.«

»Unbeabsichtigt, sagen Sie?« Emma drückte den Rücken durch.

»Ja, was denn sonst! Jungs in dem Alter wissen doch gar nicht, was sie mit ihren Händen und Füßen machen sollen. Es ist nicht gerade leicht, wenn man so schnell wächst, dass die Knochen ächzen.«

Emma spürte ihren Puls in der Schläfe pochen. »Dann machen wir es doch so.« Sie wollte sich klar und deutlich ausdrücken. »Ich werde mit Dr. Robinson Kontakt aufnehmen, damit er seinen Sohn zur Rede stellt. Und ich werde selbstverständlich mit Frankie sprechen. Können wir uns darauf einigen, dass die Sache damit erledigt ist?«

»Sie sprechen auf keinen Fall mit Dr. Robinson. Er weiß nichts davon, und das muss auch so bleiben.«

»Ich sehe aber keine Alternative«, erwiderte sie und sah ihn unverdrossen an.

»Nein, Mrs Nolan, das ist nicht nötig. Der Junge hat sicher übertrieben, was Frankies Faustschlag betrifft. Wir ziehen einen Schlussstrich unter das Ganze und hoffen, dass die Kinder in Zukunft besser miteinander auskommen. D'accord?«

Schäumend vor Wut kehrte Emma ins Flanagans zurück, pfefferte im Büro ihren Mantel in die Ecke und eilte hinüber zu Elinor, um ihrem Unmut Luft zu machen.

Doch ihre Freundin war nicht da. Stattdessen saß ihr Mann hinter dem Schreibtisch. Er hatte die Jalousien heruntergelassen, deshalb hatte sie ihn durch die Fensterscheibe nicht gesehen. Verdammt!

Sebastians Miene hellte sich auf, und er legte die Zeitung aus der Hand.

»Mach die Tür zu«, raunte er.

»Wo ist Elinor?«, fragte Emma, der es fast den Atem verschlagen hatte.

Was tat er hier? Sie wollte ihm nicht über den Weg laufen, und sie hatten sich auch nicht mehr gesehen seit ... Sie dachte gar nicht daran, die Tür zu schließen.

»Sie ist nach Hause gefahren, weil Billie krank ist und ihre Mama sie umsorgen soll. Ich bin nur hier, um ein paar Unterlagen für sie herauszusuchen, aber ich kann die richtigen Ordner nicht finden. Kannst du mir helfen?«

»Du sitzt doch bloß hier herum und liest Zeitung.«

»Ich habe auf Hilfe gewartet.«

»Hilfe? Von mir?«

Er nickte bedächtig. »Elinor hat gesagt, du weißt, wo alles ist. Wo warst du denn? Sie hat mir gesagt, dass du die Spätschicht hast.«

»Ich war in Frankies Schule. Sie hat einen Jungen niedergeschlagen, der sie belästigt hat.«

»Gut gemacht, Frankie«, sagte er grinsend.

»Der Direktor war da aber anderer Meinung.« Emma zuckte mit den Schultern.

»Sie vermisst Edwin.«

»Ja, das stimmt. Und ihre fröhliche Mutter.«

»Wie fühlst du dich?« Er stand auf, gab der Tür einen Schubs, die klickend ins Schloss glitt, und machte einen Schritt auf sie zu.

Sie traute sich nicht, ihn anzusehen, denn dann würde sie in Tränen ausbrechen. Wie sie sich fühlte? Grauenvoll. Sie war für niemanden mehr zugänglich, hatte sich völlig abgekapselt. Innerlich war sie eiskalt. *Nur mit dir ist das anders*, dachte sie.

»Wie ich mich fühle? Danke, gut, danke«, entgegnete sie. »Die Ordner sind dort drüben im Schrank. Welche braucht sie denn?«

Während sie den Dokumentenschrank aufschloss, stellte er sich hinter sie, und ihr Körper reagierte, als hätte er sie berührt: Lust und Verlangen pulsierten durch ihre Adern, jede Zelle ihres Körpers spürte seine Nähe. Sie errötete und schluckte trocken. Wenn sie sich nur ein bisschen nach hinten lehnte ...

»Emma, ich ...«

»Welche Ordner?« *Bleib bei mir*, dachte sie.

»Die Verträge 71 und 72.«

Sie spürte seinen Atem, seine Wärme.

Sie reichte ihm die Ordner, die Elinor brauchte, über die Schulter und schloss den Schrank wieder ab.

»Dreh dich um.«

Sie schüttelte langsam den Kopf. Erst wurde ihr heiß,

dann lief es ihr eiskalt den Rücken hinab, als er einen Schritt zurücktrat.

Komm zurück, wollte sie rufen.

»Grüß Elinor, und sag Billie gute Besserung«, sagte sie, als er schon die Tür erreicht hatte.

Geh nicht. Bitte. Aber das behielt sie natürlich für sich.

Ihre Blicke begegneten sich in einer endlos langen Sekunde, dann öffnete er die Tür und verließ das Büro. Sie musste sich erst sammeln, ehe sie wieder in ihr eigenes Büro zurückkehren konnte. Das alles war doch der pure Wahnsinn.

Auf ihrem Schreibtisch lag ein zusammengefalteter Zettel.

Emma, ich schlafe heute Nacht im Ritz. Checke als Mr Lester ein. Bitte komm – ich brauche dich.
Sebastian

Als wüsste nicht jeder in dem Konkurrenzhotel, wer Sebastian Lansing war. Emma lächelte schief und schob die Nachricht in *Stolz und Vorurteil* von Jane Austen. Sie hatte das Buch am Vormittag gekauft und wollte den Zettel als Reminiszenz an ihre Willensstärke aufheben.

In dieser Nacht übernachtete sie im Flanagans, wie immer, wenn auf ihre Spätschicht direkt eine Frühschicht folgte. Obwohl sie hundemüde war, konnte sie nicht einschlafen. Zuerst ging Frankie ihr nicht aus dem Kopf. Emma und Alexander versuchten beide, sie dazu zu bewegen, sich ihnen gegenüber zu öffnen, aber wenn sie mal aus ihrem

Zimmer kam, dann nur, um zu essen. Ansonsten blieb sie für sich. Aber war das verwunderlich? Die Stimmung in der Familie war gedrückt, niemand sprach sonderlich viel. Wie sollten die Nolans jemals wieder glücklich werden?

Emma wälzte sich hin und her. Die Laken klebten an ihrem Körper. An Einschlafen war beim besten Willen nicht zu denken. Irgendwann stand sie wieder auf und stellte sich unter die Dusche. Ihr fiel kein auch nur annähernd vernünftiger Grund ein, sich mit Sebastian zu treffen; es war, als hätte ihr Körper sich von allem losgelöst, was in ihrem Kopf vor sich ging. Als sie aus dem Badezimmer trat, zog sie Unterwäsche an und schlüpfte in ihren Mantel.

Kurz bevor sie das Ritz erreichte, war es, als würde sie aufgerüttelt und verstünde erst jetzt, was sie gerade im Begriff war zu tun. Sie winkte ein Taxi heran, und zwanzig Minuten später schlüpfte sie in ihrer Privatwohnung zu ihrem Mann ins Bett und schlief mit ihm. Zum ersten Mal seit Edwins Tod.

Danach fühlte es sich an, als hätte sie Sebastian betrogen, obwohl sie während des Akts nur an ihn gedacht hatte.

12

Linda Lansing stand in ihrem Büro im Flanagans. Sonnenlicht strömte durch die Fenster und kündigte herrliche Tage an. Fjällbacka wartete schon auf sie. Zum ersten Mal hatte sie Elinor und Emma dorthin eingeladen. Hinter Emma lag eine schreckliche Zeit, und es war noch lange nicht ausgestanden. Es war unbegreiflich, wie man den Verlust eines Kindes überstehen konnte, aber Emma musste natürlich auch an Frankie denken. Das Mädchen war eigentlich noch schlimmer dran, weil von ihren Eltern momentan niemand in der Lage war, sich um sie zu kümmern.

Linda hatte Elinors und Emmas Töchter sehr gern. Sie waren von klein auf durch das Hotel gewuselt, und gelegentlich hatte Linda die jungen Damen zum Tee in den Salon eingeladen. Inzwischen war das nicht mehr möglich, denn was bis vor einem Jahr bloß Kabbeleien gewesen waren, hatte sich nach Edwins Tod zu einem regelrechten Kleinkrieg ausgewachsen. Billie versuchte wirklich, nett zu sein, aber Frankie zischte wie eine Schlange, sobald sie sich im selben Raum befanden. Doch das würde sich mit der Zeit wieder geben, sobald Frankie die schlimmste Trauer überwunden hätte. Die beiden wurden größer und wollten vielleicht auch bald im Hotel arbeiten.

Linda ließ ihren Blick ein letztes Mal durch den Raum schweifen und schickte einen stummen Dank in Richtung der Porträts ihrer Vorgänger. Ihr Großvater, der das Hotel gegründet, und ihr Vater, der es ihr vererbt hatte.

»Ich verspreche euch, dieses Hotel in gute Hände zu geben«, flüsterte sie.

Dank der Nachbarn war das kleine Haus in Fjällbacka zu jeder Zeit bewohnbar. Sie sorgten dafür, dass die Heizungsrohre im Winter nicht einfroren, ließen den Kaminkehrer ein, damit der seine Arbeit erledigte, und berichteten Linda, was sie selbst nicht schafften und ihr überlassen mussten. Linda hatte sie zu überreden versucht, nach London zu kommen, um ihnen als Dank für ihre Mühen ein paar Übernachtungen im Flanagans zu spendieren, aber über diesen Vorschlag hatten sie nur gelacht. Es ging ihnen gut auf dem Håkebacken, und nach England zu reisen, fiele ihnen im Traum nicht ein. »Was, glaubst du, würde deine Großmutter sagen, wenn wir dir nicht helfen würden?«, hatten sie gesagt.

Linda nahm die Hussen von Großmutters alten Wohnzimmermöbeln und wirbelte dabei jede Menge Staub auf. Sie beschloss, gleich anschließend zu staubsaugen.

Inzwischen wohnte sie jedes Jahr für ein paar Wochen hier. Allerdings hatte es Zeiten gegeben, in denen sie es nicht über sich gebracht hatte, in dem Haus zu sein, weil ihre Trauer um Großmutter zu groß gewesen war. Als sie sich irgendwann ein Herz gefasst hatte und nach Fjällbacka zurückgekehrt war, wäre sie am liebsten nie wieder fortgegangen. Sie strich über das samtbezogene Sofa. Im Lauf der Jahre war ihr Schmerz von Dankbarkeit abgelöst worden, weil sie mit ihrer Großmutter in diesem Haus hatte aufwachsen dürfen.

Sie hatte die Sehnsucht einfach nicht mehr ausgehalten. Das hatte sie bei ihrer Entscheidung bestärkt. Sie wollte den ganzen Sommer hier verbringen, die Schuhe von den Füßen streifen und in Sandalen schlüpfen, nach Sälvik schlendern, um dort zu baden, und wenn Fjällbacka im Winter unter turmhohen Schneemassen versank, wollte sie wiederkommen. Da war es fast genauso schön wie im Sommer. Und dann gab es da noch Robert. Momentan pendelte er zwischen London und New York, damit sie zumindest eine Woche im Monat zusammen sein konnten. Linda wollte mehr. Sie war vierundvierzig und leitete das Flanagans nun seit dreiundzwanzig Jahren. Es war Zeit für eine Veränderung.

Aus der Küche wehte köstlicher Duft. Auf Großmutters verschlissener Küchenbank standen ein Teller mit Zimtschnecken und eine Thermoskanne Kaffee. Die Nachbarin hatte beides dort hingestellt. Das machte sie jedes Mal, wenn Linda zu Besuch kam.

»Mädels«, rief sie, damit Emma und Elinor, die gerade das Haus in Augenschein nahmen, zum Kaffeetrinken kamen. »Der Kaffee ist fertig! Ihr könnt natürlich auch Tee bekommen, aber in diesem Teil der Welt ist Kaffee das Wichtigste.«

»Ich weiß«, sagte Elinor und lächelte. »Ich kenne Kaffee

seit meiner Kindheit. Meine Mutter behauptet, dass die Schweden Kaffee lieben.«

»Das stimmt auch. Setzt euch«, sagte Linda und deutete auf die Sprossenstühle am Tisch. Die blaue Farbe blätterte bereits ab, im Sommer würde sie ihnen einen neuen Anstrich verpassen. In Weiß, der ursprünglichen Farbe. Das Haus musste ebenfalls gestrichen werden. Die Wand mit der Haustür, die zum Meer zeigte, war schon recht mitgenommen, und das Haus war längst nicht mehr so schön, wie es eigentlich sein sollte. Ihrem Großvater würde die Hutschnur platzen, wenn er vom Himmel aus sehen könnte, wie schlecht sie sich um das Haus kümmerte, das er einst errichtet hatte. Die Nachbarn hatten ihr bereits einen Maler empfohlen, und es war höchste Zeit, das Projekt in Angriff zu nehmen.

»Es ist wirklich nett von dir, dass du uns eingeladen hast«, sagte Elinor, die ganz hingerissen gewesen war, als sie von der Bushaltestelle durch den Ort und dann den Håkebacken hinaufspaziert waren. Sie habe noch nie ein schöneres Fleckchen Erde gesehen, hatte sie gemeint, und Linda hatte zustimmend genickt, denn genau so war es. Fjällbacka könnte jeden Schönheitswettbewerb gewinnen.

»Ich habe ein Anliegen«, begann Linda und sah Emma an, die leicht abwesend wirkte. Es war ein Wunder, dass Emma sich überhaupt noch auf den Beinen halten konnte. Aber bei der Arbeit sei sie abgelenkt und denke nicht permanent daran, dass Edwin nicht mehr da sei, hatte sie gesagt.

Sie sah blass, beinahe durchsichtig aus, und die Kleidung hing ihr viel zu locker am Leib. Sollte Linda ihr wirklich die Frage stellen, die sie ihr schon so langew stellen wollte? Ja, beschloss sie. Dies würde die Zukunft des Hotels beeinflussen und ergab somit Sinn.

»Ich möchte kurz mit Emma allein sprechen«, fuhr Linda fort. »Hinter dem Haus gibt es eine hübsche kleine Sitzgruppe, setz dich gern dorthin, Elinor, und nimm dir einen Kaffee und eine Zimtschnecke mit!«

Nachdem Elinor gegangen war, schenkte Linda sich Kaffee nach. Emma lehnte kopfschüttelnd ab. »Danke, ich habe noch.«

»Was ist los, Emma? Ich merke doch, dass du Elinor ansiehst, als hättest du etwas auf dem Herzen. Was ist passiert?«

Emma bekam prompt rote Wangen. »Darüber kann ich nicht mit dir reden, Linda.«

»Und wenn ich dir sage, dass ich zu wissen glaube, worum es geht?«

»Dann musst du mir auch sagen, was du zu wissen glaubst«, entgegnete Emma.

Linda sah sich um, weil sie sichergehen wollte, dass sie wirklich allein waren.

»Ich glaube, dass Sebastian Frankies Vater ist.«

Emma zuckte zusammen, als hätte jemand sie geschlagen. Dann senkte sie beschämt den Blick.

Es war also wahr. Linda hatte den Verdacht gehabt, seit sie Frankie zum ersten Mal gesehen hatte. Ihr Cousin hatte nicht nur Elinor erobert und geschwängert, er hatte mit Emma genau das Gleiche getan. Himmel, was für ein

Durcheinander! Elinor konnte das unmöglich wissen und Sebastian ebenso wenig. Aber was wusste Alexander?

Emma hob langsam den Blick und sah Linda ins Gesicht. »Ja, es stimmt«, flüsterte sie. »Aber das darf nie jemand erfahren, versprich mir das, Linda! Ich hab es nie einer Menschenseele erzählt.«

Linda nahm Emmas Hand. »Du kannst dich auf mich verlassen«, sagte sie. »Aber bist du dir sicher, dass du es für dich behalten willst? Haben die Mädchen nicht ein Recht darauf zu erfahren, dass sie Geschwister sind?«

»Doch, wenn ich der Meinung wäre, dass sie dann glücklicher wären, aber genau das glaube ich nicht. Seit Edwins Tod braucht Frankie ihren Vater – Alexander – mehr denn je, und es würde ihr das Herz brechen, wenn sie erfahren würde, dass er nicht ihr leiblicher Vater ist. Und Alexander geht ganz wunderbar mit ihr um.«

Linda sah Emma besorgt an. Das war wirklich ein Dilemma, aber sie konnte da gar nichts tun. Es lag in Emmas Verantwortung, davon zu erzählen und dafür zu sorgen, dass das Geheimnis nicht eines schönen Tages wie eine Bombe einschlug und beide Familien ins Unglück stürzte.

»Dein Geheimnis ist bei mir sicher. Aber es bestärkt mich nur noch mehr in meinem Entschluss. Du und ich, wir werden nie wieder darüber sprechen, wenn du nicht willst, und eigentlich wollte ich mich auch über etwas ganz anderes mit dir und Elinor unterhalten. Komm, wir gehen in den Garten.«

Sie legte sich eine Strickjacke um die Schultern, schob sich ein großes Kuvert unter den Arm, das neben der Tür lag, und schlüpfte in ihre Holzclogs. »Jetzt guck nicht so ängstlich, meine Liebe, ich habe gute Nachrichten«, sagte sie, als sie Emmas unschlüssige Miene bemerkte. Dann nahm sie Emma bei der Hand, weil die wirkte, als müsste sie gestützt werden, um nach draußen und auf den Rasen zu gelangen.

»Ist es nicht herrlich hier«, sagte Linda mit einem Lachen, als sie sich zu Elinor gesellten, die in einem der Gartenstühle hinter dem Haus saß.

»Ja, es ist traumhaft«, antwortete Elinor und drehte ihr Gesicht der Sonne zu.

»Nimm Platz«, sagte Linda zu Emma, deutete auf den Stuhl neben Elinor und ließ sich ihnen gegenüber nieder. »Als Erstes will ich euch sagen, dass ich niemanden kenne, der auch nur ansatzweise so ehrgeizig wäre wie ihr.«

Sie sah die beiden an. So unterschiedlich sie auch waren, sowohl äußerlich als auch innerlich, ergänzten sie einander perfekt. Was immer der einen fehlte, konnte die andere kompensieren, und diese Kombination war einmalig. Außerdem waren sie beste Freundinnen, und Linda hatte das, was sie zu Emma gesagt hatte, ernst gemeint. Sie würde kein Sterbenswörtchen verraten. Alexander war und blieb Frankies Vater.

»Euer Einsatz und eure Begeisterung, die ihr dem Flanagans entgegengebracht habt, seit wir uns vor zwölf Jahren zum ersten Mal begegnet sind, sind einzigartig. Und nun ist es an der Zeit, den nächsten Schritt zu tun.« Sie öffnete das Kuvert und zog zwei Dokumente heraus. »Ich habe hier die Kaufverträge. Ihr beide werdet zusammen achtzig Prozent des Flanagans erwerben, und zwar für den hübschen Betrag von je einem Pfund.«

In den Apfelbäumen rauschte der Wind, kreischende Möwen kreisten über dem Nachbarhaus, wo vermutlich Kabeljau fürs Abendessen ausgenommen wurde. In der Ferne schlug eine Tür, ein Kind lachte, und in Lindas Garten saßen zwei junge Frauen – die zukünftigen Inhaberinnen des Flanagans in London –, die kein Wort herausbrachten.

13

1983

Billie schenkte ihrer Großmutter Tee nach. »Stell dir vor, elf Jahre ist es jetzt schon her, seit ich zum ersten Mal hier war«, sagte sie. »Das war nach Laurence' Beerdigung. Weißt du noch?«

»Der kleine Laurence. Er hat es nicht leicht gehabt«, sagte Großmutter und schien wieder ihren Gedanken und Erinnerungen nachzuhängen. Das tat sie in letzter Zeit immer öfter. Billie kannte die Geschichte von ihrem Onkel, und er hatte es wirklich schwer gehabt, kein Zweifel. Aber das lag auch daran, dass er ein Schuft gewesen war.

»Wie möchtest du deinen achtzigsten Geburtstag feiern, Oma? Sollen wir hier ein Abendessen für dich ausrichten, oder möchtest du lieber ins Flanagans kommen?«

Großmutter schnaubte. »Ist das denn ein Grund zu feiern? Älter zu werden, immer erschöpfter und einsamer – das ist doch deprimierend und kein Anlass zum Feiern!«

»Quatsch«, entgegnete Billie. »Papa hat mich gebeten,

mich um die Organisation zu kümmern, und es ist höchste Zeit, dass du dich entscheidest, wen du einladen willst.«

»Ich bin mit dem engsten Kreis zufrieden – also du, Rose, Lily und dein Papa. Vielleicht fällt mir noch jemand ein, wenn ich noch mal überlege. Mittlerweile gibt es nicht mehr so viele Menschen, die mir lieb wären. Aber dann müsstest du dich wirklich besser anziehen. Was trägst du da überhaupt, mein kleines Mädchen?«

Billie blickte an sich hinunter. Was war an ihrer Garderobe verkehrt? Die Jeans war zwar geflickt, aber sauber. Wahrscheinlich missfiel es ihrer Großmutter, dass der Nabel frei war. Sie konnte natürlich nicht wissen, dass dieses Jahr Billies Jahr des Wandels und der Selbstfindung werden würde. Da sie bis zum letzten Tag des vergangenen Jahres keinen eigenen Stil gehabt hatte, suchte sie sich nun einen. Und heute, fand sie, war ihr das richtig gut gelungen.

Ihre Cousinen Lily und Rose sahen aus, als wären sie der Fernsehserie *Falcon Crest* entsprungen. Kurz nach der Beerdigung ihres Vaters hatte Billie die beiden kennengelernt, zu Hause bei ihrer Großmutter. Billie hatte kondoliert und den Schwestern ihr Mitgefühl bezeugt. War sie zwölf gewesen?

Die um sechs Jahre ältere Rose hatte gekichert und gesagt: »Du hättest dich ruhig waschen können, bevor du herkommst.«

Billie hatte sie angestarrt und nicht gewusst, was sie sagen sollte.

»Tja, mit deiner Hautfarbe passt du einfach nicht zu uns.«

Was sollte man darauf erwidern? Den restlichen Abend

über waren sie freundlich und nett zu Billie gewesen. So war das all die Jahre weitergegangen. Kleine, dezente Spitzen. Meist ging es darum, dass Billies Mutter reich geheiratet hatte und somit wohl eine Mitgiftjägerin war.

»Euer Neid ist einfach widerlich«, hatte Billie einmal gesagt, als sie ihre Wut nicht länger hatte bändigen können.

»Warte mal ... Neid?« Rose hatte sich umgesehen, auf Lily und sich selbst gedeutet und demonstrativ verwundert geguckt. »Meinst du damit uns? Aber teuerste Cousine, worauf sollten wir denn neidisch sein? Deine Mutter hat unseren geliebten Onkel Sebastian dazu gezwungen, sie zu heiraten, als das mit der Abtreibung nicht geklappt hat. Ich frage also noch mal: Worauf sollten wir neidisch sein?« Ihr Gelächter war von den Wänden der großen Wohnung widergehallt. Großmutter hatte sich vor dem Abendessen für ein Nickerchen hingelegt, und nur die Cousinen und eine Hausangestellte waren mit im Salon gewesen.

Sieben Jahre nach diesem Zwischenfall achtete Billie noch immer darauf, dass sie mit ihren Cousinen nie allein war. Sie, die inzwischen keine Eltern mehr hatten, konnten es einfach nicht verknusen, dass Billies Eltern aus Liebe geheiratet hatten. So gut sie konnte, ging sie Lily und Rose aus dem Weg.

Doch Großmutter wollte bei ihrem Achtzigsten selbstredend sämtliche Enkelkinder dabeihaben, und das konnte Billie ihr natürlich nicht verwehren.

»Ich möchte aber, dass Mama auch dabei ist«, sagte Billie.

»Das kommt nicht infrage, und das weißt du. Du bist

mein Fleisch und Blut. Deine Mutter ist etwas völlig anderes.«

»Kannst du damit nicht endlich abschließen?«, seufzte Billie. »Mama und Papa sind seit über zwanzig Jahren glücklich verheiratet.«

»Nein, habe ich gesagt. Sonst gibt es gar kein Geburtstagsessen.«

Als Billie das Haus ihrer Großmutter verließ, beschloss sie, die Versuche aufzugeben, ihre Familie zu versöhnen. Es war sinnlos. Ihr Vater würde sie dabei auch nicht unterstützen. Er hatte einmal gesagt, es sei gut für Elinor, sich Großmutters Kommentare nicht anhören zu müssen, und deswegen umso besser, wenn sie keinen Kontakt hätten. Und wenn man ihre Mutter fragte, was sie wollte, dann sagte sie ohnehin nur, erst wenn Großmutter sie eines Tages um Entschuldigung bäte, würde sie sich wieder mit ihr treffen.

Doch bestenfalls würde Billie sowieso nicht mehr lange zwischen den Fronten stehen und versuchen, die anderen dazu zu bewegen, das Kriegsbeil zu begraben. Sie hatte sich an den Universitäten von Göteborg und Uppsala beworben, war im ersten Anlauf nicht genommen worden, hoffte aber auf ein Wunder und darauf, dass sie über die Warteliste doch noch einen Studienplatz bekäme. Wenn dieser Fall einträte, was sich in den nächsten Tagen herausstellen würde, weil das Semester schon bald begann, würde sie sich ins nächste Flugzeug nach Schweden setzen. Deshalb könnte es für sie schwierig werden, Großmutters Geburtstag zu planen, aber dann müsste sie eben ihren Vater bitten, sich darum zu kümmern.

Schweden hatte sie schon immer angezogen. Ihre andere Großmutter stammte aus Uppsala und hatte Billie ziemlich viel Schwedisch beigebracht, und als sie jünger gewesen war, hatte Billie die Stadt immer wieder besucht. Wenn sie in Göteborg einen Platz bekäme, würde sie Linda in Fjällbacka besuchen können, denn die verbrachte jeden Frühling und Sommer dort. Ihr wären beide Städte recht, dachte Billie.

Wenn man über zwanzig war, wurde es langsam Zeit, auf eigenen Beinen zu stehen, und wenn das hier ihr Jahr werden sollte, dann musste sie lernen, Verantwortung zu übernehmen. Zu Hause wurde sie fast immerzu bedient, es hatte stets eine Nanny an ihrer Seite gegeben und eine Haushälterin, die sich um alles gekümmert hatte. Außerdem hatte ihre Mutter alles unter Kontrolle, obwohl sie mehr als Vollzeit arbeitete. Billie hatte niemals gekocht, nie Wäsche gewaschen, nie Geldsorgen gehabt, und jetzt lechzte sie nach verfärbter Wäsche, angebrannten Kochtöpfen und danach, jeden Penny zweimal umzudrehen, wie es die anderen in ihrem Alter auch tun mussten.

Sie hatte mit ihren Eltern darüber geredet, ihre Mutter hatte ihr beigepflichtet und vorgeschlagen, sie könne ja Haushälterin Magda entlasten, aber dagegen hatte ihr Vater protestiert und eingewandt, das sei völlig ausgeschlossen, Magda würde sich auf den Schlips getreten fühlen.

Billie hatte in letzter Zeit viel über ihre Eltern nachgedacht. Als sie noch jünger war, hatte man ihren Eltern richtig angesehen, wie sehr sie einander mochten; inzwischen saßen sie kaum mehr zusammen und unterhielten sich auch nicht mehr wie früher. Der eine kam, wenn die andere ging, so wirkte es jedenfalls. Sie hatten zwar nie Streit, trotzdem hatte Billie das Gefühl, dass sich zwischen ihnen etwas verändert hatte. Immer wieder ertappte sie sich dabei, wie sie ihre Eltern heimlich beobachtete.

Um ihre Mutter brauchte sie sich keine Sorgen zu machen, sie war so klug und selbstbewusst, sie kam immer zurecht. Aber mit ihrem Vater war das etwas anderes. Er hatte nach dem Krieg unglaublich viel Geld verdient, und seit er nach Laurence' Tod seinen Anteil an deren Firma verkauft hatte, brauchte er erst recht keinen Finger mehr krumm zu machen. Wann immer es im Flanagans etwas zu feiern gab, war er mit Feuereifer dabei. Er liebte große Partys, hatte sie immer schon geliebt.

Obwohl es besser wäre, wenn er nicht feierte. Wenn er betrunken war, dann war er einfach nur anstrengend.

Frankie genoss es sichtlich, darauf anzuspielen, wie sehr Billies Vater dem Alkohol zugetan war. »Dein Vater feiert wirklich gern. Schau, schau, gleich kippt er um«, sagte sie dann, und sobald er wirklich ins Torkeln geriet, brach sie in schallendes Gelächter aus. Vor ein paar Wochen war er im Flanagans mal wieder betrunken gewesen, und Billie hatte mitbekommen, wie Elinor ihn zurechtgewiesen hatte. Sie war richtig verärgert gewesen. Wenn er trinken wollte, dann gefälligst anderswo, aber nicht in ihrem Hotel, hatte sie gezischt.

Nach dem Vorfall hatte Billie ihre Mutter gefragt, ob sie

ihren Vater als Alkoholiker betrachtete. Sie hatte überlegt, dann hatte sie geantwortet: »Das ist schwer zu sagen. Ich denke, wenn er trinkt, dann trinkt er zu viel, und genau das ist sein Problem. Aber dazwischen können ja Wochen vergehen. Bei ihm ist es entweder oder.« Sie hatten in Elinors kleiner Suite im Hotel gesessen, in der sie übernachtete, wenn ihre Arbeitstage zu lang wurden.

»Kann ich irgendwie helfen?«, hatte Billie gefragt. »Soll ich mal mit ihm reden?«

»Wenn du deiner Besorgnis auf diese Weise Ausdruck verleihen willst, gern«, hatte ihre Mutter mit einem Nicken entgegnet. »Aber ihm helfen – das geht nicht.«

Was würde aus ihren Eltern werden, wenn Billie nach Schweden ginge? Trank ihr Vater, weil er mit ihrer Mutter nicht mehr glücklich war?

Manchmal fragte sich Billie, wie schwer es sein musste, mit jemandem verheiratet zu sein, der so hoch gesteckte Ziele hatte, der immer noch besser und noch tüchtiger sein wollte.

Billie war damit aufgewachsen, dass ihre Mutter fragte: »Bist du damit wirklich ganz und gar zufrieden?«, wenn Billie Hausaufgaben erledigt hatte, die eingesammelt werden sollten. Als sollte sie damit noch nicht zufrieden sein. Als könnte man immer noch ein bisschen mehr tun.

Elinor glaubte wohl, dass Billie nicht verstand, wie schwierig es in den Fünfzigern für eine junge Schwarze in London gewesen war, aber da lag sie falsch. Billie lebte tagtäglich mit denselben Schwierigkeiten.

»Was machst du denn hier?«, fragte Billie überrascht, als sie vor dem Haus in Belgravia auf Frankie stieß.

»Wieso, was denn?« Frankie sah nicht gerade taufrisch aus, als hätte sie schon länger nicht mehr geduscht.

»Ich meine ja nur. Mama ist im Flanagans, falls du zu ihr wolltest.«

»Mist«, knurrte Frankie. »Okay.« Sie machte auf dem Absatz kehrt und ging Richtung U-Bahn.

»Soll ich etwas ausrichten?«, rief Billie ihr nach, bekam aber keine Antwort.

Ihr Vater war in seinem Büro. »Frankie war hier, sie wollte Mama sprechen. Hat sie nicht dienstags immer frei?«

Er hob den Blick von der Zeitung. »Das ist schon seit einer ganzen Weile nicht mehr so. Deine Mutter hat zu viel zu tun und arbeitet inzwischen die ganze Woche. Was hat Frankie denn gewollt?«

Billie ließ sich auf das Schlafsofa an der Längswand fallen. »Orange, Papa ...« Sie tätschelte die Polster in der grellen Farbe. »Du musst endlich ein bisschen mit der Zeit gehen. Wirf dieses alte Sofa raus, und stell eins aus Leder rein. Das haben jetzt alle. Ein weißes wäre wirklich klasse für dein Büro. Mit den rosafarbenen, glänzenden Kissen aus meinem Zimmer.«

»Aber ich finde mein Sofa bequem«, erwiderte er lachend.

»Mir würde schlecht werden, wenn ich so eins hätte.«

Er murmelte etwas Unverständliches, dann sagte er: »Beantworte bitte meine Frage. Warum war Frankie hier?« Er setzte sich neben Billie aufs Sofa und legte die Füße auf den

Couchtisch. »Mein Büro – ich bestimme«, fügte er hinzu, als er ihre missbilligende Miene bemerkte. »Frankie?«

»Keine Ahnung. Sie sah aus, als hätte sie in einem Schweinestall übernachtet.« Billie verzog das Gesicht.

»Was ist nur mit ihr los? Glaubst du, sie nimmt Drogen?«

»Ja, aber ich weiß nicht, wie oft. Jetzt gerade war sie jedenfalls nicht high.«

»Ich verstehe nicht, warum Emma das nicht unterbindet. Sie setzt ihr keine Grenzen, und dabei kommt so was heraus.«

»Sie hat wohl alle Hände voll mit der Scheidung zu tun.«

»Was? Emma und Alexander lassen sich scheiden? Bist du dir sicher? Ich dachte, sie haben sich nur vorübergehend getrennt.«

»Das hat Mama heute Morgen gesagt, als wir im Hotel zusammen gefrühstückt haben.«

Billies Vater nickte, als würde er über etwas nachsinnen.

»Woran denkst du?«

»Dass nicht jede Ehe der Trauer standhält. Emma hat nach Edwins Tod jahrelang an Depressionen gelitten.«

»Wirklich? Das wusste ich nicht.«

»Ich hoffe jedenfalls, dass sie das einvernehmlich lösen können«, meinte er.

»Du hast Alexander nie gemocht«, bemerkte Billie. »Und ich glaube, ich habe dich auch noch nie mit Emma reden sehen.«

»Das heißt nicht, dass ich ihnen nicht wohlgesinnt bin. Emma ist trotz allem Mamas beste Freundin.«

»Was hast du gegen Alexander?«, fragte sie neugierig. Ihr

Vater mochte die meisten Menschen, aber dass er mit Alexander nicht auskam, war offensichtlich.

»Ach, Alexander ist schon in Ordnung. Die Chemie stimmt bei uns einfach nicht. Ich bin ihm auch nicht sonderlich sympathisch. So was beruht fast immer auf Gegenseitigkeit.«

»Mag sein.« Billie legte die Füße neben die ihres Vaters auf den Tisch.

Er war nüchtern und hatte nicht mal eine Fahne. Da machte es Spaß, sich mit ihm zu unterhalten.

»Ich mag dich, wenn du nüchtern bist, Papa.«

Er zuckte zusammen. »Und damit willst du mir sagen, dass du findest, ich trinke zu viel?« Er spähte zu ihr.

»Ja. Findest du nicht?«

Er ließ sich mit der Antwort Zeit. »Doch, da hast du wohl recht. Hat Mama dir gesagt, dass du mit mir darüber sprechen sollst?«

»Nein, aber ich mache mir Sorgen. Wenn du betrunken bist, bist du irgendwie ziemlich anstrengend.«

»Ich denk drüber nach«, sagte er. »Ich denke ernsthaft darüber nach.«

14

Frankie brauchte Geld. Was sie auf dem Konto gehabt hatte, hatte sie Carol geliehen, die versprochen hatte, es ihr zurückzuzahlen, sich aber natürlich nicht an ihr Versprechen gehalten hatte. Das machte Frankie fuchsteufelswild. Warum blieb es immer an ihr hängen, sich um die finanziellen Nöte von anderen zu kümmern? Wie die Dinge momentan lagen, wusste sie nicht mal, warum Carol überhaupt mit ihr zusammen sein wollte. Vielleicht weil Frankie zwei Monate lang für Miete, Verpflegung und Carols Drogen aufgekommen war?

Zu dumm, dass Elinor nicht zu Hause gewesen war. Hatte sie dienstags nicht immer frei?

Frankie hätte sich gern sowohl von Elinor Geld geliehen als auch mit ihr geredet; sie hatte nicht die geringste Lust, sich ihrer eigenen Mutter anzuvertrauen. Aber Emma hatte bei Carol angerufen und erzählt, dass sie sich scheiden lassen würde.

»Wundert mich nicht, dass er nicht mehr mit dir zusammen sein will«, hatte Frankie geantwortet. »Du bist ja auch eiskalt zu ihm.«

Später hatte sie ihren Kommentar bereut; schließlich gehörten zu einer Ehe immer zwei.

Ihr Vater war ein Trottel und ein Waschlappen. Aber obwohl sie ihrer Mutter angehört hatte, dass Frankies Bemerkung sie traurig gemacht hatte, hatte Frankie sich nicht entschuldigt. Emma hatte sie nach Edwins Tod zu einer Therapeutin geschickt. So war es wohl einfacher gewesen, als selbst zu versuchen, zu Frankie durchzudringen. Andere Mütter wie etwa Elinor trösteten ihre Kinder, wenn sie Kummer hatten. Aber nicht Frankies Mutter. So etwas überließ sie anderen.

Bei der Therapeutin hatte Frankie keinen Ton gesagt. Sie war zu ihr geschickt worden, weil sie eine Idiotin gewesen war und nach außen sichtbar gewesen war, wie sehr sie trauerte. Die Seelenklempnerin hatte Frankie dazu bringen wollen zu erzählen, wie es war, den kleinen Bruder zu verlieren, aber Frankie war nicht dumm. Nach drei schweigend ausgesessenen Sitzungen hatte die Therapeutin entschieden, es habe keinen Sinn. So könnte sie Frankie nicht helfen.

Seit Edwins Tod hatte Frankie nicht mehr geweint, und dass ihre Eltern sich scheiden lassen wollten, tat ihr kein bisschen leid. Trotzdem hatte sie nicht übel Lust loszuheulen, denn was sollte sie ganz ohne Geld machen? Sie hatte Bauchweh, so hungrig war sie. Natürlich könnte sie im Flanagans direkt in die Küche spazieren und sich Londons bestes Dreigängemenü servieren lassen, aber das bliebe ihrer Mutter nicht verborgen. Und dann hätte Frankie verloren. Was genau sie dann verloren hätte, wusste sie auch nicht, aber es war einfach so.

Ebenso gut könnte sie wieder heim zu Carol gehen. Sie hatte zwar nie Geld oder Lebensmittel im Haus, dafür aber andere Dinge, die das Dasein ein bisschen angenehmer machten.

Frankie setzte einen großen Schritt über den Müll, der in der Diele stand, und ging in die Küche. Dort herrschte heilloses Durcheinander: Pizzakartons, schmutzige Teller, verkrustete Bratpfannen. Benutzte Gläser bis zum Abwinken. Die Spüle quoll über vor leeren Flaschen, Streichhölzern und Haschischpfeifen. Es gab weder Seife noch Shampoo, und Sex zu haben, ohne sich vorher oder hinterher waschen zu können, war ziemlich eklig.

Außerdem hatte Frankies Luftmatratze ein Loch. Jemand hatte gestern unter schadenfrohem Gelächter ein Loch mit der Zigarette hineingebrannt. Überall war Dreck. Frankie hatte letztes Mal sauber gemacht, jetzt war Carol dran.

»Was guckst du denn so?« Carol saß auf dem Sofa. »Brauchst du was, was deine Laune hebt?«

»Nein, aber können wir heute vielleicht aufräumen? Und du hast noch Schulden bei mir. Ich hab Hunger.«

»Motz, motz, motz. Genau wie meine Mutter. Wenn du hier nur schlechte Stimmung verbreiten willst, brauchst du nicht mehr herzukommen.«

Frankie bekam einen Schreck. Carol konnte sie doch nicht einfach rauswerfen, wo sollte sie denn hin?

Ein paar Jahre zuvor hatte sie mit John geschlafen, der im Flanagans an der Rezeption gearbeitet hatte, und sie hatte damit gedroht, ihrem Vater davon zu erzählen, wenn John ihr nicht gelegentlich für eine Nacht eine Suite organisierte. Sie hatte keine Ahnung, wie er es angestellt hatte; aber aus Angst, seinen Job zu verlieren, hatte er sich von ihr erpressen lassen.

Ihre Partys in den Suiten waren nicht von schlechten Eltern gewesen. John war die Kinnlade runtergeklappt, als er tags darauf das Schlachtfeld gesehen hatte. Verglichen mit den Feiern hier war das eine andere Liga gewesen. Im Hotel hatte es Luxus gegeben, Champagner und Geknutsche im Himmelbett, während hier alles schmuddelig war und es meist nur um Drogen und ungeschützten Sex ging. Es war Jahre her, dass sie John derart ausgenutzt hatte; seit sie volljährig war, fand sie Erpressung kindisch. Schlimmstenfalls musste sie ihn eben bitten, sie im Hotel zu verstecken.

»Tom ist schon unterwegs, er bringt seinen Kumpel Sam mit, und der hat ein paar Extras dabei«, sagte Carol.

»Ein paar Extras?«

»Er hat was Stärkeres, Besseres.« Sie senkte die Stimme, als würden sie abgehört werden. »Und weil wir kein Geld haben, zahlen wir eben in Naturalien.«

Frankie zuckte mit den Schultern. Sie hatte dies alles ziemlich satt. Und wenn sie ganz ehrlich war, dann war das hier inzwischen doch nichts weiter als eine Fixerbude.

Bevor sie zu Carol gezogen war, hatte sie es bei ihrer Freundin zu Hause immer gemütlich gefunden. Wenn sie sich jetzt in der schmutzigen, heruntergekommenen Wohnung umsah, war da kein Quäntchen Gemütlichkeit mehr. Sie musste weg hier, bleiben konnte sie auf keinen Fall. Es fühlte sich an, als wäre sie fertig – mit den Drogen, mit Carol … Frankie wusste, dass sie kein Junkie war, sie hatte nur dazugehören wollen und alles mitgemacht, was die Clique getan hatte. Damit war jetzt Schluss. Nur hatte sie keine andere Bleibe. War sie wirklich so tief gesunken, dass sie wieder nach Hause zurückziehen musste? Die Alternative erschien ihr noch grauenvoller als die Option, bei Carol zu bleiben.

»Sind Sie Frankies Mutter?«

»Ja«, antwortete Emma am Telefon. »Was ist mit Frankie? Mit wem spreche ich überhaupt?«

»Ich bin Carol. Mit Frankie stimmt irgendwas nicht. Sie wacht nicht mehr auf.«

Ihre Hand begann zu zittern. »Was soll das heißen? Wo ist meine Tochter? Warum wacht sie nicht mehr auf – was habt ihr mit ihr gemacht?«

»Jetzt mal halblang, der Krankenwagen ist schon unterwegs. Vielleicht hat sie zu viel genommen, vielleicht war auch der Stoff gestreckt – woher soll ich das wissen?«

Carol nuschelte und war kaum zu verstehen. Emma versuchte, die Fassung zu bewahren. »Wo ist sie jetzt? Wo wird sie hingebracht?«

Sie hörte Carol rufen: »Ist offen!«, und dann: »Die Sanitäter sind jetzt da. Bye!«

»Frag sie, zu welchem Krankenhaus sie fahren …«

Aber Carol hatte schon aufgelegt.

Emma rief sofort Elinor an. Das Freizeichen ging ins Leere. »Bitte, geh ran, Elinor, bitte«, murmelte sie.

»Ja? Sebastian?«

Bitte nicht! Ihr kamen die Tränen. »Hallo, hier ist Emma. Frankie hat eine Überdosis genommen, der Krankenwagen hat sie mitgenommen, aber ich weiß nicht, wohin. Du musst mir helfen, Sebastian.«

»Dann leg jetzt auf. Ich rufe zurück, sobald ich weiß, wo sie ist. Bleib ruhig und sorg dafür, dass jemand den Wagen vorfährt.«

»Danke!«

Sie musste Alexander Bescheid geben. Sie hatte kürzlich per Kurier die Scheidungspapiere erhalten und seither nicht mehr mit ihm gesprochen. Sie wusste nicht, ob Alexander mit Frankie Kontakt hatte. Aber er liebte seine Tochter und würde es Emma nie verzeihen, wenn sie ihn nicht informierte.

Sie nahm den Apparat, auf dem sonst die Angestellten anriefen. Es hob niemand ab. Gerade als sie wieder aufgelegt hatte, klingelte das Telefon im Schlafzimmer.

»Sie ist im St. Thomas«, sagte Sebastian. »Wir warten auf dich vor dem Haupteingang.«

Zusammen mit Sebastian und Elinor stürzte Emma durch den Eingang zur Notaufnahme.

»Das war verdammt knapp«, sagte der Arzt, sowie er den Warteraum betrat. Er setzte sich ihnen gegenüber aufs Sofa. »Wer ist die Mutter?«

»Das bin ich«, sagte Emma.

»Ihre Tochter ist geschwächt, dehydriert und höchstwahrscheinlich mangelernährt. Ist Ihnen das nicht aufgefallen, Mrs …?«

»Nolan. Emma Nolan.« Nein, hätte sie am liebsten geschrien, es ist mir nicht aufgefallen. Stattdessen sagte sie: »Sie ist zu Hause ausgezogen und geht der Familie aus dem Weg.« War das eine Entschuldigung? Hätte sie nicht …?

»Und der Vater, was ist mit dem?«, wollte der Arzt wissen.

»Wir sind getrennt. Ich habe ihn noch nicht erreicht«, erklärte Emma.

»Wie können wir Frankie helfen?«, fragte Elinor, und Emma warf ihrer Freundin einen dankbaren Blick zu, weil sie stets die richtigen Worte fand.

»In solchen Fällen empfehle ich einen Entzug. Sie sollten Ihre Tochter möglichst weit von London wegschicken, damit sie sich erholen, Energie tanken und wieder Lebenslust schöpfen kann. Sie braucht Spaziergänge an der frischen Landluft und die richtige Klinik.«

»Wollen Sie damit sagen, dass sie vorsätzlich eine Überdosis genommen hat?«

»Das kann ich natürlich nicht beurteilen, aber das sollte in jedem Fall geklärt werden. Wir werden Ihre Tochter stationär aufnehmen und ein paar Tage hierbehalten, aber sobald wir sie nach Hause entlassen, sollten Sie umgehend dafür sorgen, dass sie hier rauskommt, weg aus der Stadt und aufs Land. Sie sehen aus, als könnten Sie es sich leisten. Und wenn so etwas passiert, rate ich dringend zu einem Tapetenwechsel.«

Emma nickte. »Gewiss.«

»Kennen Sie möglicherweise eine Entzugsklinik, die Sie empfehlen können?«, erkundigte sich Elinor.

»Ich lasse Ihnen eine Liste ausdrucken.«

»Wann kann ich Frankie sehen?«, fragte Emma leise.

Der Arzt nickte in Richtung Korridor. »Kommen Sie mit.«

»Wir warten hier«, sagte Elinor.

Sebastian hatte unterdessen kein Wort gesagt, aber Emmas Blick gesucht. Sie traute sich nicht, ihm in die Augen zu sehen. Es war ihrer beider Tochter, die eine Überdosis genommen hatte – wie würde er reagieren, wenn er das wüsste?

Mein kleiner, verrückter Liebling, dachte Emma. Das hast du doch nicht absichtlich gemacht, oder? Sie setzte sich auf einen Hocker ans Krankenbett ihrer Tochter, die das Zimmer mit anderen Patienten teilte. Frankie bekam Infusionen und sah aus, als würde sie schlafen.

»Frankie, Liebes, du hast mir wirklich einen gehörigen Schrecken eingejagt.« Emma flüsterte, um die Patienten in den anderen Betten nicht zu stören. »Ab jetzt wird sich einiges zu Hause ändern. Ich tue, was ich kann, damit unser Verhältnis wieder gut wird. Es tut mir im Herzen weh, was ich dir angetan habe, weil ich nicht für dich da war, als du mich gebraucht hast.«

Sie begann zu weinen, und ihre Tränen tropften auf Frankies Hand.

»Wir schaffen das, Frankie, das verspreche ich dir. Du wirst wieder gesund, und ich stehe das mit dir zusammen durch, egal was kommt.«

15

Sebastian lechzte nach einem Drink. Es war nie gut für ihn, wenn er auf Emma traf, und wenn sie in einer Verfassung war wie heute, dann wollte er nichts lieber, als sie zu trösten. Einmal war es ihm gelungen, sie auf andere Gedanken zu bringen, als sie tieftraurig und am Boden zerstört war, aber seitdem hatte es zwischen ihnen keine Berührung mehr gegeben. Hier und da einen verstohlenen Blick, den Funken einer intensiven gemeinsamen Erinnerung, aber mehr nicht.

Womöglich dachte Emma nicht mal mehr daran, zumindest nicht so wie er. Er konnte zu Hause in seinem Arbeitszimmer auf dem Sofa liegen und sich mit Tagträumen von ihr quälen. Seit dem Wochenende im Sommerhaus hatte er sich gefragt, ob er die falsche Frau geheiratet hatte, war dann aber allmählich zu dem Schluss gekommen, dass dem nicht so war. Emma und er waren sich einfach zu ähnlich: impulsiv, leidenschaftlich, grenzenlos. Sie wären beide verglüht, wenn sie ein Paar geworden wären. Elinors Vernunft und Besonnenheit taten ihm gut. Er liebte seine Frau, jedenfalls soweit seine Möglichkeiten dies zuließen, aber er begehrte Emma mehr, als er je eine andere Frau begehrt hatte.

Seit dem Wochenende mit Emma war er in puncto Kontakte mit Frauen immer unvorsichtiger geworden. Er suchte nach einer, die ebenso starke Gefühle in ihm wecken konnte wie Emma. So wäre es einfacher, als die beste Freundin seiner Frau anzuschmachten. Manchmal fragte er sich, ob er von Elinor enttarnt werden wollte, so schlecht, wie er seine Untreue verhehlte. Wenn er darauf aus war, sie zu verletzen, dann schien ihm das zu gelingen, aber obwohl er mit einer Riesenszene rechnete, gab es nicht mal eine Standpauke. Elinor war enttäuscht von ihm, und er musste ein paar Nächte auf dem Sofa schlafen, aber das war schon alles. Es war, als hätte sie sich damit abgefunden, mit ihm und mit ihrer Ehe. Und er wusste nicht, was er dagegen tun sollte.

In den ersten Jahren war Elinor leidenschaftlich gewesen, aber als Laurence Anfang der Siebziger ums Leben kam, hatte sie sich verändert. Und er vermutlich auch. Das war nach der Affäre mit Emma gewesen. Elinor hatte kurz darauf das Hotel gekauft, und auch das hatte sie verändert. Aber da war noch etwas, auch wenn er es nicht in Worte hätte fassen können. Eine gewisse Distanz, die vorher nicht da gewesen war. Wenn er trank, dann war er vermutlich nicht besonders lustig, und das kam in den letzten Jahren immer öfter vor. Doch selbst wenn er sich einen soliden Rausch antrank, konnte er den Gedanken an Emma nicht aus seinem Kopf verbannen, und vielleicht vermisste er genau deswegen die Nähe zu seiner Frau? Und vielleicht war er es, der auf Abstand ging, und nicht Elinor? Dieser Gedanke war ihm erst jetzt gekommen. Er seufzte. Gefühle waren so verdammt kompliziert.

Wie würde es weitergehen, wenn Emma geschieden war? Würde sie sich mit anderen Männern treffen? Davon wollte er lieber gar nichts wissen, aber die Vorstellung ließ ihm keine Ruhe. Wo steckte Alexander bloß? Auch wenn sie getrennt waren, musste er Emma doch zumindest wegen Frankies Überdosis zur Seite stehen.

Auf ihn war Sebastian nie eifersüchtig gewesen. Es war ihm ein Rätsel, wie Emma, dieses Vollweib, sich für einen solchen Mann entscheiden konnte.

Wer hielt sie jetzt, in diesem Augenblick, im Arm? Elinor natürlich, sie war Emma eine große Stütze, genau wie Emma in der Vergangenheit eine Stütze für Elinor gewesen war. Aber war das genug? Wenn er ehrlich war, dann wusste er, dass sie auch ohne Mann problemlos zurechtkam, und das galt für seine Frau genauso. Elinor und Emma hingegen brauchten einander.

Er stand auf und zog die unterste Schreibtischschublade auf, in der er seine Flaschen versteckte. Er musterte sie kurz und schob die Schublade wieder zu. Wenn Emma sich meldete und Hilfe brauchte, dann musste er nüchtern sein.

Zwei Tage später rief sie an, und Sebastian war vollkommen perplex, als er ihre belegte Stimme hörte. Sie wollte wissen, ob sie und Frankie für eine Woche das Sommerhaus bewohnen dürften. Frankie würde demnächst aus dem Krankenhaus entlassen werden, und Emma wollte sie so schnell wie möglich aus London fortbringen und sie dazu überreden, in eine Entzugsklinik zu gehen.

»Selbstverständlich«, sagte Sebastian. »Ich kann euch fahren.«

»Das ist wirklich nett von dir, aber ich glaube, ich fahre lieber selbst. So habe ich mehr kostbare Zeit mit Frankie.«

»Wie geht es ihr?«

»Schlecht. Sie hat Angstattacken, und der Arzt hat uns davor gewarnt, sie aus den Augen zu lassen, ehe sie in einer geeigneten Einrichtung aufgenommen wurde.«

»Weißt du schon, wo sie sich behandeln lassen kann?«

»Ich habe mit Linda gesprochen. Es gibt eine neue Klinik in Kalifornien, Betty Ford hat sie gegründet, du weißt schon, die First Lady? Linda sagt, die Klinik genießt einen ausgezeichneten Ruf. Dort hätte Frankie genug Abstand, und ich denke, das wäre nicht schlecht für sie.«

»Aber in die USA? Ganz allein und ohne Familie?«

»Dann begleite ich sie. Nicht in die Klinik natürlich, aber ich kann mir ja in der Nähe eine Unterkunft mieten. Ich weiß noch nichts Genaueres und warte darauf, dass Linda sich wieder meldet, um mir mitzuteilen, ob Frankie einen Platz bekommen kann oder nicht.«

»Wie lang bist du dann weg?«, fragte Sebastian gedämpft. »Verflucht, Emma, ich ... Wir ...«

»Ich weiß«, sagte sie so leise, dass er sie kaum hörte. »Sag nichts. Ich weiß.«

Es war seit zehn Jahren das erste Zeichen, das sie ihm schickte, und es verschlug ihm die Sprache. Sie empfand genauso wie er. Sehnte sie sich nach ihm auch genauso sehr wie er sich nach ihr? Sie musste es so gemeint haben.

»Können wir uns treffen?«, fragte er schließlich.

»Nein.«

Er räusperte sich. »Und wenn ich dich darum bitte?«

»Ich kann nicht. Ich muss jetzt Schluss machen. Aber wäre es in Ordnung, wenn wir in euer Sommerhaus führen? Ich könnte vorbeikommen und den Schlüssel abholen … bei Elinor?«

Er seufzte enttäuscht. »Ja. Kein Problem. Sag Frankie liebe Grüße.«

»Danke, werde ich ausrichten.«

Er hatte sie missverstanden. Seine unbeschreibliche Sehnsucht nach ihr beruhte keineswegs auf Gegenseitigkeit. Er zog die Schreibtischschublade wieder auf, schenkte sich ein Glas Wodka ein und stürzte es hinunter. Er spürte, wie Wärme und Wohlbehagen durch seine Glieder strömten, und lehnte sich zurück. Betty Ford? Eigentlich hatte auch er jeden Grund, sich in eine solche Klinik zu begeben.

Was seinen Alkoholkonsum betraf, näherte er sich der Schmerzgrenze, das hatte er bereits begriffen, noch bevor Billie ihn darauf angesprochen hatte. Vielleicht hatte er die Grenze sogar schon überschritten? Sei's drum. Er füllte das Glas erneut bis zum Rand.

Er musste mit seinen albernen Fantasien aufhören und endlich einsehen, dass er ein verheirateter Mann war, der eine wunderbare Frau hatte. Damals waren sie ineinander verliebt gewesen, und er trieb Elinor mit seiner Untreue in die Verzweiflung. Dass sie ihre Gefühle inzwischen nicht mehr preisgab, war nur verständlich. Sich immer wieder von der verletzlichen Seite zu zeigen, wie sie es getan hatte, ohne dass er sein Verhalten geändert hätte, war selbstredend inakzeptabel. Er sollte dankbar sein, dass sie nie die Scheidung verlangt hatte, denn dazu hatte er ihr allen Anlass gegeben.

Sie konnten wieder zueinanderfinden. Plötzlich war er voller Hoffnung, trank noch einen Schluck und hatte plötzlich die zündende Idee: Sie würden zusammen verreisen. Nach Italien. Mit dem Auto, genauer mit dem Mercedes Cabriolet. Sie würden mit offenem Verdeck über toskanische Weinberge brausen. Warum hatten sie das nie getan? Weil seine Frau das Hotel mehr liebte als ihn? Nein, so darüber zu denken, war ungerecht. Er hatte zehn Jahre lang ihre beste Freundin begehrt, mit zahllosen anderen Frauen geschlafen und dem Alkohol zugesprochen, als gäbe es kein Morgen. Die Schuld lag bei ihm allein.

Er drehte das Glas hin und her. Frauen hatte er immer schon gut verstanden. Und er verstand auch Elinor. Ihre Willenskraft und ihr Ehrgeiz lagen in der Armut begründet, in der sie aufgewachsen war. Bereits früh in ihrer Ehe hatte sie ihm von ihrer Angst erzählt, wieder dort zu landen, und davon, wie wichtig ihr Unabhängigkeit war. Sein Geld war nicht ihr Geld, so sah sie es. Da spielte es keine Rolle, dass sie keinen einzigen Tag ihres Lebens mehr arbeiten müsste, zumindest nicht, solange sie mit Sebastian verheiratet war. Er bewunderte sie dafür, das wurde ihm immer klarer. Verdammt, was für eine Klassefrau seine Ehefrau doch war!

Er kippte den Wodka hinunter und spürte, wie der Alkohol in der Kehle brannte.

Er würde Elinor zurückerobern. Sie konnten wieder zu

ihrer alten Verbundenheit zurückfinden, wenn sie sich gegenseitig eine Chance gaben.

Er wählte die Nummer von Elinors Büro im Flanagans.

»Schatz, wir verreisen«, sagte er und schnitt eine Grimasse, als er merkte, dass die Zunge ihm nicht recht gehorchen wollte.

Sie stieß einen Seufzer aus. »Hast du wieder getrunken? Ich will nicht mit dir reden, wenn du getrunken hast, und das weißt du.«

»Wir verreisen, du und ich. Nur du und ich. Wir fahren ... in die Toskana. Nur du und ich. Schatz, hörst du mir zu?«

»Ich habe zu tun. Wir reden darüber, wenn ich nach Hause komme. Ich habe Magda gebeten, das Abendessen um sechs Uhr zu servieren. Billie isst mit uns, also sorg dafür, dass du bis dahin wieder nüchtern bist.«

Schon wieder betrunken. Elinor atmete geräuschvoll aus.

Es war sicherlich nur eine Frage der Zeit, bis man ihm die Alkoholsucht ansehen würde, aber bis jetzt war er immer noch genauso attraktiv wie früher. Wenn er allerdings getrunken hatte, wenn sie die Fahne roch und den glasigen Blick bemerkte, zuckte sie schier vor Abscheu zusammen. Sie wusste, was sie dann erwartete: stundenlanges Lamentieren über alles Mögliche, Sätze, die er mit schleppender Stimme pausenlos wiederholte, bis er schließlich einnickte ... Nur wer mit einem Menschen, der zu viel trank, zusammengelebt hatte, konnte nachvollziehen, wie sich das anfühlte.

Die Ziele, die Sebastian einmal gehabt hatte, waren zusammen mit Laurence gestorben. Und trotz des himmelweiten Unterschieds zwischen seiner und ihrer Familie schien sich die Geschichte zu wiederholen. Elinors Vater hatte auch nichts aus seinem Leben machen wollen. Die Arbeit im Hafen war schwer, schmutzig und anstrengend gewesen, trotzdem hatte er Elinors jüngerem Bruder geraten, in seine Fußstapfen zu treten. Ihre Mutter hingegen hatte dafür gekämpft, dass die Kinder eine solide Ausbildung bekamen und einen guten Beruf erlernten – und hatte es selbst bis zur Hauswirtschaftsleitung geschafft. Sie dachte gar nicht daran, in Pension zu gehen. Elinor wusste, dass ihre Eltern nicht mehr miteinander, sondern nebeneinanderher lebten. Und genauso lebte sie mit Sebastian.

Sie hatte jung geheiratet und war sofort Mutter geworden. Dass sie und Sebastian aus verschiedenen Gesellschaftsschichten stammten, hatte sich rasch in mehrerlei Hinsicht gezeigt. Seine Art, sich entspannt zurückzulehnen, weil sich wie gewohnt alles von selbst fügen würde, stand in komplettem Gegensatz zu ihrer Überzeugung, man müsse die Dinge selbst in die Hand nehmen. Ihr war nie etwas in den Schoß gefallen, während Sebastian für seinen Lebensunterhalt keinen Finger krumm machen musste. Elinor würde sich in Grund und Boden schämen, wenn sie den ganzen Tag zu Hause säße und Däumchen drehte. Er hätte das Unternehmen weiterführen sollen, statt es zu verkaufen, das hätte ihm sicher gutgetan.

Bisweilen schoss ihr durch den Kopf, dass inzwischen die Flasche seine Geliebte war, mit der er sich einschloss;

und die Flasche war es auch, an die er dachte, wenn er seinen Gedanken nachzuhängen schien. In den letzten Jahren hatte sie mehr als einmal gestutzt, wenn sie ihn betrachtet hatte: Er hatte verliebt ausgesehen.

Aber besser verliebt in die Flasche als in eine andere Frau. Die Vorstellung, dass er sie verlassen könnte, versetzte sie in Panik. Obwohl sie rein praktisch gesehen natürlich zurechtkommen würde. Wenn er nur endlich vom Alkohol loskommen und sich von anderen Frauen fernhalten würde, dann könnten sie wieder das Team werden, das sie früher gewesen waren. Nichts wünschte sie sich sehnlicher. Zweimal hatte er sich bislang für sie entschieden, aber würde er das auch ein drittes Mal tun?

16

Billie wartete, bis Magda das Dessert serviert hatte. Dann stand sie auf und klopfte feierlich an ihr Wasserglas.

»Mama, Papa – ich habe Neuigkeiten.«

»Dann lass mal hören«, sagte ihr Vater lachend. »Nein, lass mich raten! Du willst uns jemanden vorstellen?«

Sie hatte seine Fahne bemerkt, als sie nach Hause gekommen war, aber jetzt trank er Wasser, und sie hoffte, er hatte sich am Nachmittag nur einen einzigen Drink genehmigt. Er schien jedenfalls nicht beschwipst zu sein.

»Nein, Papa. Ich habe einen Studienplatz bekommen.« Sie spähte zu ihrer Mutter, die strahlte wie eine Straßenlaterne im November und in die Hände klatschte.

»Mein Herz, das ist ja wunderbar! Du machst es aber spannend! Du hast uns gar nicht erzählt, dass du dich irgendwo beworben hast. Dann erzähl mal, welche Uni ist es denn? Oxford? Cambridge?«

»Uppsala.«

»In Schweden?« Ihre Mutter runzelte verwundert die Stirn.

Ihr Vater sah aus wie ein einziges Fragezeichen. »Und

warum willst du ausgerechnet dorthin? Ist das denn wirklich besser als London?«

»Ja, das wird großartig. Ich kann noch mehr Schwedisch und auf eigenen Beinen stehen lernen. Ich habe einen Platz für BWL bekommen. Das Studium soll richtig gut sein. Ich bin über die Warteliste reingekommen, es bleibt also nicht mehr viel Zeit.« Aus dem Augenwinkel sah sie ihre Mutter zustimmend nicken.

»Aber wo willst du dort wohnen?«, wollte ihr Vater wissen. »Soll ich dir was Eigenes kaufen?«

Billie zuckte mit den Schultern. »Es gibt dort sicher Studentenzimmer zur Miete, wie in den meisten Universitätsstädten. Ich möchte mit anderen Studenten zusammenwohnen, wenn das möglich ist. Trotzdem danke, Papa.« Sie lächelte ihn an, weil sie wusste, dass er es nur gut mit ihr meinte. »Ich habe gerade erst die Bestätigung bekommen, dabei hat das Semester schon angefangen. Freut ihr euch gar nicht für mich?« Billie blickte zu ihrer Mutter; deren Reaktion war ihr besonders wichtig.

Als sie die Tränen in Elinors Augen sah, dämmerte es ihr: Ihre Mutter war unendlich stolz. Endlich, dachte Billie, und eine riesige Last fiel ihr von den Schultern. *Endlich.*

»Du studierst in Uppsala!«, rief ihre Großmutter begeistert auf Schwedisch, als Billie in einer der Wäschekammern im Flanagans auf sie stieß.

»Kommst du mich dann besuchen?«, fragte Billie lachend.

Elinors Mutter zog ein Taschentuch hervor, schnaubte

geräuschvoll hinein und strahlte erneut übers ganze Gesicht. »Natürlich komme ich dich besuchen. Hilfst du mir schnell und reichst mir den Stapel Tischtücher von dort oben?«

Billie stellte sich auf die Zehenspitzen und legte den Tischtuchstapel auf den Wagen, den ihre Großmutter bereitgestellt hatte.

»Danke, mein Herz. Stell dir vor, du ...« Dann kam ihr ein anderer Gedanke: »Wo willst du denn wohnen?«

»Das weiß ich noch nicht genau, aber wahrscheinlich in einem Studentenwohnheim. Ich rufe nachher dort an und erkundige mich.«

»Wenn du jemanden brauchst, der besser Schwedisch spricht als du, dann weißt du ja, wo du mich findest.« Ihre Großmutter nahm einen Stapel gestärkte, gemangelte Servietten heraus und legte sie neben die Tischtücher. »Und wann fährst du? Deine Mama muss dich unbedingt begleiten.«

»Warum denn nicht Papa?«, entgegnete Billie mit einem Grinsen.

»Ihr würdet euch nur aus den Augen verlieren, so fahrig, wie ihr beide seid. Nein, du brauchst deine Mama, damit alles Hand und Fuß hat.«

»Es wird sicherlich alles gut gehen«, sagte Billie.

»Deine Mama ist bestimmt im siebten Himmel. Sie hat immer davon geträumt zu studieren, und du machst diesen Traum nun wahr.«

Billie entgegnete nichts. Sie wollte in Schweden studieren, damit sie nicht länger am Erfolg ihrer Mutter gemessen würde. Sie wollte es für sich tun, um erwachsen zu werden.

Sie gab ihrer Großmutter einen Kuss auf die Wange. »Glaubst du, ich komme mit dem Schwedisch zurecht, das du mir beigebracht hast?«

»Ich denke schon. Aber ich kann dir empfehlen, Bücher zu lesen, um deinen Wortschatz zu erweitern. Wenn du erst vor Ort bist und mit anderen Studenten ins Gespräch kommst, lernst du den Rest im Handumdrehen. Was für ein Glück, dass ich immer Schwedisch mit dir gesprochen habe! Mit deiner Mama habe ich das nicht getan, weil ich nicht wollte, dass dein Opa sich ausgeschlossen fühlt.«

»Ich bin wirklich froh darüber, Oma. Brauchst du meine Hilfe noch? Sonst gehe ich jetzt telefonieren.«

Ihre Großmutter warf einen Blick auf den Wagen. »Nein danke, ich habe alles.« Sie wandte sich wieder zu Billie um. »Wie geht es eigentlich Frankie?«

Billie zuckte mit den Schultern. Was sollte sie darauf antworten? Halbwegs gut, vermutlich. Billie hatte gehört, dass Emma und Frankie eine Zeit lang im Sommerhaus wohnen wollten. Sie hoffte für ihren Vater, dass das Haus noch stand, bis sie das nächste Mal hinfuhren. Wenn Frankie beteiligt war, konnte immerhin alles Mögliche passieren. Frankies Überdosis war für Billie nicht so unerwartet gekommen wie für die anderen. Wenn man mit Drogen experimentierte, dann konnte so etwas eben passieren, das war kein Geheimnis.

Billie hatte mitbekommen, wie Frankie sich verändert hatte, und das hätten Frankies Eltern auch getan, wenn sie mal nicht nur ihre eigenen Probleme in den Mittelpunkt gestellt hätten. Deswegen tat Frankie ihr auch ein bisschen leid.

»Ich muss weiter, wir unterhalten uns später weiter«, sagte Billie und drückte ihre Großmutter fest an sich.

»Meinen Glückwunsch noch mal.« Ihre Großmutter strahlte übers ganze Gesicht. »Du weißt, wie man eine Oma richtig glücklich macht!«

Zwei Tage darauf war alles für den Umzug nach Uppsala organisiert, und Billie würde am nächsten Morgen in aller Früh mit ihrer Mutter von Heathrow nach Arlanda fliegen.

Irgendwie war Billie froh, dass ihre Mutter sie begleitete, denn sie war ziemlich nervös. Sie hatte ihre Habseligkeiten bestimmt hundertmal umgepackt.

Ihr Vater lehnte am Türrahmen und musterte Billie, die neben ihren beiden Reisetaschen auf dem Boden saß.

»Versprich mir, dass du nicht nur arbeitest, sondern dich auch amüsierst«, sagte er mit einem Schulterblick, als hätte er Angst, Elinor könnte ihn hören. »Dann hast du viel mehr Freude am Studieren. Und versprich deinem Vater, dass du wieder nach London zurückkommst, wenn du dein Studium in der Tasche hast. Und in den Semesterferien.«

»Versprochen«, sagte sie. »Du musst dich dafür aber um Großmutters Achtzigsten kümmern. Ich komme nach Hause, um dabei zu sein, aber du musst das Fest organisieren«, sagte sie nachdrücklich.

Er nickte.

»Sie will Mama nicht einladen«, fügte sie leise hinzu.

»Mama will sowieso nicht hingehen«, gab er zurück.

»Wo will ich nicht hingehen?«, fragte Elinor und tauchte neben Sebastian auf.

Was für ein schönes Paar, dachte Billie. Allerdings berührten sie sich nicht mehr, jedenfalls nicht so spontan wie früher. Vielleicht erlosch die Lust, wenn man so viele Jahre zusammen war? Billies eigene Erfahrungen von »zusammen sein« beschränkten sich auf ein paar Dates, ein bisschen Geschmuse und ihre verlorene Unschuld, aber das war auch schon alles. Sie verscheuchte den Gedanken wieder. Sie hatte Wichtigeres zu tun.

»Zu Großmutters Achtzigstem«, antwortete sie.

»Verschone mich damit! Ich muss doch nicht wirklich …?« Elinor sah richtig erschrocken aus.

»Nein.« Billie lachte. »Papa ist jetzt für die Planung verantwortlich, und ich bin mir ziemlich sicher, dass er dich nicht einladen will.«

»Gut.« Elinor trat über die Schwelle. »Wie kommst du voran, hast du alles?«

»Ich glaube schon.«

Elinor setzte sich neben Billie auf den Boden. »Ich bin unglaublich stolz auf dich«, sagte sie. »Wie sehr, das kannst du dir gar nicht vorstellen.«

»Während du in Schweden bist, will ich versuchen, deine Mama nach Italien zu entführen. Ist das nicht eine herrliche Idee?«, verkündete Sebastian freudestrahlend.

»Das ist doch toll! Oder, Mama?«, rief Billie begeistert.

Ihre Mutter schüttelte schmunzelnd den Kopf, als hätte Sebastian einen vollkommen abwegigen Vorschlag gemacht. »Denk daran, dass es sich auszahlt, wenn du dich auf dein Studium konzentrierst. Je mehr Zeit du dafür verwendest, desto wahrscheinlicher erhältst du auch Bestnoten.«

17

Emma hatte einen Kloß im Hals, als sie die Steintreppe zum Haus der Familie Lansing hinaufging. Sie wusste, dass Elinor und Billie nach Schweden geflogen waren, und wollte bei Sebastian nur schnell den Schlüssel für das Sommerhaus abholen.

»Komm rein«, sagte er und ließ sie eintreten. »Möchtest du etwas trinken? Leg ab, und fühl dich wie zu Hause.« Er ging vor ihr her ins Wohnzimmer und hinterließ den schwachen Duft von Sandelholz in der Diele.

»Nein danke, ich möchte wirklich nur den Schlüssel ...«

»Nur fünf Minuten«, rief er.

Sie holte tief Luft, knöpfte ihren Mantel auf und folgte ihm ins Wohnzimmer.

»Tee?«

Auf dem Servierwagen neben dem Sofa standen eine Kanne mit Tee und Tassen.

»Wo ist denn Magda?«, wollte Emma wissen.

»Ich habe ihr ein paar Tage freigegeben, jetzt, da ich allein zu Hause bin.« Er schenkte ihnen beiden Tee ein. »Eine Tasse trinkst du aber, oder?«

Sie waren beide älter geworden. Zwei gestandene Erwachsene mit einer gemeinsamen Vergangenheit, mehr nicht. Sie konnten froh sein, dass sie mit dem Schrecken davongekommen waren. Zumindest redete sich Emma das ein, als sie aus ihrem Mantel schlüpfte und ihn auf dem Sofa ablegte. Beinahe hätten sie zwei Familien zerstört, aber sie hatten sich auf ihre Verantwortung besonnen. Nüchtern betrachtet war ihr klar, dass Leidenschaft keine Basis war, auf der man etwas aufbauen konnte. In der Hitze des Gefechts zu widerstehen, war nicht leicht, aber auch das ging vorüber. Sie waren reifer, vernünftiger geworden.

»Okay.« Lächelnd nahm sie die Tasse entgegen. »Sind die beiden gut losgekommen? Hast du seit der Landung schon mit ihnen gesprochen? Weißt du, wie das Studentenzimmer ist? Wie gut, dass Elinor mitgeflogen ist! Sie weiß in jeder Lebenslage, was zu tun ist. Innerhalb von zwei Tagen alles zu organisieren – das würde ich nicht schaffen!«

Sie unterhielten sich, als wären sie alte Freunde, und genau das waren sie auch. Er war in den schwersten Stunden ihres Lebens ein Trost für sie gewesen, und dafür war sie ihm dankbar. Sie war so sehr am Boden zerstört gewesen, dass sie gar nicht richtig gewusst hatte, was sie getan hatte. Es konnte nur so gewesen sein.

»Du kennst doch Elinor«, sagte er lächelnd. »Zitrone?«

»Nein danke. Ja, ihr Organisationstalent ist auch für mich sehr wichtig, ich bin da nicht so strukturiert. Ohne Elinor hätten wir das alles nie geschafft.«

Das Zimmer war geschmackvoll eingerichtet, das hatte sie schon immer gefunden. Elinors Sinn für Stil sorgte für ansprechende Gemütlichkeit. Stuck traf auf moderne Kunst, und am Boden lagen Kelims, die ihre Freundin vom selben Händler bezog, der auch das Flanagans mit Teppichen ausstattete. Um den großen offenen Kamin waren tiefe, helle Ledersofas gruppiert, in denen man komfortabel sitzen konnte. Sich bequem zurückzulehnen, war sehr verlockend, aber Emma traute sich nicht, der Versuchung nachzugeben, obwohl sie eindeutig entspannter war, als sie vermutet hatte. Sie hatte eigentlich vorgehabt, auf der Treppe stehen zu bleiben, während Sebastian die Schlüssel holte, aber nun erkannte sie, wie lächerlich das gewesen wäre.

Als sie kürzlich miteinander telefoniert hatten, war etwas zwischen ihnen passiert. Es war jedoch so unterschwellig gewesen, dass sie sich genauso gut getäuscht haben konnte.

»Aus Betty Ford ist nichts geworden«, sagte sie zögerlich.

»Im Ernst? Ich dachte ...« Er unterbrach sich. »Hast du eine andere Klinik für Frankie gefunden? Sie braucht professionelle Hilfe.«

»Ja, es gibt da eine gute Heilstätte, die gar nicht so weit von eurem Sommerhaus entfernt liegt. Die sehen wir uns mal an, wenn wir da sind.«

»Das klingt doch fantastisch«, sagte er enthusiastisch – als würden sie über einen Kluburlaub plaudern und nicht über eine Entzugsklinik für Drogenabhängige.

»Wollen wir's hoffen.«

»Und was sagt Alexander?«

»Nicht viel.« Sie räusperte sich. Über ihren Ex wollte sie

jetzt nicht diskutieren. Alexander und sie konnten momentan trotz allem miteinander reden, und das war das Wichtigste.

»Ich habe ihn noch nie leiden können«, murmelte Sebastian.

»Aber ich bin auch nicht immer einfach gewesen.«

Sie nippte an dem heißen Tee. Alexander besuchte Frankie fast jeden Tag im Krankenhaus. Physisch erholte sie sich allmählich, doch mental war es schwieriger. Deshalb wollten die Ärzte sie auch noch nicht entlassen. Sie brauchte diesen geschützten Raum noch für ein paar Tage. Frankie bereute, die Überdosis genommen zu haben, aber sie war auch enttäuscht darüber, dass ihre Freunde sie im Stich gelassen hatten. Wenn Emma ihre Tochter besuchte, kehrte sie ihr den Rücken zu, um ihr zu signalisieren, dass sie gleich wieder gehen könne. Doch das war Emma gleichgültig, sie betrachtete lieber Frankies Rücken, als sie allein zu lassen, während alle anderen Besuch bekamen.

Sebastian sah sie nachdenklich an. »Wer ist schon immer einfach, Emma? Ich selbst bin ein Idiot, meine Ehe ist mir alles andere als heilig. Aber das hat, genau wie die Trinkerei, nur wenig mit der Ehe an sich zu tun.«

»Warum trinkst du überhaupt?«, fragte sie, auch wenn ihr klar war, dass sie sich gerade auf ganz dünnes Eis begab.

»Wo soll ich anfangen? Ich sehne mich nach etwas anderem, glaube ich.« Er sah sie eindringlich an. »Ich träume immer noch von uns, und diese Träume sind ...«

Mir geht es genauso, Himmel, ganz genauso.

Sie schluckte trocken. »Ich sollte jetzt gehen.« Mit zittriger Hand stellte sie die Tasse auf der Untertasse ab, sprang auf und zog sich ihren Mantel an.

»Entschuldige, ich wollte dich nicht ... Emma, bitte.« Er ging auf sie zu. Sein Blick loderte. Es war, als würde sie um zehn, um zwanzig Jahre zurückgeworfen. Er machte noch einen Schritt in ihre Richtung. Sein Duft ... unfassbar, sein Duft ...

Halt mich fest.

»Ich muss jetzt wirklich gehen«, murmelte sie. »Könnte ich bitte den Schlüssel ...?«

Emma eilte die Treppe hinab und ging zügig in Richtung Flanagans. Sie hoffte, dass sich ihr rasender Puls schnell wieder beruhigte. In der Drehtür des Hotels rückte sie ihre entgleisten Gesichtszüge zurecht und holte tief Luft, dann schritt sie mit einem Lächeln und einem Nicken durch die Lobby und nahm die Treppe nach oben in ihr Büro.

Nur wenige Angestellte wussten, dass es Frankie nicht gut ging und dass Emma nicht immer erreichbar war. Aber da ihre Tochter nun das Schlimmste überstanden hatte, beschränkte Emma sich auf die regulären Besuchszeiten des Krankenhauses und nutzte die Möglichkeit, wieder zu arbeiten. Solange Elinor in Schweden war, war es unabdingbar, zumindest für ein paar Stunden am Tag vor Ort zu sein. Bis Emma und Frankie ans Meer führen, würde Elinor wieder zurück sein.

Eine halbe Stunde später versuchte Emma gerade, sich auf die Budgetplanung zu konzentrieren, als es klopfte.

Alexander steckte den Kopf zur Tür herein. Emma sah

verwundert von ihrer Arbeit auf und war insgeheim erleichtert, dass es nicht Sebastian war. Sie spürte die Begegnung bei ihm zu Hause noch immer mit jeder Faser. Sie nahm ihre Lesebrille ab.

»Welch überraschender Besuch. Komm rein«, sagte sie und stand auf. »Leistest du mir Gesellschaft bei einer Tasse Tee im Salon?«

Er nickte. »Gern. Ich komme gerade aus dem Krankenhaus. Heute hat sie seit Langem wieder ein bisschen Farbe im Gesicht.«

»Danke, dass du sie so oft besuchst. Du tust ihr gut und hast ihr immer gutgetan.«

Er warf Emma einen verwirrten Blick zu. »Sie ist meine Tochter.«

»Ja, ich weiß, aber ...«

»Kein Aber«, unterbrach er sie. »Sie ist meine Tochter. Bisweilen ihrer Mutter erschreckend ähnlich, aber trotzdem.« Er lächelte.

Emma bedachte ihn mit einem flüchtigen Blick, während sie die Treppe hinuntergingen. »Da stimme ich dir zu. Sie hat viel von mir. Ich frage mich immer mal wieder, ob ich ihr klarere Grenzen hätte setzen müssen. Ob ich mehr von ihr hätte verlangen müssen. Verglichen damit, wie Elinor Billie erzogen hat, bin ich viel zu nachlässig gewesen.«

»Wenn, trifft das auf uns beide zu«, sagte er. »Unsere Tochter hat ihren eigenen Willen, den hatte sie schon immer. Genau wie du.«

Unten in der Lobby winkte Alexander seinen alten Arbeitskollegen an der Rezeption zu.

»Vermisst du deine Arbeit hier gar nicht?«, fragte sie.

Er legte ihr die Hand an den Rücken, während sie in den Salon auf den Tisch zugingen, der stets für Emma und Elinor reserviert war.

Alexander zog einen Stuhl für sie unter dem Tisch hervor. »Nein, ehrlich gesagt nicht.«

Paul, der Oberkellner, trat augenblicklich an ihren Tisch. »Scones?«, fragte sie Alexander, der sich ihr gegenüber niederließ.

Alexander nickte. »Gern.«

Emma dankte Paul und wandte sich dann wieder ihrem Ex zu. »Warum bist du hier?«

Er begegnete ihrem Blick. »Ich werde nach Calais gehen. Du sollst die Erste sein, die es erfährt. Ich spreche natürlich auch noch mit Frankie. Nach ihrer Kur kann sie mich jederzeit besuchen kommen. Es ist gar nicht kompliziert hinzufahren.«

Sie sah ihn perplex an. »Frankreich? Da schau an. Was hast du dort vor?«

»Ich will ein kleines Restaurant kaufen, das ich zusammen mit ... einem guten Freund aufmachen will.« Er befingerte die zarte hellblaue Teetasse aus Knochenporzellan.

Wirkte er peinlich berührt? »Mit einem weiblichen Freund, nehme ich an«, sagte Emma.

Er nickte. »Ja, so ist es.«

»Mit einer alten Bekannten?«

»So in der Art.«

Ihr mustergültiger Ehemann hatte also den tugendhaften Pfad der Ehe verlassen? Das überraschte sie, denn es hatte ihn immer verärgert, wenn sie nicht mit ihm schlafen wollte. Warum war ihm das so sehr gegen den Strich gegangen, wenn er doch eine Geliebte hatte?

»Wie schön, da gratuliere ich!«

Alexander war Mitte vierzig und noch immer sehr attraktiv, stellte sie fest. Einst hatte sie ihn für einen der charmantesten jungen Männer des gesamten Hotels gehalten. Bis über beide Ohren war er in sie verliebt gewesen. Sie hatte ihn ebenfalls geschätzt, aber ihre Unschuld hatte sie leider an Sebastian verloren – und das hatte ihr Feuer für Alexander gelöscht. Was waren sie einst für Kindsköpfe gewesen. Sie ein noch größerer als er.

Als Alexander damals nach Emma gesucht hatte, war Frankie gerade erst wenige Wochen alt gewesen, und Emma hatte keine andere Wahl gehabt: Er hatte ihr versprochen, für sie zu sorgen, und Emma hatte keine bessere Alternative für sich gesehen. Dann war Edwin zur Welt gekommen, und Emma hatte eine immer größere Zuneigung für Alexander empfunden. Vielleicht sogar Liebe? Denn was wusste sie schon, wie Liebe sich anfühlte?

Möglicherweise hatte sie für Alexander in all den Jahren genau das empfunden. Er hatte ihr Geborgenheit gegeben, war jemand gewesen, auf den sie sich verlassen konnte. Er war ein guter Vater und hatte viel Zeit mit den Kindern verbracht. Und er war ein aufmerksamer Liebhaber – sofern Emma in der richtigen Stimmung gewesen war. Und das war manchmal der Fall gewesen, wenn sie zu sehr an Sebastian gedacht hatte … Sie hatte herausgefunden, dass sie sich mit geschlossenen Augen vorstellen konnte, Alexander wäre …

»Emma?« Alexander riss sie aus ihren Gedanken.

Paul brachte ihre Bestellung, schenkte Tee ein und servierte die Scones mit allem, was dazugehörte.

»Entschuldige, ich musste an früher denken. Es ist über zwanzig Jahre her, dass wir angefangen haben, hier zu arbeiten. Dieser Salon war das Schönste, was ich je gesehen hatte.« Sie schüttelte gedankenverloren den Kopf.

»Ich weiß es noch, als wäre es gestern gewesen«, sagte er. »*Du* warst das Schönste, was ich je gesehen hatte.« Er lächelte zärtlich. »Du hast mir mein Herz gestohlen, gleich im ersten Augenblick.«

»Das hast du jetzt mit der Scheidung hoffentlich wieder zurückbekommen«, erwiderte sie und bestrich ihren Scone mit *Clotted Cream* und Marmelade.

Er runzelte die Stirn. »Du glaubst doch wohl nicht, dass ich die Scheidung wollte, weil ich dich nicht mehr liebe?«

»Natürlich. Warum solltest du dich sonst scheiden lassen wollen?«

»Weil es zu sehr wehgetan hat zu bleiben.« Er zuckte mit den Schultern. »Ich bilde mir ein, dass ich eines schönen Tages aufhören werde, dich zu lieben, aber dieser Tag liegt noch in weiter Ferne.«

»Ich weiß nicht, was ich sagen soll«, gestand sie leise. Seine Ehrlichkeit überrumpelte sie. Sie war gerührt.

»Du musst gar nichts sagen, Emma. Es ist, wie es ist. Ich habe das akzeptiert und fühle mich erleichtert, jetzt da wir nicht mehr zusammenleben. Ich würde nur gern noch ein paar Dinge aus dem Safe mitnehmen, die ich in Calais brauche, und ich wäre dir dankbar, wenn du ihn nachher für mich aufmachen könntest.«

»Selbstverständlich.«

Nachdem er seine persönlichen Sachen aus dem Safe geholt hatte, standen sie in der Tür, um sich voneinander zu verabschieden. Sie beugte sich vor und wollte ihm einen Wangenkuss geben, als er sie unvermittelt an sich zog und auf den Mund küsste. Die Lust, die noch immer durch ihren Körper pulsierte, loderte jäh auf, und sie öffnete ihre Lippen für seine forschende Zunge. Sie stöhnte leise und presste sich an ihn. Die Küsse wurden leidenschaftlicher. Ein letztes Mal noch mit Alexander schlafen? *Warum nicht?* dachte sie benommen. Sie hatten nie einen richtigen Schlussstrich gezogen und waren trotz allem zwanzig Jahre lang verheiratet gewesen.

Ihn ins Schlafzimmer zu lotsen, war nicht schwer.

»Hol dich der Teufel«, sagte er anschließend empört.

Wie in aller Welt hatte das passieren können? Und es war himmlisch gewesen. Sie hatte so viel Lust empfunden wie seit Jahren nicht mehr, und er hatte sich seit ihrem letzten Sex allem Anschein nach neue Kenntnisse über den Frauenkörper angeeignet.

»Wie soll ich je über dich hinwegkommen, wenn du wie eine Katze miaust und so eifrig bist wie ein Hundewelpe? Der aggressiven, verbitterten Emma kann ich leichter widerstehen, aber wenn du so bist wie jetzt? Hol dich der Teufel!«

Er stieg hastig in seine Klamotten, und als er angezogen

war, stellte er sich neben das Bett und sah Emma eindringlich an.

»Du hast dein Hemd falsch geknöpft«, zwitscherte sie belustigt. Sie verströmte eine wohlige Wärme, war entspannt und befriedigt. »Jetzt schau nicht so brüskiert, Schatz! Du ziehst schließlich nach Frankreich. Vielleicht komme ich dich mal besuchen«, fuhr sie gut gelaunt fort.

»Du bist dort aber nicht willkommen«, murmelte er, stellte sich vor den Spiegel und knöpfte sein Hemd neu.

»Warum so widerborstig? Schließlich hast du mich geküsst.«

»Weil du nach all den Jahren immer noch Momente hast, in denen du unwiderstehlich bist.«

»Aber das ist doch nicht meine Schuld.«

»Du nutzt es aus, wann immer es dir gerade passt, das hast du immer schon getan. Und ich falle jedes Mal wieder darauf herein.«

»Ist es nicht großartig, dass wir nach einer so langen Ehe Sex haben können und dabei schreien vor Lust? Ich für meinen Teil bin *sehr* zufrieden.« Sie rekelte sich in den Laken.

Er war mit seinem Hemd fertig, wandte sich wieder zu ihr um und hob einen Finger. »Komm mir nie wieder zu nahe, versprich mir das.«

»Sonst?« Sie runzelte die Stirn.

»Du zerstörst mein Leben.« Er schlüpfte in sein Jackett und fuhr sich mit den Fingern durchs Haar.

»Ich muss sagen, du siehst mittlerweile richtig attraktiv aus«, murmelte Emma. Und sie hatte recht. Er trug die Haare im Nacken länger, und sie lockten sich leicht. Das sah gut aus. Das Sakko betonte seine breiten Schultern, und seine Wut verlieh seinem Blick einen ausdrucksvollen Glanz. »Deine ›Bekannte‹ …« Sie malte mit den Fingern Anführungszeichen in die Luft. »Ist sie gut im Bett?«

Jetzt hör schon auf, Emma Nolan, dachte sie dann. Lass ihn einfach gehen. Es hat keinen Sinn. Du bist bloß eifersüchtig.

Er setzte sich auf die Bettkante und schob die Füße in seine Schuhe. Er schwieg, was verständlich war. Aber sein Schweigen irritierte sie, und sie konnte sich nicht bremsen: »Erzählst du ihr, dass du deine Ex verführt hast und zweimal mit mir gekommen bist?«

Alexander griff nach seinem Mantel, den er auf dem Sessel abgelegt hatte, und ließ sie dabei nicht aus den Augen.

Dann trat er wortlos ans Bett und küsste Emma fest auf den Mund. Er zwang ihre Lippen auseinander, und gerade als sie spürte, dass der Kuss zärtlicher und sinnlicher wurde, stand er auf und verließ festen Schrittes die Wohnung.

Emma berührte verwundert ihre pochenden Lippen. Es war wie verhext. Sie konnte sich nicht erinnern, wann sie zuletzt mit Alexander geschlafen hatte, ohne sich vorzustellen, er wäre Sebastian Lansing.

18

In Uppsala war es beißend kalt. Fröstelnd nahm Elinor ihre Strickjacke aus dem Koffer. Sie würde gleich im Hotel zu Abend essen und wollte im Speisesaal nicht frieren. Billie hatte ihr Zimmer im Studentenwohnheim bezogen und sich auch gleich mit ihrer Zimmernachbarin Annika bekannt gemacht. Am Abend wollten die beiden zu einer Studentenvereinigung gehen, um ein paar Kommilitonen kennenzulernen. Also war Elinor allein.

Wie schön es doch war, so jung zu sein wie Billie, dachte Elinor, während sie vor dem Spiegel Lippenstift auftrug. Sie war bestimmt Feuer und Flamme für ihr Studium. Wer wäre das nicht? Sie lächelte ihrem Spiegelbild zu. Sie freute sich unendlich für Billie, die sicher wunderschöne Jahre hier in Uppsala verleben würde.

Sollte sie auch noch einen Schal mitnehmen, oder genügte die Strickjacke? Elinor hängte sich ihre Chaneltasche über die Schulter und zögerte kurz, ließ den Schal dann aber im Zimmer liegen. Wenn sie im Speisesaal fröre, müsste sie eben zurückgehen, um sich wärmer zu kleiden.

Der Maître d'hôtel begleitete sie zur Bar und versicherte ihr, dass ihr Tisch gleich frei werden würde.

Die Bar war umwerfend. Dunkle Wände, Barhocker aus Holz, ein großer offener Kamin, in dem ein Feuer prasselte. Leise Musik drang aus den zahlreichen Lautsprechern in dem weitläufigen Raum. »Kann man hier auch etwas essen?«, erkundigte sie sich.

»Jederzeit, wenn es Ihnen nichts ausmacht, am Bartresen zu sitzen«, gab der Maître d'hôtel zurück.

»Keineswegs, sehr gern.«

Er reichte ihr die Speisekarte. »Schauen Sie sich in Ruhe alles an, ich bin gleich wieder da. Johan, gibst du der Dame etwas zu trinken?«

»Hej«, sagte der blonde Barkeeper. »Willkommen bei Johan.« Sein Englisch war annähernd perfekt.

Sie lachte. »Danke.«

Sie betrachtete seine gepflegten Hände, während er eine Schale mit Nüsschen auf den Tresen stellte.

»Ich glaube, Sie sind heute Abend besonders willkommen.« Sein Lächeln strahlte Herzlichkeit und Wärme aus, als Elinor aufsah und ihre Blicke sich trafen.

Sie sah sich um. »Außer mir ist ja niemand hier«, stellte sie mit einem Schmunzeln fest.

»Und ich hab nicht übel Lust, für alle anderen Gäste zu schließen«, sagte er gedämpft. Sein Blick funkelte verschmitzt.

»Ein Glas Roten, bitte.« Ihr war kein bisschen kalt, im Gegenteil, ihre Wangen glühten.

»Kommt sofort.«

Kurz darauf hatte sie sich für ein Fischgericht entschieden, das nur mit einem Weißwein richtig zur Geltung käme, wie der Maître d'hôtel behauptete. Bis sie fertig war, hatte sie bereits zwei Gläser Weißwein intus. Mindestens, denn Johan hatte eifrig nachgeschenkt, sodass das Glas stets voll gewesen war. Sie war beschwipst und glücklich. Es hatte eine Weile gedauert, bis sie begriffen hatte, dass Johan mit ihr flirtete. Er war jung, mindestens fünfzehn Jahre jünger als sie, aber so süß, dass sie seine Komplimente aufsog wie ein Schwamm.

Sie blieb sitzen, bis die Bar zumachte, dann bestand Johan darauf, sie noch zu ihrer Tür zu begleiten. Im Fahrstuhl knutschten sie wie Teenager. Nach einem weiteren leidenschaftlichen Kuss, bei dem Elinor mit dem Rücken an der Wand im Flur vor ihrem Zimmer stand, schob sie ihn von sich weg und wünschte ihm mit bebender Stimme eine gute Nacht. Dann schlüpfte sie in ihr Zimmer, schminkte sich ab, putzte sich die Zähne und massierte sich bis zum Orgasmus, während sie sich vorstellte, dass der junge blonde Mann fest und tief in sie eindrang.

Am nächsten Morgen kam Billie ins Hotel. »Mama, du riechst nach Alkohol«, sagte sie überrascht.

Elinor war mulmig zumute, als sie aufwachte. Heute an die Küsse und den Wein zurückzudenken, den sie getrunken hatte, war einfach furchtbar. So benahm sich keine dreiundvierzigjährige Frau, die sich von ihrer erwachsenen Tochter verabschieden wollte, die ihr Studium an der Universität aufnahm. Was war nur in sie gefahren? Sie war schließlich verheiratet.

Ihre Wangen brannten vor Scham, als sie daran dachte, wie sehr der junge Schwede sie erregt hatte. Zum Glück war sie nicht mit ihm ins Bett gegangen.

»Ich weiß«, sagte sie. »Ich hab gestern zu tief ins Glas geschaut. Ich saß an der Bar, hab dort zu Abend gegessen, und mir wurde nachgeschenkt, ohne dass ich darum gebeten hätte.«

Billie sah sie neugierig an. »Dann war es doch ein netter Abend?«

»Ja, auf jeden Fall. Und das Essen war ganz ausgezeichnet. Ich hatte einen wunderbaren Abend.«

»Das ist doch schön. Ich hatte schon befürchtet, du hättest allein im Hotelzimmer gesessen und dich betrunken.«

»Ach was.« Sie nahm Billie in den Arm und küsste sie auf ihr Haar. »Weißt du eigentlich, wie stolz ich auf dich bin?«, sagte sie leise. Es kam ihr vor, als könnte sie das gar nicht oft genug wiederholen. Sie war streng gewesen in den vergangenen Jahren – weil sie es gut gemeint hatte, was jedoch oftmals verkehrt gewesen war, denn ihre Tochter hätte vielmehr ihre Unterstützung gebraucht. Das würde Elinor von jetzt an ändern.

Billie nickte. »Ich weiß.« Sie lehnte ihren Kopf an Elinors Schulter.

»Ich tröste mich damit, dass du zum Geburtstag deiner Großmutter wieder nach Hause kommst«, sagte Elinor.

»Davor graut mir jetzt schon! Meine Cousinen kommen

ebenfalls. In den letzten Jahren haben sie sich zwar am Riemen gerissen, aber darauf kann man sich nicht verlassen.«

»Das wird schon gut gehen. Papa lässt Lily und Rose nichts mehr durchgehen.«

»Trotzdem.«

»Ich kann dich ja verstehen. Die Lansings sind nicht einfach. Zum Glück bist du gekommen und hast frischen Wind in diese Familie gebracht.«

»Papa und Linda sind doch auch schwer in Ordnung.«

»Ja, aber Linda wirst du bei der Feier deiner Großmutter vergeblich suchen, da bin ich mir sicher. Auch Linda ist nie besonders nett behandelt worden.«

»Obwohl sie weiß ist«, grinste Billie.

Elinor nickte. »Linda hat Laurence und Sebastian das Hotel vor der Nase weggeschnappt, das war für deine Großmutter Grund genug.« Sie sah auf die Uhr. »Ich muss allmählich los ... Das Taxi ist in zehn Minuten hier. Wartest du noch mit mir, bis es da ist?«

Als sie ihren Zimmerschlüssel an der Rezeption abgab, war eine Nachricht für sie hinterlassen worden.

Dann aber beim nächsten Mal, du!
Küsse überall.
Johan

»Von wem ist das denn?«, wollte Billie wissen, und Elinor wäre am liebsten im Erdboden versunken, als sie vorgab, die Mitteilung stammte vom Hoteldirektor, der sie gern ein weiteres Mal willkommen heißen wollte.

»Hallo? Sebastian, bist du da?« Elinor ließ ihre Reisetasche fallen, schlüpfte aus den Stiefeln und hängte den Mantel auf. »Sebastian?«

Sie ging in die Küche und machte den Kühlschrank auf, rümpfte die Nase und machte ihn wieder zu. »Sebastiaaan!«

Magda kam mit einem Staubtuch in der Hand aus dem Wohnzimmer. »Willkommen zurück, Mrs Lansing! Mr Lansing ist nicht zu Hause.«

»Wissen Sie, wo er ist?«

Die Haushälterin schüttelte den Kopf.

»Gut. Ich will mir nur schnell den Staub von der Reise abduschen, dann gehe ich ins Flanagans. Können Sie bitte den Kühlschrank auffüllen? Mein Mann scheint das vergessen zu haben.«

Magda nickte. »Ich kümmere mich darum. Abendessen?«

»Sie sind ein Schatz, Magda! Nein, Sie können Feierabend machen, sobald Sie eingekauft haben.«

Elinor nahm ihre Reisetasche wieder hoch und ging nach oben ins Schlafzimmer. Wie knapp es in Uppsala im Hotel gewesen war ... Beim nächsten Mal würde sie einfach woanders wohnen. Sie wollte sich nicht noch einmal der Versuchung aussetzen und eine Dummheit begehen.

Das Erlebnis war eher so etwas wie ein Wink, dass sie vielleicht öfter mit ihrem Mann schlafen sollte. Es hatte eine Zeit gegeben, in der sie genauso oft an ihn gedacht hatte wie jetzt an den jungen Barkeeper. Auch wenn sie in den letzten Jahren nicht sonderlich viel Lust empfunden hatte, bestand kein Zweifel, dass ihr Körper wieder zum Leben erweckt werden konnte.

Denn was würde Sebastian tun, wenn sie ihrem Liebesleben nicht schleunigst auf die Sprünge helfen würden? Eines schönen Tages lernte er vielleicht eine andere kennen, mit der er lieber zusammen sein wollte als mit Elinor. Allein bei dem Gedanken daran flammte ihre alte Angst wieder auf, verlassen zu werden.

Das mit der Toskana war vielleicht gar keine schlechte Idee. Sie würde mit ihm darüber sprechen, sobald er nach Hause käme. Wenn er für eine Weile auf den Alkohol verzichtete und einfach er selbst wäre, könnte es richtig schön werden, dachte sie hoffnungsvoll.

19

Im Salon des Flanagans berichteten Emma und Elinor einander, was passiert war, während Elinor in Schweden gewesen war.

Als Emma erzählte, dass Frankie aus dem Krankenhaus entlassen werden würde, seufzte Elinor erleichtert auf.

»Das freut mich zu hören. Und dann wollt ihr in unser Sommerhaus fahren?«

»Ja, gleich nach ihrer Entlassung. Ich hoffe, dass wir gut miteinander auskommen. Ich will mich nicht länger mit ihr streiten, ich will ihr einfach nur nah sein.«

Elinor seufzte wieder. Emma wusste, dass ihre Freundin sie verstand.

»Und jetzt will ich alles aus Schweden hören«, sagte Emma. »Ist Uppsala genauso hübsch wie Fjällbacka?«

Elinor stieg die Röte ins Gesicht, was Emma nicht entging.

»Elinor? Hallo? Da schau her! Hat Frau Lansing etwa Geheimnisse mit nach Hause gebracht?«

Elinor beugte sich vor. »Ich hatte einen Schwips und habe mit einem jungen Schweden geknutscht – und genau davor hatte ich absolute Panik! Ich wollte das alles gar nicht, aber ich konnte nicht anders, ich war ja angetrunken, und du weißt selbst, was man dann für Dummheiten macht – außerdem war er echt süß und hat mir wunderbare Komplimente gemacht, da bin ich schwach geworden«, sagte sie in einem Atemzug. Dann holte sie tief Luft.

»Ich freue mich für dich! Du hast deinen Gefühlen nachgegeben«, flüsterte Emma, weil diese Unterhaltung zwischen den besten Freundinnen für keine anderen Ohren bestimmt war. »Erzähl mir mehr! Oh, Rumknutschen ... Das ist doch immer noch das Beste«, schwärmte sie.

»Ich hab mich wieder wie neunzehn gefühlt«, gestand Elinor. »Als ich jung war, habe ich Sex geliebt. Bevor ich Sebastian kennengelernt habe, hatte ich mehrere Liebhaber. Weißt du noch, wie ich dir erklärt habe, wie man ein Pessar benutzt?«

Emma nickte lächelnd. »Hattest du Lust, mit dem Schweden zu schlafen?«

Elinor zog die Augenbraue hoch. »Wenn ich gedurft hätte ...«

»Du weißt doch, dass Sebastian andere Frauen hat. Warum solltest du keine anderen Männer haben?«

Emma wusste selbst nur zu gut, wie Sebastian war, aber das hinderte sie nicht daran, ihn zu begehren, allerdings war sie auch nicht mit ihm verheiratet. Wenn er *ihr* Ehemann wäre, hätte sie ihn längst in Stücke gerissen.

»Ich weiß nicht ... Ich bin froh, dass ich nicht schwach geworden bin, aber irgendwie bereue ich es auch.«

»Alexander war vor ein paar Tagen hier, und wir haben miteinander geschlafen«, flüsterte Emma.

»Das habt ihr ja nicht mal getan, als ihr noch verheiratet wart«, lachte Elinor. »Soll das heißen, ihr seid wieder ein Paar?«

»Nein, wo denkst du hin!«, entgegnete Emma mit Nachdruck. »Er hat eine neue Flamme, mit der er nach Frankreich ziehen will.«

»Warum war er dann mit dir im Bett?«

»Ich bin offenbar unwiderstehlich.« Emma setzte ein schiefes Grinsen auf. »Ich hätte mich besser beherrschen müssen, aber ich war ein bisschen eifersüchtig, und das war wohl der zündende Funke.«

»Und, war es gut?« Elinor musterte sie neugierig.

»Ja, er ist einfach irre attraktiv, und ich war verrückt nach ihm.« Sie lachte auf. »Ich hab's ja gewusst – wir sind das bessere Team, wenn wir geschieden sind.« Dann wurde sie wieder ernst. »Er will jedenfalls, dass Frankie ihn besucht. Er will mit seiner Neuen in Calais ein Restaurant eröffnen. Vielleicht wäre es ja sogar gut für Frankie, im Sommer einige Zeit dort zu verbringen.«

Elinor nickte. »Ich überlege, mit Sebastian nach Italien zu reisen. Er hat vorgeschlagen, dass wir mit dem Cabrio runterfahren, nur er und ich. Sobald es Frankie wieder besser geht und ich mir ein paar Tage freinehmen kann, versteht sich.«

Das versetzte Emma einen Stich, wie jedes Mal, wenn Elinor und Sebastian gemeinsam etwas unternahmen. Ihre eigenen Gefühle für ihn waren immer noch nicht verebbt.

Sie hatte seine Hände seit über zehn Jahren nicht mehr auf ihrer Haut gespürt. Und er war Elinors Ehemann. Selbst wenn die beiden sich scheiden ließen, würde Emma sich von Sebastian fernhalten. Der Mann einer Freundin war tabu, selbst wenn es der Ex war.

»Das klingt nach einer prima Idee. Und Frankie ist bestimmt bald über den Berg. Ich tue alles, um ihr zu helfen. Im Moment lautet der Plan, dass wir eine Woche lang in eurem Sommerhaus bleiben, und von dort bringe ich sie in eine Entzugsklinik. Soweit ich weiß, dauert die Behandlung recht lange, in manchen Fällen sogar Monate. Das Problem ist nur, dass sie mündig ist. Wenn sie nicht will, dann ...« Emma wagte kaum, daran zu denken.

»Wann holst du sie denn ab?«

Emma warf einen Blick auf ihre Armbanduhr. »In drei Stunden. Aber vorher müssen wir noch ein paar Dinge hier im Büro durchgehen. In deiner Abwesenheit habe ich ein paar mögliche Kandidaten für die Rezeptionsleitung herausgesucht – und neue Gerichte für die Speisekarte besprochen, die die Küche für dich probekochen soll, damit du sie probieren kannst. Das ist eigentlich das Wichtigste. Alles andere ist erledigt.«

Emma setzte sich neben Frankie auf das Krankenbett. »Bist du so weit?«, fragte sie.

Frankie nickte.

Im Auto schnallten sich beide schweigend an, und erst als sie das Krankenhausgelände verlassen hatten und Frankie begriff, dass sie nicht zum Flanagans fuhren, sagte sie etwas.

»Wohin fahren wir denn? Ich will nach Hause.«

»Wir fahren ans Meer, in Elinors und Sebastians Sommerhaus.«

»Und was sollen wir da?«

»Zusammen sein.«

»Du und ich?« Frankie lachte heiser.

»Ja. Wir brauchen das.«

»Mama, woher willst du wissen, was ich brauche? Du hast nie gefragt«, erwiderte Frankie.

Emma nickte. »Da hast du recht. Aber genau das möchte ich in dieser Woche nachholen.«

»Du willst zwölf Jahre in einer Woche aufholen?«

»Zwölf Jahre – was meinst du damit?«

»Zwölf Jahre ist es her, seit du dich aus unserer Familie ausgeklinkt hast«, sagte Frankie. »Und du bist bis heute nicht zurückgekommen.«

Emma wollte zu ihrer Verteidigung vorbringen, dass Frankie ihr die Rückkehr verwehrt hatte, aber sie ließ es auf sich beruhen. Sie würden noch viel Zeit haben, um darüber zu reden.

Emma hatte das Sommerhaus nicht mehr betreten, seit sie mit Sebastian dort gewesen war. Die Fassade hatte einen neuen Anstrich bekommen, aber innen sah alles so aus wie immer, stellte sie fest, als Frankie unter der Dusche stand und sie selbst einen kurzen Rundgang durchs Haus machte.

Sie feuerte den Kamin ein, damit Frankie nicht fror,

wenn sie nach der Dusche im Wohnzimmer saß, und begann dann, das Abendessen vorzubereiten. Sie wollte Chicken Curry kochen, das Frankie seit ihrer Kindheit liebte.

Emma schnitt die Hähnchenfilets in Stücke und suchte in der Küchenschublade nach einem Messer, mit dem sie Zwiebeln schneiden konnte.

Die Fahrt mit Frankie war überraschend glatt verlaufen. Nach einigen Protesten hatte ihre Tochter sich im Land Rover zurückgelehnt und entspannt. Natürlich könnte sie nach wie vor jederzeit nach Hause fahren, und Emma konnte nur hoffen, dass sie ihrer Tochter so begegnete, dass sie bleiben wollte.

Denn Frankie hatte ja recht. Emma hatte sich nach Edwins Tod aus der Familie ausgeklinkt. Einzig die Arbeit hatte ihr geholfen zu überleben. Zu oft hatte sie im Büro übernachtet, statt nach Hause zu fahren. Sie hatte sich mit einer Decke auf das kleine Sofa in der Ecke verkrümelt, ohne auch nur einen Gedanken an Frankie zu verschwenden. Alexander hatte sie in schöner Regelmäßigkeit darauf hingewiesen, wie verkehrt das war, und je öfter sie gestritten hatten, desto seltener hatte Emma Lust gehabt, nach Hause zu fahren. Es hatte nicht lang gedauert, und Alexander hatte geglaubt, sie hätte einen Liebhaber im Flanagans. Die Eifersucht hatte zu weiteren Streitereien geführt, die kein Ende hatten nehmen wollen.

Routiniert schnitt sie die Zwiebel in dünne Scheiben, dann würfelte sie den Knoblauch. Wo hatte sie nur den Reis hingestellt?

»Nettes Häuschen«, stellte Frankie fest, als sie in der Küche auftauchte und sich auf die Küchenbank setzte. Sie hatte sich ein Handtuch um die Haare geschlungen, und ihr Gesicht glühte von der heißen Dusche.

Emma trocknete sich die Hände mit dem Küchentuch ab und öffnete die Packung mit Basmatireis.

»Bist du sehr hungrig? Soll ich mehr kochen?« Sie hielt die Schachtel in die Höhe.

»Geht so«, gab Frankie zurück und blickte aus dem Fenster. »Kann man da baden?«

Emma sah ebenfalls aus dem Fenster. »Möglich, aber sicher weiß ich es nicht. Wir können ja später einen Spaziergang machen und nachsehen, wenn du willst.«

»Einen Spaziergang? Mama, ich bin doch keine Rentnerin. Wir können nachher hingehen, aber *spazieren*? Nee, das mache ich nicht. Ich *gehe*.«

»Dann *gehen* wir eben später dorthin, wenn dem Fräulein das lieber ist.«

Frankie nickte lächelnd und nahm sich das Handtuch vom Kopf. Ihr lockiges Haar floss ihren Rücken hinab.

»In einem der Schlafzimmer müsste ein Föhn sein«, sagte Emma.

»Ich föhne mir die Haare, bevor wir rausgehen«, sagte Frankie. »Ich will mir auch keine Dauerwelle mehr machen«, meinte sie dann. »Ihr beide habt ja Locken, Papa und du, also müsste ich eigentlich auch welche haben.«

Nein, hätte Emma beinahe gesagt. Hast du nicht, du hast Sebastians schnittlauchglatte Haare. Sie sind dicht und schön, aber eben nicht gelockt.

Sie maß den Reis ab. Zwei Tassen sollten reichen, sie kochte lieber zu viel als zu wenig.

»Habe ich dir eigentlich je erzählt, wie es war, als ich neu war im Flanagans und mit Elinor in der Küche gearbeitet habe?«, fragte sie dann.

»Ja. So hast du Kochen gelernt, ich weiß, Mama. Es ist nur traurig, dass du das so selten zu Hause gemacht hast. Als Edwin noch gelebt hat, schon, aber später ...« Sie sprach nicht weiter.

»Was weißt du noch von Edwin? Wir beide haben kaum mehr über deinen kleinen Bruder gesprochen«, sagte Emma.

»Ich kann nichts dafür«, entgegnete Frankie.

»Nein, das war meine Schuld. Ich habe dichtgemacht und traue mich erst jetzt wieder, daran zu rühren. Ich würde gern über Edwin reden und über das, was passiert ist.«

»Du wolltest nicht zurückschauen und ihn einfach vergessen. Was glaubst du, wie sich das für mich angefühlt hat?«

»Ich wollte ihn nicht vergessen, ich ...«

»Er war das Beste, was ich je hatte.« Die Traurigkeit in Frankies Stimme traf Emma ins Mark, und sie musste sich zusammenreißen, um nicht zu weinen.

»Ich war so stolz, dass ich die große Schwester war. Stolz, weißt du? Ich hatte nie zuvor so etwas Wunderbares erlebt. Ich habe ihn geliebt, Mama, verstehst du? Und du hast es nicht fertiggebracht, über ihn zu sprechen. Über das Kostbarste, was wir je hatten.«

Emma streckte die Hand nach Frankie aus, doch ihre Tochter wandte sich ab.

»Papa und ich waren völlig verzweifelt, und du hast uns im Stich gelassen«, sagte sie dann. »Du hast alles im Stich gelassen – außer das Flanagans. Ich hasse dieses verfluchte Hotel.« Ihr kamen die Tränen. Sie strömten nur so ihre Wangen hinab.

Diesmal durfte Emma ihre Tochter in den Arm nehmen und festhalten.

»Ich weiß noch, wie ich ihn das erste Mal halten durfte. Wie alt war ich da, drei?«

Emma nickte. »Fast«, antwortete sie mit erstickter Stimme.

Frankie war so aufgeregt gewesen, dass sie nicht stillstehen konnte. Sie hatte sich ordentlich auf das Sofa setzen müssen, ehe Alexander ihr vorsichtig den kleinen Bruder auf den Schoß gelegt hatte. Frankie hatte ihn erst nur angestarrt, doch dann war die Anspannung von ihr abgefallen, und sie hatte ihren Tränen freien Lauf gelassen. So wie jetzt auch. Frankie hatte Emma angesehen und gesagt: »Er ist so süß!«

Das Bild ihrer beiden Kinder hatte sich in Emmas Herz gebrannt.

Sie waren beide müde, und nach dem Spaziergang an den Strand wünschten sie einander eine gute Nacht. Vor ihrer Zimmertür strich Emma Frankie über die Wange.

»Möchtest du noch etwas lesen?«, fragte sie. Früher

hatte Frankie Buch um Buch verschlungen, aber das war lange her.

»Ich habe noch den zerlesenen Jane-Austen-Band in der Tasche, den du mir im Krankenhaus gegeben hast. Damit ziehe ich mich jetzt zurück.«

»Mach das, Liebes. Schlaf gut!«

»Du auch, Mama.«

20

Alexander verfluchte sich selbst. Emma war eine Droge, von der er sich fernhalten musste, das musste er sich ein für alle Mal hinter die Ohren schreiben.

Seine Freundin Angelica war hübsch und eine weitaus angenehmere Gesellschaft als seine Ex, denn Emmas betörende Ausstrahlung machte es ihm vollkommen unmöglich, sich in ihrer Nähe aufzuhalten. Wie viele Nächte hatte er neben Emma verbracht und nicht mal einen Gutenachtkuss bekommen. Schmachtend wie ein Teenager hatte er sich gefragt, was zum Teufel er eigentlich bei ihr zu suchen hatte. Dann wieder war sie so sanft und zugänglich gewesen, wie sie am Vortag abweisend gewesen war.

Als die Kinder noch klein waren, hatte es ein paar Jahre gegeben, in denen ihr Zusammenleben regelrecht aufgeblüht und immer inniger geworden war. Sie hatte sich ihm gegenüber geöffnet und mehr von sich erzählt. Sie hatten sich oft geliebt, und danach hatte sie jedes Mal seine Nähe gesucht. Doch nachdem Edwin gestorben war, hatte sich alles verändert. Er hatte vieles gesagt, das er hinterher bereut hatte und wofür er um Verzeihung bat. Sie wiederum machte ihm Vorwürfe, für die sie sich hätte entschuldigen sollen. Wenn es mal vorkam, dass sie Sex hatten, drehte sie ihm anschließend den Rücken zu und schlief sofort ein – wie der allerletzte Chauvinist. Er hatte sich richtig benutzt gefühlt.

Erst nach Frankies Auszug hatte er eine Chance auf Befreiung gesehen. Irgendwann musste auch er sich doch wiedergeliebt fühlen dürfen. Angelica hatte ihn nach einem Kneipenabend verführt. Sie war jung Witwe geworden, hatte ständig Lust auf Sex und stellte keine Forderungen. Natürlich wusste sie, dass er Familie hatte, doch das schien sie nicht gestört zu haben. Sie war einfach dankbar dafür gewesen, sich gelegentlich mit ihm treffen zu können.

Er schämte sich, weil er somit gewissermaßen gleich zwei Frauen belogen hatte. Die eine mit seiner Untreue, die andere, indem er ihr das Gefühl gab, dass er sie liebte – jedenfalls glaubte Angelica das, auch wenn er es nie ausgesprochen hatte. Was Emma betraf, war er überzeugt, dass auch sie ihre kleinen Techtelmechtel nebenher gehabt hatte, und da war es nur gerecht, dass er genauso wenig zurücksteckte.

Seit der Trennung wohnte er bei Angelica. Sie kochte, schmiegte sich nachts eng an ihn, und als er von einem guten Freund in der Branche den Tipp mit dem Restaurant samt dazugehörigem Wohnhaus in Calais bekommen hatte, musste er Angelica nicht lange überreden. Selbstverständlich wollte sie mit ihm nach Frankreich ziehen.

Trotzdem beherrschte seine Ex seine Gedanken.

Himmel, hilf!

Das fühlt sich gut an, dachte er später, als Angelica in seinen Armen lag und sie Zukunftspläne schmiedeten. Ich brauche sie und ihre unkomplizierte Liebe, um zu genesen. Wenn ich mich darauf konzentriere, sie glücklich zu machen, kommt das doppelt zu mir zurück. Von nun an existiert Emma für mich nicht mehr.

Der Besuch bei der Bank am späten Nachmittag war unkompliziert verlaufen. Alexander hatte einiges an Geld gespart, und für die restliche Summe ein Darlehen aufzunehmen, sollte angesichts seines Renommees kein Problem darstellen. Also hatte er selbstsicher die Bank betreten, in der Emma und er seit Jahren Kunden waren, sowohl privat als auch geschäftlich. Ihr Bankier hatte sich indessen immer schwer damit getan, die Finger von Emma zu lassen, und mehr als einmal war sie von einem Banktermin zurückgekommen, bei dem sie ihm fast auf die Finger hatte klopfen müssen – was für Emma natürlich eine leichte Übung gewesen war. Er war schließlich nicht der Einzige, der bei ihr zu landen versuchte. Aber die klugen Investitionen und profitablen Anlagen hatten Emma immer dazu bewogen, über seine Annäherungsversuche hinwegzusehen. Ihr gehörte das Flanagans, und sie bestimmte.

Jeffrey Fitzgerald begrüßte Alexander mit Handschlag. »Schön, Sie wiederzusehen«, sagte er und deutete auf die Sitzgruppe weiter hinten im Raum. »Tee, Kaffee?«

»Nein danke, für mich nicht.«

»Bitte nehmen Sie doch Platz. Sie wollen sich also in Frankreich etwas Neues aufbauen?«

»Ja, es ist an der Zeit für etwas Eigenes, denke ich«, sagte Alexander.

Jeffrey setzte ein breites Grinsen auf. »Ja, mit dem exzellenten Ruf Ihrer Frau ist das sicherlich kein Problem. Mit Ihrem Ruf selbstverständlich ebenso wenig«, fügte er mit einem Nicken hinzu. »Und mit dem Flanagans im Rücken ist eine Investition …«

Alexander hob eine Hand.

»Da haben Sie etwas missverstanden. Ich bin in diesem Fall der Investor, meine Ex-Frau hat nichts damit zu tun.«

Der Bankier sah Alexander verwirrt an. »Ihre Ex-Frau? Darüber ist unserem Haus nichts bekannt …« Er blätterte in den Unterlagen auf dem Tisch.

Alexander runzelte die Stirn. Das war merkwürdig.

»Ist die Scheidung kürzlich erst bewilligt worden?«

»Ich bin zumindest davon ausgegangen, dass sie durch wäre … Aber was spielt das für eine Rolle? Ich habe Geld gespart und kann den Großteil selbst finanzieren.«

»Ich kann hier nur sehen, dass Sie ein eigenes Konto haben«, murmelte Jeffrey in die Dokumente vertieft. »Die anderen Konten haben Sie gemeinsam mit Ihrer Frau … Pardon, mit Ihrer Ex-Frau, Emma Nolan.« Im selben Moment, als der Bankier ihren Namen erwähnte, registrierte Alexander ein Blitzen in seinen Augen.

Die Eifersucht nagte an ihm. Dass Emma und er sich scheiden ließen, änderte doch nichts. Allein dass dieser Mann sie begehrte, war Alexander zuwider. »Die Scheidung sowie die Aufteilung der Konten ist laut Anwalt eine Formsache«, meinte Alexander. »Oder wollen Sie mir jetzt erzählen, dass ich keinen Zugang zu meinem eigenen Geld habe?«

»Nicht solange es auf einem Konto liegt, das Ihnen beiden gehört. Ich schlage vor, Sie sprechen mit Ihrem Anwalt und mit Ihrer Ex-Frau ... Sie sind also tatsächlich geschieden, das ist in der Tat interessant.«

Was du nicht sagst, du geiler Bock. Alexander hatte nicht übel Lust, dem Kerl einen rechten Haken zu verpassen.

»Dann rede ich mit meinem Anwalt und melde mich wieder bei Ihnen«, sagte er. Er konnte sich gar nicht schnell genug verabschieden. Sobald er seine Papiere in Ordnung gebracht hätte, würde er die Bank wechseln.

Er erreichte Emma später, in Weymouth.

»Um Himmels willen, das muss mir durchgerutscht sein, als das mit Frankie passiert ist! Ich will dir keine Steine in den Weg legen, dir und deiner ... *Freundin*«, sagte sie provozierend.

»Sie heißt Angelica. Wann kommst du zurück? Ich brauche deine Unterschrift«, sagte er.

»Ich weiß es noch nicht. Frankie muss in eine Entzugsklinik, das hab ich ihr gegenüber noch gar nicht erwähnt. Komm doch mit den Unterlagen hierher, dann unterschreibe ich sie«, schlug sie vor. »Das geht schneller, als wenn du sie mit der Post schickst. Du kannst mit Frankie und mir zu Abend essen und im Gästezimmer übernachten.«

Aus ihrem Mund klang es so simpel, aber für ihn war das etwas anderes. Er wollte Emma nie wiedersehen.

»Natürlich würde ich gern Zeit mit Frankie verbringen«,

sagte er mit einem Seufzer, als er allmählich einsah, dass er um Emmas Gesellschaft nicht herumkäme.

»Dann ist es ausgemacht. Ich muss jetzt ... Aber sag Bescheid, wann du kommst. Du bist hier herzlich willkommen!«

Alexander sorgte dafür, dass er und Angelica an jenem Morgen, an dem er sich ins Auto setzte und ans Meer fuhr, noch heißen, lustvollen Sex hatten. Auf den ersten Meilen sah er noch seine neue Freundin vor sich, doch dann war es, als würde sie im Morgennebel verschwinden und von Emmas Lächeln abgelöst werden, das ihn vor über zwanzig Jahren verzaubert hatte.

Als er vor dem Haus hielt, erschien Frankie in der Tür. Sie winkte und lief auf Alexander zu.

»Hallo, willkommen im Familienidyll!« Sie lächelte schief. »Heute streitet ihr euch aber nicht, oder?«

Er lachte auf. »Nein, die Streitereien sind Vergangenheit. Gut, was?«

Sie zuckte mit den Schultern. »Normale Menschen streiten nicht. Jedenfalls nicht so heftig wie ihr.«

Sie hatte es schon ganz richtig beobachtet: Die ewigen Streitereien hatten viel Kraft und Energie gekostet – zumindest galt das für ihn. Vielleicht konnten sie jetzt einfach nur *normal* sein? »Dass wir so viel gestritten haben, tut mir wirklich leid, Frankie.«

»Ja, ja, aber jetzt sind wir ja hier. Komm rein. Mama kocht gerade.«

»Was denn?«

»Chicken Curry. Alles andere kommt mir sowieso wieder hoch.«

»Wie geht es dir?« Er legte ihr den Arm um die Schultern.

»Gut. Und keine Lust auf Drogen, falls du *das* wissen wolltest.« Sie lächelte schief.

Er lachte auf. »Tja, das wollte ich tatsächlich wissen.«

Sie zuckte erneut mit den Schultern. »Ich bin keine *Fixerin*, kapiert? Ich hab nur Drogen genommen, weil ich mich gelangweilt habe.«

»Bitte spiel das nicht so herunter, Frankie. Du hättest sterben können«, sagte er ernst, hielt inne und suchte ihren Blick. »Ich habe keinerlei Erfahrung mit Drogen. In deinem Alter war ich Vater zweier Kinder und habe mich mit Gutenachtgeschichten zufriedengegeben.«

»Hast du's nicht wenigstens mal ausprobiert?«

»Was, du meinst, Drogen?«

»In der Hölle ist es heiß und manchmal noch heißer. Kokain oder andere Sachen, die glücklich machen.«

»Glücklich, sagst du? Das beunruhigt mich jetzt aber!«

»Ich weiß. Aber ich war wirklich glücklicher.«

»Glaubst du, du könntest auch ohne glücklich sein?«

»Ja. Ich habe überhaupt kein Verlangen mehr danach. Was glaubst du, wie lustig das war, im Krankenhaus zu liegen, und alle dachten, ich hätte mich umbringen wollen?«

Er fasste sie an der Schulter. »Deine Mutter und ich hätten das nicht überlebt, wenn dir was passiert wäre, weißt du das?«

»Ich weiß.«

21

Frankie blieb in der Wohnzimmertür stehen. Sie betrachtete ihre Eltern, die sich über dies und das unterhielten – und über das Flanagans. Ihre Mutter kicherte albern, und ihr Vater sah aus, als wollte er sie verschlingen.

Schau einer an, meine Eltern sind sich trotz allem nicht völlig gleichgültig, dachte sie bei sich. Nicht einmal Mama. Sie versuchte, mit Alexander zu kokettieren – aber warum jetzt, wo sie endlich nicht mehr seiner Eifersucht ausgesetzt war? Frankie würde die beiden *nie* verstehen.

Sie räusperte sich.

»Komm her, Schatz.« Ihre Mutter streckte eine Hand nach ihr aus. »Hier gibt es einen Videorekorder, und dein Papa weiß sogar, wie der funktioniert.« Sie reichte Frankie einen Stapel mit Videokassetten. »Such dir einen Film aus.«

Frankie ging die Videos durch. Roger Moore war ein Bekannter von Mama, also nein danke. Dudley Moore war da schon etwas anderes. Sie gab den Film mit ihm und Liza Minnelli an ihren Vater weiter.

»Der hier.«

»Eigentlich können wir doch auch Marshmallows grillen?«, schlug ihre Mutter vor. Warum tat sie auf einmal so kindisch? Was war hier eigentlich los? Frankie würde noch ein paar Tage lang mitspielen, aber dann hätte sie genug. Es war zwar schön und gut hier draußen auf dem Land, mit Kühen, am Meer, aber es war auch extrem langweilig. Sie wollte so schnell wie möglich weg von hier. Und ihre Mutter wurde auch immer seltsamer. Sie klang zuckersüß, es war fast schon unheimlich.

»Dann sehen wir uns jetzt den Film an«, sagte ihre Mutter fröhlich. Frankie starrte sie an. Sie trank keinen Alkohol, also musste es einen anderen Grund geben, weshalb sie so aufgekratzt war. Wenn dieser Grund ihr Vater war, dann war das komplett durchgeknallt, dachte Frankie.

»Liebling, wenn du schon mal Marshmallows auf die Spieße steckst, dann kann ich sie grillen.« Ihre Mutter deutete auf eine Tüte auf dem Tisch. »Ich kann den Film auch von hier sehen.«

Der Film war sogar recht lustig. Als Frankie laut lachte, streckte ihre Mutter die Hand aus und fuhr ihr durchs Haar. So als würde Frankie dafür belohnt werden, dass sie fröhlich war. Vielleicht sollte sie vor ihrer Mutter wie ein Schlosshund heulen, nur um zu sehen, wie sie dann reagierte? Aber ihre Mutter weinte nie. Sie hatte nicht mal geweint, als Edwin gestorben war, jedenfalls nicht, wenn Frankie in der Nähe gewesen war. Hätte Frankie ein Kind gehabt, das überfahren worden wäre, dann hätte sie gar nicht mehr aufhören können zu weinen – denn das tat man doch, wenn das eigene Kind überfahren wurde?

Am Vorabend hatten sie über alle möglichen Dinge geredet, und das hatte sich gar nicht schlecht angefühlt. Ihre Mutter hatte gesagt, sie habe immer gewollt, dass Frankie sich frei fühlen könne; dass sie das schon bei ihrer Geburt gewollt habe. Anscheinend war Emmas Mutter sehr streng gewesen, und Emma war schon in sehr jungen Jahren nach London abgehauen.

So konnte Frankie sich ihre Großmutter nur schwer vorstellen. Sie war zwar gläubig, aber sie war wirklich goldig und nett – und sie vergötterte Alexander. Sie glaubte, er hätte Emma gerettet. Als wäre sie nicht auch selbst klargekommen. Frankie hatte eher die genau entgegengesetzte Meinung von ihren Eltern.

Nun war seit ihrer letzten Begegnung mit ihrer Großmutter einige Zeit ins Land gegangen. Das Flanagans war einfach zu viel für sie, was verständlich war. Dort ging es piekfein zu, und sie wisse weder, wie man sich angemessen kleide, noch wie man korrekt Konversation betreibe, hatte sie mal gesagt. Als sie noch in der Wohnung gewohnt hatten, war Frankies Großmutter öfter zu Besuch gekommen, aber sobald sie ins Hotel umgezogen waren, war sie überhaupt nur noch zweimal nach London gefahren. Emma war mit diesem Umstand ganz zufrieden, denn sie und ihre Mutter hatten nicht das beste Verhältnis. Frankie empfand ihre Mutter von Haus aus unterkühlt – aber am kältesten war sie zu ihrer eigenen Mutter.

Nach dem Film erzählte Alexander von dem Restaurant in Frankreich, das er zu kaufen gedachte. Mit einer anderen Frau ... Frankie spähte zu ihrer Mutter. Sie wirkte irgendwie unbeteiligt. Merkwürdig. Gerade noch ...

»Und ich möchte, dass du uns im Sommer besuchen kommst«, fuhr er fort. »Komm einfach im Anschluss an deine Kur.«

Emma bedachte ihn mit einem wütenden Blick, und mit einem Mal begriff Frankie, warum sie hier war – so weit weg von zu Hause. Sie sollte dazu überredet werden, eine verdammte Entziehungskur zu machen. Das konnten sie vergessen! Das Geschwätz ihrer Mutter – sie würden eine ach so gemütliche Woche zusammen verbringen – war Bullshit. Frankie hatte es die ganze Zeit geahnt! Die dumme Kuh wollte sie schon wieder hintergehen!

Sie stand von den Fellen auf, auf denen sie während des Films gesessen hatte, und stampfte in die Diele.

»Du Idiot! Siehst du, was du angerichtet hast?«, hörte sie Emma fauchen.

Frankie schob die Hand in die Jackentasche ihrer Mutter und griff sich deren Portemonnaie. Sie nahm alle Geldscheine heraus, dann steckte sie den Geldbeutel wieder zurück in die Jacke und ging die Treppe hinauf, um zu packen.

Ihre Eltern standen an der Tür, als sie mit ihrer Tasche nach unten kam. Sie versuchten, ihr den Weg zu versperren. Flehten und bettelten. Frankie wollte keine Sekunde länger bleiben. »Lasst mich gehen«, brüllte sie und versuchte, sich an ihnen vorbeizudrängeln.

»Wo willst du denn hin?«, wollte ihre Mutter wissen. Sie war den Tränen nahe, aber es kamen natürlich keine. Das hier kam für sie einem Prestigeverlust gleich, sonst nichts.

»Vergiss es einfach.«

»So sprichst du nicht mit mir! Du bleibst hier!«

»Wie war das gleich wieder mit der Freiheit, sein Leben selbst zu bestimmen, von der du gestern gesprochen hast? Die war dir doch so wichtig? Du bist eine Heuchlerin, Mama, du sagst immer nur das, was dir für den Moment gerade passt.«

»Es ist doch nur zu deinem Besten, Frankie«, beschwor Emma sie.

»Blödsinn! Du willst mich wegsperren lassen, damit du keine Arbeit mehr mit mir hast. Ich gehe jetzt, ganz egal was du sagst.« Sie starrte ihren Vater an, der ihr den Weg versperrte. »Geh zur Seite!«, sagte sie wütend.

»Alexander, nimm sie mit zurück nach London, denn dorthin will sie ja«, sagte ihre Mutter.

»In Ordnung.« Ihr Vater zog sich seine Jacke über. »Ist das okay für dich?«, fragte er Frankie, die sich zwischen ihren Eltern hindurchgezwängt hatte und schon auf der Treppe stand.

Sie nickte. Sie vertraute ihrem Vater ohnehin mehr, das war schon immer so gewesen. »Wenn du auch nur *ein Mal* was anderes versuchst, dann springe ich aus dem Auto. Während der Fahrt, nur dass du's weißt.«

Die ersten Meilen verbrachten sie schweigend. Dann versuchte ihr Vater, Emma zu verteidigen. Klar. Frankie hatte nichts anderes erwartet.

»Sie meinte es nicht böse, Frankie.«

»Hör auf! Sie guckt immer nur auf sich selbst, das weißt du doch genauso gut wie ich.«

»Ich weiß nicht, ob sie mich je geliebt hat, aber du hattest immer einen Platz in ihrem Herzen, ganz bestimmt. Sie kann das nur nicht so gut zeigen. Ich verstehe schon, dass es dir nicht leichtfällt, das zu sehen ...«

»Nicht leicht?« Frankie lachte auf. »Mama liebt nur sich selbst. Als Edwin gestorben ist, da hat sie nicht mal geweint.«

»Nein. Sie ist stattdessen zu Eis gefroren. Aber es gibt nicht bloß eine Art zu trauern, das weißt du. Du vergießt auch nicht bei jeder Gelegenheit Tränen.« Er warf ihr einen raschen Blick zu und sah dann wieder auf die Fahrbahn. »Trotzdem kann man traurig sein, oder nicht? Du bist doch nur so bockig, weil du im Grunde enttäuscht und traurig bist, oder?«

Ihr Vater, der Psychologe. Gelegentlich spielte er diese Karte aus. Doch diesmal brach Frankie in schallendes Gelächter aus. Was wusste er schon von anderen Menschen? Nichts – denn auch er zeigte sich selten einsichtig. Dabei fing doch alles bei einem selbst an. Er war Emmas Marionette, und weil er das nicht begriff, würde Frankie auch keine Ratschläge von ihm annehmen.

»Wer ist denn deine Neue?« Insgeheim freute sie sich für ihn. Wenn er in eine andere Frau verliebt war, dann fiel es ihm ja vielleicht leichter, Emma zu vergessen.

»Sie heißt Angelica. Ich würde mir wünschen, dass ihr euch so bald wie möglich kennenlernt. Sie ist wirklich liebenswert, sieht toll aus – und sie scheint mich zu mögen«, sagte er lächelnd.

»Zur Abwechslung ja mal nett. Glückwunsch, Papa. Krieg ich jetzt noch Geschwister?«

Er lachte. »Nein, ich denke nicht. Wir haben jedenfalls nicht darüber gesprochen.«

»Wann zieht ihr nach Frankreich?«

»Sobald die Unterlagen fertig sind. Ich habe Emmas Unterschriften bei mir«, sagte er und klopfte auf seine Brusttasche, »und morgen gehe ich zur Bank.« Er dachte kurz nach. »Willst du mit?«

»Zur Bank?«

»Nein, nach Frankreich. Du weigerst dich ja, in eine Entzugsklinik zu gehen, und ich will nicht, dass du in London herumspringst. Du könntest in unserem neuen Restaurant anfangen«, sagte er.

»Sicher?«

»Unter einer Bedingung. Wenn du auch nur wieder an Drogen schnupperst, gehst du freiwillig in den Entzug.«

Sie gab vor zu überlegen, dann sagte sie: »Okay, einverstanden.« Innerlich jubelte sie. Er hatte nicht mal gesagt, dass er das erst mit Angelica besprechen müsse, er hatte es einfach so entschieden. »Ich kann hart arbeiten. Und ich lasse die Finger von den Drogen, Ehrenwort.«

»Sonst blüht dir die Entzugsklinik«, erwiderte er tonlos. »Ich meine das ernst, Frankie. Ab jetzt ist das Zeug tabu, okay?«

Frankie nickte. »Ich schwöre es.«

22

Billie gefiel es in Uppsala. Nach drei Wochen fand sie sich problemlos zurecht auf dem Universitätsgelände, und sie hatte nette Eckchen gefunden, wo sie sitzen konnte, um zu lernen.

Ihre neue Freundin Annika war vollkommen aus dem Häuschen – wegen Billies Magnetismus, wie sie es nannte. Sie sagte, sie habe ihn vom ersten Augenblick an gespürt.

»Oh, wie sehr ich mir wünschte, ich wäre so wie du«, sagte sie neidisch.

»Was meinst du denn damit?«, fragte Billie, während sie die Tasche mit ihrer Seminarliteratur packte.

»Die Männer fahren alle auf dich ab, sie wollen mit dir ins Bett und nie wieder ohne dich sein.« Annika grinste breit.

»Ach was.« Billie schüttelte den Kopf über die blühende Fantasie ihrer Freundin. »Ich muss mich beeilen. Wir sehen uns später.«

Heute würde ein neuer Dozent die Vorlesung halten, und sie wollte einen guten Eindruck machen, also setzte sie sich nach vorn und packte ihren Block und ihre Stifte aus, während sich der Hörsaal hinter ihr füllte. Die meisten ihrer Kommilitonen hatten direkt im Anschluss an das Gymnasium mit ihrem Studium begonnen und waren jünger als Billie. Und viele schienen sich bereits zu kennen. Hinter ihrem Rücken hörte sie Gemurmel.

Der Dozent rief jeden mit Namen auf, und alle brummelten oder hoben die Hand, um ihre Anwesenheit zu bestätigen. Billie sah sich im Hörsaal um. Ihre Erwartung, dieses Seminar könnte besser werden als das vorherige, drohte enttäuscht zu werden. Kein einziger Teilnehmer sah interessant aus, nicht mal der Dozent. Er leierte mit nasaler Stimme seinen Text herunter, und Billie wurde immer müder.

Anschließend saßen ihre Kommilitonen zusammen und unterhielten sich und schienen gar nicht zu bemerken, dass Billie ganz allein dasaß. Abgesehen von Annika würde sie hier nie neue Freunde finden. Sie versuchte, sich einzureden, dass es dabei nicht um ihre Hautfarbe ging. Ihre blässlich-weißen Mitstudenten würden sagen, es liege nur daran, dass sie sie nicht kannten, aber das stimmte natürlich nicht. Nicht ganz. Es war viel einfacher, sich mit jemandem anzufreunden, der die gleiche Hautfarbe hatte. *Du musst härter arbeiten als alle Weißen, eine bessere Freundin sein als alle Weißen, und erst dann kommt vielleicht der Erfolg.* Die Worte ihrer Mutter klangen ihr in den Ohren, und Billie musste ihr widerwillig recht geben. So war es tatsächlich.

Annikas Gerede über Magnetismus war tatsächlich lachhaft. Niemand hier nahm Billie wahr, und so würde es mit Sicherheit auch bleiben.

»Ist er neu? Keine Ahnung, wer das ist«, sagte Annika, als sie sich später auf ihrem Zimmer trafen und Billie von der Vorlesung berichtete.

»Ich weiß nicht, ob er neu ist, ich weiß nur, dass er faaade ist. Wie soll ich das aushalten? Und meine Kommilitonen sind genauso öde! Sie haben nicht mal bemerkt, dass ich da war.«

»Du bist doch erst seit ein paar Wochen hier. Du wirst schon noch entdeckt, das verspreche ich dir.« Annika wühlte in ihrer Tasche. »Du hast alles, was schwedische Mädchen nicht haben. Du bist reifer, exotischer, hast die dunklere Haut und diese unglaublichen Haare! Außerdem sprichst du Englisch. Alle werden mit dir reden wollen. Und mit dir schlafen. Wir müssen nur zu den Studentenvereinigungen gehen und mitfeiern. Wenn wir bloß rumsitzen, wird daraus garantiert nichts.« Sie wedelte mit einem Brief herum. »Ich hab deine Post mitgebracht.«

»Danke!« Billie riss das Kuvert auf. Den Brief hatte bestimmt ihr Vater geschrieben. Doch als sie den Umschlag umdrehte, fiel ihr Blick auf die Handschrift ihrer Mutter.

Beide hatten Ermahnungen formuliert. Ihr Vater wollte, dass sie sich ordentlich amüsierte, ihre Mutter wünschte sich, dass sie ihr Studium nicht vernachlässigte. Es ließ sich nicht leugnen, dass sie ihren Teil geschrieben hatte, als ihr Vater seinen Brief bereits verfasst hatte. Ich hoffe, es geht den beiden gut, dachte Billie. Sie waren inzwischen sicher schon zu ihrer Italienreise aufgebrochen, denn der Brief war ja ein paar Tage unterwegs gewesen.

»Gute Nachrichten? Du siehst fröhlich aus«, bemerkte Annika.

»Meine Eltern sind auf dem Weg nach Italien, und ich freue mich für sie. Dass meine Mutter sich freinimmt, ist eine echte Seltenheit.«

»Was macht sie denn?«, wollte Annika wissen.

Billie zögerte kurz, dann antwortete sie: »Sie arbeitet in einem Hotel, hauptsächlich in der Personalabteilung.« Dass ihre Mutter Teilhaberin war, würde sie Annika ein andermal erzählen, dafür war es noch zu früh. Sie schmunzelte, als sie Annikas Miene bemerkte. Sie hätte wohl lieber gehört, ihre Mutter sei Nachtklubsängerin.

»Und was machen deine Eltern?«, fragte Billie.

»Die sind beide Lehrer. Und mein großer Bruder studiert ebenfalls auf Lehramt. Ich weigere mich natürlich, in ihre Fußstapfen zu treten.«

»Du bist ja auch modern«, stellte Billie fest.

»Genau. Willst du später etwa das Gleiche machen wie deine Eltern?«

Das war eine gute Frage. Ihr Vater war einfach nur reich und machte keinen Finger krumm, und ihrer Mutter gehörte annähernd ein halbes Hotel. Man könnte es schlechter treffen, dachte Billie. Eines schönen Tages würde sie das alles erben, aber wollte sie wirklich im Flanagans arbeiten? Sie hatte in den Sommerferien im Hotel gejobbt, seit sie fünfzehn war, aber nichts von dem, was sie ausprobiert hatte, hatte sie begeistert. Nicht richtig. Dass sie und Frankie andauernd gestritten hatten, hatte es ihr zudem verleidet, sich überhaupt im Flanagans aufzuhalten, und es hatte nicht lang gedauert, bis ihre Mutter und Emma dafür gesorgt hatten, dass ihre Töchter nicht gleichzeitig arbeiteten. Seit ein paar Jahren weigerte Frankie sich generell, dort zu arbeiten. Außerdem hatte sie verkündet, sie wolle sowieso nichts erben. Wer also eines Tages Emmas Anteil übernehmen würde, stand in den Sternen. Wenn Frankie das Flanagans erbte, würde sie es sofort verkaufen, davon war Billie überzeugt.

Vielleicht könnte ihr Vater Emmas Anteil kaufen? Hatte er überhaupt so viel Geld? Wusste er überhaupt, wie reich er war? Billie hatte nicht die leiseste Ahnung. Zu Hause wurde nie über Geld gesprochen, außer wenn ihre Mutter aus der Haut fuhr, weil ihr Vater Billie Geld zusteckte, ohne dafür eine Gegenleistung einzufordern. Als Billie sich von ihm verabschiedet hatte, ehe sie nach Schweden geflogen war, hatte er ihr einen Umschlag mit schwedischem Geld zugesteckt und gesagt, ein Pfund entspreche ungefähr zehn Schwedenkronen. Ferner hatte sie zwei Kreditkarten bekommen. »Wenn jemand dir dein Bargeld abnimmt oder wenn du etwas Schönes siehst«, hatte er gewispert, damit ihre Mutter ihn nicht hörte. Lieber Papa, der nicht die geringste Ahnung davon zu haben schien, wie viel Geld man seiner Tochter mitgab, die in einem anderen Land studierte. In dem Umschlag war so viel gewesen, dass sie damit zwei Jahre lang auskäme und nicht bloß die wenigen Monate, bis sie wieder nach Hause fliegen würde, um Großmutters Geburtstag zu feiern. Das sagte zwar nichts darüber aus, wie viel Geld er insgesamt hatte, aber eine ganze Menge darüber, wie wenig es ihm bedeutete.

»Na?«, sagte Annika.

»Ich überlege noch«, gab Billie zurück. »Ich könnte mir durchaus vorstellen, das Gleiche zu machen wie meine Mutter, aber ich bin mir nicht sicher. Jetzt steht erst mal das BWL-Studium an, und danach sehen wir weiter.«

»Ich wollte dich noch etwas anderes fragen. Es gibt eine Laientheatergruppe in der Stadt, die sehr gut sein soll. Ich würde gern mitmachen, und es wäre toll, wenn du mitkommen könntest.«

»Theater? Ich? Soll das ein Witz sein?«

»Du siehst aus wie ein Filmstar, natürlich musst du das ausprobieren.«

»Nein.« Billie erschauderte. »Ich kann mir nichts Schrecklicheres vorstellen, als auf einer Bühne zu stehen.«

»Hast du das denn schon mal probiert?«

»Nein, aber ich weiß doch, was mir Spaß macht und was nicht.«

»Du musst deine Hemmungen überwinden«, widersprach Annika dramatisch und mit ausholender Geste.

Billie lachte. »Du hast das gewisse Etwas, ich leider nicht.«

»Komm wenigstens das erste Mal mit, bitte«, bettelte Annika.

»Wenn du dich anmeldest?«

Annika nickte eifrig.

»In Ordnung. Aber nur dir zuliebe!«

Annika grinste breit. »Danke!«

Ein paar Tage später begleitete Billie Annika zum Theater.

Es werde auch nicht lange dauern, hatte Annika gesagt, und das war gut, denn Billie musste jede Menge Lernstoff nacharbeiten und hatte eigentlich keine Zeit. Aber weil Annika sie darum gebeten hatte, ging Billie mit. Eine bessere Freundin würde sie nicht finden, und es war eine Selbstverständlichkeit für sie, ihr diesen Gefallen zu tun.

Als sie eintraten, stand ein Mann auf der Bühne, der sie erst näher heranwinkte und ihnen zu verstehen gab, dass sie sich zu den anderen setzen sollten.

»Ich gehe jetzt«, flüsterte Billie. Sie fand den Mann auf der Bühne attraktiv, was ihr unangenehm war.

»Hör schon auf«, entgegnete Annika resolut. »Du hast versprochen, das erste Mal mitzukommen!«

»Aber er wird dann glauben, dass ich das ganze Semester dabei sein will, verstehst du das nicht?« Entweder musste sie sofort wieder gehen, was ihr peinlich wäre, oder sie musste sich zu den anderen gesellen; was für eine knifflige Angelegenheit.

»Schön, dass so viele da sind. Wie ihr sicher wisst, hat diese Theater-AG nicht das Geringste mit der Uni zu tun. Aber die meisten von euch dürften Studenten sein, und ich kann euch versichern, dass euch hier nicht langweilig wird. Wir wollen in diesem Semester ein Stück einstudieren, das wir bis zu den Semesterferien ein paarmal aufführen.« Er sah Billie unverwandt an. »Einige von euch kenne ich bereits, andere nicht«, sagte er und lächelte, ohne den Blick von ihr abzuwenden. »Ich heiße Karl-Johan, und ich bin der Leiter des Ensembles. Derzeit mache ich alles Mögliche – ich weiß immer noch nicht recht, was ich mal machen will.

Theaterregie oder BWL? Aber das hat keine Eile, denke ich. Oder was meint ihr?«

Billies Puls begann so sehr zu rasen, dass ihr angst und bange wurde. Sie rührte sich nicht vom Fleck, damit sich ihr Herzschlag wieder beruhigte. Karl-Johans Blick hatte ihr weiche Knie beschert.

»Hallo, Billie?« Annika knuffte sie in die Seite.

»Was für eine Ausstrahlung«, murmelte Billie.

»Wovon redest du? Von diesem Karl-Johan? Zu mir strahlt da nichts. Aber er sieht gut aus«, gab Annika zu. »Du bleibst also?«

»Was hab ich denn für eine Wahl, wenn ich mich nicht zum Idioten machen will?«, flüsterte Billie.

»Keine«, grinste Annika. »Wenn du jetzt gehst, dann blamierst du dich bis auf die Knochen.«

Karl-Johan erläuterte, dass sie *Nora oder Ein Puppenheim* von Ibsen einstudieren und beim nächsten Treffen die Rollen verteilen würden. Für den Rest der Stunde würden sie einfach auf der Bühne am Boden sitzen und sich kennenlernen. Bei diesen Worten sah er Billie direkt in die Augen.

23

Elinor und Sebastian waren seit Ewigkeiten nicht mehr mit dem kleinen Mercedes gefahren, und Sebastian freute sich wie ein Schneekönig, als sie endlich loskamen. Elinor hatte sich kurzfristig noch um ein paar Dinge kümmern müssen, weswegen die Reise zweimal verschoben werden musste, doch nun waren sie endlich unterwegs gen Süden, drei Wochen später als ursprünglich geplant.

»Das ist das Leben«, sagte er, während sie in Richtung Straßburg fuhren. Etwa zwei Stunden Fahrt lagen noch vor ihnen. Sie hatten beschlossen, am ersten Tag die weiteste Strecke zurückzulegen, um danach kürzere Etappen fahren zu können.

Elinor hatte Emma gesagt, sie werde acht Tage fort sein, und Emma hatte erwidert, sie solle die Zeit genießen. Nichts war so gekommen, wie Emma es sich ausgemalt hatte, und da Frankie jetzt bei Alexander war, konnte sie sich hemmungslos in die Arbeit stürzen.

Elinor machte sich Sorgen – nicht wegen des Flanagans, sondern um Emma. Ihre Freundin hatte sich auf die Woche mit Frankie gefreut, doch dann hatte sich alles zerschlagen.

Arme Emma. Und natürlich auch arme Frankie. Seit sie mit Alexander nach Calais aufgebrochen war, hatten Mutter und Tochter kein Wort mehr miteinander gewechselt. Frankie weigerte sich, mit ihr zu sprechen, und das war einfach jammerschade.

»Warum machst du denn so ein bedrücktes Gesicht? Genieß doch die schöne Landschaft«, sagte Sebastian.

Elinor sah aus dem Fenster. Die Landschaft hatte sich verändert, während sie ihren Gedanken nachgehangen hatte. Sie hatten schon vor Stunden das diesige London hinter sich gelassen, und in Frankreich schien nun die Sonne auf grüne Wiesen.

»Ich musste an Emma und Frankie denken.« Sie klappte die Sonnenblende herunter und suchte in ihrer Handtasche nach der Sonnenbrille.

»Dann hör einfach für eine Weile auf damit. Wäre es nicht schön, auch mal überhaupt nicht zu grübeln?«

Elinor warf ihrem sorglosen Mann einen Blick zu. Wie konnte er nur? Er schüttelte einfach alles ab, als wäre es Staub auf seinem Mantelärmel. Diese in vielerlei Hinsicht wunderbare Unbekümmertheit wurde allerdings allmählich bedenklich oberflächlich. Dass Sebastian etwas richtig nahegegangen war, hatte Elinor nicht oft erlebt: Als sie sich für den Abbruch entschieden hatte; als Billie auf die Welt gekommen war; und als Sebastians Bruder gestorben war. Wann immer er sein Innerstes preisgegeben hatte, hatte sie ihn am meisten geliebt. Sie wagte nicht mal, daran zu denken, wie lang das her war. Könnten sie auf dieser Reise ihre Zusammengehörigkeit wiederbeleben? Sie hoffte es.

»Wie machst du das, dass du nie grübelst?«, fragte sie. »Die Welt ist voll von Problemen, aber dir scheint das überhaupt nichts auszumachen.«

»Ich denke über die Probleme nach, die ich lösen kann, alles andere ist für mich Zeitverschwendung.«

»Aber wie kannst du das alles ausblenden? Das kann man doch gar nicht steuern.« Ihr Unmut wuchs, obwohl sie wusste, dass sie sich zusammenreißen sollte, wenn sie wollte, dass sich etwas änderte.

»Nicht immer, aber ich habe nun mal kein Interesse daran, mich mit hoffnungslosen Problemen herumzuschlagen.«

Diese Diskussion war komplett sinnlos. Und am Ende würden sie sich nur wieder in die Wolle kriegen. Doch sie konnte das nicht so stehen lassen. Er klang, als würde er ihre Gefühle verhöhnen.

»Dann sind meine Grübeleien also hoffnungslos?«

»Hör auf, Elinor. Du weißt, dass ich es nicht so meine. Du hast mich gefragt, wie ich derlei Dinge ausblende, und ich habe dir darauf geantwortet.«

»Sag mir nicht, dass ich aufhören soll«, zischte sie.

Er atmete geräuschvoll aus, ließ das Lenkrad kurz los und nahm die Hände hoch. »Okay. Ich gebe mich geschlagen. Du hast gewonnen. In Zukunft werde ich richtig viel grübeln.«

Ihr Schweigen hing wie eine Gewitterwolke über ihnen und ließ ihnen kaum Luft zum Atmen. Die Stille hielt bis Straßburg an, und wenn man Elinor gefragt hätte, wie die Landschaft aussah, dann wäre sie die Antwort schuldig geblieben. Sie hatte blicklos aus dem Fenster gestarrt, während ihre Gedanken um ihre Ehe gekreist waren.

Als sie vor dem Hotel Cour du Corbeau parkten, legte Sebastian ihr eine Hand aufs Knie.

»Ich habe mich sehr auf diese Reise mit dir gefreut, Schatz. Können wir es uns zusammen nicht mal richtig schön machen?«, fragte er.

»Ja. Natürlich machen wir es uns schön. Es tut mir leid, dass ich so stur war. Es ist nicht deine Schuld.«

Straßburg war eine hübsche Stadt, und nachdem sie eingecheckt und sich frisch gemacht hatten, begaben sie sich auf Entdeckungstour, um ein Restaurant fürs Abendessen zu finden. Eine Flasche Wein später, im Viertel La Petite France mit seiner atemberaubenden Sicht auf den Rhein, fühlte es sich schon wieder viel besser an. Der Verdruss, der Elinor im Auto beschlichen hatte, war verflogen, und Sebastian war erleichtert, als er bemerkte, dass seine Frau wie ausgewechselt war.

Manchmal erkannte sie sich selbst nicht wieder. Es war, als wäre sie in eine andere Rolle geschlüpft. An solchen Tagen hielt sie nicht nur Sebastian für einen Idioten, es gab auch beim Personal einige, die sie auf die Palme brachten. Das würde Elinor natürlich niemals zeigen, weil sie wusste, dass es ausschließlich an ihr selbst lag.

Als sie am Tag vor ihrer Abreise zur jährlichen Untersuchung beim Gynäkologen gewesen war, hatte sie das sogar angesprochen. Ihr Arzt hatte gemeint, das habe entweder mit ihrem Zyklus oder einem frühen Klimakterium zu tun.

»Bei Ihrem nächsten Termin nehmen wir Ihnen mal Blut ab.« Danach hatte er ihre Brust abgetastet und die Eierstöcke untersucht und einen Abstrich gemacht. »Nehmen Sie noch die Pille?«, hatte er gefragt und die Einweghandschuhe abgestreift.

»Ja, aber ich würde tatsächlich gern eine andere ausprobieren«, hatte sie entgegnet. Ihr Hautbild hatte sich verändert, und sie war schon kurz davor gewesen, die Pille abzusetzen. Es lag ohnehin Monate zurück, dass Sebastian und sie …

»Ich verschreibe Ihnen einen anderen Hersteller. Diese Pille ist ganz neu auf dem Markt«, hatte er gesagt. »Sie hilft hoffentlich auch gegen die Stimmungsschwankungen. Wobei einer Frau durchaus auch mal der Kragen platzen darf.«

Kluger Arzt. Bei dem will ich Patientin bleiben, hatte sie gedacht, als sie zur Mammografie hinübergegangen war.

Nach dem Abendessen schlenderten sie Hand in Hand am Kanal entlang. Für Ende März herrschten angenehme Temperaturen, obwohl es schon dunkel war. Sebastian drückte immer wieder Elinors Hand, als wollte er ihr zu verstehen geben, dass sie zusammengehörten.

Vor dem Hotel küsste er sie, und ein wohlbekannter, äußerst willkommener Impuls durchzuckte sie. Seit der Erregung, die der junge Schwede in ihr ausgelöst hatte, hatte sie sich mehrmals vorgestellt, wenn Sebastian nüchtern war, ihn so wie früher zu verführen. Doch obwohl er in letzter Zeit eindeutig weniger trank, war die spontane Lust letztlich ausgeblieben. Doch jetzt wurde sie durch die leidenschaftlichen Küsse wieder geweckt, und mit einem verheißungsvollen Lächeln schob sie Sebastian in ihr Zimmer.

Als sie am folgenden Morgen gemeinsam den Speisesaal durchquerten, hatte Sebastian die gleiche Wirkung auf die anwesenden Frauen wie seit zwanzig Jahren. Das überraschte Elinor. Sie hatte Freunde in seinem Alter, die nie solche anerkennenden Blicke ernteten, im Gegenteil, sie behaupteten, die Blicke seien seit ihrem fünfzigsten Geburtstag ein für alle Mal ausgeblieben. Aber Sebastians Ausstrahlung wirkte noch immer, und die ungenierten Blicke der anderen Gäste, sobald er den Arm um die Taille seiner dunkelhäutigen Frau legte, waren nicht neu. Würde sich das je ändern? Doch heute war Elinor stolz. Er war ihr Ehemann, sie hatten die ganze Nacht heißen Sex gehabt, und das hellte ihre Laune ungemein auf.

»Schnall dich an«, sagte er, als sie sich später ins Auto setzten. »Jetzt kommt die Schweiz.«

Es würde etwa vier Stunden dauern, bis sie Lugano erreichten, und die Ausblicke glichen Postkartenmotiven. Immer wieder fuhren sie von der Autobahn ab und hielten, um die Aussicht zu genießen, und Sebastian nutzte jede Gelegenheit, um Fotos zu schießen. In letzter Sekunde hatte er seine Kamera eingepackt, und nun wollte er alles verewigen, von Kühen mit riesigen Kuhglocken bis zu Elinor mit vollem Mund beim Lunch.

Sie versuchten von einer Telefonzelle aus, Billie anzurufen, aber sie hörten kein Freizeichen. Elinor war deshalb nicht beunruhigt; sofern Billie etwas bräuchte, wäre die stets hilfsbereite Emma leichter zu erreichen.

»Es geht ihr bestimmt gut, unserem Mädchen«, sagte Sebastian und strich Elinor liebevoll einen Krümel aus dem Mundwinkel. Sie nahm seine Hand und küsste den Handteller. Sebastian empfand für seine Tochter eine tiefe, innige Liebe, und das berührte Elinor. Er verwöhnte Billie, keine Frage, aber Elinor selbst war mit ihr streng genug, sodass für den Ausgleich gesorgt war. Und ein großzügiger Vater war da doch ein schöner Kontrast.

»Mrs Lansing, wenn Sie so etwas machen, wird mir ganz anders ...«

Zu ihrer Verwunderung empfand sie ebenso. Sie wollte mit ihm schlafen. Jetzt. Sofort.

»Ist es noch weit bis Lugano?«, fragte sie und erwiderte kess seinen Blick.

Er sah über die Schulter auf das Schild vor dem Haus.

»Restaurant und Zimmer«, las er laut vor.

»Komm«, sagte sie und war dankbar, dass es nicht Sex im Auto sein musste, woran sie zuerst gedacht hatte. »In ein paar Stunden fahren wir weiter.«

Die Autofahrt von Lugano nach Pisa zwei Tage später hätte eigentlich nur ein paar Stunden dauern sollen, aber dank ihrer wiederentdeckten Leidenschaft füreinander wurden es vierundzwanzig. Sie hielten an, nahmen sich ein Zimmer, hatten Sex und setzten ihre Reise fort. Das war frivol und spannend, und Elinor genoss es, dass sie wieder zu dem zurückgefunden hatten, was sie von Anfang an zusammengehalten hatte. Dass das Hotelpersonal ihnen schiefe Blicke zuwarf, wenn sie nach zwei Stunden schon auf ihr Zimmer gingen, war fulminant und neu. Doch sie scherte sich darum nicht im Geringsten. Es war fantastisch, so schamlos zu sein. Im Flanagans kam so etwas oft vor, und auch sie hatte sich einst aus Sebastians Zimmer schleichen müssen, schließlich war sie seine Geliebte gewesen.

Ihr Mann hatte offenbar begriffen, was ihrer Beziehung gefehlt hatte, da die Reise seine Idee gewesen war. Elinors Verdruss war wie weggeblasen. Er durfte so hemmungslos sein, wie er wollte, wenn er sie auf diese Weise berührte. Irgendwann neigte sich der Urlaub seinem Ende zu, doch an die Rückreise wollte Elinor noch gar nicht denken.

»Wir bleiben einfach länger«, sagte Sebastian. »Ruf im Hotel an. Die kommen schon klar. Dann kehrst du wieder ins Bett zurück und bist noch mal so dominant wie eben. Es macht mich total scharf, wenn du mir sagst, was ich mit dir anstellen soll.«

24

Emma war zu Hause in ihrer Wohnung und zog sich um, als Elinor anrief. Nach dem kurzen Gespräch ließ sie sich aufs Sofa fallen. Elinor und Sebastian schliefen sich also durch die Weinregionen. Emma hatte exakt in der richtigen Tonlage gelacht, als Elinor ihr von der neu entdeckten Lust erzählte, und ihr geraten, die Reise zu verlängern. Trotzdem wurde sie nach dem Telefonat von einer inneren Unruhe erfasst. Sie hatte nie wirklich klargestellt, was sie für Sebastian empfand, und stets versucht, nicht daran zu denken. War das ein Fehler? Hätte sie vielleicht mit jemandem darüber sprechen sollen? Bisweilen war es, als drohte die Last der vielen Heimlichkeiten sie schier zu erdrücken.

So viel verbergen zu müssen, zehrte an ihr, aber was hatte sie für eine Alternative? Würde ein Therapeut ihr gute Ratschläge geben? Die Trauer um Edwin war wie abgekapselt, die Scham darüber, dass sie mit Elinors Mann geschlafen hatte, loderte noch immer in ihr, obwohl seitdem so viele Jahre vergangen waren. Und nun war sie zu allem Überfluss auch noch eifersüchtig auf Alexander, der sich in Frankreich etwas Neues aufbaute. Sie vermisste ihn, obwohl sie ihn nie so geliebt hatte, wie er es verdient hatte. Und bei dem Gedanken an Frankie kamen ihr die Tränen.

Emma seufzte tief und warf einen Blick auf die Uhr. Halb drei, sie musste sich beeilen. Im Flanagans gab es bis zum heutigen Tag vier Zeitfenster für den Afternoon Tea, und sie nutzte die Gelegenheit gern, um mit den Gästen Small Talk zu machen und ihnen Tee nachzuschenken, damit sie sich gut aufgehoben fühlten. Das war eine Marketingmaßnahme. Im Flanagans durften die Gäste mit den Hoteliers auf Tuchfühlung gehen. Das war schon zu Zeiten von Lindas Vater so gewesen, und die Gäste schätzten das sehr. Auf diese Weise hatten sie die Möglichkeit, sich Gehör zu verschaffen, sich vielleicht auch mal zu beschweren, aber auch, um anerkennende Worte zu finden oder zu erzählen, dass ihr Aufenthalt bereits Tradition hatte. Viele Gäste wohnten jedes Jahr im Flanagans, vor allem in der Weihnachtszeit, wenn das Haus vom Dach bis zum Keller glitzerte.

Die Weihnachtszeit wurde im Flanagans immer am letzten Freitag im November um elf Uhr abends eröffnet. Da verwandelte sich das Hotel in das reinste Weihnachtsparadies. Das gesamte Personal half mit, und als Frankie und Billie noch klein waren, war diese Nacht für sie im wahrsten Sinne des Wortes magisch gewesen. Das Ergebnis war jedes Jahr wieder umwerfend. Wie der Anblick des ersten Schnees auf der Wiese in Fjällbacka, hatte Linda Lansing immer gesagt. Das war dann doch etwas untertrieben, dachte Emma und schmunzelte. Es war wunderbar, die Gäste zu beobachten, wenn sie am Morgen den Speisesaal betraten. Der Weihnachtsbaum an der Treppe war riesig, Girlanden aus

Tannenzweigen und Hunderte Lichter verzierten die Geländer und die Eingänge zu den Speisesälen. Am Flügel in der Lobby sang ein Chor klassische Weihnachtslieder, und an der Rezeption brannten Stearinkerzen in hohen Leuchtern. Die Gäste hielten jedes Mal inne und zeigten mit strahlenden Augen auf die Weihnachtsdekoration. Auch Gäste, die sonst selten ein Zimmer buchten, reservierten für Dezember, um die Atmosphäre zu genießen.

Emma und Elinor hatten lang überlegt, ob man nicht im Sommer etwas Ähnliches machen könnte, und seit ein paar Jahren wurde Mittsommer gefeiert, mit Mittsommerbaum, Akkordeonmusik und schwedischem Büfett. Die Piccolos trugen schwedische Volkstrachten, ebenso wie Elinor und Emma. Sie arbeiteten beide im Restaurant und im Teesalon, doch meistens – wie heute – war Emma diejenige, die für alles verantwortlich war, was mit dem Restaurant zusammenhing. Es war so leicht, in Grübeleien zu verfallen. Aus Calais erfuhr Emma, dass es Frankie gut ging, und das waren natürlich gute Nachrichten. Ständig trieb sie die Sorge um, ihre Tochter könnte einen Rückfall erleiden. Doch Frankie hatte sich offenbar rasch mit Alexanders neuer Frau angefreundet. Das hatte Alexander zu berichten gewusst, als Emma sich bei ihm meldete und Frankie sich weigerte, mit ihrer Mutter zu sprechen. Mehrere Wochen waren inzwischen verstrichen, und Emma war der Verzweiflung nahe.

»Aber ich bitte dich, was hab ich denn getan? Ich wollte doch nur, dass ihr geholfen wird«, hatte Emma am Telefon gesagt. »Kann ich mich nicht wenigstens entschuldigen, weil ich ihr die Entzugsklinik verschwiegen habe?«

»Sie will nicht mit dir reden, und ich kann sie nicht dazu zwingen.« Alexanders Stimme hatte gedämpft geklungen, anscheinend überwachte Angelica jeden seiner Schritte.

Bis dato war das Jahr 1983 ein furchtbares Jahr. Jeder um sie herum hatte einen Gefährten gefunden, nur Emma war allein. Aber was hatte sie auch erwartet, wenn sie ihren Ehemann nicht lieben konnte und der Mann ihrer Träume einer anderen gehörte?

Am Vorabend hatte sie sich *Vom Winde verweht* angesehen und sich in der armen Scarlett O'Hara wiedererkannt. Es geschieht mir ganz recht, dass keiner mich liebt, dachte sie nun und zog die Stöckelschuhe an, die sie immer trug, wenn sie Gäste im Salon begrüßte. Es geschieht mir recht.

Emma hörte das Stimmengewirr aus dem Salon bereits im Foyer. Das Hotel war ausgebucht und der Teesalon voll besetzt. Das Flanagans war eine gut geölte Maschine, die in vielerlei Hinsicht rundlief, doch Emma und Elinor wussten beide, dass viele angesehene Londoner Hotels sofort aufhorchen würden, wenn sie beide auch nur im Geringsten den Fokus verlören und die prominenten Gäste des Flanagans nicht mehr mit Kusshand aufnähmen. Emma ging zwischen den Tischen hin und her und hieß die Gäste willkommen. Ein Ölmagnat aus Texas unterhielt sich angeregt mit einem Scheich aus Dubai. Sie diskutierten über einen neu eröffneten Hafen, wie Emma im Vorbeigehen hörte. Sie war nicht darauf aus zu lauschen; sie war froh, solange die Gäste ihr Geld in ihrem Hotel ausgaben. Wenn eine Familie aus dem Nahen Osten anreiste, mietete sie sich mitunter für einen ganzen Monat in eine Superior Suite ein. Der texanische Millionär hatte dem natürlich in nichts nachstehen wollen und ebenfalls eine Superior Suite gebucht – für sich und seine Familie, die nur auf den ersten Blick aus vier sehr jungen, hübschen Frauen zu bestehen schien. Doch er gab sich nicht einmal die Mühe, so zu tun, als wären sie etwas anderes als Prostituierte. Im Gegenteil, er schien sogar stolz darauf zu sein. Emma behielt die Damen im Blick; wenn einer von ihnen irgendetwas zustieße, würde sie sofort etwas unternehmen. Doch als eine Angestellte vom Housekeeping krank geworden und Emma für sie eingesprungen war, hatte sie Hinweise darauf entdeckt, dass der texanische Millionär homosexuell war. Die Zeitschriften an seinem Bett hatten ihn entlarvt. Die jungen Frauen dienten ihm vermutlich nur zur Tarnung.

Der arme Mann. So reich – und doch unfrei.

»Ist alles zu Ihrer Zufriedenheit?«, fragte sie ein älteres Paar, das zum ersten Mal hier zu Gast war, und sowie sie ein ›Oh ja, danke, wir fühlen uns sehr wohl‹ zu hören bekam, eilte sie weiter zum nächsten Tisch. Tag für Tag die gleiche Prozedur, aber sie mochte das. Elinor hielt sich sehr viel lieber im Büro auf und nahm sich der dort anfallenden Aufgaben an, und so ergänzten sie einander perfekt. Denn auch wenn sie sich gegenseitig aushalfen, hatte jede ihre Lieblingsaufgaben. Emma entspannte sich im Speisesaal und ging gern an der Rezeption und im Housekeeping zur Hand, wenn sie gebraucht wurde. Die Gäste brachten sie auf andere Gedanken.

Doch an diesem Abend war sie so erschöpft, dass sie

sich zurückzog und sich eine Folge *Denver-Clan* anschaute, anstatt sich im Restaurant aufzuhalten. Sie hatte sogar in der Küche darum gebeten, ihr das Abendessen heraufzubringen, was mittlerweile äußerst selten vorkam. Meist aß sie allein im Speisesaal, bevor das Abendessen serviert wurde, um für die bevorstehende Schicht Ruhe und Kraft zu tanken. Wenn sie sich das Essen in ihre Wohnung bringen ließ, empfand sie den Abstand zu ihren Angestellten in der Küche als zu groß. Sie konnte sich noch gut daran erinnern, wie es früher gewesen war; Linda Lansing hatte ihr fast ein bisschen Angst eingejagt. Inzwischen herrschten zum Glück andere Zeiten. Das Personal duzte Emma und Elinor zwar nicht, trotzdem hatte Emma nicht den Eindruck, dass jemand sie beide als abgehobene Chefinnen betrachtete.

Emma lächelte, als Krystle Carrington auf der Mattscheibe erschien. Ihre blonde Pagenfrisur und ihre aufrechte Haltung erinnerten Emma an Linda.

Erst als Linda und Robert offiziell ein Paar geworden waren, hatte Emma begriffen, wie furchtbar einsam Linda vorher gewesen sein musste. Mit einundzwanzig das Flanagans zu übernehmen, hatte enorme Verantwortung mit sich gebracht, und sie war damals jünger gewesen als Frankie jetzt. Anfangs hatte Linda noch die Unterstützung ihrer besten Freundin Mary gehabt, die jedoch aus London fortgezogen war, als sie geheiratet hatte – und als die Cousins gerade am scheußlichsten zu ihr gewesen waren. Die Einsamkeit musste für Linda eine schwere Bürde gewesen sein. Auch Sebastian war nicht sehr nett zu ihr gewesen, doch er hatte sich als guter Charakter erwiesen, und nach seiner Hochzeit mit Elinor hatten ihn natürlich erst recht alle geliebt.

Damals hatte Emma geglaubt, auch sie liebte ihn. Doch genau genommen verhielt es sich anders. Ja, sie hatte eine Schwäche für ihn – aufgrund ihrer Lust, gewisser Erinnerungen und wegen seines phänomenalen Talents, sie ihre Sorgen vergessen zu lassen. Es konnte nicht anders sein. Dass Frankie ihm aber auch so frappierend ähnlich sah! Ihre Tochter war eine Kopie ihres leiblichen Vaters. Dass außer Linda niemand die Ähnlichkeit bemerkt hatte, kam einem Wunder gleich. Frankie war Sebastian viel ähnlicher als Billie. Tragisch, dass beide nie erfahren würden, dass sie Schwestern waren, aber daran war nicht zu rütteln.

Als Joan Collins' Figur im Bild erschien, schob sie ihre Schuldgefühle beiseite und dachte an Alexanders neue Freundin. Sie war bestimmt genauso: schön, aber auch hinterhältig und manipulativ.

Meine kleine geliebte Frankie, ich wünsche mir nichts sehnlicher, als dass wir Freunde werden, dachte sie, während sie nach dem Abendessen aufräumte und den Fernseher ausstellte. Aber wie? Was kann ich tun?

Sollte sie nach Frankreich fahren und Angelica die Stirn bieten? Frankie und natürlich vor allem Alexander schienen von dieser Person regelrecht verhext zu sein.

Am folgenden Morgen frühstückte Emma zusammen mit dem Personal im Untergeschoss. Sie fühlte sich dort heimisch, auch wenn sie, als sie noch selbst dort unten gearbeitet hatte, immer danach gestrebt hatte, ein Stockwerk aufzusteigen. Ihren Dialekt hatte sie abgelegt, mittlerweile sprach sie das britische Englisch, das in den Stadtvierteln rund um das Flanagans gesprochen wurde. Nur im Keller kam ihr früherer Zungenschlag wieder durch.

Besuch von ihren Eltern bekam sie nicht mehr. Ihre Mutter schob Krämpfe oder die Katze vor, dabei wusste Emma genau, dass sie sich in Wahrheit im Flanagans allen anderen unterlegen fühlte.

Anfänglich hatte Emma versucht, ihrer Mutter die Zeit in London angenehm zu gestalten, aber als Elinor und Emma das Hotel übernommen hatten, wurde es zu viel, und nach einem Besuch in Emmas Hotelwohnung hatte ihre Mutter die folgenden Einladungen nur mehr dankend abgelehnt. Seit Frankie erwachsen war, war das Emma auch nicht mehr wichtig. Sie mochte ihre Mutter ohnehin nicht sonderlich. Sie war immer manipulativ gewesen, verlogen und hatte – selbst zwanzig Jahre nachdem Emma begriffen hatte, dass sie ein uneheliches Kind gewesen war – nie preisgeben wollen, wer Emmas Vater war. Das konnte sie ihr nicht verzeihen. Die Anrufe bei ihrer Mutter waren daher in erster Linie eine Pflichtübung.

»Darf ich?«, fragte Emma die neue Köchin, die sie einem der gehobeneren Londoner Restaurants abspenstig gemacht hatten. Adele führte die Küche inzwischen mit eiserner Hand, und wehe dem, der einen Teller hinausgehen ließ, der nicht perfekt war. Emma bewunderte Adele, die mit gerade erst fünfundzwanzig Jahren so souverän auftrat, als würde sie schon bedeutend länger in ihrem Beruf arbeiten.

»Natürlich, setzen Sie sich.« Adele griff nach ihrem Teller und rutschte ein Stück.

Sofort gesellten sich John von der Rezeption, Elinors Mutter Ingrid aus der Hauswirtschaft und Paul und Benji vom Service hinzu.

»Ich hab so ein Gefühl, dass Linda Lansing bald kommt«, sagte Ingrid.

»Wie jedes Frühjahr«, sagte Emma.

Ingrid nickte in Johns Richtung.

»Wir haben eine Buchung auf einen gewissen Mr Winfrey in ein paar Wochen«, erklärte er.

Winfrey war Roberts Nachname. Obwohl Linda inzwischen verheiratet war, hatte sie ihren Mädchennamen behalten.

»Vielleicht kommt Robert ja allein? Ach, das ist nett, danke«, sagte Emma, nahm ein Sandwich und biss hinein. Es war eine gute Idee gewesen, sich zu den Freunden zu setzen. Sie würde Linda später anrufen. Es war immer gut, rechtzeitig von ihrem Besuch zu erfahren, denn sowohl Elinor als auch Emma wollten das Hotel dann von seiner besten Seite zeigen.

Ingrid war in der Hauswirtschaft der Fels in der Brandung. Sie merkte sich nicht nur jeden einzelnen Gast, sondern auch ihre Gewohnheiten, damit sie beim jeweils nächsten Aufenthalt das Zimmer umso besser vorbereiten konnte. Sie durchsuchte zwar nicht die Papierkörbe, so weit ging sie dann doch nicht, aber wenn ein Schokoladenpapierchen auf dem Tisch liegen geblieben war, dann notierte sie sich das, damit beim nächsten Hotelaufenthalt genau diese Sorte vorrätig war. Wenn jemand Flüssigseife bevorzugte, wusste sie das. Sie achtete darauf, wie die Betten aussahen, ob zusätzliche Decken benötigt wurden und ob ein, zwei oder vielleicht vier Kissen im Bett benutzt worden waren. Sie war unersetzlich, und als sie verkündet hatte, dass sie bald in den Ruhestand gehen wollte, hatten Elinor und Emma entrüstet reagiert. Zuerst würde Ingrid eine Nachfolgerin einarbeiten müssen – und das hatte sie bislang nicht gemacht.

Als John aufstand, um Tee zu holen, hielt Emma ihm ihre Tasse hin und bat ihn, auch ihr nachzuschenken. Sie wollte gern noch eine Weile sitzen bleiben, weil es gemütlich war im Personalraum des Flanagans.

25

Das Restaurant in Calais bot alles, was Alexander sich je erträumt hatte, und noch viel mehr – denn Angelica und Frankie waren bei ihm. Einen so hilfsbereiten Menschen wie Angelica gab es kein zweites Mal. Sie hatte stets ein Lächeln auf den Lippen, verfuhr immerzu nach dem Motto »Geht nicht gibt's nicht«, war belastbar und stark. Außerdem hatte sie sich Frankies angenommen und gab ihr das Gefühl, ein wichtiger Bestandteil dessen zu sein, was – hoffentlich – ein Erfolg werden würde.

Bis zur Eröffnung blieben nur noch wenige Wochen, und es war noch viel zu tun. Alexander hatte die Konkursmasse eines gastronomischen Betriebs in England aufgekauft. Tische, Stühle und Geschirr hatte er zum Spottpreis erstanden, und jetzt musste er nur noch alles in sein Restaurant transportieren, was er plante, sobald der Fußboden fertig wäre.

Angelica konzentrierte sich unterdessen auf die Einrichtung des Wohnhauses. Im Augenblick wohnten sie sehr beengt, aber bald würden ihnen drei frisch gestrichene Schlafzimmer, ein großzügiges, helles Wohnzimmer sowie eine kleine Küche zur Verfügung stehen. Im Sommer würden sie vermutlich überwiegend im Stehen essen, da sie vor lauter Arbeit keine ruhige Minute hätten. Der Essplatz hatte also nicht oberste Priorität. Es gab einen Bartresen, der zum Wohnzimmer wies, das sollte fürs Erste genügen.

Gegenwärtig wimmelte es im Haus von Elektrikern, Installateuren und Malern, die Angelica freundlich und ruhig, aber routiniert anzuweisen wusste. Alexander war klar, dass er mit seinen Lobeshymnen auf Angelica nervte, aber er konnte einfach nicht anders. Eine herzliche, empathische und nette Person zu sein, war zwar für die meisten Menschen eine Selbstverständlichkeit, aber für Alexander waren solche Wesenszüge neu.

Seine eigene Überlebensstrategie bestand darin, sich auf Emmas negative Seiten zu fokussieren, um nicht in einem fort an diejenige zu denken, die er so sehr liebte, dass er sie nur mit Mühe verdrängen konnte, und die ihm jeden Tag in Gestalt seiner Tochter wieder begegnete. Die sprudelnde Energie und faszinierende Ausstrahlung, mit der sie so viele in ihren Bann zog, hatte Frankie von ihrer Mutter geerbt. Frankie war genauso unbezähmbar, wie Emma es gewesen war, genauso ein Freigeist. Frankie wusste genau, was sie tun musste, damit alle nach ihrer Pfeife tanzten, und Alexander konnte ihr jedes Mal ansehen, wann Rastlosigkeit sie überfiel und der Impuls, Unruhe zu stiften, überhandnahm. Häufig flirtete Frankie dann mit den Handwerkern, und zwar gelegentlich so hemmungslos, dass sie glaubten, sie hätten freie Fahrt.

Halt!, hatte Alexander eben noch einem von den Jüngeren zugerufen, der auf Frankies Provokation eingegangen war und versucht hatte, sie zu küssen. Dann hatte er seine widerspenstige Tochter in eine Vorratskammer gezerrt und versucht, ihr so ruhig wie möglich zu erklären, warum sie sich so nicht benehmen durfte.

»Du willst sie nur zum Narren halten, aber sie nehmen das ernst. Das geht nicht, wenn wir rechtzeitig fertig werden wollen«, sagte er streng.

»Die sind einfach nur dämlich«, entgegnete Frankie. »Das ist doch nicht meine Schuld.«

»Du trägst auch deinen Teil dazu bei, dass sie den Verstand verlieren«, sagte Alexander und machte Anstalten, den Vorratsraum zu verlassen, doch dann drehte er sich noch mal um. »Gefällt es dir hier nicht, Frankie?« Er machte sich keine Sorgen, dass sie wieder Drogen nehmen könnte; darüber redeten sie viel, und Frankie schien so ehrlich zu sein wie versprochen.

»Mir ist bloß langweilig«, sagte sie schulterzuckend.

»Dann such dir eine Beschäftigung«, schlug er vor. »Du musst auch nicht andauernd hier sein. Schau dir die Stadt an, sie ist wirklich interessant, und es gibt viel zu sehen. Aber lass bitte die Männer in Ruhe ihre Arbeit machen.«

»Okay.«

Er gab ihr einen Kuss auf die Stirn. »Emma hat angerufen. Kannst du nicht doch mal mit ihr sprechen, damit sie weiß, dass es dir gut geht? Sie macht sich wirklich Sorgen um dich.«

»Ein andermal vielleicht.«

Sie verließen den Vorratsraum, und Frankie warf dem

jungen Mann, der sie zu küssen versucht hatte, einen betont genervten Blick zu. Doch dann sah Alexander, wie sie ihm schmunzelnd zuzwinkerte. Verflucht noch mal!

»Da seid ihr ja«, rief Angelica und kam auf sie zu. »Wollen wir nicht etwas essen? Ich habe Hunger.«

Angelica war auf sinnliche Art unersättlich. Das Essen setzte an den richtigen Stellen an. Ihre üppigen Formen waren schön anzusehen und wunderbar zu berühren, und wenn sie aß, schloss sie genüsslich die Augen. Sie probierte gern neue Gerichte aus und war stets die Letzte bei Tisch, die das Besteck aus der Hand legte.

»Ich nicht«, erwiderte Frankie, der Essen völlig einerlei war, und wenn es jeden Tag das Gleiche gegeben hätte. Ihre Mahlzeiten schlang sie am liebsten im Stehen hinunter. »Ich beherzige Papas Rat und sehe mir die Stadt an. Ich esse dann dort etwas.«

»Mach das, wir sehen uns dann später«, sagte Alexander, der insgeheim hoffte, dass seine Aussichten auf Sex stiegen, sobald seine Tochter nicht im Haus war. Er brauchte das. Und er fürchtete, Emma könnte ernst machen, was sie in ihrem letzten Telefonat angedroht hatte, als Frankie wieder nicht mit ihr sprechen wollte: »Ich gebe dir noch eine Woche, dann stehe ich vor eurer Tür.« Angelica würde dafür sorgen, dass er Emma für eine Weile vergessen konnte.

Sobald Frankie wieder zurück war, wollte Alexander darauf bestehen, dass sie ihre Mutter anrief. Emma hier zu haben, wäre die reinste Katastrophe. Wenn sie sich von Angelicas Verhältnis zu Frankie bedroht fühlte, dann konnte alles Mögliche passieren. Er wusste, wozu sie fähig war.

Er begegnete Angelicas Blick, und sie schien auch ohne Worte zu verstehen, dass er mit ihr eine Weile allein sein wollte. Als wäre es die natürlichste Sache auf der Welt, schickte Angelica die Handwerker, die in ihrem Häuschen arbeiteten, nach draußen und zerrte Alexander ins Schlafzimmer. Dort zog sie erst sich und dann ihn aus und unternahm danach einen beherzten Versuch, seinen schlaffen Penis zum Leben zu erwecken ... vergebens. Auch nachdem er sie befriedigt hatte, regte sich nichts in seinen tieferen Regionen. Sonst erregte ihn das immer.

»Macht doch nichts«, sagte sie nachsichtig. »Du bist gestresst, das ist ja auch nicht verwunderlich.«

»Wie kannst du sagen, dass das nichts macht?«, zischte er. »Schlimm ist das! Du liebst es, wenn ich in dich eindringe und wir Sex haben. Darauf bist du doch immer ganz heiß.«

»Klar, aber es ist ja nun nicht so, dass du nie wieder einen Steifen kriegst«, sagte sie lachend. »Nimm's nicht so schwer, Schätzchen.«

Er drehte ihr den Rücken zu und schlüpfte in seine Klamotten. »Nenn mich nie wieder Schätzchen.« Er wusste natürlich, dass er eine Erektion bekommen konnte. Ein Gedanke an seine Ex genügte. Verdammt!

Als Angelica später ins Restaurant herunterkam und er spürte, wie traurig sie war, schämte er sich. Sie traf keine Schuld an seinem vorübergehenden Potenzproblem.

»Entschuldige«, sagte er und legte ihr die Hände ans Kinn. »Entschuldige, Liebes!«

Sie hatte Tränen in den Augen. »Schon gut«, sagte sie – als ob ihre Gefühle belanglos wären.

»Nein, ich wollte dich nicht verletzen. Es tut mir wirklich leid.« Er zog sie fest an sich, löste aber die Umarmung, als er die Tür gehen hörte. »Alles okay?«, flüsterte er, während die Handwerker von draußen zurückkamen.

Sie nickte.

26

Es war ein herrlicher Frühlingstag, und in der Sonne war es schon richtig warm. Frankie schlenderte durch die Straßen, aß ein Eis und musterte die Passanten, die ihr begegneten. Viele von ihnen waren Engländer, und sie versuchte nachzuspüren, ob sie Heimweh hatte. Nein, hier bei ihrem Vater hatte sie es viel besser.

Sie war gerade an einer kleinen Galerie vorbeigegangen, als sie spontan innehielt und wieder umkehrte. Sie drückte die Nase ans Schaufenster und spähte in den Raum. Der Künstler hatte dem Fenster den Rücken zugewandt und malte. Er trug eine Baskenmütze und einen weißen Kittel, aber seiner Garderobe schenkte sie keine Beachtung. Es waren seine Bewegungen, die sie faszinierten. Er attackierte die Leinwand förmlich mit seinen Pinseln und bewegte sich fast wie ein Boxer vor dem großen, farbenfrohen Gemälde. Dann trat er ein paar Schritte zurück, begutachtete sein Werk und stürzte mit fliegenden Kittelschößen erneut auf das Bild zu.

Die Tür war nur angelehnt, und es gab kein Schild, das

besagt hätte, dass geschlossen sei. Frankie schob sie auf und trat ein. »Hallo«, sagte sie auf Englisch.

Der Künstler zuckte zusammen. »*Merde* …«, murmelte er und wirbelte herum.

Er musterte sie von Kopf bis Fuß. »Die Vernissage ist erst morgen.« Dann wandte er sich wieder der Leinwand zu. »Komm morgen wieder.«

Immerhin spricht er Englisch, dachte Frankie.

»Was für eine Vernissage?«

»Sind Sie gar nicht deswegen hier?« Er machte eine ausholende Geste mit dem Pinsel, trat von einem Fuß auf den anderen und schien zu überlegen, ob dieser kühne gelbe Farbstrich wirklich eine gute Idee gewesen war.

»Nein, ich hab Sie nur malen sehen und bin neugierig geworden.«

Er drehte sich wieder um zu ihr und kam auf sie zu.

»*Chérie*, dreh dich mal«, forderte er sie auf.

»Bitte?«

»Na los, mach schon.«

»Auf keinen Fall«, entgegnete sie und versuchte, sich seinem bohrenden Blick zu entziehen, der sich anfühlte, als würde er durch ihre Shorts und ihr Top hindurchsehen.

Aus der Nähe betrachtet sah er nett aus, sogar richtig attraktiv, dachte sie, reagierte dann aber nicht schnell genug, als er die Hand ausstreckte und ihr Haar berührte. Als er anschließend mit dem Finger ihren bloßen Arm entlangfuhr, stellten sich ihr die Härchen auf. Und sie spürte, wie ihre Brustwarzen hart wurden.

Er grinste. »Du brauchst dich nicht mehr zu drehen. Ich weiß auch so, dass du perfekt bist.«

»Was soll das heißen?«

»Als Modell«, gab er ruhig zurück und trat wieder vor die Leinwand. »Wir sehen uns morgen um zehn. Ich male dich hinter dem Vorhang da drüben. Nur keine falsche Scham, ich hab schon diverse nackte Frauen gesehen.« Ein Segeltuch hing von der Decke und diente als Raumteiler. Dahinter konnte Frankie ein Bett und Staffeleien ausmachen. »Also, *chérie*, ab mit dir. Ich will jetzt nicht länger gestört werden.«

Spätestens jetzt hätte sie lautstark protestieren und sagen müssen, dass er sie verwechselt hatte. Sie würde sich ihm unter keinen Umständen nackt zeigen. Doch das tat sie nicht. Sie ging aus der Tür und beschloss, einfach nie wieder einen Fuß in das Atelier zu setzen.

»Kannst du deine Mutter anrufen?«, bat ihr Vater sie, als Frankie wieder ins Restaurant zurückgekehrt war. »Sonst kommt sie noch her«, fügte er hinzu und sah bei der Vorstellung richtig bestürzt aus.

Insgeheim gefiel es Frankie, zu hören, dass ihre Mutter sich immerhin so viele Gedanken zu machen schien, dass sie sogar bereit war, für ihre Tochter ihr zweites Baby – das Flanagans – erneut zu verlassen. Außerdem könnte das zu einer interessanten Auseinandersetzung zwischen ihrer Mutter und Angelica führen. Es war sonnenklar, dass ihre Mutter daraus als Siegerin hervorgehen würde, und dafür bedauerte Frankie Angelica. Es war tatsächlich besser, wenn ihre Mutter in England blieb.

»Ja, mach ich«, sagte sie. »Ich ruf sie vom Wohnhaus an.«

Sie zählte die Schritte, die sie vom Restaurant über den gekiesten Innenhof bis zur Haustür brauchte. Zwanzig. Sie würden keine Minute Ruhe haben, wenn der Betrieb erst mal am Laufen wäre. Im Hof würden Tische stehen, und wenn man das Grundstück verlassen wollte, musste man sich zwischen den Gästen hindurchschlängeln.

»Mama«, winselte sie in den Hörer. »Komm schnell, du musst mich hier rausholen, er schlägt mich halb tot!«

Sie hörte ihre Mutter nach Luft schnappen, doch dann fiel der Groschen. »Und wie geht es dir sonst so?« Ihr Grinsen war förmlich durch die Leitung zu hören.

»Danke, gut. Ich habe heute einen Künstler kennengelernt, der mich malen will.«

»Und, willst du das auch?«

Kein *Nein* und kein *Das kannst du doch nicht machen!* Interessant, dachte Frankie.

»Vielleicht, mal sehen.«

»Mir hätte es gefallen, wenn ich gefragt worden wäre.«

»Du?« Frankie lachte auf. Ihre perfekte Mutter?

»Na ja, jetzt natürlich nicht mehr, aber bevor ich dich bekommen habe, schon. Damals hab ich es darauf angelegt, dass die Leute mich ansahen, und ich hätte es als großes Kompliment aufgefasst, wenn mich jemand hätte malen wollen.«

Mit einem solchen Bekenntnis hatte Frankie nicht gerechnet. »Du findest, ich sollte es machen?«

»Ich finde, du solltest machen, was du willst. Du bist doch selbst künstlerisch begabt, vielleicht willst du ihn umgekehrt auch malen, wenn er mit dir fertig ist?«

»Ich hab viel gemalt, als ich klein war, oder?«

»Ja, besonders nach Edwins Tod. Papa und ich haben nie zuschauen dürfen, weil du in deinem Zimmer allein sein wolltest. Immer wenn wir gefragt haben, hast du uns weggeschickt. Aber die Zeichnungen haben wir aufgehoben, sie sind auf dem Speicher, wenn du sie sehen willst.«

»Ihr wart nie für mich da«, sagte Frankie, die sich noch gut an die langen, einsamen Abende erinnern konnte, wenn ihre Mutter im Flanagans und ihr Vater zu traurig gewesen war, um sich mit Frankie zu befassen. »Vermutlich war ich deswegen allein in meinem Zimmer.«

»Zum Teil stimmt das«, erwiderte Mama. »Du warst aber auch abweisend zu uns, und weder dein Vater noch ich wussten, wie wir zu dir durchdringen sollten.«

»Damals hat sich die Liebe wohl verabschiedet«, murmelte Frankie.

»Ja, wahrscheinlich hast du recht. Alexander und du, ihr sagt beide, dass ich ganz miserabel darin bin, Gefühle zu zeigen. Und ich habe wohl keine andere Wahl, als euch zu glauben. Aber so fühle ich nicht. Ich liebe dich, Frankie. Von ganzem Herzen. Es macht mich traurig, dass ich dir so viel Leid zugefügt habe, und ich wünschte mir, ich wüsste, was dir fehlt, dann würde ich es dir sofort geben.«

»Verkauf das Flanagans«, sagte Frankie, ohne zu zögern. »Dann würde ich dir glauben.«

»Du weißt, dass ich das nicht kann«, gab ihre Mutter mutlos zurück.

»Ich weiß. Aber du hast gefragt, und ich habe geantwortet. Jetzt gehe ich wieder rüber zu Papa. Ach ja, ich hab übrigens angerufen, um dir zu sagen, dass du nicht herkommen sollst. Wir kommen hier ohne dich klar.«

Manchmal wusste sie selbst nicht, warum sie so wütend auf ihre Mutter war. Mütter mussten doch auch einen Job haben dürfen, ohne dass ihre Kinder deswegen ausrasteten? Sie hatte eigentlich gar nicht sagen wollen, dass ihre Mutter das Flanagans verkaufen sollte, aber der Drang, sie zu provozieren, beherrschte sie förmlich. Warum? Und warum nur bei ihrer Mutter und nicht bei ihrem Vater? War es wirklich so einfach, dass ihre Mutter nicht für sie da gewesen war, oder spielte da noch etwas ganz anderes eine Rolle?

Sie zog die Schultern hoch. Ihre Mutter würde diesen Sommer nicht nach Calais kommen, so viel war sicher. Den zaghaften Stich, den Frankie verspürte und der ihr sagte, dass sie ihre Mutter vermisste, schob sie weit von sich weg. Das sollte rasch wieder vorübergehen.

27

Was die Beziehung zu seiner Frau betraf, fühlte Sebastian sich wie neugeboren. Er konnte gar nicht die Finger von ihr lassen. Aber weil Magda am Herd stand, strich er seiner Frau nur kurz über den Rock. Dann zog er die Kühlschranktür auf und nahm sich eine Wasserflasche. Gierig setzte er zu trinken an.

»Gläser sind im Schrank«, bemerkte Elinor.

»Liebling ...«, flüsterte er ihr lächelnd ins Ohr, »im Bett bist du die Chefin, aber in der Küche schwingt Magda das Zepter.«

Dann ging er ins Wohnzimmer, ließ sich auf dem Sofa nieder und legte die Beine über die Armlehne. Die Flasche stellte er auf den Couchtisch.

»Elinor«, rief er. »Kommst du mal kurz?«

Er winkte sie näher, und als sie sich an sein Bein schmiegte, um neben ihm Platz zu finden, entfachte dies sofort seine Lust. Wie hatte er nur vergessen können, wie einzigartig seine Frau war? Sie war nicht nur eine kluge Geschäftsfrau und eine gute Mutter, sie war auch eine kreative Liebhaberin. So hatten sie sich damals kennengelernt.

Als Erstes waren ihm 1959 ihre Kurven aufgefallen, und mit der Selbstsicherheit, die er zu jener Zeit besessen hatte, war sie im Handumdrehen in seinem Bett gelandet. Das war vielen so gegangen, aber sie war anders gewesen – vor allem nicht wahnsinnig beeindruckt davon, dass er ein Lansing war. Sie war in sein Zimmer gehuscht, wenn er im Flanagans übernachtet hatte, hatte mit ihm geschlafen, bis sie genug von ihm gehabt hatte, und war dann, ohne ein Wiedersehen zu erwarten, wieder gegangen. Sie hatte sich an seinem Körper bedient so wie er sich an ihrem.

Und nun wollte sie ihn wieder, mit derselben Lust wie damals. Wenn ihr Liebesleben weiter so blühte und gedieh, würde er nie wieder fremdgehen. Er fühlte sich wie frisch verliebt. Er rückte ein Stück zur Seite, damit Elinor Platz hatte, und zog sie rückwärts an sich. Kitzelte sie mit der Zungenspitze im Nacken. Sie stöhnte leise und schmiegte ihr Becken an ihn. Mit kreisenden Bewegungen sorgte sie dafür, dass er eine Erektion bekam. Er biss sie sanft in die Schulter.

»Mrs Lansing«, brummte er. »Wenn Magda nicht in der Küche wäre, würde ich dich jetzt auf der Stelle vernaschen.«

»Hmm«, raunte sie und kreiste weiter mit den Hüften. »Ich stelle mir gerade vor, wie ich auf deinem Schoß sitze und dich reite, und du nimmst meine Brustwarzen in den Mund. Ich hab Lust auf dich.«

»Du bist unglaublich«, murmelte er und sah sich um. Da – er nahm die Wolldecke von der Sofalehne und breitete sie aus. Er würde Elinors Volantrock bis zu den Hüften hochschieben. Er ertastete die Knopfleiste ihres Bodys und machte ihn auf. Er spürte, dass sie feucht war, und begann sie langsam zu massieren. Er wollte ...

»Magda«, rief Elinor, und Magda erschien in der Tür, als Sebastian gerade seinen Zeigefinger in den feuchten Schoß seiner Frau schob. Er ahnte mehr, als dass er hörte, wie sie den Atem anhielt.

»Wir machen ein Nickerchen«, sagte sie und gähnte, während ein zweiter Finger in sie eindrang. »Sie können die Küchentür ruhig zumachen.« Er bewegte die Finger, während die Haushälterin Elinors Bitte nachkam.

Sebastian stieß seine Finger rhythmisch in sie hinein und strich dann über ihre empfindsame Klitoris. Immer wieder. Elinor drehte ihm ihr Gesicht zu und öffnete mit einem Seufzer ihre Lippen für einen leidenschaftlichen Kuss, während er sie weiterstreichelte.

»Wenn du so weitermachst, dann komme ich sofort«, sagte sie mit ihren Lippen an seinen. »Ich will aber noch warten.« Sie rappelte sich hoch und kniete sich vor ihn hin. Mit geschickten Fingern knöpfte sie seine Hose auf. Als sie sich über die Lippen leckte, ahnte er, was sie vorhatte, und schob ihr Haar zur Seite, damit er sehen konnte, wie ihr Mund sich um sein Gemächt schloss. Die Wolldecke war zu Boden gerutscht. Wenn Magda hereinkäme, würde sie auf einen Blick sehen, wie Elinor ihn leckte und lutschte und er die Hüften nicht länger stillhalten konnte.

»Warte, warte«, sagte er, als er spürte, dass er bald kommen würde. »Reite mich – wie in deiner Fantasie«, flüsterte er. »Ich will, dass du kommst, während du auf mir sitzt.«

Er hielt Elinor an den Hüften fest und drang langsam in

sie ein. Dann knöpfte er ihre Bluse auf und streifte sie ihr von den Schultern. »Du machst mich wahnsinnig an, du bist total sexy«, murmelte er, wog ihre kleinen Brüste in seinen Händen und stimulierte mit den Daumen ihre Brustwarzen unter dem straffen BH-Stoff. Dann zog er die Träger hinunter und küsste sich vor bis zur Knospe. Elinor stöhnte auf. Sie genoss es, wenn er den Ton angab, und unter seinen zärtlichen Bissen stöhnte sie auf. Er schob die Hände unter ihr Gesäß und kniff sie fest in die Backen.

Sie ritt ihn erst langsam, während er sich ihren Brüsten und ihrem Hintern widmete, so wie sie es liebte, dann schneller, je weiter sie auf den Höhepunkt zusteuerte. Es war herrlich, dass er seinen Orgasmus hinauszögern musste. Er sah die Wollust in Elinors Blick. Als er kurz wieder daran denken musste, dass Magda jeden Moment die Tür aufmachen und sie sehen könnte, konnte er sich nicht länger beherrschen. Sowie Elinor ihren Schritt fest gegen ihn presste, übermannte ihn die Lust. Er sah seiner Frau in die Augen. Auch ihr Orgasmus bahnte sich an. Sie atmete immer rascher durch die Nase, die Beine zitterten, und als er mit dem Daumen ihren empfindlichsten Punkt berührte, begann sie zu beben und atmete gleichzeitig stoßweise aus. Seine wundervolle Frau hatte einen langen, intensiven Orgasmus, dann sank sie nach vorn, und keuchend umschlangen sie sich, während sein Sperma aus ihr herausrann.

Als Magda die Tür aufschob, um mitzuteilen, dass das Essen fertig sei, weckte sie das Ehepaar Lansing, das unter der Wolldecke eingeschlafen war – genau wie sie gesagt hatten.

Nach dem Abendessen musste Elinor kurz ins Flanagans fahren.

Sebastian sah sich in seinem Arbeitszimmer um, das mit all den Flaschen, Büchern und alten Unterlagen alles war, nur kein Arbeitsplatz. Es glich eher einer Höhle, in die er sich zurückziehen konnte. Vielleicht war es an der Zeit, sich wieder eine Aufgabe zu suchen? Er hatte schon öfter darüber nachgedacht, doch bisher hatte seine Trinkerei jede neue Karriere vereitelt. Nun war er zwar auch nicht gerade in Bestform, aber es ging ihm so gut wie seit Monaten nicht mehr.

Billie war in Schweden, Elinor liebte ihr Flanagans, und wenn er sich selbst keine Aufgabe suchte, würde er hier zu Hause ein sehr einsamer Mann werden. Doch Einsamkeit war kein guter Begleiter, wenn man trocken werden wollte. Zunächst stand ihm allerdings noch ein anderes Ereignis bevor, auf das er sich ganz und gar nicht freute: der achtzigste Geburtstag seiner Mutter, dieser alten Beißzange. Aber er hatte Billie sein Wort gegeben, und das würde er halten.

Billie war der einzige Mensch, den er von ganzem Herzen liebte. Eine solche bedingungslose Liebe hatte er mit keiner Frau je erlebt. Frauen hatte er stets physisch geliebt, aber er hatte keine Ahnung, wie er sein Herz für sie öffnen sollte.

Allerdings hatte der Sex mit Elinor längst vergangene Gefühle in ihm geweckt. Sex war nun mal die beste Art, Liebe zu zeigen und Liebe zu erfahren. Er hoffte inständig, ihre Beziehung würde alles überdauern. Allein der Gedanke daran stimmte ihn froh.

28

Bille war inzwischen seit über drei Monaten in Schweden und vermisste England kein bisschen, im Gegenteil, dass sie nach London zurückmusste, um ihre Großmutter zu feiern, war ihr fast lästig.

Karl-Johan sah aus dem Bad zu ihr herüber. Sie saß auf seinem Bett und wartete darauf, dass er fertig war. »Du führst Selbstgespräche«, stellte er fest.

»Nichts da, ich hab mich beschwert. Ich werde mich ohne dich in London sehr einsam fühlen«, gab sie zurück und musterte ihn, während er auf sie zukam.

»Ich kann doch mitfahren? Ich habe freibekommen.«

»Im Ernst?« Sie sprang auf und fiel ihm um den Hals. »Hurra!«, jubelte sie und übersäte sein Gesicht mit Küssen. »Ich rufe sofort meinen Papa an und bitte ihn, ein zweites Ticket zu buchen.«

»Nein, das buche ich schon selbst«, entgegnete er bestimmt.

»Wenn du meinst ...«

Sie würde Sebastian trotzdem anrufen, damit sie und Karl-Johan eine Suite im Flanagans bekämen. Wenn sie erst da wären, würde Karl-Johan wohl kaum dagegen protestieren.

Billie sah ihn mit strahlenden Augen an. Sie hatte sich noch gar nicht richtig zurechtgelegt, wie sie ihm von ihrer erfolgreichen Familie erzählen würde, und nun überlegte sie, wie sie ihm erklären sollte, dass er zum Dinner im Frack erscheinen müsse. Ihre Großmutter war heikel, wenn es um die Kleiderordnung ging, und schließlich feierte sie einen runden Geburtstag.

Karl-Johan sah kurz aus dem Fenster ins grau-diesige Uppsala und zog sich mit einem Seufzer einen wärmeren Pullover über. Die Jeans hing ihm lose um die schmalen Hüften. Billie fand das unglaublich sexy.

»Wenn wir wieder zu Hause sind, kannst du deine Jeans ruhig wieder ausziehen«, meinte sie.

Er drehte sich zu ihr um und sah sie verführerisch an, und mehr brauchte es nicht, dass sie Lust bekam. Anfangs war das noch anders gewesen. Das erste Mal mit Karl-Johan war so schrecklich gewesen, dass sie dachte, sie würde es nie wieder tun – damals, als sie ihre Unschuld verloren hatte, hatte es genauso wehgetan. Allerdings war es beim zweiten Mal schon viel schöner gewesen, und beim dritten war sie gekommen, als er sie massiert hatte.

Annika und Billie redeten oft über Sex, und Annika träumte davon, mit einem Mann zu schlafen, in den sie bis über beide Ohren verliebt war. Oder der in sie verliebt war.

»Du bist so ein Glückspilz, dass du Karl-Johan getroffen hast«, sagte sie.

Weil Annika die große Liebe bislang nicht gefunden

hatte, schlief sie stattdessen eben mit Jungs, die zumindest gut im Bett waren. Irgendwas wollte sie schließlich auch davon haben. Welche Jungs das waren, war kein Geheimnis: Sie legten die Mädels reihenweise flach, und wenn diese später von ihren Erlebnissen berichteten, strahlten sie wie die Sonne. Keine von ihnen wirkte je eifersüchtig, was Billie nur schwer nachvollziehen konnte; wenn man mit jemandem ins Bett ging, dann tat man das doch wohl, weil man verliebt war. Jedenfalls war das bei ihr so.

Es gab da jemanden, Stefan, hinter dem alle Mädels her waren und von dem man munkelte, dass er Gonorrhoe verbreitete. Als Billie Annika darauf angesprochen hatte, hatte die nur gelacht. »Tja, dann schluckt man eben Penis-cillin. Das ist er wert, das kann ich dir sagen!« Dann hatte sie die Augen weit aufgerissen und Billie mit beiden Händen angedeutet, was genau ihn so besonders machte.

Als Billie die Tür abschloss und hinter Karl-Johan den Flur entlangging, heftete sie ihren Blick dankbar auf seinen Rücken.

Er gehörte ihr, und das war ein Glück, auch wenn sie entschieden hatten, nicht sofort allen anderen zu zeigen, was sie füreinander empfanden. Ihre Beziehung ging niemanden etwas an. Sie wusste, woran sie war, und das genügte ihr.

Mittlerweile fieberte Billie den Theaterproben entgegen, auch wenn der Anfang grauenvoll gewesen war. Sie war erst nur hingegangen, damit Annika nicht nörgelte, dann, um Karl-Johan besser kennenzulernen. Doch als sie zum vierten Mal auf der Bühne stand, war etwas mit ihr geschehen. Es war, als hätte sie ihr Ich komplett abgelegt und wäre zu Nora geworden, deren Rolle sie spielte. Mit einem Mal konnte sie die Qualen der jungen Frau verstehen und nachempfinden. Und von da an hatte sich alles verändert: Die Nervosität war von ihr abgefallen, und sie konnte ohne Hemmungen agieren. Sie *war* Nora, bis nach der Probe alle in ihre Jacken schlüpften und wieder nach Hause gingen.

Nach dieser einen Probe war Karl-Johan auf sie zugekommen, hatte sie auf die Seite genommen und gefragt, ob sie sich vorstellen könne, die Rolle auch in den Vorstellungen zu spielen. Natürlich hatte sie Ja gesagt – um Karl-Johans willen, in den sie bis über beide Ohren verliebt war. Er hatte zu ihr gesagt, ihre Interpretation sei eine der besten, die er je von einer Laiendarstellerin gesehen hatte, und Billie hatte seine Komplimente aufgesogen wie ein Schwamm. Sie hatte so dicht vor ihm gestanden, dass ihr sein Geruch in die Nase gestiegen war. Männlich, würzig hatte er gerochen. Am liebsten wäre sie bis in alle Ewigkeit so stehen geblieben. Dann hatte er sich verabschiedet. Hatte sie kurz umarmt und gesagt, sie würden sich nächste Woche wiedersehen. Und da war ihr wieder eingefallen, was Annika mal gesagt hatte: »Wenn du einem Schweden zeigen willst, dass du ihn magst, musst du ihn fest an dich drücken.« Wenn das die einzige Nähe sein sollte, die sie jemals mit ihm erleben dürfte, dann ... Sie hatte sich so eng an ihn geschmiegt wie möglich.

Er hatte gelacht und sie seinerseits an sich gezogen. »Ich wusste nicht, ob du ...«, hatte er ihr ins Ohr geflüstert.

»Ich will«, hatte sie zurückgeflüstert.

Sebastian klang munter, als Billie ihn anrief und erzählte, dass sie einen jungen Schweden nach London und zur Geburtstagsfeier ihrer Großmutter mitbringen würde.

»Klar kann ich euch eine Suite organisieren, ohne dass Mama das mitbekommt«, sagte er lachend. »Aber sie hat sicher auch so nichts dagegen, wenn ihr im Flanagans wohnt.«

»Das stimmt, aber sie findet bestimmt, dass ein Doppelzimmer ausreicht«, meinte Billie.

»Da hast du recht.« Es entstand eine Pause, dann sagte er: »Dieser junge Mann wird dich aber hoffentlich nicht dazu bewegen, für immer in Schweden zu bleiben?« Er klang beunruhigt.

»Das weiß ich noch nicht, Papa«, antwortete sie. »Aber wie auch immer – es ist in jedem Fall höchste Zeit, dass ich das Nest verlasse, findest du nicht?«

»Nein, das finde ich ganz und gar nicht«, sagte er. »Deine Mutter und ich werden auf einen Schlag hundert Jahre älter, wenn du nicht mehr da bist.« Er lachte wieder. »Nein, natürlich ist es an der Zeit, dass du flügge wirst! Du kommst ja wieder ins Flanagans zurück, wenn du in die Fußstapfen deiner Mutter trittst.«

Sie schwieg. *Wenn du in die Fußstapfen deiner Mutter trittst* – das hatte sie in ihrem Leben schon so oft gehört, dass sie hätte schreien können. Niemand hatte sie je gefragt, ob sie überhaupt Lust hatte, das Flanagans zu übernehmen. Vielleicht wollte sie etwas ganz anderes aus ihrem Leben machen? Schauspielern vielleicht? In Schweden galt sie als exotisch, in England war sie bloß eine gewöhnliche Britin mit hellbrauner Haut und krausen Haaren – wenn sie es sich nicht glätten ließ.

»Hallo, Billie?«

»Entschuldige, ich war in Gedanken ... Aber machst du das mit der Suite? Ich rufe Mama an, sobald wir uns dort eingerichtet haben. Okay?«

»Du weißt doch, dass ich dir nichts abschlagen kann«, erwiderte Sebastian. »Ich freue mich darauf, euch beide zu sehen.«

Die Enttäuschung war riesig, als ihr Karl-Johan tags darauf verkündete, dass er nun doch nicht nach London mitkommen könne. Der Kollege in dem Restaurant, wo er jobbte, war verhindert, und nur Karl-Johan konnte die Vertretung übernehmen. Anstatt mit ihrem neuen Freund nach Hause zu kommen, würde Billie wie immer allein anreisen. Aber zumindest war Frankie nicht da. Elinor hatte am Telefon erzählt, sie sei bei ihrem Vater in Calais.

»Ich könnte doch mit nach London kommen«, schlug Annika vor.

»Oh, Annika, meinst du wirklich? Du bist selbstverständlich eingeladen! Ich weiß doch, dass du meistens ziemlich blank bist.«

»Ist Fliegen denn so teuer? Ich hab ein bisschen Geld gespart und zahle das Ticket selbst, wenn ich nur in diesem Luxushotel wohnen darf, das du gleichzeitig zu lieben und zu hassen scheinst.«

»Du darfst nicht nur dort wohnen, sondern bekommst auch Roomservice mit allem Drum und Dran, das Hotel bügelt deine Klamotten, füllt die Minibar für dich auf und trägt dein Gepäck – und du musst allerhöchstens daran denken, dass die Absätze deiner Schuhe nicht zu flach sind.« Dann überlegte Billie kurz und fuhr fort: »Am besten, du packst auch ein langes Kleid ein. Wenn du keins hast, dann leihe ich dir eins von meinen. Wir zwei gehen nämlich auf die Geburtstagsfeier meiner Oma.«

»Ist sie nett?«

»Meine Oma? Nett ist nicht gerade das Erste, was einem einfällt, wenn man an sie denkt.«

Billies Enttäuschung war im Nu verflogen. Im Gegensatz zu Karl-Johan würde Annika es lieben, sich im Flanagans verwöhnen zu lassen.

29

»Mrs Lansing, ich darf gratulieren. Anfang kommenden Jahres werden Sie ein neues Familienmitglied willkommen heißen.«

Der Arzt – eine Vertretung, die Elinor nie zuvor gesehen hatte – bekräftigte nur, was sie bereits geahnt hatte. Heilige verdammte Scheiße … Was für eine Idiotin sie war! Sie wusste doch, dass Sebastian im Eifer des Gefechts den Verstand ausschaltete – und das, obwohl sie ihm ausdrücklich gesagt hatte, dass sie etwas vorsichtiger sein müssten, nachdem sie gerade erst auf die neue Antibabypille umgestiegen war.

»Dann schauen wir doch mal, wann wir uns am besten wiedersehen«, sagte der Arzt und blätterte in seinem Terminkalender. »In etwa zwei Monaten, würde ich sagen. Sie sind ja noch ganz am Anfang.« Er machte sich eine Notiz, schlug das große Terminbuch zu und bedachte sie mit einem Blick, der seine Überzeugung ausdrückte, gute Neuigkeiten verkündet zu haben. »Grüßen und gratulieren Sie Mr Lansing von mir! Bei Ihrem nächsten Termin darf er gern mit dabei sein. Die Zeiten sind mittlerweile ja andere, wie Sie selbst wissen, Mrs Lansing.«

Ja, *Mrs Lansing* wusste das nur zu gut.

Bevor sie das Sprechzimmer verließ, blieb sie kurz in der Tür stehen.

»Und wenn ich es wegmachen lassen wollte, würde ich dann auch bei Ihnen einen Termin vereinbaren?«

Er sah sie verdattert an. »Aber Sie sind doch verheiratet?«

»Ja …?«

»Will Ihr Mann das Kind denn nicht?«

»Keine Ahnung, aber ich glaube, *ich* will kein weiteres Kind haben.«

»Das verstehe ich nicht ganz … Haben Sie mit Ihrem Mann schon gesprochen?«

»Nein, habe ich nicht. Ich finde, ich habe alles Recht, das hier selbst zu entscheiden.«

Er schüttelte leicht den Kopf, als könnte er nicht glauben, was er gerade gehört hatte.

»Mrs Lansing, gehen Sie nach Hause, und sprechen Sie mit Ihrem Mann. Dann sehen wir ja, was er dazu sagt. Und kommen Sie gern jederzeit wieder.«

Bei Emma im Büro brach Elinor zusammen.

»Ich will keine Kinder mehr«, schluchzte sie. »Ich will das nicht!«

Emma schob eine Schachtel mit Papiertaschentüchern zu ihr hinüber.

»Ich will es Sebastian nicht mal erzählen«, schniefte Elinor. »Er wird es behalten wollen – und wie könnte ich ihm noch in die Augen sehen, wenn ich sein Kind abtreiben lassen würde?« Sie schnäuzte sich lautstark. »Ich habe tausendmal zu ihm gesagt, dass ich keine Kinder mehr will, aber das kommt ja nicht an!«

»Soll ich uns einen Tee machen?«, fragte Emma betreten, als könnte ein Tee etwas verändern. Als wenn damit alles gut würde.

Es war bereits fünf Uhr nachmittags, trotzdem stand keiner der beiden der Sinn danach, für heute Schluss zu machen. Elinor wusste nur zu gut, dass Sebastian ihr ansehen würde, dass etwas passiert war. Seit ihrer Reise hatten sie noch einmal neu zueinandergefunden, was sie beide genossen und was Elinor auch nicht einbüßen wollte – sie wollte nicht noch mal ganz von vorn beginnen und Mutter eines Säuglings sein, jetzt, da Billie auf dem besten Weg war, erwachsen zu werden. Als sie mit Billie schwanger gewesen war, hatte Elinor sich wegen schlichtweg *allem* Sorgen gemacht.

»Danke, das wäre nett.« Sie streifte die Schuhe ab und zog die Beine unter. Sie wollte, sie könnte bis in alle Ewigkeit hier bei Emma sitzen bleiben. Sie kannte ihren Mann, er würde sie nie wieder auf dieselbe Weise ansehen, wenn sie das Kind abtreiben ließe, obwohl er sehr wohl wusste, dass sie sich immer gegen ein weiteres Kind ausgesprochen hatte. Es hatte Monate gedauert, nach Billies Geburt die Finsternis hinter sich zu lassen. Sich gleichzeitig um ihre Tochter zu kümmern und dieses anschwellende schwarze Loch in sich zu spüren, hatte sie schier um den Verstand gebracht. Emma wusste teils darüber Bescheid, doch Elinor hatte sich zu sehr geschämt, um je die ganze Wahrheit zu offenbaren. Sie hatte schließlich immer gesehen, welche enge Bindung Emma und Frankie gehabt hatten, und sich für ihre eigene Mutterschaft das Gleiche gewünscht. Als die dunklen Wolken sich zu guter Letzt verzogen hatten, hatte sie sich gefühlt, als wäre sie aus einem Albtraum erwacht, und endlich erkannt, dass alles war, wie es sein sollte. Ihre Liebe zu Billie war so überwältigend, dass es ihr fast das Herz zerriss. Und was immer sie während jener depressiven Phase gespürt hatte, war nie wiedergekehrt.

Bis jetzt.

Im Handumdrehen war Emma mit zwei Bechern Tee zurück, die sie auf den Tisch stellte. Sie setzte sich in den zweiten Sessel.

»Mir ist völlig klar, dass du das weißt«, sagte sie, »trotzdem wiederhole ich es.« Sie legte eine kurze Pause ein. »Es ist *dein* Körper.«

Elinor nickte. »Ich weiß. Aber ich würde meinen Mann damit hintergehen. Ich habe keine Ahnung, ob ich das kann. Wie konnte das nur passieren? Liegt es daran, dass ich eine andere Pille genommen habe und sie noch nicht die volle Wirksamkeit hatte?« Sie atmete tief durch, ehe sie weitersprach. »Ich verstehe gar nicht, wie man in meinem Alter überhaupt noch so fruchtbar sein kann … Und Sebastian? Er ist ja noch viel älter als ich! Was bin ich nur für eine Idiotin … Hab das im Hinterkopf, wenn du wieder mit deinem Ex schläfst. Ein heißes Liebesleben kann trotz Antibabypille zu einer Schwangerschaft führen.«

Emma nahm einen Schluck Tee, und Elinor, die sich

endlich alles von der Seele geredet hatte, tat es ihr gleich. Sie wusste, dass Emma sie verstand; bei ihr waren ihre Sorgen sicher. Ihre Freundin würde hierüber kein Sterbenswörtchen verlieren.

Sie seufzte schwer. »Können wir über etwas anderes reden?«, bat sie. »Erzähl, wie läuft's bei dir?«

»So lala. Ich fühle mich einsam«, gab Emma unumwunden zu. »Oder vielmehr ... allein gelassen. Ich habe keine Familie mehr, der ich mich anvertrauen könnte, und das macht mir Angst.«

»Will Frankie immer noch keinen Kontakt?«

Emma schüttelte den Kopf.

»Egal was ich sage – es kommt falsch an. Sie weiß genau, wie sie mich verletzen kann. Hab ich erzählt, dass sie von mir verlangt hat, das Flanagans zu verkaufen, um ihr zu beweisen, dass sie wirklich das Wichtigste in meinem Leben ist?«

»Das hat sie verlangt? Darauf gehst du doch nicht ein?«

»Sie hat damit nicht ganz unrecht ...«

»Das hier ist doch dein Job!«

»Ja, aber wenn ich dir meinen Anteil verkaufen würde, würdest du mich doch weiter hier arbeiten lassen?«

»Emma, das vergisst du bitte ganz schnell wieder. Eine Frau wird doch wohl eine erfolgreiche Unternehmerin und gleichzeitig Mutter sein dürfen? Und Alexander war doch auch immer da?«

»Anscheinend zählt nur die Fürsorge der Mutter – und da habe ich offenkundig versagt.«

»Das finde ich zutiefst ungerecht von ihr.« Elinor liebte

Frankie fast ebenso sehr, wie sie Billie liebte, aber sie war immer schon der Ansicht gewesen, dass Emmas Tochter gegenüber ihrer Mutter furchtbar unversöhnlich war. Aus Frankies Sicht konnte Elinor einfach nichts richtig machen.

»Mag sein … Aber so empfindet sie es nun mal. Ehrlich gesagt weiß ich nicht mehr, was ich mit mir anfangen soll.«

»Und was sagt Alexander?«

Emma zuckte mit den Schultern. »Er sagt, dass es ihr gut zu gehen scheint. Dass sie nicht den Eindruck macht, als wäre sie noch an Drogen interessiert – und dass sie ihre neue Stiefmutter liebt. Womöglich will er mich damit aus der Reserve locken. Es ist natürlich toll, dass sie sich gut verstehen – und vielleicht tut es nur deshalb so weh, weil Frankie und ich uns eben nicht verstehen. Sie fehlt mir.«

»Du scheinst von Angelica nicht gerade viel zu halten …«

»Der Wolf im Schafspelz«, sagte Emma und nickte. »Sie ist einfach zu freundlich. Zu gut. Zu hübsch.«

»Hast du sie mal getroffen?«, hakte Elinor überrascht nach.

»Meine liebe Tochter hat mir ein Foto von den dreien geschickt.«

»Frankie, Frankie, Frankie«, murmelte Elinor. »Wenn sie hier wäre, würde ich sie zur Räson bringen. Dann mal runter mit den Samthandschuhen, Emma. Zeit wird's.«

»Was soll ich denn deiner Meinung nach machen?«

»Hinfahren. Und sie dazu zwingen, sich mit dir auseinanderzusetzen.«

»Als ich zuletzt etwas von ihr wollte, war ich mit ihr in eurem Sommerhaus, und da hat sie die Flucht ergriffen.

Ich kann doch nicht riskieren, dass sie aus Frankreich und von Alexander Reißaus nimmt – das wäre eine Katastrophe. Wahrscheinlich muss ich es aussitzen.«

Elinor nahm noch ein paar Schluck Tee und sah ihre beste Freundin nachdenklich an. Sollte sie selbst mal mit Frankie reden? Würde das irgendwo hinführen? Sich um anderer Leute Probleme zu kümmern, war so viel leichter, als sich den eigenen zu stellen.

»Und wenn ich mit Frankie rede und du mit Sebastian?«

Emma sah sie entsetzt an.

»Schwamm drüber. War ein Scherz. Aber du musst zugeben, dass die Vorstellung, dann und wann Rollen zu tauschen, ganz nett wäre.«

»Kinder zu tauschen vielleicht«, sagte Emma mit einem Lächeln. »Apropos, wann kommt Billie an?«

»Um ehrlich zu sein, weiß ich es nicht genau. Sie kommt nur wegen der Feier ihrer Großmutter, und wir wissen beide, wie wahnsinnig interessiert ich an Laura Lansing bin.«

»Gibt es überhaupt jemanden, der Lust darauf hat, mit ihr zu feiern?«

»Sebastian, weil er mehr oder weniger muss. Aber Billie kommt aus unerfindlichen Gründen gut mit ihr aus. Die Frau ist nicht ganz richtig im Kopf, trotzdem muss Billie irgendwas an ihr entdeckt haben, was sie mag. Wer sonst noch eingeladen ist, habe ich nicht gefragt, und Sebastian würde es auch nicht einfallen, mit mir über die Feier zu reden.«

Sie stellte ihren Teebecher ab.

»Sag mir noch mal, dass ich über meinen eigenen Körper selbst bestimmen darf.«

»Du darfst selbst bestimmen – es ist *dein* Körper.«

30

Emma putzte sich die Zähne, und kurze Zeit später lag sie im Bett – hellwach. Sie würde unmöglich einschlafen können. Gerade passierte einfach zu vieles gleichzeitig, und solange sie nicht wusste, an welchem Ende sie anfangen sollte, für Ordnung zu sorgen, würde sie auch nicht zur Ruhe kommen, das war immer schon so gewesen. Einige Punkte hatten nicht einmal mit ihr selbst zu tun. Elinor war wieder schwanger – und ihr Mann wusste von nichts. Nicht die erste Schwangerschaft, von der Sebastian keine Ahnung hat, dachte Emma und strampelte die Decke weg. Sie war verschwitzt, und die kühle Luft im Zimmer fühlte sich angenehm auf ihrer Haut an. Mit den Händen unter dem Kissen und in Seitenlage dachte sie darüber nach, wie heiß Sebastian und Elinor wieder aufeinander waren. Machte sie das traurig? Nein. Komischerweise nicht. Und es war eigenartig, an ihn denken zu können, ohne dass ihr Körper gleich reagierte. Trotzdem wäre sie sofort erregt gewesen, wenn er jetzt hier wäre und seinen Blick über ihre Kurven wandern ließe, aber ehrlich gesagt wäre sie bei jedem, der sie hätte berühren wollen, erregt gewesen. Dazu taugten die meisten, wenn man einsam war.

Vielleicht sollte sie sich einen Liebhaber anlachen? Besonders schwierig wäre das nicht; fast täglich signalisierten Männer ihr ein entsprechendes Interesse. Nur war die Vorstellung, wenn sie im Dunkeln zwischen ihren Laken lag, wesentlich spannender als bei Tageslicht. Zudem handelte es sich zumeist auch nicht um Singles jüngeren Alters, sondern um ältere, verheiratete Kerle. Sebastian war auch älter und verheiratet – aber sexy. Ein betrunkener sexy Ehemann, rief sie sich ins Gedächtnis. Auch wenn er Elinor zufolge nicht mehr ganz so oft trank. Natürlich lag das im Bereich des Möglichen; Emma hatte Sebastian nicht mehr gesehen, seit sie mit einem Schlüsselbund in der Hand und rasendem Puls sein Haus verlassen hatte. Und auf einmal hatten Elinor und er ein ›heißes Liebesleben‹ …

Emma seufzte. Und ich liege hier wie eine alte Jungfer und fantasiere mir eine Beziehung zusammen, in der ich ich selbst sein darf, in der ich kommen und gehen kann, wie ich mag, und in der ich trotzdem hemmungslosen Sex habe, schoss es ihr durch den Kopf.

Sie drehte sich auf den Bauch und umarmte ihr Kissen. So weit würde es natürlich nie kommen. Der einzige Mann, den ich kenne und der dafür genügend Selbstbewusstsein hätte, ist Sebastian, dachte sie. Und der ist tabu.

War hemmungsloser Sex denn zu viel verlangt? Aber mit wem sollte man den dieser Tage haben? Tripper und Genitalherpes breiteten sich aus wie ein Schnupfen; vor Geschlechtskrankheiten war inzwischen niemand mehr sicher.

Sie wünschte sich, sie hätte in ihrer Jugend mehr Sex gehabt, dann hätte sie heute womöglich nicht ein derartiges Bedürfnis. Sie hatte schlicht und ergreifend mit zu wenigen Männern geschlafen. Das Wochenende mit Sebastian im Sommerhaus war das Heißeste, was sie je erlebt hatte – und etwas, was sie wieder erleben wollte. Natürlich ohne sich dabei mit irgendetwas zu infizieren.

Und überhaupt. Auch Alexander war zuletzt nicht übel gewesen, im Gegenteil, er war wahnsinnig heiß gewesen: männlich, dominant und doch feinfühlig. Wenn er seine Schlafzimmertür für sie öffnen würde, würde sie nicht Nein sagen.

Jetzt schlaf aber, tadelte sie sich selbst. Wenn du sogar von deinem Ex fantasierst, siehst du doch wohl ein, wie unendlich erschöpft du sein musst.

Als der Wecker tags darauf klingelte, war Emma völlig erledigt. Allerdings standen diverse Besprechungen an, sodass sie nicht riskieren durfte, liegen zu bleiben und noch mal einzuschlafen.

Im Bad legte sie mehr Make-up auf als sonst. Sie steckte die Haare hoch, fixierte ihre Locken mit Haarspray und betrat splitternackt über den Teppichboden den begehbaren Kleiderschrank der Suite, der seit Alexanders Auszug wie geplündert aussah. Sie überlegte kurz, wie sie hier drinnen ummöblieren sollte; ein neuer großer Spiegel vielleicht? Ein schöner Stuhl, auf dem sie sitzen und Schuhe anprobieren könnte? Dann nahm sie Blazer, Bluse und Rock zur Hand und trug alles ins Schlafzimmer. Es war kurz vor acht, und sie war noch nicht einmal mit dem Anziehen fertig.

Eine Viertelstunde später flanierte sie auf himmelhohen Absätzen die Treppe hinab in Richtung Speisesaal, wo sie mit Elinor verabredet war. Emma bat eine Bedienung um den Tisch in der hintersten Ecke. Dort würden sie nebeneinandersitzen, sich unterhalten und gleichzeitig die Gäste im Blick behalten können. Niemand würde hören, was an ihrem Tisch besprochen wurde.

Fünf Minuten später war ihre Freundin endlich da. Ihr sonst so gesunder Teint war einer kränklichen Gesichtsfarbe gewichen.

»Ich kriege nichts runter«, wimmerte sie und sah Emma hilflos an.

»Du siehst krank aus«, sagte Emma aufrichtig. »Du ähnelst zusehends einer bleichen Britin, die seit Jahren nicht mehr an der Sonne war.«

»Schönen Dank auch.« Elinor lächelte schief. »Ich hab eben die Toilette im Büro umarmt … Zum Glück hab ich's überhaupt bis dorthin geschafft.«

Es dauerte nur einen Augenblick, ehe Tee, Kaffee und Toast vor ihnen standen. Die Bedienung schien nicht zu bemerken, dass es Elinor nicht gut ging, und Emma teilte ihr eilig mit, dass sie allein klarkämen. Sie goss Elinor Tee ein und strich für sie Marmelade auf eine Toastscheibe, doch Elinor schüttelte bloß den Kopf angesichts des Tellers, den sie vorgesetzt bekam. »Pfui, nein, nimm du das«, sagte sie und schüttelte sich.

Emma griff nach der Kaffeekanne und befüllte ihre

Tasse. An diesem Morgen brauchte sie Kaffee. Anschließend verputzte sie den Toast, den Elinor verschmäht hatte. Sie war hungrig und brauchte gleich zwei Scheiben, ehe sie sich wieder an Elinor wandte, um deren Problem zu besprechen.

»Ich mag nicht mal darüber nachdenken«, sagte Elinor auf Emmas Frage hin, ob sie sich entschieden habe. »Reden wir von etwas anderem.«

»In Ordnung. Ich finde, wir sollten noch mal darüber nachdenken, was wir schon besprochen haben – wie wir den Frühstückssaal nutzen könnten. Er hat einen Zugang von der Straße, und was London fehlt, ist ein richtig schicker neuer Nachtklub. Den könnten wir doch hier einrichten.«

Elinor blinzelte angestrengt. »Ich kann nicht klar denken«, sagte sie. »Aber wenn du das planen und durchrechnen könntest, beratschlagen wir, sobald mein Problem ... aus der Welt geschafft ist.«

Emma tupfte sich mit einer Serviette den Mund. »Willst du doch darüber sprechen?«

»Ich weiß nicht, was ich sagen soll«, murmelte Elinor nachdenklich. »Im Grunde weiß ich seit Billies Geburt, dass ich das kein zweites Mal durchmachen will. Außerdem bin ich schon über vierzig. Ich kann nicht, Emma, ich kann das einfach nicht. Aber mehr Gründe habe ich nicht, und es fühlt sich an, als würde das nicht für eine Entscheidung reichen.« Sie schlug den Blick nieder und ließ die Schultern sorgenschwer hängen. »Und wie spreche ich es bei Sebastian an? So große Geheimnisse kann man voreinander nicht haben – daran würde unsere Ehe scheitern!«

Kann man nicht?, schoss es Emma durch den Kopf. Dein Mann hat mehr Geheimnisse, als du auch nur ahnst.

»Egal wie du dich entscheiden solltest – ich bin für dich da«, sagte sie. »Ich unterstütze dich, wenn du abtreiben lassen willst, das weißt du.«

»Danke«, sagte Elinor. »Ich kann nur nicht zurück zu meinem Frauenarzt. Ich muss einen anderen finden.«

»Mein Frauenarzt ist eine Ärztin in unserem Alter. Sag Bescheid, wenn ich einen Termin für dich ausmachen soll.«

»Könntest du das tun? Das wäre lieb. Ich will jemanden, der meine Bedürfnisse in den Mittelpunkt stellt und nicht das, was mein Mann vielleicht dazu sagt.«

»Kein Problem, ich rufe gleich dort an, sobald wir wieder im Büro sind.«

31

Frankie hatte nicht vor, zu dem Maler zurückzukehren; stattdessen dachte sie darüber nach, was ihre Mutter gesagt hatte: dass Frankie eindeutig selbst Talent habe. Als ihr Vater kurz darauf nach England zurückreisen wollte, um weitere Einrichtungsgegenstände für das Restaurant zu kaufen, beschloss Frankie kurzerhand mitzufahren.

»Ich brauche ein paar Sachen von zu Hause«, erklärte sie.

»Aus der Wohnung im Flanagans?«

»Ja. Sofern Mama sie nicht weggeworfen hat.«

»Das würde sie doch nie tun. Hast du ihr erzählt, dass du kommst?«

»Nein, und ich will sie auch gar nicht unbedingt treffen. Du?«

Sie hätte schwören können, dass sich etwas im Blick ihres Vaters veränderte. Sie verzog das Gesicht. »Papa, also wirklich!«

Er sah sie streng an, und sie beschloss, besser den Mund zu halten. Immerhin nahm er sie mit zurück nach London.

Am Gartenzaun verabschiedeten sie sich von Angelica. Sie trug eine Schürze über ihrem kurzen Kleid, und mit rund ums Gesicht hochgezwirbeltem Haar sah sie wahnsinnig jung aus. Sie wären nur zwei Nächte getrennt, trotzdem küsste sie Alexander, als würde er in den Krieg ziehen. Manchmal war sie wirklich ein bisschen zu viel des Guten … Aber lieber das, als gefühlskalt wie gewisse andere …

»Wohnst du bei deiner Mutter?«, fragte er, sobald er im Auto saß.

»Im Flanagans, aber nicht bei Mama. John hat ein Auge auf mich und organisiert mir ein Zimmer.«

Alexander seufzte. »Was hast du mit dem armen John nur gemacht?«

Frankie grinste breit. »Nichts, was ihm unangenehm gewesen wäre.«

»Frankie!«

»Beruhige dich. Er hat mir ein Zimmer organisiert, mehr musst du nicht wissen.«

»Dann hör auf, solche Andeutungen zu machen«, entgegnete er. »Ich will nichts davon hören, okay?«

»Und ich dachte, wir würden uns alles erzählen, jetzt, da ich erwachsen bin?«

»Kannst du vergessen.«

Frankie war froh, dass sie mit ihrem Vater nach Calais gezogen war. Er war ein guter Mann. Wortgewandt, geistreich und tatsächlich sehr unterhaltsam. Es war, als käme dies alles erst jetzt zum Vorschein, seit er nicht mehr nur damit beschäftigt war, mit Emma zu streiten. Als wäre sein altes Ich wie weggefegt – sodass Frankie ihn fast als charmant bezeichnet hätte. Und er sah gut aus.

»Was starrst du denn so an?«, fragte er.

»Dich. Die Frisur steht dir«, sagte sie.

»Ich hab doch gar keine Frisur!«

»Doch. Vorn kurz und hinten ein bisschen länger – steht dir gut. Sieht fast modisch aus.«

»Danke!«

Sie schraubte den Sitz zurück.

»Weck mich, wenn wir in London sind.«

Charles stand am Eingang des Flanagans und hieß Frankie willkommen, sobald ihr Vater sie hatte aussteigen lassen. »Miss Nolan, schön, dass Sie wieder zu Hause sind«, sagte er und streckte die Hand nach ihrer Reisetasche aus.

»Danke, Charles, die nehme ich selbst.« Sie machte einen Schritt auf ihn zu und flüsterte: »Ich will nicht, dass Mama erfährt, dass ich da bin. Haben Sie sie gesehen?«

Charles sah immer noch genauso aus wie damals, als sie noch klein und es ihr Geheimnis gewesen war, dass er ihr immer Süßigkeiten zugesteckt hatte. Er schüttelte den Kopf. »Mrs Nolan und Mrs Lansing sind zu einer Besprechung gefahren.«

»Wunderbar.« Sie stellte sich auf die Zehenspitzen und gab ihm ein Küsschen auf die Wange. Dann eilte sie über den Eingangsflur, schlüpfte in den Wäscheraum, rief von dort die Rezeption an und bat John ans Telefon.

»Er ist gerade nicht am Platz. Kann ich Ihnen vielleicht helfen?«, fragte die Person am anderen Ende der Leitung.

Frankie räusperte sich. »Hier spricht Frankie Nolan, ich will meine Mutter überraschen, und John hat versprochen, ein Zimmer für mich zu reservieren.«

»Miss Nolan, bleiben Sie kurz in der Leitung, dann schau ich mal ... Richtig, hier habe ich eine Notiz von John.«

»Sehr gut. Welches Zimmer ist es?«

»318.«

Frankie nickte zufrieden. Danke, John! »Könnte einer der Pagen mich vor dem Zimmer treffen und mir aufschließen? Ich will nicht gesehen werden. Wie gesagt, es soll eine Überraschung sein.«

»Natürlich. Wann haben Sie vor zu kommen?«

»Jetzt gleich«, antwortete Frankie und spähte durch die Tür. Die Luft war rein, sie musste nur die Treppe hochlaufen. »Und wenn Sie so freundlich wären und John ausrichten könnten, er soll auf dem Zimmer anrufen, sobald er zurück ist?«

»Natürlich, wird gemacht.«

»Tausend Dank!«

Frankie warf sich aufs Bett und sah sich zufrieden um. Das hier war die beste Suite im ganzen Hotel. Von draußen konnte niemand ins Zimmer sehen, vor dem Fernseher stand ein hübsches Sofa, und das Bett war breit genug für drei. Wenn man das denn wollte. Sie fragte sich, welchen Namen John für die Reservierung hinterlegt hatte. Sicher Miss Jones oder so was in der Art. Damit er keinen Ärger bekam, musste Frankie sich ihrer Mutter früher oder später zu erkennen geben, aber noch nicht sofort.

Frankie hatte eine ganze Weile bewusst nicht mehr an Carol gedacht, weil sie sich von ihr verraten fühlte, doch hier in London fiel ihr das schwerer; war es denn zu fassen, dass sie sie nicht ein einziges Mal im Krankenhaus besucht hatte, während Frankie dort lag? Hatte Carol Angst gehabt, dass Frankie sie verpfeifen könnte? Nichts läge ihr ferner. Sie hatte sogar ihrer Mutter das Versprechen abgenommen, der Polizei gegenüber Carol nicht zu erwähnen. Die Überdosis war nicht ihr Fehler gewesen. Und Frankie pfiff auf das Geld, das Carol ihr schuldete. Es war der Verrat, der ihr zusetzte. Immerhin waren sie so was wie ein Liebespaar gewesen.

Erneut sah sie sich in der Suite um. Hier könnte man es aushalten ... täglich im Flanagans essen gehen, kommen und gehen, wann immer man wollte, und stets ein sauberes Zuhause mit einer frischen Rose am Waschbecken haben.

Nur dass sie nicht im Flanagans wohnen wollte und dass es auch niemand von ihr erwartete. Von Billie schon. Die Arme würde irgendwann die Leitung übernehmen, sobald Emma und Elinor es nicht mehr schafften. Das würde noch ein bisschen dauern, nicht zuletzt, weil die beiden das Hotel mehr liebten als alles andere.

Emma und Elinor hatten hart darum gekämpft, dort hinzukommen, wo sie heute standen. Trotzdem war es nicht Frankies Schuld, dass beide Familien unter dem Ehrgeiz ihrer Mütter litten. Wenn sie je selbst Kinder hätte, würde sie alles anders machen als ihre Mutter. Alles.

Den Job bei ihrem Vater in Calais mochte sie trotz alledem. Es war schon in Ordnung, Geld zu verdienen, und mit dem Trinkgeld konnte sie sich leisten, was immer sie wollte. Den Rest wollte sie beiseitelegen. Eines schönen Tages würde sie das Geld womöglich brauchen.

Eine Stunde später war Frankie in der City auf dem Weg zu einem Künstlerbedarfsladen. Er lag gar nicht weit vom Hotel entfernt. Jener Maler, der vor seinem Werk herumgetänzelt hatte, hatte sie inspiriert – auch wenn er tatsächlich komplett durchgeknallt gewesen war.

Es war ein merkwürdiges Gefühl, wieder durch die Straßen Londons zu streifen. Nicht dass sie wahnsinnig lange weg gewesen wäre, aber hier hatte sie zuletzt ein vollkommen anderes Leben gelebt.

Sie kannte niemanden in ihrem Alter, der dauerhaft clean war. Außer natürlich die Langweilerin Billie – aber die zählte nicht. Billie war eine Klasse für sich. Eine unspannende, wenn auch hübsch anzusehende Spießerin, die zu verklemmt war, um aus ihrem Aussehen Kapital zu schlagen. Frankie würde im Leben nicht so langweilig werden, selbst wenn sie mit den Drogen fertig war.

Sie kniff die Augen zusammen. Ein Stück vor ihr hatte sie den Laden entdeckt. Sie ging ein bisschen schneller. Sie hatte Hunger und freute sich darauf, sich bei ihrer Rückkehr ins Hotel etwas aufs Zimmer zu bestellen. Den nächsten Tag wollte sie im Flanagans verbringen und versuchen, irgendwie ins Lager zu gelangen und die Zeichnungen aufzuspüren, die sie nach Edwins Tod angefertigt hatte.

Charles war immer noch bei der Arbeit, als sie zum Flanagans zurückkam. »Und?«, fragte sie. »Ist Mama wieder da?«

»Nicht dass ich wüsste«, sagte er lächelnd.

»Gut, danke. Dann schleiche ich jetzt hoch.«

Sie hatte es etwa die halbe Treppe hinaufgeschafft, als sie die Stimme ihrer Mutter von unten hörte.

»Fraaaankie?«

Frankie setzte ein steifes Lächeln auf und drehte sich um.

»Mama.«

»Mein liebes Kind, ich wusste nicht, dass du zu Besuch kommen wolltest! Was für eine schöne Überraschung!« Freudestrahlend lief sie die Treppe hoch. Sie sah aus, als glaubte sie wirklich, Frankie wäre ihretwegen gekommen.

»Ich wollte dich überraschen«, flunkerte Frankie und wand sich aus der mütterlichen Umarmung. Nach einer kaum merklichen Verzögerung tätschelte Emma ihr unbeholfen den Arm.

»Wie schön! Wie lang bleibst du? Bist du in die Wohnung reingekommen? Dein Bett müsste frisch bezogen sein.«

»Nein, ich wohne im 318.«

Emma sah sie verblüfft an. »Ach. Aber gut, dass du das organisiert hast. Ich nehme an, du bist nur auf der Durchreise?« Das Strahlen in ihrem Gesicht ließ deutlich nach.

»Ich fahre übermorgen wieder – gleich in der Früh. Papa holt mich um sieben ab.«

»Und wo übernachtet er?«

»In Angelicas Wohnung. Er braucht noch ein paar Möbel für das Restaurant.«

»Wollt ihr zwei heute hier mit mir zu Abend essen? Bitte, Frankie«, bettelte sie.

Frankie zuckte die Achseln. »Klar, wenn Papa nichts dagegen hat.«

Das Restaurant des Flanagans war ohne Zweifel das beste in London; und zwar nicht nur, was das Essen anging. Dort unter den Kristallkandelabern herrschte einfach eine spezielle Atmosphäre. Frankie wusste noch gut, wie sie den Saal restauriert hatten und wie wichtig es gewesen war, dass er im Prinzip genau wie früher hatte aussehen müssen – es hatte ihr kein bisschen einleuchten wollen, warum man ihn dann überhaupt renovierte. Inzwischen war es ihr klar. Die Stühle waren neu bezogen, die Decke frisch geweißelt und neuer Teppichboden verlegt worden. Als die Neueröffnung angestanden hatte, hatten die Gäste Schlange gestanden.

»Wenn dein Vater nicht will, könnten wir zwei doch trotzdem zusammen essen?«

Frankie nickte und zuckte zugleich mit den Schultern. »Klar.« Sie musste ja nicht mit Mama reden, nur essen, sich bedanken und sich verabschieden.

»Wenn du die Telefonnummer von dieser Wohnung hast, ruf ihn doch an, und frag ihn, ob er kommen mag«, schlug Emma vor. Erst in diesem Augenblick fielen ihr die Tüten in Frankies Händen auf. »Warst du shoppen?«

»Ja«, antwortete Frankie knapp. »Apropos ... Diese alten Bilder, von denen du neulich erzählt hast, die ich als kleines Mädchen gemalt habe ... Weißt du, wo die sind?«

»In unserem privaten Lagerraum. Soll ich sie dir raussuchen?«

»Das wäre nett.«

Als Emmas Hände sich erneut nach ihr ausstreckten, wich Frankie eilig zurück. »Jetzt weißt du ja, wo du mich findest. Wann sollen wir denn im Restaurant sein? Sieben?«

Ihre Mutter seufzte und bedachte Frankie mit einem todtraurigen Blick. Aber so funktionierte das nicht. Es machte sie lediglich wütend.

»Okidoke, dann bis später! Wenn Papa nicht kann, meld ich mich noch mal«, sagte Frankie hastig und ging weiter die Treppe hoch.

32

Alexander kam aus dem Grübeln gar nicht mehr heraus. Was könnte ein Abendessen im Flanagans bedeuten? Er kannte seine Ex, sie war gerissen, und wenn sie etwas wollte, bekam sie es zumeist auch. Worauf zielte sie ab? Doch wohl nicht auf Sex? Das war ein einziges Mal passiert – zum Abschied sozusagen. Es würde nicht noch einmal passieren. Wollte sie Frankie wieder heimlocken? Davon würde Alexander derzeit tunlichst abraten. Ihre Tochter musste arbeiten und rackern, wie alle anderen Menschen auch, und nicht in einer Suite im Flanagans herumlungern und sich zu Tode langweilen. Emmas anhaltend schlechtes Gewissen, nicht hinreichend gut für sie zu sorgen, machte sie nachgiebig, und Frankie interpretierte das als mangelndes Interesse, insofern würde Nettigkeit zu nichts Gutem führen. In Calais fühlte Frankie sich nützlich. Sie hatte dort glücklicher gewirkt als seit Jahren.

Trotzdem würde er ein Abendessen im Flanagans überstehen. Er würde um Frankies willen zusagen, nicht wegen Emma. Außerdem würde er dort seine Ex-Kollegen treffen, und nach gut zwanzig Jahren an der Rezeption vermisste er die alten Freunde. Mit der Zeit waren ihm zwar immer wieder andere Arbeiten angetragen worden, erst von Miss Lansing, später von Emma und Elinor. Doch im direkten Kontakt zu den Gästen hatte er sich immer am wohlsten gefühlt. In einem Büro zu sitzen und sich mit Buchhaltung zu beschäftigen, hatte ihn nie interessiert. Natürlich hatte er den Sparringspartner für Emma gegeben, und was das betraf, waren sie auch ein eingespieltes Team gewesen. Sie hatten beide gern darüber debattiert, was man aus dem Flanagans alles machen könnte, und oft waren seine Ideen am Ende umgesetzt worden.

Seine Anzüge hatte er in Angelicas Wohnung gelassen, weil er sie in Frankreich nicht brauchte; dort trug er Jeans oder Shorts. Das weiße, gestärkte Hemd sah im Vergleich zu seinem gebräunten Gesicht gleißend hell aus. Und aus unerfindlichen Gründen war er nervös. Vielleicht war es doch keine gute Idee, das Schicksal herauszufordern und ins Flanagans zu gehen? Zwei Gin Tonics später fühlte er sich ein wenig besser. Es gab nichts, worum er sich Sorgen machen musste. Im Restaurant des Flanagans war er in Sicherheit.

Als das Telefon klingelte, war er gerade drauf und dran gewesen loszufahren. Es war Angelica.

»Liebling, ich bin auf dem Sprung. Können wir morgen telefonieren?«

»Was hast du denn vor?«, fragte sie mit ihrer weichen Stimme.

»Ich esse zu Abend mit ... Frankie«, antwortete er und fragte sich selbst, warum er Emma verschwieg.

»Okay, dann hören wir uns morgen, ja?«, sagte sie. »Ich liebe dich, Alexander.«

»Ich dich auch«, gab er zurück. Die entscheidenden Worte – *ich liebe dich* – hatte er nie zu ihr gesagt.

Er war früh dran, sodass er noch runter in den Personalbereich im Untergeschoss gehen konnte. Er lockerte gerade seine Krawatte, als Benji auf ihn zukam.

»Wie cool, dich zu sehen!« Sie tätschelten einander den Rücken, als sie sich umarmten. »Wie läuft's in Frankreich? Wenn du jemanden brauchst, der mit anpackt, sag Bescheid.«

Alexander lächelte. »Als würdest du das Flanagans je verlassen.«

Benji gluckste in sich hinein. »Womöglich nicht. Aber ich könnte ja Paul einpacken und mal zu Besuch kommen?«

»Ihr seid herzlich willkommen.« Aus seiner Brusttasche zückte Alexander eine Visitenkarte. »Hier sind meine Kontaktdaten. Melde dich!« Er tätschelte Benji die Schulter und ging weiter in Richtung Küche.

»Hey, du alter Gangster – wieder zurück?« Adele sah kurz zu Alexander hinüber, ehe sie sich wieder dem großen Topf mit dem Bratenfond widmete.

»Ja, zum Abendessen. Ich freue mich schon darauf, was du zauberst. Wie geht's?«

Es war der Duft, der Emma ankündigte. Verwirrt sah er sich um, und es raubte ihm um ein Haar den Atem, als er sie durch die Schwingtüren in die Küche kommen sah.

Wie war es möglich, dass sie eine solche Wirkung auf

ihn hatte? Immer noch! Ihr erstklassiges Augen-Make-up zusammen mit einem Kleid, das ihre Kurven betonte, die höchsten Absätze, die sie in ihrer Garderobe hatte finden können, die Hochsteckfrisur mit dem entblößten Hals ... War sie je schöner gewesen?

Ich hätte nicht kommen dürfen, dachte er frustriert. Emma und Frankie hätten genauso gut ohne ihn zu Abend essen können – aber er hatte ihrer Einladung einfach nicht widerstehen können, weil er *ihr* nicht widerstehen konnte. *Verdammt, verdammt, verdammt!*

»Alexander«, sagte sie und lächelte. Sie hatte natürlich bemerkt, wie erschüttert er aussah.

»Emma.«

»Hast du gerade in Erfahrung gebracht, was wir heute vorgesetzt bekommen?«

»Nein, so weit waren wir noch nicht«, erwiderte er.

»Wollen wir uns überraschen lassen?«

Er warf Adele einen Blick zu, die nickte. »Mach's gut, Alexander, bis bald!«

Er folgte Emma aus der Küche.

»Wie läuft's?«, fragte sie. »Ich sehe schon, ihr habt dort schönes Wetter. Du hast ordentlich Farbe gekriegt. Und dass du dein Haar hinten länger trägst, gefällt mir. Sieht gut aus.«

Er verkniff es sich, ihr Kompliment zu erwidern. »Überwiegend läuft's gut«, sagte er. »Frankie fühlt sich dort wohl wie ein Fisch im Wasser.«

»Und du? Gefällt es dir auch?«

»Ja.«

Er versuchte, nicht ihren Hintern anzustarren, der vor ihm hin- und herwippte, als sie die Treppe hinaufgingen.

Auf der letzten Stufe blieb sie stehen, und er schloss zu ihr auf.

»Deine Krawatte hängt schief«, sagte sie leise.

Während sie sie für ihn zurechtrückte, trafen sich ihre Blicke. Unwillkürlich musste er an ihre letzte Begegnung denken, und ihm war, als ginge es ihr genauso. Ihre geweiteten Pupillen ...

Als sie fertig war, räusperte er sich. »Danke für die Hilfe. Sollen wir?«

Sie nickte und legte, als er nach der Klinke griff, ihre Hand auf seine, und gemeinsam schoben sie die Tür auf.

Er beugte sich diskret zu ihr und flüsterte: »Und jetzt keine Spielchen, Mrs Nolan. Bloß ein schönes Abendessen mit Frankie.«

Sie lächelte ihn spitzbübisch an. »Ich weiß nicht, was du meinst.« Dann machte sie einen Schritt auf den schwarzweiß gemusterten Marmorboden, wartete kurz, bis er die Tür zugeschoben hatte, und hakte sich bei ihm unter. »Unsere Tochter wartet.«

Sie bemühten sich alle drei, an diesem Abend nett zueinander zu sein, und mit einiger Verwunderung musste Alexander feststellen, dass er sich richtig wohlfühlte. Frankie machte keine sarkastischen Bemerkungen, Emma hielt sich mit Ermahnungen zurück, und Alexander kam zu dem Schluss, dass die Familie Nolan tatsächlich konnte, wenn sie wollte.

Als sie nach einem perfekten Chateaubriand und dem von Emma sachkundig gewählten Franzosen das Besteck beiseitelegten, lehnte sich Alexander zurück. In derlei Momenten war das Leben doch wunderbar. Frankie ging es gut, und das zu sehen, machte ihn froh.

Emma war immer besorgt gewesen, dass er für Frankie anders empfinden würde, als er es für Edwin getan hatte, aber so war es nie gewesen. Er liebte sie genauso sehr, wie er seinen Sohn geliebt hatte. In Wahrheit waren es Frankie und Emma, nicht Frankie und er, deren Verhältnis kompliziert war.

»Ich möchte einen Toast ausbringen«, sagte Emma und hielt ihr Weinglas in die Höhe. »Auf die Familie Nolan!«

»Auf die Familie Nolan!«, stimmten Frankie und Alexander mit ein. Die Gläser klirrten aneinander, und die Gäste rundum hätten niemals geahnt, wie zerrissen die Nolans tatsächlich waren.

»Darf ich mal was sagen?«, fragte Frankie. »Ihr passt doch eigentlich ziemlich gut zusammen. Schade, dass ihr die Familie auseinandergerissen habt. Wollte ich bloß mal anmerken. Prost!«

»Ganz deiner Meinung«, sagte Alexander und lächelte. Dann fing er Emmas Blick auf und hielt ihm stand, solange er konnte. Das Herz hämmerte in seiner Brust.

»Da schließe ich mich an«, sagte Emma und hob erneut ihr Glas, ohne ihn aus den Augen zu lassen. »Auf die Familie Nolan!« Sie klang leicht heiser.

»Auf die Familie Nolan!«

Vor dem Hotel verabschiedeten sie sich. Emma und Frankie winkten ihm nach. Als Emma ihm zugeflüstert hatte, er sei auf einen Absacker oben bei ihr jederzeit willkommen, hatte er beschlossen, lieber nicht anzubeißen. Es war ein perfekter Abend gewesen, und er hatte nicht vor, die Erinnerung durch bedeutungslosen Sex mit seiner Ex zu zerstören.

Daher war es selbstredend *vollkommen* unbegreiflich, dass er, kaum dass er sich in Angelicas Wohnung noch einen Whisky gegönnt hatte, ein Taxi rief und zurück ins Flanagans fuhr, die Treppe hochrannte, hart an Emmas Tür hämmerte und, kaum dass sie ihm im Morgenmantel die Tür geöffnet hatte, selbigen herunterstreifte und sie ins Schlafzimmer zog.

Es war verdammt noch mal *vollkommen* unbegreiflich.

33

Elinors Erinnerung an jenen fürchterlichen Pfuscher, der ihre erste Abtreibung hätte durchführen sollen, war nie verblasst. Zum Glück war ein Vierteljahrhundert später alles ein bisschen anders. Es werde unter einer leichten Betäubung eine Ausschabung vorgenommen werden, hatte die Ärztin ihr erklärt. 1960 hatte sie sich noch in einen Keller schleichen müssen, wo der Abtreibungsarzt praktizierte; heutzutage wurden derlei Eingriffe in vorbildlich ausgestatteten Kliniken durchgeführt. Durch die Gerätschaften des Mannes und seine Unkundigkeit hatte sie damals Unterleibsverletzungen davongetragen, doch wie durch ein Wunder hatte Billie überlebt. Elinor hatte sie aus vollem Herzen behalten wollen – und Sebastian auch. Seine Fürsorge nach der Geburt, als es Elinor alles andere als gut gegangen war, war unschätzbar gewesen, und er hatte sich untypisch für einen Mann aufopfernd um ihre Tochter gekümmert – und zwar ohne das geringste Zögern. Und jetzt würde sie ihm erzählen müssen, dass sie erneut abtreiben wollte.

Es wäre einfacher für sie gewesen, wenn er sich in letzter Zeit nicht derart verändert hätte. Er trank nicht mehr und war eine wunderbare Gesellschaft. Er würde sich kein bisschen Sorgen machen, wenn er mit über fünfzig erneut Vater würde; er hatte sich vorgenommen, steinalt zu werden und bis ins hohe Alter viril zu bleiben – das hatte er gerade erst einige Tage zuvor gesagt.

Bei der Vorstellung, es ihm erzählen zu müssen, zog sich ihr der Magen zusammen. Sie saß in ihrem Schlafzimmer im ersten Stock, als sie die Haustür schlagen hörte, und spürte, dass sie angespannt war wie eine Geigensaite. Sag es ihm einfach, redete sie sich zu. Raus damit, dann hast du es hinter dir.

»Mama?«, hörte sie Billies Stimme, dann Schritte auf der Treppe. Verdutzt erhob sich Elinor vom Bett. Billie?

Und dann stand ihre Tochter plötzlich in der Tür und strahlte wie nie zuvor, ehe sie Elinor um den Hals fiel.

»Was machst du denn hier?«, fragte Elinor. »Mein Schätzchen, wie schön, dich zu sehen! Weiß Papa, dass du da bist?«

»Ja, aber dich wollte ich überraschen«, sagte sie mit einem Lächeln. »Morgen ist doch Großmutters Feier.«

Wie hatte Elinor das nur vergessen können?

»Lass dich ansehen«, sagte sie und trat einen Schritt zurück. Ihre Tochter sah glücklich aus. Dem Himmel sei Dank!

Billie zog sie erneut an sich. »Komm, du musst Annika Hallo sagen.«

»Wie schön, du hast sie also mitgebracht. Ich sage sofort Magda Bescheid, damit sie für sie auch ein Bett herrichtet.«

»Nein, wir wohnen im Flanagans.« Sie senkte die

Stimme. »Annika ist Luxus nicht so gewöhnt, also will ich sie ein bisschen verhätscheln. Ist doch okay?«

»Na klar! Setz alles auf meine Rechnung.« Sie verließ das Schlafzimmer mit Billie im Schlepptau. »Annika, wie schön, dich wiederzusehen«, sagte Elinor zu der blonden jungen Frau, die sich ihr in Uppsala flüchtig vorgestellt hatte.

Annika ergriff Elinors Hand und schüttelte sie ausgiebig. »Hi! Sehr nett, dass ich hier sein darf.«

Die Tür hinter ihnen ging auf, und Billie stieß einen Freudenschrei aus. »Papa!«

Sebastian strahlte übers ganze Gesicht, als er Billie in die Arme schloss. »Endlich!«, sagte er. »Jetzt wirst du leider nicht wieder nach Schweden reisen dürfen.« Dann wandte er sich an Billies Freundin. »Und du bist Annika, nicht wahr?«

Sie nickte. »Stimmt genau.«

»Herzlich willkommen in London«, sagte er und hauchte ihr Küsschen auf beide Wangen.

Elinor sah, wie Annikas verdutzter Blick einem breiten Lächeln wich und sie dann übers ganze Gesicht leicht errötete.

»Ihr habt im Hotel eingecheckt, ja? Ist denn auch alles zu eurer Zufriedenheit?«

»Ich habe noch nie etwas Vergleichbares gesehen«, sagte Annika. »Wussten Sie, dass man nicht mal sein eigenes Gepäck aufs Zimmer bringen muss?«

Elinor nickte. »Ja, hab ich mal gehört«, sagte sie amüsiert. Sie war an den Luxus derart gewöhnt, dass sie schon fast vergessen hatte, wie sich das Flanagans beim ersten Mal für sie angefühlt hatte. Damals hatte sie im Keller angefangen und erst später im Foyer arbeiten dürfen, aber die Kristallkronleuchter, der Marmor und das Mahagoni waren *wirklich* beeindruckend gewesen.

»Wir wollen am Nachmittag im Salon Tee trinken und dann abends den Roomservice kommen lassen.« Annika war so aufgeregt, dass sie kaum stillstehen konnte.

»Und morgen ist die Feier«, sagte Sebastian.

»Nimmst du Annika mit?«, wollte Elinor von Billie wissen.

»Ja, sie meint, das wird sicher cool, stimmt's?«

»Ja«, sagte Annika. »Ich freue mich schon darauf. Diese ganze London-Sache ist der Wahnsinn! Ich kann gar nicht glauben, dass du ein Studium in Uppsala besser findest!«

Elinor strich Billie eine Locke aus dem Gesicht.

»Was macht ihr morgen Vormittag? Sollen wir für das Fest zusammen shoppen gehen?«

»Oh, gerne«, antwortete Billie und lächelte. »Ist das okay für dich, Annika?«

»Ich kann gern mitkommen und zusehen, aber Shoppen kann ich mir nicht leisten«, erwiderte sie.

»Ich möchte euch beiden etwas Neues spendieren«, sagte Elinor.

»Das kann ich nicht annehmen!«

»Kannst du wohl«, sagte Billie. »Tausend Dank, Mama!«

Sobald die Mädchen gegangen waren, setzte Sebastian sich an den Küchentisch, während Elinor für sie beide Kaffee kochte. Magda war unterwegs und machte Besorgungen. Jetzt oder nie.

»Ich bin schwanger, und ich habe mich für eine Abtreibung entschieden.« Vorsichtig spähte sie zu ihm hinüber.

Er sah sie verblüfft an. *Sag etwas*, dachte sie. Was auch immer, aber *sag etwas!*

»Du bist schwanger?«, wiederholte er schließlich.

Sie nickte.

»Und du willst es abtreiben lassen?«

Sie nickte erneut.

»Ohne dass wir darüber gesprochen hätten?«

Sie konnte ihm kaum ins Gesicht sehen, bekam fast keine Luft, und als er aufstand und ohne ein Wort den Tisch verließ, hielt sie ihn nicht zurück. Er musste die Nachricht natürlich erst sacken lassen. Ihr war es ja nicht anders gegangen. Doch was sie selbst betraf, hatte sie es geschafft, sie hatte ihm erzählt, wovor ihr gegraut hatte, und sie war deutlich gewesen, dass sie von ihrer Meinung nicht abrücken würde.

Sie schenkte sich einen Kaffee ein und setzte sich. Das Timing war nicht gerade glücklich gewesen, aber hatte sie eine Wahl gehabt? Es war ja nun nicht so, als wäre das Ganze für sie ein Leichtes. Ein Abbruch dessen, was letztlich ebenso gut zu etwas so Wunderbarem wie Billie führen mochte, war grässlich, und es gab sicher nicht eine einzige Frau auf der Welt, die eine solche Entscheidung leichtfertig fällte – ganz gleich unter welchen Vorzeichen. Die Frauenärztin hatte – im Gegensatz zu jenem Pfuscher von damals – nicht einmal gefragt, was Elinors Mann dazu sagte. Und sie hatte auch nicht nach Gründen gefragt. Das hatte ihr Sicherheit beschert; es war auch so schon schwierig genug.

Sie trank ihren Kaffee aus und hörte, wie Sebastian im Stockwerk darüber herumpolterte und dann die Treppe herunterkam.

»Du kannst das nicht einfach ohne mich entscheiden«, rief er aus dem Flur. Als er erneut die Küche betrat, stand ihm die Verzweiflung ins Gesicht geschrieben. Er wirkte beileibe nicht so wütend, wie sie befürchtet hatte. Er wirkte zutiefst traurig.

»Elinor, du kannst nicht …« Er ließ sich schwer am Tisch nieder und versuchte, ihren Blick aufzufangen. »Bitte, liebste Elinor, wir könnten einem Kind doch alles bieten.«

»Ich weiß, aber ich kann das einfach nicht.«

»Du hast genug von mir«, argwöhnte er.

»Nein! Du und ich – uns geht es besser als seit vielen Jahren! Es geht um mich, darum, was ich will und wer ich heute bin. Ich bin zu alt dafür und schaffe das nicht noch mal. Und ich wusste schon, als ich Billie bekam, dass ich eine weitere Geburt nicht ertragen könnte. Du weißt das auch. Wir haben in all den Jahren zigmal darüber geredet.«

»Dann ist deine Leitungsfunktion wichtiger als die Familie?« Sein Tonfall war plötzlich ein anderer.

»Sebastian, sei so gut, ich bitte dich … Glaub nicht, dass das leicht für mich ist. Aber ich kann das nicht. Ich habe endlich miterleben dürfen, dass Billie erwachsen genug ist und selbstständig wird – endlich ist mein ständiger Kampf, die ständige Sorge Geschichte. Was Elternschaft angeht, hast du eine komplett andere Einstellung – du bist viel entspannter, nimmst nicht alles so bitterernst. Du lachst, wenn sie losrennt, während ich Todesangst habe, sie könnte hinfallen! Wir waren nie unterschiedlicher als in der Zeit, als wir Billie großgezogen haben.«

»Dann lass zu, dass ich mich um das Kind kümmere«, sagte er leise. »Bring es zur Welt, und kehre zurück an den Schreibtisch.«

»Aber, Sebastian, das funktioniert so nicht, und das ist dir doch klar? Meine Sorge und meine Ängste wären trotz allem da, weil ich mein Kind so sehr lieben würde, dass ich Todesangst hätte, es könnte ihm etwas passieren.«

»Und ich liebe es nicht so sehr – willst du das damit sagen?«

»Sei nicht albern, das will ich natürlich nicht sagen! Du bist einfach nicht so ängstlich wie ich, du hast mehr Selbstsicherheit.«

»Als Mann hat man einfach nicht mitzureden«, warf er ein. »Weißt du, wie hilflos man sich da fühlt?«

Sie fing seinen Blick auf, sah den Schmerz, den sie ihm zugefügt hatte, und konnte trotzdem nichts dagegen tun.

»Es tut mir so leid, Sebastian!«

Was sollte sie sonst sagen?

34

Billie hatte London nie lieber gemocht als in den Stunden, da sie Annika die Stadt zeigen konnte. Ihre Freundin juchzte und rief in einem fort, sie wolle für immer hierbleiben.

»Dann komm hierher studieren«, sagte Billie, während sie eine Bedienung herbeiwinkte. Das beliebte Lunch-Restaurant war bis auf den letzten Platz besetzt, und es wimmelte nur so von Frauen und Männern in Business-Outfits. Sie waren dicht nebeneinandergerückt, um sich leise miteinander zu unterhalten.

Annika lachte. »Und wie soll das gehen, wie stellst du dir das vor?«

»Keine Ahnung, aber es wäre cool, dich hier zu haben! Ich hab nicht so viele Freunde.«

»Das verstehe ich nicht. Du siehst umwerfend aus, bist cool und besitzt so gut wie ein eigenes Hotel! Du musst doch massenhaft Freunde haben!«

»Für cool halten mich hier nicht allzu viele ... Frankie, die Tochter von Emma, der Geschäftspartnerin meiner Mutter, findet zum Beispiel, dass ich die größte Spießerin vor dem Herrn bin.«

Billie bestellte Fish and Chips für sie beide und eine dritte Portion für ihre Mutter, die jeden Moment auftauchen würde. Annika durfte einfach nicht nach Schweden zurückfliegen, ohne Fish and Chips gekostet zu haben. »Und zwei Cola bitte – und ein Wasser.«

»Und warum ist Frankie so bescheuert?«

»Sie ist wahnsinnig clever, sieht außerdem toll aus und ist richtig cool. Aber leider auch ziemlich fies. Im Prinzip sind wir zusammen aufgewachsen, aber wir sind so unterschiedlich, wie man nur sein kann. Ihr kleiner Bruder ist gestorben, als wir elf waren, und danach wurde sie echt schwierig.«

»Was für ein Glück, dass du nach Uppsala gekommen bist und nicht sie«, kommentierte Annika.

Billie hob die Hand und winkte ihrer Mutter, die sofort auf den Tisch der Mädchen zueilte.

»Bin ich zu spät?«, fragte sie mit einem Blick auf die Uhr.

»Wärst du je irgendwo zu spät gekommen?«, entgegnete Billie und hauchte ihr Küsschen auf beide Wangen, während Annika höflich aufstand.

Elinor sah über Annikas ausgestreckte Hand hinweg und umarmte sie vorsichtig. »Wie gefällt dir London?«, erkundigte sie sich und nahm Platz. »Leider spreche ich nicht so gut Schwedisch wie meine Tochter, aber ein bisschen was kann ich verstehen. Meine Mutter stammte aus Uppsala, wie du wahrscheinlich weißt.«

»Ja, das hat Billie erzählt. Und ich liebe London!« Sie lächelte breit. »Alle sind so irre freundlich, und niemanden scheint mein schwedischer Akzent zu stören!«

»Nein, wir sind bloß froh, dass ihr Schweden so gut Englisch sprecht! Wie steht's eigentlich um dein Schwedisch, Liebling?«

Billie dachte kurz nach. »Ach, ich komme schon klar, aber wie gesagt, die Schweden sprechen so gut Englisch, dass ich jederzeit nachfragen kann, wenn ich etwas nicht verstehe.«

»Willst du eigentlich auch deine Großeltern treffen, während du hier bist?«

»Ich glaube nicht, dass ich das schaffe – höchstens falls ich Oma im Flanagans über den Weg laufe. Aber ich bin ja bald wieder da. Richte Opa schöne Grüße von mir aus.«

Elinor lächelte Annika an. »Vielleicht wollt ihr ja im Sommer im Flanagans jobben?«

Annika riss die Augen auf und drehte sich zu Billie um. »Wäre das möglich?«

»Klar wäre das möglich, nur ...«

»Karl-Johan?«, hakte Annika nach.

»Wer ist denn Karl-Johan?«, fragte Elinor.

»Jemand, den wir kennen«, antwortete Billie eilig und verpasste Annika unter dem Tisch einen Tritt. »Unser Theaterlehrer.«

Als das Essen kam, rührte Elinor es kaum an, und Billie sah sie verwundert an.

»Hast du gar keinen Hunger?«

»Ich hätte am Vormittag keine Scones essen dürfen – ich bin selbst schuld«, sagte ihre Mama und lächelte. »Wart ihr in Sachen Theaterlehrer schon fertig?«

»Klar, *oder nicht*, Annika?«

»Natürlich. Er ist auch gar nicht weiter erwähnenswert. Aber Ihre Tochter hat großes Talent und sollte unbedingt weiter schauspielern!«

»Ich würde dich gern auf der Bühne sehen«, sagte Elinor. »Wann ist denn die nächste Vorstellung?«

»Was, du würdest nach Uppsala kommen, meinst du?«

»Na klar.«

»Mach das! Ende Mai ist Premiere.«

»Ich bin dabei.«

»Und Papa?«

»Das hoffe ich doch! Frag ihn«, forderte ihre Mutter sie auf. »Hast du eigentlich Frankie getroffen? Sie wohnt gerade auch für ein paar Tage im Hotel.«

Elinor fiel es schwer zu akzeptieren, dass Frankie und Billie nichts miteinander zu tun haben wollten. Sie schien immer noch zu glauben, wenn die beiden sich nur öfter sähen, würden sich alle Unstimmigkeiten in Wohlgefallen auflösen. Aber das stimmte nicht.

»Nein, warum sollte ich sie treffen wollen?«

»Hätte ja sein können, dass ihr euch über den Weg gelaufen seid. Sie wohnt nicht bei Emma, sondern im 318.«

»Verstehe«, sagte Billie. Sie und Annika wohnten im 322. *Natürlich* würden sie Frankie auf dem Flur begegnen. Und zum ersten Mal während dieses Aufenthalts wünschte sich Billie, dass sie Karl-Johan an ihrer Seite hätte. Den hätte sie Frankie gern vorgeführt. Dann wiederum war es mit Annika sicher einfacher. In Annikas Begleitung war Billie eher sie selbst und wesentlich entspannter. »Und was macht Frankie hier?«

»Alexander braucht noch Ausstattung für sein Restaurant, und sie ist mitgekommen.«

»Aber sie fährt wieder mit zurück nach Frankreich?«

»Ja, das glaube ich zumindest.«

»Schön. Hoffe, sie trifft einen Franzosen oder eine Französin und bleibt einfach dort.« Sie drehte sich zu Annika um. »Frankie schläft mit allem, was zwei Beine hat.«

»Billie!«, tadelte ihre Mutter sie scharf.

»Ist doch wahr!«

»Das ist doch nicht deine Angelegenheit!«

»Nein, aber glaubst du, sie würde den Mund halten, wenn es andersherum wäre?«

»Du musst dich trotzdem nicht auf dieses Niveau begeben. Über anderer Leute Liebesleben brauchst du dich nicht auszulassen. Entschuldige bitte, Annika, ich weiß nicht, was in meine Tochter gefahren ist.« Elinor bedachte Billie mit ihrem strengsten Blick, doch erstmals überhaupt kam diese Zurechtweisung nicht an; es war, als wäre es Billie egal, was ihre Mutter dachte. Das Gefühl war fast berauschend. Und sehr erwachsen.

Annika indessen sah leicht verschreckt aus, die Arme, und Billie tätschelte ihr den Arm. »Da siehst du, welchen Effekt Frankie auf unsere Familie hat. Aber reden wir über etwas anderes. Kleider zum Beispiel!«

Irgendwas war heute mit ihrer Mutter, was Billie nicht recht einordnen konnte; sie klang eigentlich wie immer, war jedoch blass. Und sie schob die Erbsen auf ihrem Teller hin und her, aß aber nichts. Sonst liebte sie Fish and Chips.

»Kleider, richtig. Ihr braucht etwas Schlichtes und dennoch Elegantes für das Fest deiner Großmutter.«

»Du meinst – etwas Hochgeschlossenes? Nichts da! Wir werden superschick aussehen und kein bisschen altbacken, oder was meinst du, Annika?«

Die Freundin antwortete nicht, sondern sah immer noch leicht verschüchtert aus. Billie bezweifelte, dass sie Nein sagen würde, selbst wenn Elinor ihr irgendwas mit Spitze andrehte – was Annika hasste, wie Billie wusste.

Nachdem sie bezahlt hatten, stand Annika auf, knickste und bedankte sich artig für das Essen.

»Sie ist nicht so streng, wie sie klingt«, flüsterte Billie ihr auf dem Weg nach draußen zu. »Sie hat nur furchtbar Angst, dass ich gegen irgendeine Etikette verstoßen könnte.«

»Wie alle Eltern«, sagte Annika und lächelte.

»Meine Mutter ist schlimmer«, entgegnete Billie und hakte sich bei Annika unter.

»Sie ist bildschön«, flüsterte Annika.

Elinor ging vor ihnen her, und Billie musterte deren schlanke, kerzengerade Erscheinung. Dass sie schon dreiundvierzig war, war wirklich kaum zu glauben. Man hätte sie eher für dreiunddreißig halten können. Und sie war wirklich bildschön.

Sie drehte sich um. »Ich habe um zwei einen Termin bei Miss Gordon gebucht, sie hilft euch, etwas Passendes rauszusuchen.«

»Bei Selfridges?«, fragte Billie.

»Ja, ist daran etwas verkehrt?«

Billie zuckte mit den Schultern. »Nein, gar nicht.«

Und dann sagte ihre Mutter etwas, woran klar erkennbar war, dass es ihr wirklich nicht gut ging.

»Ich setze euch dort ab, und ihr sucht euch einfach aus, was ihr möchtet.«

Wie sich zeigen sollte, war Miss Gordon eine junge Frau, die vor Ideen nur so übersprudelte und ihr Treffen bereits vorbereitet hatte, indem sie für Annika und Billie unterschiedlichste Outfits herausgesucht hatte.

Billie verguckte sich Hals über Kopf in ein Modell aus Seidenchiffon mit großzügigen Puffärmeln. »In welchen Farben hätten Sie das denn da?«, fragte sie und befühlte den glänzenden Stoff.

»Nur in diesem Himmelblau, aber das dürfte zu Ihrer Hautfarbe wunderbar aussehen.«

Annika war sofort in ein schulterfreies gelbes Seidenkleid verliebt, und als sie es anprobierte, klatschte Miss Gordon in die Hände. »Perfekt!«, urteilte sie. »Noch ein Schmuckstück um den Hals und hochgestecktes Haar, und die werte Frau Großmutter wird vor Verzücken in Ohnmacht fallen!«

»Sie ist nicht meine Großmutter«, sagte Annika.

»Ich weiß. Nach allem, was ich gehört habe, ist mit Laura Lansing nicht zu spaßen – und sie wird begeistert sein, dass Sie ihren achtzigsten Geburtstag derart hoch schätzen, nehme ich an.«

»Du siehst aus wie ein Filmstar«, sagte Billie und verschwand nun auch in der Umkleidekabine, um in ihr auserwähltes Kleid zu schlüpfen. Es saß perfekt. Es lag eng am

Oberkörper an, während der Rock sich von der Hüfte abwärts bis zum Boden bauschte. Waren die weiten Puffärmel zu viel des Guten? Aber nein, sie hatte sich bereits entschieden. Zum Fest ihrer Großmutter durfte sie ein bisschen extravagant sein. Selbst wenn die Leute sie anstarrten – denn das taten sie doch sowieso.

Billie trat aus der Umkleidekabine, und sowohl Annika als auch Miss Gordon erklärten die Anprobe für beendet. Ein schickeres Kleid würden sie für Billie nicht finden.

»Wow, du siehst toll aus«, sagte Annika atemlos.

»Danke, du Liebe«, sagte Billie. »Jetzt fehlen nur noch die Schuhe. So feine Kleider können wir nicht ohne die perfekten Schuhe tragen.«

»Ich hab welche in meiner Reisetasche«, sagte Annika. »Hohe Absätze«, fügte sie hinzu, doch Billie sah sie skeptisch an.

»Aber glaubst du, die passen zu deinem neuen Kleid?«

»Das glaube ich wirklich.«

»Na, dann bin nur ich es, die noch etwas Neues braucht«, stellte Billie fest. »Können Sie mir dabei auch helfen?«

Es war schon spät, als sie sich mitsamt ihren riesigen Einkaufstaschen ins Taxi zwängten. Außer Schuhen hatte Billie zudem noch eine Handtasche in der gleichen Farbe wie das Kleid gekauft.

»Sollen wir zu Hause vorbeifahren und es Mama vorführen?«

»Ja, wenn wir das noch schaffen? Ich will mich bei ihr bedanken«, antwortete Annika.

Das Taxi wartete an der Straße, während die Mädchen mit ihren Einkäufen die Steintreppe hochliefen. Billie tippte den Türcode ein.

Noch in der Tür hörten sie Billies Eltern im Obergeschoss, und schockiert sah Billie Annika an. Mama und Papa *schrien* sich an. So etwas hatte sie noch nie erlebt. Bei den Eltern von anderen, ja, aber nicht bei ihren eigenen. Elinor kreischte etwas in der Art, dass sie es nicht aushalten würde, und Sebastian brüllte, sie sei egoistisch und denke nur an sich selbst.

»Gehen wir«, sagte Billie nervös. »Hier interessiert sich gerade keiner für unsere Kleider.«

Worüber stritten sie? War Papa betrunken? Er war jetzt schon so lange nüchtern gewesen, dass Billie Hoffnung geschöpft hatte, er könnte mit dem Trinken aufgehört haben. Am Telefon hatte er immer fröhlich und fit geklungen. Besonders nachdem sie aus Italien zurückgekommen waren. Trotzdem war Elinor heute anders gewesen, und vielleicht machte sie sich Sorgen um Sebastian? Hoffentlich hatte der Streit von nichts Ernstem gehandelt.

»Bist du dir sicher?«, fragte Annika und sah Billie besorgt an.

Sie nickte. »Komm, gehen wir.«

35

Sebastian starrte den Barwagen an. Nie hatte der Alkohol ihm solche Angst eingejagt wie heute. Wenn er sich jetzt einen Drink genehmigte, würde er damit nie wieder aufhören können. Er würde mit der Flasche in der Hand sterben – so überwältigend war sein Bedürfnis, sich zu betäuben. Einfach in diesen bequemen Dunst zu verschwinden. Wenn Elinor ihm sein Kind wegnähme, würde er sich von ihr scheiden lassen. Man kann mit niemandem zusammenleben, der einem solche Qualen bereitet, dachte er und ging die Treppe hinauf ins Schlafzimmer – das ist unmöglich.

Sie würde die kommenden Tage im Flanagans wohnen, bis er sich »wieder eingekriegt« hätte, wie sie gesagt hatte. Er verabscheute ihre Zurechtweisungen. War es denn wirklich so verwunderlich, dass er zornig war? Sie hatte ihn zur Ruhe ermahnt wie ein kleines Kind. Und klar, er wäre am liebsten wie ein kleines Kind auf sie losgegangen und hätte sie an den Haaren gezogen. Doch das hatte er nicht getan. Stattdessen hatte er zum ersten Mal überhaupt die Stimme erhoben, und es hatte sich besser angefühlt, als einzuknicken und sich zu besaufen – aber genau das hatte Mrs Lansing wohl nicht gepasst. Denn wann immer er sonst getrunken hatte, hatte sie Oberwasser gehabt, und das nutzte sie aus. Sie hasste es, wenn er betrunken war, konnte trotzdem ihren Nutzen daraus ziehen, dass sie der bessere Mensch von beiden war, diejenige, die alles zusammenhielt und alles richtigstellte. Seine Frau hatte schlicht keine Schwächen – zumindest keine, die sie nach außen zeigte.

Der einzige Lichtblick an diesem Abend war Billie. Die übrigen Gäste bei der Geburtstagsfeier seiner Mutter waren allesamt Idioten. Trotzdem war ihm klar, dass er sein künstlichstes Lächeln aufsetzen müsste – und anschließend würden alle seine Mutter für deren charmanten Sohn beglückwünschen. Und natürlich würden sie alle erneut ihr Bedauern ausdrücken, dass Laurence nicht mehr bei ihnen war. Als würde es irgendjemanden kümmern.

Selbst dachte er tatsächlich hier und da an seinen älteren Bruder, doch hauptsächlich fragte er sich dann, warum alles so schrecklich hatte schiefgehen müssen. Tatsache war nun mal, dass weder Sebastian noch Laurence besonders gut darin gewesen war, mit Misserfolgen und Widerständen umzugehen. Laurence hatte dann diejenigen geschlagen, von denen er behauptet hatte, sie zu lieben, während Sebastian sich in Affären geflüchtet – oder besinnungslos gesoffen hatte. Er hatte sich immer damit getröstet, dass er zumindest nicht zur Gewalt neigte, trotzdem hatte er die Frauen natürlich ausgenutzt und Sex mit ihnen gehabt, ohne sich wirklich um sie zu scheren. Und wenn es junge Frauen gewesen waren, war es noch viel schlimmer gewesen als bei älteren, verheirateten. Die jüngeren hatten sich Hoffnungen gemacht. Es war inzwischen mehr als zwanzig Jahre her, seit er erstmals mit Emma geschlafen hatte, trotzdem sah er ihren enttäuschten Blick, als er anschließend ohne ein Wort an ihr vorbeistolziert war, immer noch vor sich. Dass sie ihn nie vor Elinor bloßgestellt hatte, war ein Wunder. Doch er hatte seine Strafe bekommen, als er in den Siebzigern erneut mit ihr geschlafen hatte. Wenn sie da Ja zu ihm gesagt hätte, hätte er Elinor womöglich für sie sitzen lassen, derart verblendet war er gewesen.

Sollten doch beide zur Hölle fahren, dachte er, und seine Hand zitterte, als er den obersten Knopf seines Anzughemds zuknöpfte. Ein Drink, und seine Hand wäre ruhig gewesen. Er hatte dermaßen Durst, dass er nicht wusste, wie er den Abend überstehen sollte.

»Papa?«, hörte er jemanden von unten rufen.

»Bin gleich so weit«, rief er zurück. Er musste sich um Billies willen zusammenreißen.

»Ich biete Annika so lange einen Wein an.«

»Mach das, Liebes!«

Er holte tief Luft und streckte sich nach der weißen Weste. Heute Abend würde er für Billie und ihre Freundin die Eskorte spielen. Weiter konnte er im Augenblick nicht denken.

»Warum feiert ihr denn nicht im Flanagans?«, wollte Annika wissen, sobald sie in der Limousine auf dem Weg zum Festsaal des Hotels Corinthia waren.

Die Freundin seiner Tochter war wirklich höflich und

charmant. Sie wird sich bei Mutter bestimmt sofort anpassen, dachte Sebastian.

»Weil Mama und Großmutter sich nicht vertragen«, erklärte Billie.

»Nicht mal an einem Geburtstag?«

Billie schüttelte den Kopf.

Sebastian wollte sich nicht einmischen. Sie würden noch diverse Stadtteile durchqueren, die Jubilarin abholen und dann weiter zur Feier fahren. Hoffentlich war sie fertig, sodass er sie direkt am Wagen in Empfang nehmen konnte. Bis dahin wollte sich die Haushälterin um sie kümmern.

In seiner Kindheit hatten sein Bruder und er jeder eine Kinderfrau gehabt, und darüber hinaus waren im Haus eine Köchin, ein Butler und eine Hauswirtschafterin angestellt gewesen. Mit dem verfrühten Tod des Vaters hatte seine Mutter Personal einsparen müssen. Inzwischen kümmerte sich die Haushälterin um alles. Ohne sie wäre seine Mutter aufgeschmissen.

Dass er zuletzt Sympathien für seine Mutter aufgebracht hatte, war bereits Jahre her, auch wenn sich ihr Verhältnis etwas verbessert hatte, seit sie Billie akzeptierte. Doch alles in allem war sie eine Xanthippe. Stinkvornehm und nur auf den äußeren Anschein bedacht. Gott, wie wütend sie gewesen war, als Linda sich geweigert hatte, das Flanagans aus der Hand zu geben. Natürlich nicht öffentlich – erst zu Hause hinter verschlossenen Türen hatte sie gezetert, was für eine lausige Hotelchefin Linda sei. Irgendwann hatte Sebastian ihr sogar geglaubt.

Laura Lansing stand am Gehweg bereit, und mithilfe ihres Sohnes ließ sie sich gegenüber den Mädchen in der Limousine nieder. Sie musterte die beiden ausgiebig, ehe sie das Wort ergriff.

»Von der Stange«, stellte sie mit einer abschätzigen Geste fest. »Lässt sich heutzutage denn niemand mehr Kleider auf den Leib schneidern?«

»Findest du nicht, dass sie toll aussehen?«, strahlte Billie sie an.

Sie hat immer schon ein Händchen für ihre Großmutter gehabt, schoss es Sebastian durch den Kopf. Weil sie unerschrocken, aber nie respektlos war. Seine Mutter wusste das zu schätzen. Anfang der Sechzigerjahre hatte Elinor mit ihrer dunklen Hautfarbe keine Chance gehabt, so unerschrocken sie auch gewesen war. Ihr noch dunklerer Vater war selbstredend nie auch nur in die Nähe des Anwesens von Laura Lansing gekommen. Lieber wäre sie gestorben, als ihm die Hand zu geben. Sie hatte sich rundheraus geweigert, mit Leuten umzugehen, die nicht kreideweiß waren, und es hatte auch keine Rolle gespielt, dass Sebastian Elinor geheiratet hatte. Billie war nicht ganz so dunkel wie ihre Mutter, nur deshalb hatte Laura Lansing sich dazu durchringen können, die Tochter ihres Sohnes zu tolerieren.

Sebastian mochte seine Schwiegereltern, die im Gegensatz zu seiner Mutter mit beiden Beinen im Leben standen. Sein Schwiegervater George war zwar ein schweigsamer Mann, aber nichtsdestoweniger freundlich. Ingrid arbeitete inzwischen auch im Hotel, sodass sie einander öfter begegneten. Sie tranken Tee und verbrachten eine schöne Zeit miteinander, ohne dass Elinor dabei sein musste. Tatsächlich war sie ihm altersmäßig näher als ihre Tochter.

»Ich finde euch beide schön wie einen Sommertag«, warf Sebastian ein, als seine Mutter auf Billies Frage nicht antwortete. »Und dich ebenfalls, Mutter. Immer noch so jung wie mit neunundsiebzig.«

Sie schnaubte. »Viel ist von mir nicht mehr übrig.«

Das sagte sie schon seit so vielen Jahren – und doch war sie immer noch glasklar bei Sinnen, und auch ihre scharfe Zunge hatte mit der Zeit nicht gelitten.

»Ach, Großmutter, red kein dummes Zeug«, sagte Billie. »Du siehst für dein Alter superfit aus!«

Ihre Großmutter musterte sie erneut. »Pass bloß auf, dass ich dich nicht enterbe«, sagte sie missmutig.

»Okay, dann eben todsterbenskrank«, erwiderte Billie fröhlich. »Dir mache ich nie wieder ein Kompliment, versprochen.«

Sebastian lächelte seine Tochter an, während seine Mutter durchs Fenster hinaussah. Das würde ein spannender Abend werden.

Ohne Alkohol im Blut fühlte sich Sebastian steif und gestresst, und mehr als ein Mal streckte er die Hand aus nach einem Glas, als eine Bedienung vorüberging, nur um sie sofort wieder zurückzuziehen. Er durfte einfach nicht.

Da waren Laurence' Töchter; ihre Mutter war jung gestorben, und so waren die beiden Großmütter für sie wichtiger, als sie es andernfalls vielleicht gewesen wären. Gerade drückten sie der Jubilarin Küsschen auf die Wangen, und

Sebastian sah weg. Einige Gäste im hinteren Teil des Saals starrten Billie an. Sie sollten sie anstarren, weil sie so schön war, aber der Grund war natürlich ein anderer. Wie oft hatte Sebastian sie schon über seine Familie munkeln hören, dass er gezwungen worden sei, Elinor zu heiraten. Dass er wirklich in sie verliebt gewesen war, hatte einfach keiner glauben wollen.

Es war eine Ironie des Schicksals, dass er sich während ihrer Reise neu Hals über Kopf in sie verliebt hatte ... Doch in diesem Augenblick hasste er sie.

Er sah sich im Saal um. Gleich würde die Band spielen, der Sänger stieg gerade auf die Bühne, und als Sebastian im nächsten Moment Blickkontakt mit einer Backgroundsängerin aufnahm, wusste er, dass er das Versprechen, das er sich selbst gegeben hatte, heute Nacht brechen würde. Er würde dafür sorgen, dass gegen Ende der Feier alle nach Hause gingen, und dann mit der Sängerin hinter der Bühne Sex haben.

In seiner derzeitigen Stimmung würde ihm keine einen Korb geben. Er hielt ihren Blick, bis sie leicht errötete. Mehr war nicht nötig. Später würde sie für ihn bereitwillig die Beine breitmachen. Die Vorstellung, jemanden im schicken Hotel Corinthia klarzumachen, während das Personal womöglich noch heimlich zusah, würde ihn durch den Rest dieses erbärmlichen Abends bringen. Er widerte sich selbst an, aber wenn er schon nicht trinken durfte – wie zur Hölle sollte er sonst bitte seine Qualen lindern? Nur so würde er die Erleichterung finden, die er benötigte. Den Selbstekel würde er anschließend eben bewältigen, so gut es ging; fürs Erste brauchte er das Gefühl, dass sein Herz wieder schlug, und die Vorfreude ermöglichte es ihm, alle anderen Gedanken zu verdrängen.

Er bedachte die Sängerin mit einem Schmunzeln und bekam ein strahlendes Lächeln zurück.

36

Mit Champagnergläsern in der Hand streiften Billie und Annika zwischen den Gästen umher, die Billie von Kopf bis Fuß musterten.

»Himmel, wie die gaffen!«, flüsterte Annika. »Du bist doch keine Außerirdische!«

»In dieser Gesellschaft schon. Und das sind übrigens meine Cousinen.« Sie nickte diskret in Richtung ihrer Großmutter, wo Lily und Rose standen wie bestellt und nicht abgeholt. »Sie sind beide Innenarchitektinnen – angeblich die besten der Stadt.«

Sie waren zumindest nach eigener Aussage die besten Freundinnen von Lady Diana. Sie waren sogar zu deren Hochzeit geladen gewesen, und laut Großmutter hatte es nie ein glücklicheres Brautpaar gegeben als das Kronprinzenpaar. Sowie Billie das Annika zuflüsterte, war die ganz aufgeregt.

»Dann müssen wir ihnen Hallo sagen«, erwiderte sie. »Wenn sie Diana die Hand geschüttelt haben, heißt das doch, dass ich ihr mittelbar ebenfalls gratuliert hätte!«

»Ich glaube nicht, dass eine von ihnen sich seither die Hände gewaschen hat, insofern – warum nicht?«

Billie hielt auf ihre Cousinen zu, und Annika stellte sich höflich vor. »Schön, euch kennenzulernen«, sagte sie mit einem Lächeln. »Ich habe schon viel von euch gehört.«

Die Cousinen sahen überraschend freundlich aus. Vielleicht sind selbst aus ihnen Menschen geworden, dachte Billie. Lily beugte sich vor und hauchte Billie ein Küsschen auf die Wange. Die Cousinen hatten sie zuvor kaum je begrüßt, und dass sie nun sogar flüchtigen Körperkontakt zu jemandem zuließen, den sie zuvor stets als Dreck bezeichnet hatten, kam einem mittleren Wunder gleich.

»Billie, meine Liebe, wie schön, dich zu sehen! Großmutter sagt, dass es in Schweden gut für dich läuft?«

»Ja, ich fühle mich dort wohl«, lächelte Billie. »Wart ihr schon mal dort?«

»Nein, nicht doch. Wenn wir auf den Kontinent reisen, dann in die Wärme. Nach Italien, an die Riviera. Im Sommer fliegen wir nach Ibiza. Wir haben dort ein größeres Hotelprojekt, werden aber auch ein bisschen die Insel genießen.« Lily verzog kaum merklich das Gesicht und nickte diskret in Richtung ihrer Schwester, die sich mit der Großmutter unterhielt. »Es ist ein Zugeständnis an Rose, die deutlich liberaler eingestellt ist als ich«, flüsterte sie. »Sie liebt die Popstars auf der Insel. Ich umgebe mich lieber mit Vertretern des Königshauses.« Sie lächelte gnädig. »Ihr wisst vielleicht, dass ich mit Prinzessin Diana befreundet bin? Oder Di, wie ihre Freunde sie nennen?«

Annika sah sie mit großen Augen an und nickte. Billie

nahm sie am Arm, damit sie nicht in den Staub fiel und Lilys Füße küsste. Diese Royalisten …

»Großmutter, setz dich doch«, schlug Billie vor. »Papa ist dein Tischherr.«

Sie selbst saß zu Sebastians anderer Seite, und links von ihr saß John, der Sohn von Lord und Lady Carlisle. Sein Zwillingsbruder Philip würde neben Annika sitzen. Billie war froh darüber. Einen besseren Tischherrn hätte ihre Freundin nicht bekommen können.

Obwohl Großmutter verlautbart hatte, dass sie nur ein Dinner für den engsten Kreis ausrichten wolle, zählte sie allem Anschein nach rund einhundertfünfzig Personen zu ihren engsten Freunden. Billie kannte die Hälfte der Gästeschar nicht einmal.

»Ich weiß gar nicht, aus welchem Glas ich trinken soll«, flüsterte Annika, als sie an Billie vorbei auf ihren Platz und den Tischherrn zuging.

»Sie befüllen dir das richtige, keine Bange«, erwiderte Billie mit einem Lächeln.

Aus dem Augenwinkel beobachtete sie, wie Annika ihren Platz neben Philip einnahm. Billie selbst kannte die Brüder schon ihr Leben lang. Sie waren ein wenig älter als sie und immer noch ledig, und sie argwöhnte, dass ihre Großmutter mit der Tischordnung etwas im Schilde führte. Es wäre vergebens: Denn John war schwul, und Philip hatte ein Faible für ältere, gern auch verheiratete Frauen.

Sebastian schien heute Abend schwierig zu sein; er antwortete wortkarg auf Fragen, starrte die ganze Zeit hinüber zur Band, und als Billie versuchte, ihn anzusprechen, schien er sie kaum zu hören. So war er doch sonst nicht? Gerade in Gesellschaft war er doch in seinem Element?

Als die Vorspeise abgetragen wurde, sprach Billie ihn erneut an.

»Papa, musst du jetzt nicht eine Rede halten?«

Er sah sie an. »Muss ich?«

»Natürlich!«

Er räusperte sich, klopfte an sein Glas und stand auf.

Das hier war seine Paraderolle. Erwartungsvoll lehnte Billie sich zurück.

»Liebe Mutter«, hob er an und hielt sein Glas in die Höhe, in dem sich an diesem Abend nur Wasser befand. »Achtzig Jahre sind ein wirklich beachtliches Alter. Lassen Sie uns gemeinsam ein dreifaches Hoch auf meine Mutter ausbringen!«

Stuhlbeine schrammten über den Boden, als sich sämtliche Gäste gleichzeitig erhoben. »Sie lebe ... hoch! Hoch! Hoch!«

Er beugte sich zu ihr, gab ihr einen Kuss auf die Stirn und ließ sich wieder neben Billie nieder.

»Was war *das* denn?!«, fauchte sie ihn an. »War das alles, was dir eingefallen ist?«

»Japp«, antwortete er. »Und wo zum Teufel bleibt überhaupt der Hauptgang?«

Nach der Feier lagen Billie und Annika in ihren Pyjamas in dem riesigen Bett im Flanagans, aßen Eis, das sie sich aufs Zimmer bestellt hatten, und tranken Wein aus der Minibar.

»Philip war ziemlich sexy«, sagte Annika, und Billie nickte.

»Du hast aus seiner Sicht lediglich ein kleines Manko. Du bist zu jung.«

Annika seufzte. »Ich weiß. Er hat sogar ein paar Witzchen darüber gerissen. Aber das war nur gut, so konnte ich mich besser entspannen, als wenn ich ihm ständig auf die Pfoten hätte klopfen müssen. Es ist kein Spaß, wenn man Oberweite hat, nur dass du's weißt.«

Billie nahm noch einen Schluck Wein.

»Verstehe«, sagte sie. »Auch wenn ich insgeheim ein bisschen neidisch bin.« Lächelnd zeigte sie auf ihre eigene flache Brust. »Aber sich ständig verteidigen zu müssen, klingt nicht verlockend.«

»Hat dein Vater erwähnt, warum er und deine Mutter sich gestritten haben?«, fragte Annika vorsichtig.

Billie schüttelte den Kopf.

Er hatte sich dermaßen seltsam verhalten, dass Billie ihn kaum wiedererkannt hatte. Dieser Umstand, Elinors komisches Verhalten *und* der erste Streit der beiden, den Billie je mit angehört hatte, zeugten eindeutig davon, dass es ihnen nicht gut ging. Gar nicht gut.

»Nein, kein Mucks. Und ich mache mir Sorgen.«

»Sprichst du sie darauf an?«

»Würdest du deine Eltern darauf ansprechen?«

»Vermutlich nicht ... Ist schließlich ihr Leben.«

»Ja«, seufzte Billie. »Das ist es.«

37

Ein paar Tage später musste Emma darüber lachen – allerdings *nicht* in dem Moment, als es passiert war.

Sie hatte wie eine Irre ackern müssen, um die Knoten wieder aufzubekommen. Hol ihn doch der Teufel, hatte sie gedacht – ich könnte ihn umbringen!

Als er ihre Handgelenke an die Bettpfosten gefesselt hatte, nach unten gekrabbelt war und sie befriedigt hatte, war es sexy gewesen. Sie war zum dritten Mal im Leben gekommen. Natürlich hatte sie nicht ahnen können, dass er sie anschließend so zurücklassen würde, aber genau das hatte er getan – er hatte sich angezogen, ihr zugezwinkert und war gegangen.

Du Mistkerl, hatte sie geflucht – vergebens. Irgendwann hatte das Tuch am ersten Handgelenk nachgegeben, und sie konnte das andere aufknüpfen. Es hatte mehr als fünfzehn Minuten gedauert. Hoffentlich hatte sie ihm hinreichend Kratzer mitgegeben, über die sich seine Neue wundern würde. Es wäre die gerechte Strafe.

Sie zog die Blusenärmel hoch und massierte ihre Handgelenke, an denen noch immer rote Striemen leuchteten.

Obwohl sie immer noch fuchsteufelswild war, musste sie doch insgeheim schmunzeln. Dass ihr Ex als Liebhaber so viel experimentierfreudiger war – wer hätte das gedacht? Alexander war in jener Nacht gewagt und ungezähmt gewesen. In ihrer Ehe war das nie vorgekommen. Da hatte er bei einem Quickie in Missionarsstellung einmal im Monat vor Dankbarkeit fast schon Tränen in den Augen gehabt.

Doch davon war diesmal keine Rede gewesen. Er war fordernd und dominant gewesen, und sie hatte jede Sekunde genossen. Dieser neue Alexander war ihr unerhört sympathisch.

»Was hast du denn gemacht?«, fragte Elinor, als sie das Büro betrat und ihr Blick an den Striemen auf Emmas Handgelenken hängen blieb. Sie hatten sich seit ein paar Tagen nicht mehr gesehen und einiges zu besprechen. Sowohl Privates als auch Geschäftliches.

»Ich hatte Sex mit meinem Ex«, antwortete Emma.

»Schon wieder? Dann sind das da Spuren von ... Hat er dich gefesselt?«

»Ja.« Emma hatte nicht vor, mehr zu erzählen. Elinor würde vor Lachen tot umfallen.

»Und wie war's?«

»Fantastisch. Was immer er zwischenzeitlich gemacht und wie immer er dafür trainiert hat – es hat sich gelohnt. Wie sich herausgestellt hat, ist mein Ex der beste Liebhaber, den ich je hatte.« Als ihr dämmerte, dass das wirklich wahr war, lächelte sie vergnügt.

Elinor lachte. »Hast du so viele gehabt?«

»Nein, aber ich habe immerhin früher schon mit ihm geschlafen. Er ähnelt zusehends dem Kerl, der er früher mal war. Weißt du noch, wie charmant er sein konnte? Und er hatte Mumm in den Knochen. Mit der Zeit ist er ein Feigling geworden.«

»Das wurde er erst, als er sich in dich verliebt hat«, sagte Elinor.

»Mag sein. Jetzt ist er in Angelica verliebt, wenn er mich also als Nebenfrau haben will, wäre das völlig okay.«

»Meinst du das ernst?« Elinor sah skeptisch aus.

»Ja. Ich habe dieser Tage ohnehin darüber nachgedacht, was ich an meinem erbärmlichen Liebesleben ändern kann. Ich wusste ja nicht, dass die Lösung mein Ex wäre! Alexander wird immer mal wieder nach London reisen müssen, und dann ist er in meinem Bett herzlich willkommen.«

»Tja, und moralische Bedenken brauchst du wohl auch nicht zu haben, nachdem Angelica mit ihm eine Affäre hatte, als ihr noch zusammen wart. Aber sieh zu, dass du verhütest.«

»Ich nehme die Pille.«

»Als würde die immer wirken ...«

Emma brachte für ihre Freundin großes Mitgefühl auf. Deren Lage war nun wirklich unerträglich.

»Was sagt Sebastian?«

»Er redet nicht mit mir. Ich wohne seit vorgestern hier.«

»Warum hast du dich denn nicht gemeldet? Du weißt, dass ich immer Zeit für dich habe.«

»Ja, natürlich, aber ich war mit Billie und ihrer Freundin unterwegs und habe so getan, als wäre ich nur deshalb hier untergeschlüpft, weil ich so viel zu tun hätte. Keine Ahnung, ob sie es mir abgenommen hat, aber ...« Sie hielt kurz inne. »Wenn ich zu Hause anrufe, hebt Sebastian den Hörer ab und legt sofort wieder auf, sobald er weiß, wer dran ist.«

»Wann hast du denn deinen Termin?«

»In einer guten Woche.«

»Ich begleite dich, wenn er sich bis dahin nicht eines Besseren besonnen hat.«

»Dabei kann ich ihn sogar verstehen. Stell dir vor, du bist mit jemandem verheiratet, der das Kind, das du willst, nicht haben will. Als hätte er nichts zu melden.«

»Aber umgekehrt wäre das okay? Dass die Frau die Schwangerschaft erträgt und ein Kind zur Welt bringt, das sie nicht will?«

»Nein, und genau deshalb darf man inzwischen ja auch legal abtreiben. Frauen haben zu jeder Zeit und aus Tausenden von Gründen abtreiben müssen. Aber man kann schon verstehen, wenn der Mann da frustriert ist. Zumindest ich kann es nachvollziehen.«

Wenn Sebastian gewusst hätte, dass ich mit seinem Kind schwanger war, hätte er es dann auch haben wollen?, fragte sich Emma.

Vermutlich nicht. Männer entschieden sich durchaus auch gegen ein Kind.

»Ist dir immer noch so schlecht?«, fragte sie ihre Freundin. Elinor hatte sich die Blässe zwar überschminkt, aber Emma sah ihr an, wie erschöpft und niedergeschlagen sie war.

»Oh Mann, ja, mehrmals am Tag.«

»Nimm dir ein paar Tage frei. Ich kümmere mich so

lange um das Flanagans«, sagte Emma. »Fahr nach Weymouth, dort hast du deine Ruhe.«

»Und der Nachtklub?«

»Wenn wir uns einig sind, dass wir ihn bauen wollen, kann ich ja Angebote einholen und sie dir vorlegen, wenn du zurück bist. Fahr, denk mal ein paar Tage nur an dich selbst.«

»Bist du sicher, dass das in Ordnung wäre?«

»Ja. Wenn ich irgendwas von dir brauche, kann ich dich ja anrufen. Ach, stimmt ja – ein Doktor Evan hat für dich angerufen. Die Nummer liegt dort.« Sie zeigte auf einen Zettel auf Elinors Schreibtisch.

»Das ist mein früherer Frauenarzt. Den habe ich gebeten zurückzurufen, wenn er wieder im Dienst sei. Die Vertretung war ein Idiot.«

»Mochtest du meine Ärztin nicht?«

»Sie ist schwanger«, lächelte Elinor, doch Emma kam nicht umhin, den Schmerz in deren Blick zu bemerken.

»Verstehe«, sagte sie.

Seit Frankie und Alexander nach Calais zurückgefahren waren, hatte Emma aus Frankreich nichts mehr gehört. Sie war sich nicht sicher, ob es von ihrem Ex und ihrer Tochter zu viel verlangt wäre, sich zwischendurch mal zu melden und zu erzählen, wie es ihnen ging. Frankie hatte noch bei Emma vorbeigeschaut und sich verabschiedet, sie aber gleichzeitig davor gewarnt, als Gegenleistung für das gemeinsame Abendessen allzu viel zu erwarten. »Wir hören uns, aber ich will nichts versprechen«, hatte sie noch gesagt.

Inzwischen war das drei Tage her, und Emma wollte tatsächlich einfach nur wissen, ob sie heil angekommen waren. So komisch ist das doch nicht, dachte sie und wählte die Nummer.

Es klingelte und klingelte. Irgendwann meldete sich Angelica mit ihrer weichen Stimme, und Emma hätte schreien wollen. Sie ertrug diese Frau einfach nicht, dabei wusste sie nicht mal, warum; war sie eifersüchtig? Ja, war sie. Aber das war nicht der Grund. Vielleicht lag es daran, dass diese Frau sich in ihrer Familie eingenistet hatte und sogar Emmas Tochter mit Beschlag belegt hatte.

»Mrs Nolan hier«, sagte sie. »Dürfte ich bitte mit meiner Tochter sprechen?«

»Hallo, Emma! Einen Moment bitte.«

Emma hörte, wie Angelica auf Französisch nach Frankie rief. Dann war sie wieder in der Leitung. »Es tut mir leid, Emma, aber ich kann sie nicht finden.«

»Dann würde ich gern mit meinem Mann sprechen … Verzeihung! Mit Alexander natürlich.«

»Einen Augenblick bitte.«

Ein Räuspern. Dann seine warme Stimme. »Alexander. Hallo?« Als wüsste er nicht, wer in der Leitung war. Natürlich hatte Angelica ihm ein Zeichen gegeben, ehe sie den Hörer weitergereicht hatte.

»Liebling, ich dachte, du würdest vielleicht erfahren wollen, wann ich mich endlich losmachen konnte. Ich habe immer noch Striemen am Handgelenk. Aber das war es wert – weil ich einen unfassbar heftigen Orgasmus hatte, als du mich befriedigt hast. Hmm, das darfst du gern wieder machen.« Sie hörte genau, wie er scharf einatmete.

»Psst«, flüsterte er. »Schschschön, dass du anrufst.«

»Ruf zurück, wenn du allein bist, dann können wir vielleicht Telefonsex haben«, raunte sie und grinste breit. Das geschah ihm recht. Sie hoffte, dass er gerade dunkelrot anlief. »Ich hab hier ja nur meine Spielsachen, und jetzt, da ich mit dir spreche, spüre ich, wie ich komplett …«

»Nein, Frankie ist leider unterwegs«, fiel er ihr mit angespannter Stimme ins Wort, »aber ich sage ihr Bescheid, dass sie zurückrufen soll, Ehrenwort. Danke, dass du dich gemeldet hast. Tschüss!« Ein Klicken.

Lachend legte Emma den Hörer auf die Gabel. Rache war ein beängstigend schönes Gefühl.

38

Frankies Künstlerinnenkarriere war bereits mit den ersten Versuchen wieder zunichte. Wenn sie auch nur irgendein Talent gehabt hatte, dann war es ihr abhandengekommen. Enttäuscht legte sie die Pinsel beiseite. Rastlosigkeit überkam sie. Sie musste etwas tun, nicht bloß mit Block und Stift in Alexanders Restaurant auf und ab gehen und Bestellungen aufnehmen. Sie hatte versprochen, dort mitzuarbeiten, und das tat sie auch, doch nachdem sie seit einer Woche geöffnet hatten, war sie die nörgeligen Gäste bereits leid und den Koch obendrein, der sie immer so merkwürdig ansah. Er war zu gut aussehend, um in einer Küche zu arbeiten, fand sie, aber anscheinend hoch dekoriert, und Papa war stolz, ihn für das *Bellemare* abgeworben zu haben, wie er und Angelica das Lokal getauft hatten. Frankie indessen nannte es *Nightmare*, weil sie nachts immer Albträume hatte – von falschen Bestellungen, einer ausfallenden Klimaanlage und Tellern mit Fischen, an denen die Köpfe noch dran waren. Als Frankie vorschlug, die Köpfe bereits in der Küche zu entfernen, kam das nicht sonderlich gut an. Was genau Pierre da auf Französisch von sich gab, verstand sie zwar nicht, aber er war eindeutig nicht begeistert über ihre Ansichten. Der komplette Scheißfisch musste auf den Tisch – und Frankie war es unbegreiflich, wie die Franzosen übers ganze Gesicht strahlen konnten, sobald sie sich mit der Fischplatte näherte. Außerdem kam Pierre so dicht an sie heran, wenn er sie ausschimpfte, dass sie zurückweichen musste, um in seinem furchterregenden Blick nicht zu ertrinken.

Verdammt! Sie hatte auf die Malerei so große Hoffnungen gesetzt. Sie hatte schon vor sich gesehen, wie ihre Bilder an den Wänden des *Nightmare* hingen und sie keins davon verkaufen wollte, weil sie ihr *zu viel bedeuteten.* Die kauffreudigen Gäste hätten laut gejault, und dieser Maler, zu dem sie nie wieder zurückgekehrt war, hätte sie bekniet, sie möge ihre Bilder bei ihm in der Galerie ausstellen.

Die Zeichnungen aus der Zeit nach Edwins Tod hatte sie sich immer noch nicht angesehen. Sie hatte sich nicht getraut, diese Tür aufzustoßen, weil sie nicht wusste, ob dahinter nicht etwas Verdrängtes lauerte. Es lag jetzt schon so lange Zeit zurück, und mitunter war sie erleichtert, dass die Erinnerungen verblasst waren; dann wiederum fand sie, dass sie sich schämen sollte, weil sie sich an gewisse Einzelheiten nicht mehr erinnerte.

Noch zwei Stunden bis zur Abendschicht. Vielleicht sollte sie irgendwo anders hingehen und einen Kaffee trinken, um das Restaurant zumindest für eine Weile zu vergessen?

Das Personal für den Abend saß draußen im Garten, und Frankie gab ihnen mit einer Geste zu verstehen, dass sie gleich wieder zurückkäme. Lächelnd winkten sie ihr nach.

Das Servicepersonal war schon okay, sie machten nur ihren Job. Einige sprachen sogar passabel Englisch, während andere sie immer nur ratlos ansahen. Frankie war das egal. Geselligkeit war nicht gerade ihr oberstes Anliegen.

Sie schlenderte durch die Gassen, um ans Wasser zu kommen, blieb dann aber stehen, als sie an der Straße mit dem Atelier des verrückten Künstlers vorbeikam. Sollte sie vielleicht doch noch mal einen Blick hineinwerfen?

Die Tür war angelehnt, genau wie beim letzten Mal, doch den Maler selbst konnte sie nirgends entdecken, also trat sie ein. An den Wänden, die zuletzt kahl gewesen waren, hingen reihum große, farbstarke Gemälde. Hinter einem langen Vorhang hörte sie ein Geräusch. Ob sie dahinterschauen sollte? Was, wenn er gerade ein Aktmodell malte? Aber das Schlimmste, was passieren konnte, war, dass er sie dabei erwischte und sie hinauswarf. Und was spielt das schon für eine Rolle?, dachte sie und schlich auf die leise murmelnden Stimmen zu. Ihre Neugier war einfach übermächtig.

Als sie hinter den Vorhang spähte, blieb ihr fast das Herz stehen. Auf einer Chaiselongue lag splitterfasernackt ihre Stiefmutter in spe – und zwar mit dem Kopf des Malers zwischen den Beinen.

Schockiert wich Frankie zurück und eilte mit rasendem Puls aus dem Atelier.

Angelica? Eine Fremdgeherin? Schwer zu glauben, wenn man sie im liebevollen Umgang mit Alexander sah. Was genau war Frankie entgangen? Sie hatte Antennen für menschliche Schwächen, wie konnte es also sein, dass sie nicht bemerkt hatte, was Angelica trieb? Auf dem Weg zum Hafen überschlugen sich ihre Gedanken. Vielleicht sollte sie die Schlampe mit dem konfrontieren, was sie gesehen hatte? Und eine Erklärung einfordern. Aber was sollte sie erklären – warum sie mit dem Maler schlief, obwohl sie doch mit Alexander zusammen war? Wollte Frankie den Grund denn wissen? Nein, entschied sie, das wollte sie nicht.

Genau in solchen Situationen braucht man einen besten Freund, dem man sein Herz ausschütten kann, dachte Frankie, der im selben Moment dämmerte, dass sie auch hiermit allein klarkommen musste.

Alexander stand mit einem Lappen in der Hand im Innenhof, als Frankie zurückkam. »Hey, warst du spazieren?« Er wischte gerade einen Fleck von einem der Tische.

»Spazieren gehen nur alte Leute. Du und Mama, ihr solltet dieses Wort aus eurem Wortschatz streichen.«

Er musste lachen. »Du hast nicht zufällig Angelica gesehen? Sie wollte eine kleine Runde durch die Stadt drehen.«

Ja, dachte Frankie, sie liegt nur ein paar Häuserblocks von hier entfernt auf dem Rücken und stöhnt. Aber nein, das konnte sie nicht sagen – ihr Vater wäre am Boden zerstört. Frankie zuckte mit den Schultern. »Ich muss mich umziehen, bis gleich!«

Sie eilte hoch in ihr Zimmer. Wie würde sie ihrer Stiefmutter je wieder ins Gesicht sehen können? Was Angelica ihrem Vater da antat, war unverzeihlich. Er würde sie niemals betrügen, er war nicht der Typ dafür. Frankie bezweifelte sogar, dass ihre Mutter der Typ dafür wäre. Angelica musste weg. Nur wie?

Sie packte eine der neuen Blusen aus, die sämtliche Bediensteten tragen sollten. Auf dem Rücken stand »Bellemare«. Alexander war von dem aufgeflockten Schriftzug begeistert, weil er angeblich so modern war. Angelica hatte ihn entworfen. Frankie hätte ihn am liebsten abgerissen und ihn ihr in den Rachen gestopft. Diese Verräterin! Sie fühlte sich nicht nur wegen Alexander, sondern auch um ihrer selbst willen hintergangen. Sie hatte Angelica gemocht. Und jetzt verabscheute sie sie.

Frankies Schritte waren bleischwer, als sie den Garten durchquerte und auf das Restaurant zuhielt. Durch den Zaun konnte sie sehen, dass schon Gäste vor der Tür standen und darauf warteten, dass geöffnet würde. Sie hatte gute Lust, ihnen die Zunge rauszustrecken und sie in die Wüste zu schicken.

Die Erste, die sie drinnen antraf, war Angelica, die Frankie sofort breit anlächelte. »Was hast du heute Schönes gemacht?«, fragte sie mit ihrer zarten Unschuldsstimme.

»Oh, ich hab Sachen gesehen, die mir kein Mensch glauben würde«, antwortete Frankie und hielt den Blick unverwandt auf sie gerichtet.

»Klingt ja spannend! Ich will alles hören, während wir die letzten Tische decken.«

Frankie versuchte zu ergründen, ob Angelica schuldbewusst aussah, aber dafür war sie anscheinend zu abgebrüht. Frankie hatte immer darüber hinweggesehen, dass sie nicht die Hellste war, weil sie es bei ihrer ersten Begegnung mit

Herzlichkeit und Offenheit wettgemacht hatte. Doch gerade brodelte es so sehr in Frankie, dass sie Angelica am liebsten bloßgestellt hätte – und es wäre ein Leichtes gewesen. Nur leider auch peinlich für Alexander. Schon wieder Pech in der Liebe – von der Eiskönigin zur verschlagenen Prinzessin. Der Arme! Er hatte etwas Besseres verdient.

Zum Glück war Frankie weit genug entfernt von Angelica eingesetzt, und die einzige Gelegenheit, bei der sie einander in der Küche begegnen mussten, war, wenn sie ihre Bestellungen dort ablieferten. Alexander indessen war überall: Seine Arbeitsweise ähnelte der von Mama durchaus. Er plauderte mit den Gästen, drehte seine Runden und half aus, wo es gerade nötig war. Er räumte Teller ab und servierte Vorspeisen, wenn Frankie, Angelica und eine andere Bedienung gerade mit anderem beschäftigt waren.

Frankies Eltern liebten die Branche. Bei Frankie sah das anders aus. Was, wenn sie eines schönen Tages mit dem Flanagans *und* dem *Nightmare* dastünde? Mehr Erben hatten Emma und Alexander nach Edwin nie in die Welt gesetzt. Und als er gestorben war, hatte der Rest der Familie auch aufgehört zu leben.

Frankie dachte darüber nach, ob in letzter Zeit zwischen Alexander und Angelica irgendwas anders gewesen sein könnte; aber sie hatte rein gar nichts bemerkt. Ihr Vater war immer eifersüchtig gewesen, wenn ihre Mutter die Gäste im Flanagans umgarnt hatte, aber bei Angelica schien er sich nicht die geringsten Sorgen zu machen. Vertraute er ihr denn so sehr – oder liebte er sie nicht annähernd so sehr, wie er Emma geliebt hatte?

39

Elinor war drauf und dran, das Sommerhaus hinter sich abzusperren. Sie hatte ihren Beschluss tausendfach neu durchdacht, nicht zuletzt wegen Sebastian. Aber es ging nicht anders. Er hatte sie angerufen, doch als er hörte, dass sie von ihrer Entscheidung nicht abgerückt war, hatte er den Hörer aufgeknallt und sich nicht mehr gemeldet.

Sie konnte sich wirklich in ihn hineinversetzen, und sie litt mit ihm. Es war eine grässliche Situation für sie beide. Trotzdem hatte er nicht mal versucht, sie auch nur ansatzweise zu verstehen, und das war eine schmerzhafte Erkenntnis: Sie hatte geglaubt, wenn sie ihm nur genug Zeit geben würde …

Elinor war in ihrem ganzen Leben noch nie so lang allein gewesen, ohne auch nur ein einziges bekanntes Gesicht zu treffen. Emma hatte jeden zweiten Tag angerufen, und zweimal hatte sie Billie ans Telefon gekriegt, die es jedoch jedes Mal eilig gehabt hatte, zu ihrem Theaterprojekt zu kommen.

Elinor konnte nur ihrem Glücksstern danken, dass ausgerechnet Ingrid ihre Mutter war. Sie hatte sich Sorgen gemacht, und Elinor hatte sie nicht anschwindeln wollen. In ihrer derzeitigen Lage brauchte sie alle Unterstützung, die sie kriegen konnte, und die bekam sie von ihrer Mutter, die weder Elinor noch Sebastian für ihre Standpunkte verurteilte. »Ich kann ihn auch verstehen«, hatte sie gesagt. »Nur leider gibt es keine Alternative, bei der ihr beide bekämt, was ihr euch wünscht.«

Inzwischen hatte Elinor sich sämtliche Filme angesehen, die in dem Sommerhaus lagen, drei Bücher gelesen, durch alte Zeitschriften geblättert und zwischen den Übelkeitsphasen sogar ein wenig zu sich genommen; an Tagen, da die Sonne geschienen hatte, war sie nach draußen gegangen, den Rest der Zeit hatte sie drinnen verbracht.

Sobald das hier ausgestanden wäre, würde sie versuchen, ihre Ehe mit Sebastian wieder zu kitten. Er hatte zu ihr gesagt, er würde sich scheiden lassen, wenn sie ihre Meinung nicht änderte, aber das konnte er doch nicht ernst meinen? Er hatte immer gewusst, dass sie kein zweites Kind haben wollte. Und sie hatten doch Billie. Für ihre Tochter würde die Welt zusammenbrechen, wenn sie sich trennten, auch wenn sie inzwischen erwachsen war. Sie waren ein Dreierteam.

Das Packen fiel ihr unendlich schwer. Bei anderen Aufenthalten hatte sie sich in ihr Haus in Belgravia, ins Flanagans und zu ihrer Arbeit zurückgesehnt. Jetzt war ihr nur zu bewusst, was am folgenden Morgen um acht Uhr geschehen würde. Und in ihr tobten die Gefühle: die Trauer darüber, dass sie keinen anderen Ausweg wusste, die Erleichterung, weil es alsbald vorbei wäre. Die Scham, weil sie sich für diese

Lösung entschieden hatte, und der Stolz, weil sie sich getraut hatte, auf ihre eigenen Bedürfnisse zu hören.

Wer immer glaubte, dass die Entscheidung für eine Abtreibung eine leichte wäre, war nie selbst in dieser Lage gewesen.

Als Elinor nach dem Eingriff aus der Narkose aufwachte, wusste sie erst nicht, wo sie sich befand. Nur langsam dämmerte ihr, dass es vorbei war. Gefühle brandeten auf, und Tränen strömten ihr übers Gesicht. Es war tatsächlich vorbei ... Es würde keine Spätschäden geben, und sowie sie mit den Ärzten gesprochen hätte, würde sie ihr Zimmer in der Frauenklinik verlassen. Fünfundzwanzig Jahre zuvor hatte sie in einem düsteren Keller bei jemandem gelegen, der sie schwer verletzt hatte, und jetzt lag sie in einem Krankenhausbett und wurde aufs Beste umsorgt. Alles in allem hatte sie Glück gehabt. Dieses Glück hatten viele andere nicht.

Nachdem sie sich aus der Klinik entlassen und dem Arzt versprochen hatte, zwei Wochen später zur Nachuntersuchung vorbeizukommen, atmete Elinor erst mal tief durch. Die Abtreibung war überstanden. Jetzt mussten die Wunden heilen. Die körperlichen wie die seelischen.

Vor dem Krankenhaus warteten Emma und Elinors Mutter. Als Elinor sie erblickte, brach alles aus ihr heraus, und sie weinte auf dem ganzen Heimweg wie ein kleines Kind in Ingrids Armen. »Bist du sicher, dass du nicht bei mir übernachten willst?«, fragte Emma im Taxi.

»Nein, ich will nach Hause. Irgendwann muss ich Sebastian ja wieder begegnen.«

»Ich kann dich noch reinbringen«, schlug ihre Mutter vor.

»Danke, Mama, aber das hier muss ich allein schaffen.«

Dann sah sie hoch zu dem wunderschönen Eingang zu Sebastians und ihrem Haus. War er überhaupt da? Und wenn ja, in welchem Zustand? Sie hatte Magda mit derlei Fragen nicht belästigen wollen und wusste daher nicht, ob ihr Mann immer noch die Finger vom Alkohol ließ.

Vom Treppenabsatz warf sie dem Taxi einen letzten Blick nach, bevor sie den Schlüssel ins Schloss schob und die Tür aufmachte.

Drinnen war es dunkel und still. Sie stellte ihre Tasche ab und hängte ihre Jacke an die Garderobe. »Sebastian?« Sie erhielt keine Antwort. »Magda?«

Sie zog die Kühlschranktür auf. Der Kühlschrank war voll, da konnte zumindest Magda nicht weit sein. Elinor streifte sich die Schuhe ab und ließ sie auf dem Küchenboden stehen. Sie war zu müde, um sie wegzuräumen, und schleppte sich mit einem Glas Wasser aufs Wohnzimmersofa. Es war vorbei. Sie brauchte nur noch zu schlafen und wäre schon bald wieder ganz die Alte. Zumindest körperlich.

»Mrs Lansing, wie geht es Ihnen?«

Elinor blinzelte sich den Schlaf aus den Augen. Neben dem Sofa stand Magda und sah sie besorgt an. Elinors Mund war staubtrocken, und sie streckte sich nach dem Wasserglas, nahm ein paar Schlucke und lehnte sich wieder zurück.

»Danke, es geht mir gut, ich war bloß müde. Wissen Sie, wo Mr Lansing ist?«

»Leider nicht. Er hat heute früh eine Tasche gepackt und gesagt, er bleibe ein paar Tage fort.«

»Okay. Danke, Magda!« Um für ihren Mann Ausreden zu erfinden, fehlte Elinor die Kraft.

»Soll ich etwas kochen?«

»Ein Omelett wäre gut.« Elinor stemmte sich hoch.

Dass sie Hunger hatte, schien Magda froh zu stimmen. »Kommt sofort«, sagte sie und eilte zurück in ihr Reich.

Mühsam kämpfte Elinor sich vom Sofa hoch. Sie hatte Unterleibsschmerzen und musste aufpassen, wie sie sich bewegte, sobald Magda guckte, denn am liebsten wäre sie breitbeinig gegangen. Sie verzog das Gesicht. Die große Binde scheuerte. So eine hatte sie nicht mehr benutzt, seit sie Billie zur Welt gebracht hatte.

Ausnahmsweise nahm sie im Esszimmer Platz. Hier aßen sie kaum, nur wenn Gäste da waren, was nicht allzu oft vorkam. Es war ein schönes Gefühl, einfach hier zu sitzen und die Gedanken schweifen zu lassen. Wenn sie in der Küche saß, sprach sie gern mit Magda, doch im Augenblick brauchte sie Ruhe. Der Einzige, mit dem sie reden wollte, war Sebastian, aber anscheinend beruhte dies nicht auf Gegenseitigkeit.

Wo war er hingefahren? Ahnte er nicht, dass sie einander jetzt brauchten? Die altbekannte Angst, verlassen zu werden, beschleunigte ihren Puls. Passierte jetzt, wovor sie sich immer gefürchtet hatte? War dies die Strafe für all die Fehler, die sie begangen hatte?

Sie schob den Teller von sich weg. Das halbe Omelett war noch übrig, aber sie hatte Unterleibsschmerzen, und Tränen brannten in ihren Augen. Sie würde sich noch ein Weilchen hinlegen und dann ihr Tagwerk wieder aufnehmen. Mit oder ohne Sebastian an ihrer Seite.

40

Emma hatte es im Gefühl gehabt, dass Sebastian sich melden würde, doch sie hatte damit gerechnet, dass es während Elinors Auszeit wäre, nicht nach der Abtreibung.

»Ich muss dich treffen«, sagte er ins Telefon.

»Wo steckst du? Bist du nicht zu Hause?«

»Nein, ich habe mir für einen Monat eine Wohnung genommen.«

»Ich bitte dich, lieber Sebastian – hast du schon mit Elinor gesprochen?«

»Nein, und ich habe es auch nicht vor.«

»Ihr geht es nicht gut. Du kannst sie jetzt nicht im Stich lassen.«

»Ich wäre ihr eine erbärmliche Stütze. Ich bin zu nichts zu gebrauchen.«

»Aber darüber kommst du doch hinweg? Du musst mit ihr sprechen, nicht mit mir.«

»Bitte«, flehte er sie an. »Du bist die Einzige, die mich jetzt noch auf andere Gedanken bringt.«

Sie lachte. »Auf die Art und Weise, die du dir jetzt ausmalst, ist das ausgeschlossen. Das ist Geschichte, Sebastian. Ich will nicht behaupten, dass ich mich über die Jahre nicht nach dir gesehnt hätte, aber mich jetzt als Heilmittel zu benutzen, um deine Probleme zu vergessen? Nein, das funktioniert so nicht. Nicht mehr.«

»Ich will nur mit dir reden, ich meine es ernst.«

»Wir können uns in der City treffen und einen Spaziergang machen. Ich habe nicht vor, zu dir in die Wohnung zu fahren, und hierher kannst du nicht kommen«, entgegnete sie.

»Warum denn nicht?«

»Das weißt du genau. Morgen um eins am Primrose Hill?«

»Eingang Prince Albert Road? Okay, dann sehen wir uns dort. Danke, Emma!«

Umgehend rief Emma Elinor an und erzählte ihr, was Sache war. Wenn ihre Freundin Einwände hätte, würde Emma das Treffen abblasen.

»Wie schön«, sagte Elinor tonlos. »Mit irgendwem muss er ja reden.«

»Wie geht es dir? Du klingst so traurig.«

»Ich habe fast den ganzen Tag verschlafen, aber morgen komme ich wieder zur Arbeit.«

»Bist du dir sicher?«

»Ja, ich kann ja immer hochgehen und mich in meiner Suite hinlegen, wenn ich erschöpft bin.«

»Ich freue mich darauf, dich wieder hier zu haben.«

»Was hast du dem Personal erzählt?«

»Dass du dir freigenommen hast – und niemand hat es hinterfragt.«

»Schade nur, dass ich nicht erholt aussehe, wenn ich zurückkomme.« Elinor lachte trocken.

»Das Personal hat zum Glück andere Sorgen, als sich über unser Aussehen den Kopf zu zerbrechen. Eine gute Nachricht habe ich aber noch: Linda und Robert kommen in zwei Wochen und bleiben für drei Nächte, ehe sie weiter nach Fjällbacka reisen.«

»Wie schön! Darauf freue ich mich. Und unser normaler Alltag wird mir guttun. Ich muss endlich wieder an etwas anderes denken.«

»Was glaubst du, was sie von unserem Nachtklub hält? Das ist das Einzige, worüber ich mir Gedanken mache. Es wäre eine Veränderung des Hotels, so wie es ihr Vater erdacht hat.«

»Und das sie uns nur zu gern überlassen hat«, wandte Elinor ein. »Ich glaube, es gefällt ihr, dass wir mit der Zeit gehen. Das Hotel soll schließlich noch viele Jahre bestehen.«

»Ich frage mich, wie es hier in zwanzig Jahren aussieht. Was meinst du – übernehmen unsere Töchter?«

»Das ist ebenso sehr mein Traum wie deiner. Aber derzeit könnte ich es nicht sagen.«

»Ich fand, Frankie war sehr viel zugänglicher, als sie und Alexander hier waren, aber das mag nur eine Phase gewesen sein. Und hängt zudem eher von ihm als von mir ab.« Sie lächelte schief.

»Hast du immer noch nicht vor hinzureisen?«

»Nach Frankreich?« Sie musste lachen. »Definitiv nicht. Frankie würde mich umbringen, wenn ich auch nur einen Fuß auf die andere Seite des Ärmelkanals setzte.«

Emma und Elinor frühstückten am nächsten Morgen zusammen – am selben Tisch wie immer.

Elinor verzog das Gesicht, als sie nach der Kaffeekanne griff, und Emma beeilte sich, ihr zur Hand zu gehen.

»Hast du solche Schmerzen?«, fragte sie besorgt.

»Ich hab schon ein Schmerzmittel genommen, aber mit alledem, was mir innerlich Qualen bereitet, wird es nur schlimmer. Glaubst du, das geht je vorbei?«

»Ja, bestimmt. Du musst nur Geduld haben.«

»Du brauchst mir nicht zu erzählen, was Sebastian sagt, wenn ihr euch trefft. Er soll nicht denken, dass er dir nicht mehr vertrauen kann«, sagte Elinor.

»Er sollte mit einem Therapeuten reden statt mit mir«, bemerkte Emma.

»Da weigert er sich.«

»Und du?«

»Ich weigere mich ebenfalls«, sagte Elinor und lächelte. »Wir haben doch dich! Du bist unsere Familientherapeutin.«

»Oh nein. Das wird nur ein einziges Treffen. Und mehr will ich auch gar nicht von Sebastian hören«, entgegnete Emma. »Danach muss er sich an jemand anderes wenden.«

Ein einziges Treffen, das bekomme ich hin, dachte sie. Für Elinor.

»Ich finde ja, dass er sich dir gegenüber echt unterirdisch verhält«, fuhr Emma fort, »aber ich reiße mich zusammen, um ihm das nicht ins Gesicht zu sagen.«

»Dein Verhalten ist *unterirdisch*«, sagte Emma, noch ehe Sebastian überhaupt bei ihr angekommen war. In der Hand hielt er einen Picknickkorb.

»Können wir erst ein Stück gehen, bevor du mich ausschimpfst?«, fragte er. Er sah in etwa so mitgenommen aus wie Elinor.

Emma zuckte die Achseln.

Er hielt das schwere Tor für sie auf, und über den geschotterten Spazierweg schlenderten sie quer durch den Park. An den Wochenenden war hier eine Menge Trubel, doch jetzt, unter der Woche, kamen fast nur Leute mit Lunchpaketen, saßen auf den weitläufigen Rasenflächen und genossen den Blick über London, ehe sie wieder an ihre Arbeitsplätze zurückkehrten. Im Augenblick war der Park annähernd verwaist.

Sebastian hielt den Korb in die Höhe. »Wasser und Brot«, sagte er. »Und eine Decke, wenn wir uns hinsetzen wollen.«

»Nein danke. Worüber wolltest du mit mir sprechen?«

»So genau weiß ich das gar nicht ... Nach dem, was vorgefallen ist, geht's mir beschissen. Ich kann nicht fassen, dass Elinor unser Kind abgetrieben hat.« Langsam schlenderte er weiter und sah den Hügel hinab, während er den Korb am Arm hin und her schlenkerte. »Wusstest du, dass sie keine weiteren Kinder haben wollte?«

»Das weiß ich ebenso gut wie du.«

»Ja, aber dass das auch für den Fall galt, dass sie schon schwanger wäre? Ich hatte da kein Wort mitzureden.«

»Natürlich nicht. Ich will mir gar nicht vorstellen, was

das für Folgen für sie gehabt hätte, wenn sie ein Kind hätte gebären müssen, das sie nicht wollte.«

»Aber ich hätte gern noch ein weiteres Kind gehabt.«

Sie spazierten weiter, und er redete; Emma blieb lieber still. Sie hätte ohnehin nichts sagen können, was seinen Schmerz gelindert hätte. Er war derzeit sehr verletzlich – besser, sie hielt einen Meter Abstand. Es wäre nur allzu leicht gewesen, ihm die tröstende Hand entgegenzustrecken – wenn nur nicht all das, was bei anderen funktioniert hätte, mit Sebastian Lansing und seiner Anziehungskraft ein gänzlich anderes Paar Schuhe gewesen wäre.

Kaum merklich setzte er jeden seiner Schritte näher an sie heran, sodass sie aufs Gras ausweichen musste.

»Ich glaube nicht, dass Elinor und ich weiter verheiratet bleiben können«, fuhr er fort.

»Okay – es reicht, Sebastian.« Sie war innerlich zum Bersten wütend. »Du hast gewusst, dass deine Frau keine weiteren Kinder mehr haben wollte, trotzdem schläfst du mit ihr, obwohl du genau wusstest, dass sie gerade auf eine andere Pille umgesattelt hat, gehst trotzdem nicht auf Nummer sicher und benutzt ein Kondom – oder brichst rechtzeitig ab –, um ihr zu ersparen, was sie gerade durchmachen muss. Du tust dir so unendlich leid – aber was ist mit Elinor? Hättest du sie nicht schützen müssen? Wie konntest du ihr das antun? Du weißt doch genau, wie es ihr beim letzten Mal ging!«

Du verdammter Mistkerl, dachte sie, während ihr Brustkorb sich hob und senkte. Du hast nicht mal mich geschützt, dabei war ich noch Jungfrau.

Er bedachte sie mit einem schwer zu deutenden Blick. Entweder war die Botschaft angekommen, oder aber er war drauf und dran, über sie herzufallen. Sie wich ein Stück zurück.

»Auch eine Art und Weise, die Dinge zu betrachten«, sagte er bedächtig und ließ sie nicht aus den Augen. Er nickte in Richtung einer Bank auf dem Hügel. »Dort ist frei, setzen wir uns für einen Moment.«

»Nein. Ganz ehrlich? Ich will zurück an die Arbeit. Aber du kannst dich gern dort hinsetzen und darüber nachdenken, was du mit deinem Leben anfangen willst.«

Emma ließ ihn und den Park, so schnell sie nur konnte, hinter sich. Sobald sie vor dem Tor stand, lehnte sie sich gegen den Zaun. Elinors Schwangerschaft war für sie ein echter Weckruf gewesen. Die Fantastereien, denen Emma sich beim Gedanken an Sebastian hingegeben hatte, waren nur eine Ablenkung von ihren eigenen Problemen gewesen.

Zum ersten Mal in mehr als fünfundzwanzig Jahren hatte sie das Gefühl, ihn nicht mehr zu wollen. Es war fast, wie aus einem Gefängnis freizukommen.

41

Alexander machte sich Sorgen um Frankie. Sie war nicht sie selbst und verhielt sich gegenüber der Familie schon wieder wie früher – verächtlich und mit bissigen Kommentaren auf den Lippen. Sie stieß Angelica vor den Kopf und verletzte sie, und das würde er mit Frankie besprechen müssen. War es der Entzug von den Drogen? Damit kannte er sich nicht sehr gut aus, aber es war eigentlich selbsterklärend, dass man so reizbar wurde, wenn der Körper nach Rauschgift verlangte und keines bekam.

Er würde die Konfrontation nicht länger aufschieben können. Während der Mittagsschicht hatte Frankie einen Kollegen angeschnauzt, und ein solches Verhalten durfte er nicht dulden.

Auf dem Gartenweg knirschten die Kiesel. Er klopfte ans Fenster und winkte Frankie zu sich.

»Was ist?«, fragte sie, als sie zur Tür herein war.

»Deine Laune ist unter aller Kanone, und das lässt du an allen hier aus.«

Ihre Körpersprache war unmissverständlich. Sie war stinkwütend und würde jeden Moment dichtmachen. Doch er hatte nicht vor, darauf Rücksicht zu nehmen. Sie benahm sich fürchterlich, und das musste auf der Stelle aufhören. »Besonders schlecht verhältst du dich gegenüber Angelica. Gibt es dafür einen bestimmten Grund?«

Sie starrte ihn an. »Wann hätte ich zuletzt etwas *ohne einen bestimmten Grund* gemacht?«

»Was weiß ich? Nur ist Angelica unverändert nett zu dir, und dass du es ihr mit solcher Gemeinheit dankst, ist nicht gerade toll.«

Mit der Hand an der Klinke hielt sie inne. »Frag sie, was sie gemacht hat. Vielleicht ist sie doch nicht der Engel, den sie spielt.«

»Hat sie dir etwas getan?«

»Nein, aber jemand anderem.«

»Aber dann lass sie das doch mit sich ausmachen, wenn es nicht dein Problem ist.«

»Papa, du ... kapierst es nicht.« Sie sah ihn frustriert an und schloss die Tür hinter sich.

Er hatte nicht mehr mit Emma gesprochen, seit sie ihm Telefonsex vorgeschlagen hatte; er hatte sich nicht getraut anzurufen, weil er ihren Vorschlag insgeheim nicht gänzlich verwerfen wollte. Trotzdem würde er jetzt mit ihr sprechen und ihr erzählen müssen, dass Frankie womöglich nach England zurückgehen musste, denn so, wie sie sich hier verhielt, konnte sie unmöglich bleiben. Verdammt! Er hätte sich ohrfeigen können. Es war alles so gut gegangen – und er wollte die Verantwortung auch nicht einfach auf Emma abwälzen. Aber was blieb ihm übrig?

Er schaffte es nicht mehr, Emma anzurufen, ehe Angelica auch schon im Speisesaal erschien.

»Weißt du vielleicht, warum Frankie plötzlich so übel gelaunt ist?«, fragte er sie.

»Nein, keine Ahnung. Ich bin genauso verwundert wie du.«

»Sie scheint aus irgendeinem Grund auf dich sauer zu sein.«

»Habe ich gemerkt, aber ich wüsste nicht, warum. Das kam von einem Moment auf den anderen – nach der Mittagsschicht, nach der gestrigen Mittags ...« Sie verstummte und schien über etwas nachzudenken. Dann schüttelte sie den Kopf. »Nein, ich verstehe es wirklich nicht.«

»Ich muss mit Emma sprechen. Schlimmstenfalls kann Frankie nicht bleiben. Ich bin dann mal oben und telefoniere.«

Emma klang fast schadenfroh, als sie hörte, wie schlecht Frankie sich gegenüber Angelica benahm.

»Du weißt doch, wie feinfühlig sie ist«, sagte sie. »Es fällt mir sehr schwer zu glauben, dass sie sich ohne Grund so verhält.«

»Genau so hat sie sich dir gegenüber jahrelang verhalten.«

»Und zwar nicht ohne Grund – sie hatte recht mit allem, was sie gesagt hat: Das Flanagans war meine oberste Priorität. Nur dass ich es mehr lieben würde als sie – darin hat sie sich getäuscht. Das war ihre Schlussfolgerung, aber du weißt selbst, dass sie mein Ein und Alles ist.«

»Ich weiß, dass du sie liebst. Aber jetzt ist ihr früherer Missmut wieder da. Und im schlimmsten Fall …«

» … musst du sie heimschicken. Das verstehe ich, und ich habe nichts dagegen, dass sie wieder herkommt, solange sie keine Drogen mehr nimmt.«

»Dafür gibt's aber keine Garantie. Auch wenn hier nicht das Geringste darauf hindeutet. Was das angeht, ist sie ein offenes Buch. Aber könnte die schlechte Laune vielleicht vom Entzug herrühren? Was weiß denn ich? Was Drogen betrifft, bin ich komplett unbeleckt.«

»Könntest du sie dazu bringen, mich anzurufen? Ich weiß ja nicht, womit du ihr drohen musst, damit das passiert …«

Er lachte. »Mit deinem Besuch.«

»Hm«, sagte sie. »Das würde auch dich in Verlegenheit bringen, nicht wahr?«

Er seufzte. »Gelinde gesagt ja.«

Ihr Lachen am anderen Ende der Leitung klang perlend, und aus seiner Herzgegend breitete sich Wärme in seinem ganzen Leib aus. »Hol dich der Teufel, Emma Nolan«, sagte er leise. »Hol dich doch der Teufel.«

Nachdem sie aufgelegt hatten, konnte er nicht sofort aufstehen, obwohl er genau wusste, dass er im Restaurant gebraucht wurde. Dass er wieder Kontakt mit Emma hatte, und das auf diese Weise, tat ihm nicht gut – von seiner Beziehung zu Angelica ganz zu schweigen. Die Arme hielt so große Stücke auf ihn. Sobald seine Gedanken zu Emma wanderten, schämte er sich, was zur Folge hatte, dass er für den Rest des Tages den Schwanz einzog. Gut zwanzig Jahre

Ehe – in der sie beide zuletzt nicht mehr glücklich gewesen waren –, und trotzdem brachte sie sein Blut in Wallung ... Er hatte sich alle Mühe gegeben, das Gleiche für Angelica zu empfinden, weil sie einen Mann verdiente, der sie – und nur sie – liebte. Stattdessen hatte er Erektionsstörungen entwickelt, die ihm erst peinlich gewesen waren und zuletzt wütend gemacht hatten, als Angelica nur umso liebenswerter und rücksichtsvoller gewesen war – als wäre sie der Grund für sein Problem. Und jetzt, du Dussel?, dachte er. Wenn du weiter mit deiner neuen Partnerin eine gute Beziehung führen willst, musst du Emma endlich vergessen. Allein die Vorstellung tat weh. Er schlug die Hände vors Gesicht.

Als er Emma Anfang des Jahres verlassen hatte, war es ihm kein bisschen schwergefallen. Ihr Liebesleben war eingeschlafen, und meist war sie in Gedanken weit weg gewesen und hatte ihn bei jedem Versuch der Annäherung von sich weggestoßen. Wann immer sie in einer solchen Laune gewesen war, hatte er überhaupt nicht mehr in ihrer Nähe sein wollen.

Wenn sie aber so war wie jüngst, war es anders. Verschmust, aufreizend, sexy ... Aber das war immer nur vorübergehend. So war es ja immer. Im Augenblick wurmte es sie, dass er mit einer anderen zusammen war, aber was, wenn er das nicht wäre? Wäre sie dann immer noch genauso anziehend?

Bei seinem nächsten London-Aufenthalt würde er sie nicht mehr treffen, so einfach war das. Angestrengt stemmte er sich hoch. Das Restaurant und Angelica warteten schon.

42

Es war großartig gewesen, wieder zu Hause in London zu sein, aber es war auch schön, wieder nach Uppsala zurückzukehren. Hier konnte Billie durchatmen und musste sich keine Sorgen darum machen, was zwischen ihren Eltern vor sich ging. Sie hatte am Morgen noch mit Mama gesprochen und war seither halbwegs beruhigt.

Billie dachte ernsthaft darüber nach, sich an der Schauspielschule zu bewerben, aber das würde sie zu Hause niemandem erzählen. Die Chance auf einen Studienplatz war ohnehin verschwindend gering.

Karl-Johan hingegen war Feuer und Flamme. »Ich helfe dir! Du kannst dich sowieso erst wieder im Herbst bewerben, und vorgesprochen wird dann im darauffolgenden Frühjahr«, erklärte er, als das Gespräch nach einer heißen Nacht in seinem Bett wieder auf das Thema kam. »Darauf muss man sich ordentlich vorbereiten, meine Süße, aber du hast irre Talent … in jeglicher Hinsicht.« Er legte sich auf sie, nahm ihr Gesicht in beide Hände und bedachte sie mit seinem warmen Lächeln. »Wunderschöne, wunderbare Billie – bei deiner Premiere im Dramaten sitze ich in der ersten Reihe!«

Wie konnte sich das, was noch vor wenigen Monaten so einschüchternd gewesen war, jetzt so normal anfühlen? Sobald sie eine Bühne betrat, hatte sie das Gefühl heimzukommen und in bequeme Klamotten zu schlüpfen.

Bis zur Premiere von *Nora oder ein Puppenheim* war es nicht mehr lang hin. Sie sehnte den Tag ebenso sehr herbei, wie sie die Proben genoss. Als Ensemble wurden sie im Ganzen stündlich besser, und Billie liebte es, sich selbst besser kennenzulernen, indem sie immer tiefer in ihre Rolle eintauchte. Es war einfach fabelhaft.

»Du bist so verdammt gut – *natürlich* gehst du an die Schauspielschule!«, sagte Annika, die – sofern das überhaupt möglich war – Billie noch nachdrücklicher unterstützte als Karl-Johan. »Deinen Mut hätte ich gern – und ich fasse es nicht, wie du mal dieses zurückhaltende Mädchen sein konntest, das sich nicht ansatzweise vorstellen konnte, sich einer Theatergruppe anzuschließen.«

»Stimmt, komisch, oder?«

Wenn sie ihre Seminare an der Uni besuchte, konnte sie sich kaum noch konzentrieren. Finanzgefüge und unterschiedliche Lesarten von Bilanzen interessierten sie schlichtweg nicht mehr. Stattdessen hatte Billie Tagträume von großen Premieren, schwer interpretierbaren Theaterstücken und anspruchsvollen Rollen.

Nur wie sollte sie es an die Schauspielschule schaffen? Die Latte lag höher als bei einem Studienplatz für Medizin. Natürlich konnte sie einfach weiter nebenbei Amateurtheater spielen, ihr Wirtschaftsstudium abschließen und sich einen Job suchen, aber sie ahnte bereits jetzt, wie unglücklich sie dieser Job machen würde. Sie *musste* es schaffen, sie *musste* einfach!

»Nur schade für mich«, fuhr Annika fort, »ich fühle mich in deiner Gesellschaft nämlich sehr wohl.«

»Und ich mich in deiner, das weißt du. Egal was passiert – wir bleiben Freundinnen, versprochen?«

Annika war die beste Freundin, die Billie jemals gehabt hatte. Selbst Großmutter hatte sie gemocht, und das wollte etwas heißen.

»Ich denke darüber nach, das Angebot deiner Mutter anzunehmen und den Sommer über im Flanagans zu jobben.«

»Wirklich? Mensch, das wäre ja cool! Du kannst gleich alles mit ihr besprechen, wenn sie zu Besuch kommt.«

»Du bist doch auch den Sommer über dort?«

»Na klar. Ich weiß nur noch nicht, was ich mit Karl-Johan mache …«

»Wie sehr bist du denn in ihn verliebt – auf einer Skala von eins bis hundert?«

Billie runzelte die Stirn. Sie war schwer verliebt, aber hundert klang schon sehr hoch gegriffen. »Neunundsechzig«, sagte sie schließlich, weil ihr wieder eingefallen war, womit sie sich zuletzt vergnügt hatten.

»Was? Ich dachte, er sei der Mann deines Lebens?«

»Derzeit schon. Er ist wunderbar, sowohl im Theater als auch zu Hause«, lächelte sie.

Annika würde am Abend mit Kommilitonen ausgehen, und Karl-Johan musste bei der Arbeit aushelfen, sodass Billie ausnahmsweise ein einsamer Abend bevorstand. Was ihr nur recht war. Sie würde sich sämtliche Unterlagen durchlesen, die sie sich hatte kommen lassen, und dann überlegen, wie sie sich am besten auf ein Vorsprechen an der Schauspielschule vorbereiten würde.

Hatte sie diese Neigung schon immer gehabt? Aus ihrer Familie war, soweit sie wusste, niemand je daran interessiert gewesen, auf der Bühne zu stehen, und doch war die Schauspielerei das Einzige, was sie sich derzeit vorstellen konnte. In ihr passierte etwas Unbeschreibliches, wenn sie probte, und sie hatte Annika erzählt, es sei, als würde sie in eine andere, geborgenere Dimension eintauchen. Bei der Erklärung hatte Annika lachen müssen, aber das lag bloß daran, dass sie das Theater nicht so empfand wie Billie. Für Annika war es lediglich ein Zeitvertreib. Für Billie wurde es langsam etwas völlig anderes: Sie ahnte, dass sie fast alles dafür geben würde, nur um auf einer Bühne zu stehen und eine Geschichte zu erzählen.

43

Elinor und Sebastian würden sich heute erstmals wiedersehen, seit er ausgezogen war, und sie war so nervös, dass sie ihren Tee über den Frühstückstisch kippte.

Sie war allein zu Hause. Solange nur Elinor da war, gab es für Magda nicht mehr so viel zu tun, sodass sie sie in einen wohlverdienten bezahlten Urlaub geschickt hatte. So eine Haushälterin war einfach Gold wert, und Elinor war es wichtig, dass Magda sich wertgeschätzt fühlte.

Sie wünschte sich von ganzem Herzen, dass Sebastian wieder zu Hause einzog. Sie hatten eine so wunderbare Zeit zusammen gehabt, ehe sie schwanger geworden war; sie konnte gar nicht glauben, dass er diese Zeit nicht ebenfalls wiedererstehen lassen wollte. Schließlich waren sie inzwischen auf eine ganz neue Art frei und konnten viel mehr unternehmen, solange Billie in Schweden studierte. Emma und Elinor hatten immer Hand in Hand gearbeitet, und wenn sie es nur hinreichend gut planten, könnten sie das Flanagans phasenweise – wenn auch nie zeitgleich – verlassen. Wenn Sebastian nüchtern bliebe und weiter so hinreißend wäre wie in Italien, würde sich Elinor auf ihre Zweisamkeit freuen.

Es dauerte eine Weile, ehe sie sich für ein Outfit entschieden hatte. Sie wollte für ihren Mann schick aussehen, aber nicht zu streng, und zu guter Letzt suchte sie sich ein hübsch gestreiftes, knielanges Hang-Ten-Jerseykleid heraus und band sich ein Stoffband in die Haare, damit sie ihr nicht ins Gesicht fielen. In den Siebzigern hatte es eine Zeit gegeben, da sie zugelassen hatte, dass ihr Haar sich lockte, doch inzwischen glättete sie es wieder. Zur Arbeit steckte sie es sich am liebsten hoch, während sie es zu Hause gern offen trug. Vor dem Schlafzimmerfenster, wo das Licht am besten war, schminkte sie sich: Mascara, ein bisschen Rouge und Lippenstift, das sollte reichen. Sebastian würde ihre Bemühungen womöglich nicht mal bemerken.

Tags zuvor hatte Billie in Uppsala am Telefon gefragt, ob er mit nach Schweden kommen würde, doch Elinor war der Frage ausgewichen.

»Was ist eigentlich zwischen euch los?« Billie hatte besorgt geklungen. »Als ich bei euch war, war nicht zu übersehen, dass irgendetwas nicht stimmte.«

»Mach dir keine Gedanken, du musst dich doch selbst um so vieles kümmern … Wir sind gerade ein bisschen nörgelig, aber das geht vorbei.«

»Ihr habt es immer noch nicht geklärt?«

»Noch nicht ganz, aber fast. Wie gesagt, konzentrier du dich auf dein Studium, und Papa und ich legen unsere Problemchen bei.«

Hoffentlich klappt das auch, dachte Elinor.

Die Türklingel schrillte durchs ganze Haus, und Elinor lief die Treppe hinunter, um aufzumachen. Warum nahm er denn nicht seinen Schlüssel?

Vor der Tür stand ihre Schwiegermutter. Elinor sah sie kurz verdattert an, ehe sie die Tür öffnete und die alte Dame hereinbat. Am Bürgersteig parkte ihr Wagen, und der Chauffeur stand stramm davor.

»Darf ich dir …?« Weiter kam Elinor nicht.

»Ich habe nicht vor, irgendwas abzulegen. Aber eine Tasse Tee würde ich nehmen.«

Dass Laura Lansing sich bei ihnen blicken ließ, verwirrte Elinor; sollte sie ihre Schwiegermutter nicht vor die Tür setzen? Nach den Demütigungen all der vergangenen Jahre wäre das mehr als gerecht. Doch Billie mochte ihre Großmutter, und im Hinblick darauf war es vielleicht besser, sich zivilisiert zu verhalten.

»Bitte schön!« Elinor wies ihr den Weg. »Ich hoffe, es ist in Ordnung, wenn wir uns in die Küche setzen. Sebastian kommt auch jeden Moment.«

»Nein, er kommt nicht. Wo soll ich mich hinsetzen?«

Elinor sah ihre Schwiegermutter an. »Er kommt nicht?«

»Nein.« Sie sah sich in der Küche um. »Dann setze ich mich hierher«, sagte sie und ließ sich, ohne zu fragen, auf Billies Platz nieder.

Elinor setzte Teewasser auf und stellte Tassen bereit. »Möchtest du auch etwas essen? Scones?«

»Nein danke. Tee mit Zitrone.«

Was genau wusste Laura von Sebastian, wovon Elinor keine Ahnung hatte?

»Jetzt sag schon, warum kommt Sebastian nicht nach Hause?«, fragte sie, als das Teewasser gekocht hatte.

»Er ist beim Arzt unserer Familie und lässt sich untersuchen.«

»Was? Weswegen? Was ist passiert?« Elinors Stimme war schrill geworden. Ihre Schwiegermutter wäre nie ohne einen guten Grund hergekommen. War Sebastian etwas zugestoßen?

»Schhh, beruhige dich. Wo bleibt mein Tee?«

Sobald Elinor ihn ihr vorgesetzt hatte, fing sie Lauras Blick auf. »Also?«

»Sebastian ging es nicht gut. Also habe ich ihn zum Arzt geschickt.«

»Aber warum ging es ihm denn nicht gut?«

»Wenn ich das gewusst hätte, hätte ich die Diagnose selbst gestellt.« Sie sah Elinor an, als wäre die unterbelichtet.

»Dann ist er also aus nicht näher geklärten Gründen beim Arzt eurer Familie und sagt mir nicht Bescheid, sondern schickt seine Mutter? Nein, Laura, das glaube ich dir nicht.«

»Er kam mit Bauchschmerzen zu mir, stank, als hätte er eine ganze Flasche Wodka in sich reingekippt, und mein Chauffeur hat ihn zu Doktor Lieberman gefahren. Mehr weiß ich nicht. Er bat mich noch, dir Bescheid zu geben, und jetzt bin ich hier.« Sie nahm einen Schluck Tee und nickte anerkennend. »Gut.«

»Du hättest anrufen können«, wandte Elinor ein. Sie stand auf und trat an die Spüle. Vor Enttäuschung fühlte sie sich am ganzen Leib niedergedrückt. Doch war es wirklich verwunderlich, dass Sebastian wieder zum Alkohol gegriffen hatte?

Nein, eigentlich nicht, dämmerte ihr. Während ihrer gemeinsamen Reise hatten sie die letzte Gelegenheit gehabt, ihre Ehe zu retten, doch anscheinend war ihre Liebe nicht mehr hinreichend stark gewesen, um das, was später gekommen war, zu überleben.

»Ich hätte anrufen können, aber ich war ohnehin in der Gegend. Hättest du etwas dagegen, wenn ich mich ein bisschen umsehe?«

Elinor winkte ab. »Nur zu.«

Verwirrt sah sie zu, wie Laura ihre Teetasse in die Spüle stellte. Ein Wunder eigentlich, dass ihre Schwiegermutter überhaupt wusste, was eine Küche war. Sebastian hatte nie auch nur einen Bissen gegessen, den sie gekocht hatte – als er noch klein gewesen war, hatte man die Mahlzeiten stets im Esszimmer zu sich genommen.

Elinor ging hinter Laura her ins Wohnzimmer.

»Ach, wie gemütlich. Wenn man den Stil mag. Für meinen Geschmack ein wenig zu modern, aber nun habe ich von neueren Dingen auch keine Ahnung.«

Elinor lächelte gekünstelt. Will Laura jetzt das ganze Haus besichtigen?, fragte sie sich, während Laura das Esszimmer mit einem zufriedenen Nicken quittierte. In Elinors Arbeitszimmer steckte sie nur kurz uninteressiert den Kopf, ebenso ins Bad, das so aussah, seit sie hier eingezogen waren, und das sie schon seit zehn Jahren renovieren wollten.

Laura zeigte zur Treppe.

»Bitte«, sagte Elinor, weil sie das Gefühl hatte, schlecht Nein sagen zu können. Oben befanden sich weitere drei Zimmer, und die wären schnell erledigt. Hoffentlich.

»Ich komme auch alleine klar. Wenn du … spülen willst«, sagte die Schwiegermutter und nahm die ersten Stufen.

Elinor lächelte weiter steif. »Das kann ich später machen. Ich komme gern mit.«

Das Schlafzimmer bedachte sie mit einem flüchtigen Blick, doch in Sebastians Arbeitszimmer steuerte sie sofort auf den Safe zu.

»Was soll das? Hör sofort auf!«, sagte Elinor, als Laura anfing, am Schloss zu drehen, als wüsste sie genau, wie der Code lautete. »Das sind Sebastians Sachen – damit hast du nichts zu tun.«

»Oh doch. Hier liegen die Unterlagen, die beweisen, dass dieses Haus mir gehört. Ich habe es gekauft, Sebastian hat zwar ein Wohnrecht, aber er ist nicht der Eigentümer, und wenn ihr euch scheiden lasst – was laut meinem Sohn ziemlich schnell gehen könnte –, muss ich dir beweisen können, wer hier wegziehen muss. Und das ist *nicht* Sebastian.«

Schockiert sah Elinor Laura an. Dieses Haus war Sebastians und ihr Eigenheim. War es wirklich wahr, dass es ihm nicht gehörte?

»Dann muss er es dir wohl abkaufen«, sagte sie, sobald sie die Fassung wiedererlangt hatte. »Über eine Scheidung haben wir noch gar nicht gesprochen, sei insofern bitte so nett und verlasse sofort unser Haus. Ich fasse es nicht, wie ich so dumm sein konnte, dich hereinzulassen. Raus hier, augenblicklich, bevor ich die Polizei rufe!«

Laura versuchte es ein letztes Mal mit dem Code – vergebens.

»Tja, da liegen die Papiere drin … und wer dieses Haus verlassen wird, das bist du. Und mein Sohn hat mir bestätigt, dass ihr euch scheiden lasst. Dazu fällt mir nur eins ein: Es wurde auch Zeit!«

44

Dr. Andreas Lieberman sah Sebastian ernst an. »Eine akute Bauchspeicheldrüsenentzündung«, sagte er in gebrochenem Englisch. Kopfschüttelnd nahm er die Brille ab. »Ich glaube, es ist an der Zeit, dass wir beide uns ernsthaft unterhalten.« Er faltete die Hände vor sich auf dem Schreibtisch.

Sebastian schluckte. Es war der Alkohol, dem er diese Unannehmlichkeiten zu verdanken hatte. Und er war ja nicht dumm – er wusste, dass er in der Tinte saß. Es war nicht das erste Mal, dass er ein solches Gespräch mit dem Arzt führen musste.

»Ich weiß, ich muss aufhören zu trinken.«

»Ja, musst du. Und zwar auf der Stelle. Mit dem Tabak und dem Alkohol hast du deinen Körper zugrunde gerichtet, und wenn du deinen sechzigsten Geburtstag erleben willst, dann musst du jetzt aufhören. Sofort. Ich kann dir Therapeuten empfehlen, wenn du diesbezüglich Hilfe benötigst, um dich von den Nervengiften fernzuhalten – entscheide selbst. Aber ich sage es noch mal: Du bist in die verkehrte Richtung unterwegs, Sebastian. Wenn du ...«

»… sechzig werden willst– ja, ich hab's verstanden, Andy.«

Er war verkatert, hatte Morphin in den Adern und brachte kaum ein klares Wort heraus. Am liebsten hätte er sich eine kühle Decke über den Kopf gezogen und die kommenden vierundzwanzig Stunden durchgeschlafen. Nur gut, dass er bei seiner Mutter und nicht in der Stadt zusammengeklappt war – das wäre heikel gewesen. Der geschätzte Andy, ihr Familienarzt, hatte sie immer gut im Auge gehabt, daher war ihm auch so schnell geholfen worden.

Scheiße! Elinor tobte sicherlich vor Wut, weil er nicht aufgetaucht war. Darum würde er sich tags darauf kümmern, jetzt wollte er nur noch in seine Mietwohnung fahren und schlafen.

Er wechselte einen Blick mit dem Arzt. »Ich kümmere mich … Danke, dass du mir helfen willst.«

»Deine Frau hat übrigens angerufen. Wenn ich du wäre, würde ich die Karten auf den Tisch legen und ihr alles erzählen. Es macht die Dinge leichter, wenn die Familie Bescheid weiß über gewisse Probleme.«

»Danke, ich rede morgen mit ihr.«

Morgen, schoss es ihm durch den Kopf. Darum kümmere ich mich morgen.

Trotz der warmen Frühsommertemperaturen war es im Innern des Hauses eiskalt. Elinor sah Sebastian an, als hätte er ihr etwas angetan, dabei war sie es doch, die ihm solche Qualen bereitet hatte, dass er versucht hatte, sie mittels Alkohol zu kurieren.

»Ich verlange von dir, dass du deiner Mutter verbietest, hier jemals wieder einen Fuß hereinzusetzen.«

»Meiner Mutter? War sie hier?«

»Sie war hier, hat versucht, deinen Safe zu öffnen, und mir mitgeteilt, dass ich mitnichten Miteigentümerin dieses Hauses bin. Es gehört ihr.«

»Mag sein, aber sie hat uns doch immer hier wohnen lassen.«

»Ich habe es immer als unseres angesehen«, wandte Elinor ein.

»Ja, es ist unser Familienheim.«

»Klär das mit deiner Mutter. Weil sie nämlich vorhat, mich vor die Tür zu setzen, das hat sie mir gestern unmissverständlich gesagt.«

»Vor die Tür ... Warum denn das?«

»Weil du ihr anscheinend erzählt hast, dass unsere Ehe am Ende ist. Wie konntest du ihr das erzählen? Du weißt doch, wie sehr sie mich hasst!«

»Sie hasst dich nicht, sie hat bloß ... Schwierigkeiten mit gewissen Dingen. Aber Hass wäre zu viel gesagt.«

»Schaff dieses Weib aus meinem Leben, Sebastian. Und löse das Problem mit diesem Haus. Die Hälfte gehört mir.«

»Vielleicht fangen wir damit an, dass es mir auch auf dem Papier übertragen wird. Dann sehen wir weiter.«

»Was sehen wir weiter, Sebastian? Ob du vorhast, mir gegenüber großzügig zu sein? Herr im Himmel, ich bin die Mutter deiner Tochter!«

»Die mir noch einen Sohn hätte schenken können.«

»Der einen Säufer zum Vater gehabt hätte!«

Genau damit hatte er gerechnet: dass alles seine Schuld war. Die Schuld des Alkohols. Die Schuld seiner Familie. Die Schuld jedes anderen – nur nicht die Schuld von Elinor. Er hatte nie jemanden kennengelernt, der eine größere Angst davor gehabt hatte, nicht hundertprozentig perfekt zu sein.

»Was hat der Arzt gesagt?«, erkundigte sie sich.

»Dass ich aufhören muss zu trinken, aber das weißt du ja schon.«

»Ja, dafür hätte ich nicht die Diagnose eines Mediziners gebraucht«, sagte sie. »Aber aus dem Grund warst du wohl nicht dort?«

»Nein. Ich bin bei Mutter vor Schmerzen zusammengebrochen, und sie hat sich darum gekümmert, dass ich von Dr. Lieberman versorgt werde. Entzündete Bauchspeicheldrüse. Teufel, was das für Schmerzen waren!«

»Vom Alkohol?«

Er nickte. »Und bevor du fragst: Ja, ich habe vor, wieder damit aufzuhören.«

»Gut.«

»Wir müssen uns über uns unterhalten«, sagte er dumpf.

Sofern es ein Wir überhaupt noch gab. Als er sie ansah, wirkte sie wie eine Fremde. Steif, distanziert, ungeschminkt und wütend. Und natürlich konnte er sie verstehen. Seine Mutter war eine Klasse für sich – und er bedauerte es zutiefst, dass er sich bei ihr ausgeheult hatte. Dass Elinor abgetrieben hatte, hatte Laura fantastisch gefunden – es gebe schon genug von dieser Hautfarbe, hatte sie gesagt.

Und natürlich hatte sie ihre Chance gewittert, ihrer Schwiegertochter eins auszuwischen und ihr mit der

Zwangsräumung zu drohen. Ein gerissener Schachzug, wenn man besonders fies sein wollte, weil Elinor ihr Heim bekanntermaßen mit Liebe eingerichtet hatte. Alles in diesen vier Wänden trug ihre geschmackssichere Handschrift. Alles hatte sie handverlesen: Die Möbel, die Teppiche, die Gardinen und was immer sich in der Küche befand – all das hatte sie ausgewählt. Das Einzige, worum sich Sebastian selbst gekümmert hatte, war sein Arbeitszimmer, und dort hatte er ein orangefarbenes Sofa stehen …

»Du hast gesagt, du willst dich scheiden lassen, Sebastian. Dieses Wort habe ich nie in den Mund genommen. Dann liegt es jetzt wohl an dir, nehme ich an.«

»Was – zu entscheiden, ob es vorbei ist?«

»Ja.«

»Glaubst du denn, dass unsere Ehe noch zu retten wäre?«

»Ja, das glaube ich. Noch im Frühjahr ging es uns so gut, und es fühlte sich an, als hätten wir zueinander zurückgefunden. Aber wir müssen es beide wollen.«

»Ich kann den Gedanken an die Abtreibung nicht ertragen.«

»Und du glaubst nicht, dass mit der Zeit …«

Er schüttelte den Kopf. »Fühlt sich nicht danach an.«

»Steht dein Entschluss fest, dass du dich scheiden lassen willst? Ist das der Grund, warum wir uns treffen sollten? Ich dachte, wir würden reden, und nicht, dass du mich vor vollendete Tatsachen stellen würdest.«

Er hätte nicht sagen können, ob sie wütend oder traurig war. Sie weinte, aber es mochten genauso gut Tränen der Wut sein.

»Dann verstehst du jetzt vielleicht, wie ich mich gefühlt habe, als *du mich* vor vollendete Tatsachen gestellt hast.«

»Ich habe immer gewusst, wie du dich gefühlt hast. Aber du hast dich nie in *mich* hineinversetzen wollen.«

»Bist du jetzt wütend oder traurig?«, fragte er, als ihr weiter die Tränen übers Gesicht liefen.

»Beides. Ich bin zutiefst traurig, weil ich mit einem Mann verheiratet bin, der mir nicht zur Seite steht – und aus demselben Grund bin ich wütend. Du hast mir den Rücken gekehrt, als ich dich gebraucht hätte. Und das nicht zum ersten Mal. Seit Jahren betrügst du mich mit anderen, säufst bis zur Besinnungslosigkeit und sagst Dinge, die ich tags darauf nicht mal wiederholen mag, du gehst bei deiner Mutter, die mich nicht akzeptiert, tratschen und hast mir vorgegaukelt, dass dies hier das Heim unserer Familie wäre. Du hast mir das Herz gebrochen, Sebastian.«

»Und du mir. Ich habe mich so sehr nach Nähe und Zärtlichkeit gesehnt, nach Sex und Zweisamkeit, aber du hast das Flanagans immer über alles andere gestellt. Nichts durfte deine perfekte Welt stören, erst recht kein Mann, der seine Frau gebraucht hätte. Ich glaube fast, dass du mich als schwach, jämmerlich und erbärmlich ansiehst – und weißt du was? Mit der Zeit hab ich es selbst geglaubt und mir die Rolle angeeignet. Aber ich will so nicht länger sein. Ich bin ganz deiner Meinung: In der Toskana hatten wir ein gutes Miteinander gefunden. Es war wunderbar, einander auf diese Weise neu zu begegnen. Aber dann hast du beschlossen, nicht mit mir über die Abtreibung zu sprechen. Ich verstehe, dass ich dabei nichts zu melden habe. Aber wir hätten doch zumindest reden können?«

Er holte tief Luft und versuchte, den Kloß im Hals hinunterzuschlucken. Wenn er jetzt selbst anfinge zu weinen, würde sie bestimmt sagen, dass er wieder nur selbstmitleidig sei. Aber wäre das denn so schlimm? Empfand sie denn nie Selbstmitleid? Offenbar nicht. Seine perfekte Ehefrau hatte nur perfekte Gefühle. Nie zu viele, nie zu wenige. Stets kontrolliert und beherrscht, als könnte sie gar nicht die Fassung verlieren, wie er es ein ums andere Mal tat.

Was immer sie über ihn sagte, stimmte tatsächlich. Er hatte es nie abgestritten, weder die Seitensprünge noch die Dummheiten, die er im Vollsuff angestellt hatte. Er war alles andere als ein Musterknabe gewesen. Und es hätte sich für ihn fast schön angefühlt, wenn sie nur ein einziges Mal die Zügel hätte schleifen lassen.

»Wo stehen wir also, Sebastian?«, fragte sie leise. »Ist unsere Ehe am Ende?«

45

Emma freute sich auf Lindas Besuch. Sie hatte sich persönlich darum gekümmert, dass die Suite ordentlich hergerichtet war, dass Lindas Lieblingsschokolade bereitlag und gelbe Rosen Schlafzimmer und Bad erleuchteten. Gelbe Rosen waren die Lieblingsblumen von Papa Lansing gewesen, und Emma wusste, dass Linda sie im Flanagans nur zu gern sah. Zu ihren Ehren hatten sie diese Woche sogar den Speisesaal und den Salon mit gelben Rosen dekoriert.

Diejenigen vom Personal, die Lindas aktive Zeit noch miterlebt hatten, waren ebenso aufgeregt wie Emma: Linda war als Chefin enorm beliebt gewesen, was es später nicht einfach gemacht hatte, die Leitung zu übernehmen.

Auch wenn Emma und Elinor diejenigen mit dem größten Ehrgeiz gewesen waren und am härtesten von allen Angestellten gerackert hatten, hatten viele der treuen Bediensteten es als zu viel des Guten empfunden, als Linda den beiden die Leitung übertragen hatte. Doch es hatte nun mal niemand sonst so viel für diese Arbeit geopfert. Die beiden Freundinnen hatten sich aus der warmen Küche im Untergeschoss in die Salons hochgearbeitet und von dort weiter in die Direktion, und sie hatten sich alle Wertschätzung hart erarbeitet, ganz gleich was die anderen darüber sagten.

Linda hatte sich jedenfalls keinen Deut dafür interessiert. »Ihr hättet sehen sollen, was hier los war, als ich das Hotel von Papa übernommen habe«, hatte sie lachend erzählt. »Meine Cousins und zig Angestellte fanden das schlicht empörend. Sie hatten erst meinen Vater verehrt und dann Laurence gefürchtet – und als ich als Einundzwanzigjährige einstieg, war ich ein unbeschriebenes Blatt, das von Tuten und Blasen keine Ahnung hatte. Es hat Jahre gedauert, bis ich ihnen bewiesen hatte, dass ich eine gute Chefin sein konnte.«

Tags darauf wollten Linda, Lady Mary, Elinor und Emma sich zusammensetzen und »konferieren«, wie sie es nannten. Der Papierkram wäre schnell erledigt, genau wie allgemeine Fragen zum Hotel. Sie waren bestens vorbereitet, und Linda wäre garantiert hochzufrieden. Wenn sie die Planung des Umbaus des Frühstücksraums zum Nachtklub abgehakt hätten, würden sie sich dem Klatsch und Tratsch und den Erinnerungen an alte Zeiten widmen können. Sie würden im Salon Tee trinken, im Speisesaal zu Abend essen und am darauffolgenden Morgen unter den geliebten Kristallleuchtern von Lindas Vater ein ausgiebiges Frühstück genießen.

Elinor sah alles andere als ausgeruht aus, als sie um kurz nach acht eintraf.

Emma befüllte einen großen Becher mit Kaffee und Milch und setzte ihn ihr vor. »Hier. Trink den«, sagte sie.

»Gibt's irgendwas zu essen?«, fragte Elinor. »Ich hab heute nicht gefrühstückt.«

Emma stand auf. »Soll ich dir etwas bestellen? Eier mit Speck?«

Elinor schnaubte. »Pfui. Nein, gibt's keine Kekse oder so was in der Art?«

»Natürlich.« Emma zog ihre Schreibtischschublade auf und warf eine ungeöffnete Schachtel Hobnobs über den Tisch.

Elinor riss die Schachtel auf und stopfte gleich zwei Stück in sich hinein, die sie mit einem Schluck Kaffee hinunterspülte.

»Wir lassen uns scheiden«, sagte sie dann und wischte sich mit der Hand über den Mund. Nicht zu einer Serviette zu greifen, sah ihr gar nicht ähnlich, andererseits konnte eine drohende Scheidung die komischsten Sachen bewirken. Man musste sich nur Emma selbst ansehen: Es hatte damit geendet, dass sie mit ihrem Ex ins Bett ging.

»Oh nein. Und wie geht es dir dabei?«, wollte Emma wissen.

»Gut«, antwortete Elinor und griff sich einen weiteren Keks.

Emma nahm ihr die Schachtel weg. »Gut, ja?«

»Zumindest besser als gedacht. Gib mir die Kekse zurück.«

Emma schob ihr die Schachtel wieder zu. »Warum eine Scheidung?«

»Frag meinen Mann. Vielleicht will er seine Sorgen wegsaufen, ohne dass er sich vor mir schämen muss.«

»Er trinkt wieder?«

»Ja, und zwar so geringe Mengen, dass er deshalb sogar

zum Arzt musste. Zum Leibarzt seiner Mutter«, sagte Elinor und leckte sich einen Krümel weg, der an der Lippe hängen geblieben war. »Die im Übrigen Besitzerin unseres Hauses ist.«

»Deine Schwiegermutter?«

Elinor nickte. »Höchstwahrscheinlich werde ich mir eine neue Bleibe suchen müssen.«

»Du ziehst natürlich hier ein, wir teilen die Wohnung. Es sind doch sowieso zwei Schlafzimmer.«

»Nein, ich bleibe gern in meiner kleinen Suite. Die reicht völlig aus, und wenn Billie im Sommer nach Hause kommt, darf sie bestimmt bei Sebastian wohnen bleiben, sofern seine Mutter nicht vorhat, das Haus zu verkaufen.«

»Elinor, hast du Pillen geschluckt?«

»Was? Nein. Warum fragst du?«

»Du bist nicht du selbst.«

»Ist ja auch meine erste Scheidung. Könnte der Schock sein.« Sie brach einen Keks in zwei Hälften und bot Emma eine davon an.

»Nein danke. Na, irgendwas muss es ja sein, weil du völlig verändert bist.« Emma sah Elinor aufmerksam an, die wie ein Hamster mit kleinen Bissen den Keks in sich hineinschlang.

»Sebastian hat mir gestern Abend etwas gegeben, weil ich so am Boden war. Vielleicht war in den Pillen auch etwas drin. Aber was immer das war – es hat funktioniert. Weil ich sofort aufgehört habe zu heulen und die ganze Nacht wie ein Stein geschlafen habe.«

Na klar. Emma runzelte die Stirn. Sebastian hatte ja auch

eine ganze Apotheke zu Hause. Aber Elinor war derlei Wirkstoffe nicht gewöhnt, und er hätte sie sich eher ausheulen lassen müssen, als zu versuchen, ihren Schmerz zu dämpfen. Himmel, sie stand immer noch vollkommen neben sich – und das einen Tag später! Die Frage war nur, ob sie es schaffen würde, Linda und Robert willkommen zu heißen.

»Ich fühle mich alles andere als niedergeschlagen. Müsste ich das nicht sein?«, fragte Elinor.

»Nee, aber womöglich auch nicht derart ... heiter«, antwortete Emma.

»Heiter? Ich weiß nicht. Jahrelang hat mir davor gegraut, dass er mich verlassen könnte, und jetzt spüre ich so gut wie ... nichts.«

»Hättest du dich scheiden lassen wollen?«

»Nein. Die Entscheidung hat er zu einhundert Prozent allein getroffen. Aber das heißt ja nun nicht, dass es so leichter zu schlucken wäre, als ich gedacht hatte.«

Ein ungebundener Sebastian ... Würde das für sie noch etwas bedeuten? Emma versuchte, in sich hineinzuspüren, irgendeine Regung auszumachen, aber da war nur Gleichgültigkeit.

»Und was passiert jetzt?«, fragte sie.

»Keine Ahnung. Ich nehme an, einer von uns wird ausziehen müssen, und wenn mein Haus gar nicht mein Haus ist, dann wird es wohl mich treffen.«

»Würdest du lieber dort wohnen bleiben?«

»Womöglich nicht. Das Haus ist zu groß für eine Person, die zudem nie Besuch bekommt. Und Billie wird außer vielleicht in den Ferien auch nicht mehr zu Hause wohnen. Eines schönen Tages, wenn meine Eltern alt und grau sind, will ich vielleicht, dass sie bei mir einziehen, aber zum Glück ist es noch lang nicht so weit. Bis dahin habe ich mir ja vielleicht ein eigenes Haus gekauft. Nicht in Belgravia, das könnte ich mir niemals leisten, aber etwas außerhalb der Stadt.«

Nach fünf Keksen und zwei Bechern Kaffee war sie allmählich wieder die Alte. Blass, aber nicht mehr so angestrengt wie zuvor.

»Schaffst du das Treffen mit Linda?«, wollte Emma wissen.

»Aber sicher, ich habe in der Suite Make-up und Kleidung zum Wechseln – wann kommt sie an?«

»Gegen fünf.«

Elinor warf einen Blick auf die Wanduhr. »Dann habe ich ja noch den ganzen Tag vor mir.« Und mit einem Mal war es, als hätten die Downer schlagartig ihre Wirkung verloren, und Elinor fing an zu weinen. »Ich wollte immer alles«, schluchzte sie. »So was rächt sich immer!«

»Sag das nicht. Was wäre denn nicht statthaft gewesen, was du gewollt hast?«

»All das, was ich getan habe, um dort hinzukommen, rächt sich jetzt«, sagte sie. »Und ich weiß nicht, wie ich diese Schuld sühnen soll.«

46

FRANKIE – PRIVAT, stand auf dem großen Umschlag, in den Frankie ihre Kinderzeichnungen hineingeschoben hatte.

Das Klebeband war inzwischen vertrocknet, und die Lasche öffnete sich fast wie von selbst. Sie zog die DIN-A4-großen Papierbogen heraus. Es waren nicht wenige Zeichnungen, bestimmt gut dreißig.

Als sie die Zeichnungen vor sich sah, musste Frankie ihrer Mutter beipflichten: Sie war für ihre damals elf Jahre durchaus talentiert gewesen. Da war ihr kleiner Bruder auf seinem geliebten hellblauen Fahrrad, sie selbst mit Zöpfen, Mama und Papa, die lachten ... Anscheinend hatte an dem Tag die Sonne geschienen. Frankie trug ein braun-gelb gestreiftes T-Shirt, ihre Mutter einen kurzen Karo-Rock. Frankie musste lachen, als sie Sebastians Koteletten betrachtete; 1972 waren die natürlich heftig gewesen. Sie hatte vergessen, dass er geraucht hatte, aber auf dem Bild hatte er eine Pfeife im Mund, insofern musste es wohl so gewesen sein.

Auf dem nächsten Bild standen Mama und Papa zusammen und unterhielten sich; sie selbst und Edwin befanden sich ein Stück entfernt. Dann erkannte sie, dass sie den kompletten Handlungsverlauf gezeichnet hatte. Bild um Bild brachte sie näher an das heran, was passiert war, bis sie bei der vorletzten Zeichnung angekommen war und es in ihrem Kopf zu gellen begann; war das Mamas Stimme, die sie da hörte? *»Frankie, hochgucken!«*

Die Tür ging auf, Papa stürzte herein und auf Frankie zu, die gar nicht mehr aufhören konnte zu schreien. »Frankie, was ist passiert? Schhhh, hör mir zu, Frankie. Erzähl mir, was los ist.« Er hielt sie genauso fest im Arm wie damals, als sie noch klein gewesen war.

»Ich war das«, sagte sie. »Ich hab Edwin auf dem Gewissen.« Sie schnappte nach Luft, bekam aber nichts in die Lunge.

»Ruhig atmen, Frankie, ganz ruhig atmen! Und noch mal. Ruhige Atemzüge. Ein und aus. So, so ist's besser. Ich lasse dich jetzt los, und dann können wir reden. Okay?« Behutsam entließ er sie aus seiner festen Umarmung und zeigte dann aufs Bett. »Setzen wir uns doch. Kriegst du wieder Luft?«

Sie nickte. »Ich war das«, wiederholte sie.

»Nein, warst du nicht. Es war ein Unfall.«

»Mama hat es gesehen.«

»Mama hat auch gesehen, dass es ein Unfall war.«

»Sie hätte mich aufhalten können.«

»Sie hat es nicht mehr geschafft, Frankie, es ging einfach zu schnell. Edwin ist in dich reingefahren, vom Fahrrad gestürzt und kam nicht mehr rechtzeitig hoch, als dieses Auto auch schon viel zu schnell … und … Es ist nicht deine Schuld.«

»Ich hätte Platz machen müssen, dann wäre er nicht gestürzt.«

»Das hättest du doch gar nicht mehr schaffen können.«

»Edwin ist tot …«

»Ja, er ist tot.«

»Edwin ist tot«, wiederholte sie. »Papa, Edwin ist tot!«

»Ja, mein Herz. Edwin ist tot.«

Mit dem Arm um ihre Schultern wiegte er sie sanft hin und her, während die Trauer ihren ganzen Körper flutete. Abwechselnd heulte sie laut auf und vergoss bittere Tränen. Die Trauer war kohlrabenschwarz. Unmöglich, diesem Schmerz zu entkommen. Ihr kleiner Bruder war tot, und sie konnte nichts dagegen ausrichten.

»Warum habt ihr nie mit mir gesprochen?«, flüsterte sie schließlich.

»Du wolltest nicht mehr mit uns reden. Deine Mutter hat es immer wieder versucht, aber du wolltest nicht.«

»Hat sie mich deshalb in die Therapie gesteckt?«

»Ja, sie hoffte, es wäre vielleicht leichter für dich, mit einem Außenstehenden zu sprechen.«

»Ich hab das immer für einen Verrat gehalten«, schniefte Frankie. »Dass sie die Sorge um mich einfach jemand anderem überlassen hat.«

»Ganz so war das nun nicht«, sagte Alexander. »Sie glaubte bloß, dass du mit jemandem reden müsstest. Wir waren ja selbst in tiefer Trauer und dir sicher nicht die besten Eltern.«

»Ich wollte immer, dass es Mamas Schuld gewesen wäre. Ich weiß noch, dass du sie beschuldigt hast und dass sich das gut anfühlte.«

»Das hast du gehört?«

Sie nickte.

»Ich habe das sofort zurückgenommen, Frankie. Das habe ich nur rausgebrüllt, weil ich so unendlich traurig war. Aber es stimmte nicht, Edwin hatte einen schrecklichen Unfall, und keiner von uns hätte ihn verhindern können. Manchmal passieren derlei schlimme Unfälle nun mal.«

»Es war nicht meine Schuld?«

»Es war *nicht* deine Schuld.«

»Und auch nicht Mamas Schuld?«

»Auch nicht Mamas Schuld.«

»Darf Mama herkommen und uns besuchen?«

Er dachte kurz darüber nach. »Klar darf sie kommen. Aber ich glaube, sie würde sich in einem Hotel wohler fühlen als bei uns.« Er lächelte zaghaft und zerzauste ihr das Haar.

»Dann rufe ich sie an.«

»Mach das, mein Schatz.« Er nahm sie fest in den Arm. »Danke für dein Vertrauen, Frankie. Ich bin froh, dass du mit mir gesprochen hast.«

»Ich hab dich lieb«, sagte sie noch, als er ihr einen Kuss auf den Scheitel gab.

»Ich hab dich auch lieb. Nimm dir den Nachmittag frei. Und heute Abend gehen wir beide irgendwo gut essen. Angelica soll sich um das Restaurant kümmern.«

Emma war beschäftigt, als Frankie anrief, doch diesmal nahm sie es ihrer Mutter nicht krumm. Freundlich bat sie die Rezeptionistin, Emma auszurichten, ob sie vielleicht zurückrufen möge, sobald sie Zeit habe.

Irgendetwas in ihr hatte die Schwere verloren. Niemand hatte ihr je Edwins Tod angelastet. Weder ihre Mutter noch ihr Vater hatte behauptet, es sei ihre Schuld gewesen. Frankie hatte immer das Gefühl gehabt, dass ihre Mutter sie nicht beschützt hätte, nicht für sie da gewesen wäre, aber vielleicht hatte sie das einfach nur falsch verstanden? Emma hatte den Unfall nicht verhindern können, sie hatte viel zu weit weg gestanden, als dass sie hätte eingreifen können. Frankie wusste das jetzt, nachdem sie ihre alten Zeichnungen gesehen und mit ihrem Vater geredet hatte. Es war alles so unglaublich schnell gegangen, und der Warnruf ihrer Mutter war nur Bruchteile von Sekunden erklungen, bevor Edwin auch schon angerast kam. Alexander hatte ihr versichert, dass es ein Unfall gewesen war, und endlich konnte Frankie es auch so sehen. Zumindest hoffte sie das.

Frankie hatte damals nicht nur Edwin verloren. Sie hatte auch ihre Mutter verloren. Doch die war immer noch am Leben, und jetzt sehnte sich Frankie auf eine Weise nach ihr, die sie nicht mehr empfunden hatte, seit sie ein kleines Mädchen gewesen war.

47

Um Punkt fünf Uhr standen Elinor und Emma vor dem Entree des Flanagans und hielten Ausschau nach Linda und Robert. Die hoteleigene Limousine hatte die beiden am Flughafen Heathrow abgeholt und würde nun jeden Augenblick vor dem Hoteleingang aufkreuzen.

In den ersten Jahren war Linda nur ihre Vorgesetzte gewesen, später jedoch – als ihre Aufgabenbereiche immer mehr umfassten – war sie ihnen auch Freundin und Vertraute geworden.

Sie und ihr Mann hatten lange versucht, Kinder zu bekommen. Als es nicht geklappt hatte, hatten sie sich jedoch nicht etwa in ihr Schneckenhaus zurückgezogen, sondern beschlossen, dass sie es miteinander dennoch gut hätten. Sie waren nur selten voneinander getrennt, selbst nicht in all den Jahren, als sie in unterschiedlichen Ländern gearbeitet hatten: sie in England, er in den USA.

Elinor kam nicht umhin, ihre eigene Ehe mit der von Linda zu vergleichen. Immerhin war Linda Sebastians Cousine, auch wenn die beiden kaum Ähnlichkeiten hatten.

Linda war schon in jungen Jahren eine hart arbeitende

Unternehmerin gewesen, und auch wenn Sebastian mit seinem Bruder in deren eigenem Unternehmen aktiv gewesen war, waren die langen Arbeitstage stets Laurence und die Kontaktpflege immer Sebastian vorbehalten gewesen. Linda indessen hatte das Flanagans allein geleitet – und wie. Ein Hoteltester nach dem anderen hatte das Flanagans zu einem von Londons allerbesten Häusern gekürt, und als sie ihr hoteleigenes Restaurant eröffnet hatten, war dieses sogar mit zwei Michelin-Sternen dekoriert worden.

»Wollte Sebastian ihr nicht auch Hallo sagen?«, erkundigte sich Emma.

Elinor zuckte mit den Schultern. »Wir haben nicht darüber geredet, dass sie kommt … Er wohnt derzeit ja nicht zu Hause, und als er kam, wollte er mir lediglich mitteilen, dass er die Scheidung will, insofern weiß ich gar nicht, ob er Bescheid weiß, weil wir … andere Themen hatten. Da sind sie!« Elinor zeigte auf einen blank polierten Wagen, der langsam auf den Eingang zuglitt. Beide winkten begeistert in Richtung der getönten Scheiben, und kaum dass die Limousine gehalten hatte, schob Linda auch schon die hintere Wagentür auf.

»Endlich!«, rief sie. Freudestrahlend umarmte sie Emma und Elinor, während auch Robert auf sie zukam.

Seit seinem Autounfall vor vielen Jahren hinkte er leicht, sah aber ansonsten genauso stattlich und athletisch aus wie eh und je.

»Es ist wunderbar, wieder in Good Old England zu sein.« Er lächelte sie breit an. »Meine Frau hat seit Tagen nicht mehr geschlafen, weil sie so aufgeregt war.«

»Wir sind so froh, dass ihr endlich da seid«, erwiderte Elinor. Sie freute sich schon auf die kommenden Tage, an denen sie ihre Sorgen beiseiteschieben und sich auf all das konzentrieren konnte, was ihnen Spaß machte: Zukunftspläne fürs Flanagans schmieden, beispielsweise.

Als Charles näher kam, fiel Linda ihm schier um den Hals. Er hatte schon zusammen mit ihrem Vater hier im Hotel gearbeitet und war ein guter alter Freund der Familie.

»Charles, wie schön, dich zu sehen! Wie geht es dir, wie geht es Carole, den Kindern und all deinen Enkeln? Man munkelt, es ist ein Urenkel unterwegs – ist das wirklich wahr?«

Auf dem Weg durch die Lobby plauderten sie weiter, doch dann hauchte er ihr ein Küsschen auf die Wange und verkündete, dass er wieder arbeiten müsse.

»Gewisse Leute mögen ihre Arbeit aber sehr, nicht wahr?« Sie sah sich im Foyer um, betrachtete die Rezeption, den Durchgang zum Salon und den Marmorboden und die sich darüber erhebende, wunderschöne Treppe. Sie faltete die Hände unterm Kinn. Es war, als sähe sie in jedem Detail Erinnerungen vor sich, und Elinor wusste, dass sie mit ein bisschen Glück später daran würden teilhaben dürfen. Doch für einen Moment blendete Linda die Menschen um sich herum vollkommen aus.

»Wir lassen sie besser für einen Augenblick allein«, sagte Robert mit einem liebevollen Blick auf seine Frau. »Begleitet ihr mich zur Rezeption, damit ich den Schlüssel zu unserem Zimmer bekomme?«

Von *Zimmer* konnte keine Rede sein. Natürlich würden

Linda und Robert in der größten und schönsten Suite des Flanagans wohnen. Elinor schüttelte die Gedanken an ihre Trennung ab und ging auf den Concierge zu, um den Schlüssel zu holen. Gleichzeitig hielt einer der Rezeptionisten mit einer Nachricht auf Emma zu.

»Frankie bittet um Rückruf«, sagte Emma verdutzt und sah abwechselnd Robert und Elinor an, während sich auf ihrem Gesicht ein Lächeln ausbreitete. »Ich bin so froh, dass ihr zwei endlich da seid«, wandte sie sich an Robert, »aber diese Nachricht hier ist wirklich das Beste an diesem Tag. Geht schon mal vor, ich komme gleich nach.«

»Richte ihr liebe Grüße aus«, sagte Elinor noch und sah sich dann nach Linda um. »Dann gehen wir zwei wohl allein?«, sagte sie zu Robert. »Euer Gepäck ist bestimmt schon oben.«

Sie nahmen den Fahrstuhl in den fünften Stock. Als Elinor die Tür zur Suite aufschob, fiel ihnen Licht aus den großen Fenstern entgegen, und Robert nickte begeistert. »Was für ein Anblick!«, sagte er. »Ich kann mich gar nicht erinnern, dass es beim letzten Mal so schön war. Habt ihr renoviert?«

Elinor nickte. »Im vergangenen Jahr«, erklärte sie. »Peu à peu – damit wir nicht zusperren mussten, aber allmählich sollten wir über eine Verjüngungskur fürs gesamte Hotel nachdenken. Tatsächlich haben wir vor, das Haus vorübergehend zu schließen. Wir haben es mit dem Speisesaal genauso gemacht, der war für drei Monate geschlossen, und wie sich gezeigt hat, hatten wir die Verluste anschließend im Handumdrehen wieder drin.«

Das Gepäck war mitsamt zweier Regenschirme ein Stück zurückversetzt im vorderen Zimmer abgestellt, in dem sich auch eine großzügige Sitzgruppe, ein Fernseher und ein Kamin befanden. In einem Bücherregal standen sowohl Zeitschriften als auch Bücher zur Verfügung. Große blau-weiße chinesische Vasen mit gelben Rosensträußen schmückten das Sideboard, und zarte Gardinen vor den Fenstern ließen gerade genug Tageslicht herein. Man fühlte sich wie in einer modernen Wohn-Lounge, die lediglich größer ausgefallen war als ein durchschnittliches englisches Wohnzimmer. Elinors Eltern hatten ihre Möbel entlang der Wände aufgestellt, doch die Zwei- und Drei-Zimmer-Suiten im Flanagans waren so weitläufig, dass die Möbel hier mitten im Zimmer stehen konnten. Ausgerechnet diese war mit den schwedischen Farben Blau und Gelb dekoriert und gefiel Elinor farblich mit am besten von allen. Sie mochte die Einrichtung und hatte sich bei der Renovierung wesentlich mehr eingebracht als Emma.

Als die Tür aufging, drehte Elinor sich um. Linda schlug vor Begeisterung die Hände zusammen. »Oh, Elinor! Wie schön du das alles gemacht hast!«

Das Kompliment trieb Elinor die Röte ins Gesicht. Dass Lindas Segen ihr aber auch immer noch so wichtig war!

»Gefällt es dir? Da bin ich froh.«

»Wie geht es meinem Cousin? Ich würde ihn natürlich gern ebenfalls treffen, solange ich hier bin«, sagte Linda. Sie zupfte eine Rose aus einer Vase und schnupperte daran. »Liebling, der Duft!«, rief sie und hielt Robert die Rose unter die Nase.

Lachend neigte er sich zu ihr und hauchte ihr einen Kuss auf den Handrücken. Elinor wandte sich diskret ab. Fürs Erste würde sie die Frage nach Sebastian nicht beantworten müssen. »Macht es euch gemütlich«, sagte sie und ging zur Tür. »Wir sind im Büro, wenn ihr uns braucht.«

»Ist Sebastian zu Hause in Belgravia?«, wollte Linda nun doch wissen, und als Elinor nickte, wirkte sie zufrieden. »Und dann musst du mir natürlich noch von eurer Tochter erzählen, die einen so guten Riecher hat und in Schweden studiert!«

Elinor lächelte sie an. Über Billie würde sie nur zu gern sprechen. In der folgenden Woche würde Elinor zu ihr nach Schweden fliegen. Wie sie sich da zusammenreißen sollte, um die Scheidung nicht zu erwähnen, wusste sie nicht, aber das war schließlich eine Neuigkeit, die Sebastian und sie ihr gemeinsam eröffnen müssten. Sie würde sehen, wie es lief; Billie sah ihr womöglich ohnehin an, dass etwas vorgefallen war.

»Wir sehen uns später!«, sagte Elinor mit einem Lächeln und ließ das verliebte Paar allein.

Emma strahlte übers ganze Gesicht, als sie sich im Büro zu ihr gesellte, und erzählte, dass Frankie sie gefragt habe, ob sie zu Besuch kommen wolle.

»Jetzt fährst du erst nach Schweden, aber was hältst du davon, wenn ich ein paar Tage nach deiner Rückkehr verreise?«

»Natürlich reist du nach Calais! Ich freue mich sehr für dich«, sagte Elinor aufrichtig und fuhr dann fort: »Und wie willst du mit deinem Ex und seiner neuen Partnerin umgehen?«

»Ich wohne im Hotel und werde so viel Zeit wie möglich mit meiner Tochter verbringen, keine Ahnung, ob ich Alexander überhaupt zu Gesicht bekomme. Frankie hat von zwei Nächten gesprochen – länger bleibe ich also nicht weg.«

In den folgenden Stunden arbeiteten sie konzentriert. Sie wollten Linda ihre Pläne für den Nachtklub vorlegen und hören, was sie davon hielt.

Interessanterweise hatten Laurence Lansings Töchter mit Emma Kontakt aufgenommen und ein Angebot eingereicht, und Emma hatte beschlossen, sich mit ihnen zusammenzusetzen, nachdem sie sich bei Elinor rückversichert hatte, dass das in Ordnung wäre. Was Inneneinrichtung anging, waren die zwei in London derzeit konkurrenzlos, und wenn jemand den geplanten Nachtklub zu dem Erfolg machen konnte, dann Lily und Rose. Trotzdem war Elinor skeptisch; sie wusste nur zu gut, wie gemein sie sich Billie gegenüber verhalten hatten, und wenn sie ganz ehrlich war, hatte sie vor den beiden ein bisschen Bammel. Anscheinend hatten sie sich Emma gegenüber tadellos benommen und während der Besprechung ihre Verwandtschaft mit Linda und Sebastian gar nicht erwähnt – vielleicht ein Zeichen, dass sie letztlich doch für sich selbst stehen wollten?

Sie würden Linda später nach ihrer Meinung fragen, denn wenn sie einverstanden wäre, dass sich Laurence' Töchter um den Speisesaal von Lindas Vater kümmerten, wäre das möglicherweise eine schöne Lösung. Schließlich durften sie ihnen nicht zur Last legen, was ihr Vater angerichtet hatte. Psychopathie war nicht erblich.

Oder doch?

48

Emma war nicht die Einzige, die sich nach dem Klappern hoher Absätze umwandte – auch die Gäste in der Lobby drehten die Köpfe und starrten der elegant über den Marmorboden spazierenden Lady Mary nach. In ihrem Kostüm – mit großen Schulterpolstern und einem hauteng anliegenden Bleistiftrock – und mit ihrem breitkrempigen Hut zog sie die uneingeschränkte Aufmerksamkeit auf sich. Emma ging ihr entgegen, und nachdem sie einander mit Wangenküsschen und artigen Willkommensphrasen begrüßt hatten, hakte Mary sich bei ihr unter. »Ich kann es immer noch nicht richtig fassen, dass ich wirklich Teilhaberin von alledem bin!«, sagte sie und winkte den Angestellten, die sie wiedererkannte, fröhlich zu.

»Da kannst du dir ja ungefähr vorstellen, wie ich mich fühle«, entgegnete Emma.

»Ich frage mich, ob der alte Lansing es sich so vorgestellt hat. Linda plus drei Frauen zusätzlich! Es würde mich nicht einmal wundern. Er war ein Mann der Moderne, auch wenn er im neunzehnten Jahrhundert zur Welt kam.«

»Hast du ihn je kennengelernt?«

»Ja, hier im Salon, wohin ich oft mit meinen Eltern zum Tee kam. Allerdings haben Linda und ich uns erst nach seinem Tod angefreundet, nachdem sie das Flanagans übernommen hatte.« Mitten auf der viel gerühmten schönen Treppe zu den Büros blieb Mary stehen und ließ den Blick durchs Foyer schweifen. »Gerade an diese Treppe habe ich viele Erinnerungen.«

»In der Silvesternacht stehen wir immer hier und heißen unsere Gäste willkommen – als Hommage an Linda, die es genauso gemacht hat.« Emma musste lachen. »Ich bin 1959 wie ein exotisches Vögelchen hier reingeflattert und wollte sofort ebenso schamlos werden wie die Gäste an jenem Abend.« Bei der Erinnerung schüttelte sie den Kopf.

»Ist es dir gelungen?«

»Schamlos zu werden?« Emma zuckte mit den Schultern. »Gewissermaßen. Sollen wir?« Sie wünschte sich, sie hätte den Mut gehabt, nach all den Gerüchten zu fragen, die um Mary und Grant Lloyd kursierten – um den mit Robert befreundeten exzentrischen Milliardär, der sich vor einer Ewigkeit hier im Hotel Hals über Kopf in Mary verliebt hatte. Doch Emma traute sich nicht. Irgendwas hatte Lady Mary an sich, dass man ihr derlei persönliche Fragen nicht stellte.

»Ich bin da!«, rief Mary und rauschte ins Büro – doch nur Elinor war da. »Wo ist denn Linda? Amüsiert sie sich schon wieder mit ihrem Mann? Dass das zwischen den beiden aber auch nie nachlässt! Die Frau ist doch inzwischen über fünfzig!« Sie lachte laut, während sie aus dem Blazer schlüpfte und ihren Hut auf die Hutablage legte. »Ihr müsst mich unbedingt auf den letzten Stand bringen«, sagte sie. »Früher war immer irgendein Skandälchen im Gange – gibt's irgendwas Spannendes, worüber wir lästern könnten?« Erwartungsvoll sah sie die beiden an.

Emma schüttelte den Kopf. »Nein, hier herrscht derzeit Skandalflaute.«

»Das ist nicht gut«, entgegnete Mary. »Da müssen wir etwas einfädeln, damit unsere Gäste ein Flattern verspüren, wenn sie durch unsere Tür treten. Sie müssen glauben, dass sie jeden Moment etwas Einzigartiges miterleben dürfen. Jagger und seine Jungs – kommen die nie her und zerschlagen ihre Hotelzimmer?«

»Nein, zum Glück nicht«, sagte Elinor. »Manchmal wohnen sie hier, aber sie sind wirklich sehr brav. Sie sind schließlich auch keine Teenager mehr.«

»Ach.« Mary verzog enttäuscht das Gesicht. »Das bedeutet ja nur, dass ich auch älter werde«, erklärte sie dann.

Im selben Moment betrat Linda das Büro. »Danke für gestern Abend!«, sagte sie und begrüßte ihre Freundin mit Wangenküsschen.

»Ich muss mich bei dir bedanken. Die Mädchen haben mir gerade erzählt, dass das Flanagans ohne Skandale auskommt – kannst du das glauben?«

Linda sah amüsiert aus. »Ja, scheint so zu sein.«

»Ich habe um einen Tisch im Salon gebeten«, warf Emma ein. »Es käme einem Dienstvergehen gleich, wenn wir euch beide dort nicht vorführten, wo ihr schon mal da seid!«

»Stellt ihr immer noch eure eigene Marmelade her?«, wollte Mary wissen.

Emma nickte. »Ja, und seit hundert Jahren nach demselben Rezept.«

»Darf ich ein Glas mit nach Hause nehmen?«

»Das sollte sich machen lassen.« Emma nickte zur Tür. »Gehen wir?«

»Dann hast du also nichts dagegen, wenn wir aus dem alten Frühstücksraum deines Vaters einen Nachtklub machen?«, hakte Emma ein wenig später nach. Sie nippte an ihrer Tasse und stellte sie beiseite. Sie war unendlich froh, dass sie hier zu viert zusammensaßen.

»Nein, nein, absolut nicht!«

»Wir werden den großen Saal dahinter ebenfalls nutzen, um die Fläche zu realisieren, die wir brauchen, aber mit den Vorschlägen der Innenarchitekten wird das ein Leichtes.« Sie räusperte sich. »Wir haben drei Unternehmen vorab ausgewählt, die wir für die besten in der Branche halten. Eins davon ist die Firma von Laurence' Töchtern. Ihr beiden sollt entscheiden, ob sie überhaupt in die engere Auswahl kommen sollen. Elinor und ich haben, was die beiden betrifft, keine Meinung.«

»Aber sie gehören zu Londons Besten?«, fragte Mary nachdenklich und nahm sich ein Petit Four von der Etagère.

»Angeblich«, sagte Emma. »Aber die anderen in unserer Vorauswahl sind ebenso renommiert.«

Mary zuckte die Achseln. »Ich kann ihnen nicht zum Vorwurf machen, was ihr Vater mir angetan hat«, sagte sie.

Linda wirkte nachdenklich. »Ich habe die Mädchen nicht

mehr gesehen, seit sie klein waren. Ich kenne sie also nicht wirklich. Du, Elinor?«

»Deine Tante Laura hat mich nie akzeptiert, daher hatte ich auch nie Kontakt mit ihnen. Sie waren nicht nett zu Billie, als sie jünger waren, so viel weiß ich noch. Allerdings sollte man meinen, dass sie seither erwachsen geworden sind. Es war für sie bestimmt auch nicht leicht – ohne Mutter und mit einem Mistkerl als Vater.«

»Zudem ist es doch toll, wenn zwei junge Frauen einen solchen Drive haben, dass sie ihr eigenes Designbüro gründen, das zu den besten der Stadt gezählt wird. Außerdem sind es Lansings. Darf ich vielleicht vorschlagen, dass wir sie einladen und ihnen auf den Zahn fühlen, bevor ich weiter nach Fjällbacka reise? Mary, du übernachtest doch heute hier? Du hast bestimmt kein Problem damit, morgen noch ein bisschen länger zu bleiben?«

»Nein, überhaupt nicht.«

»Sollen wir sie also am Nachmittag einbestellen?«

»Ich rufe sie an, sobald wir mit dem Tee fertig sind«, sagte Emma.

»Sind eure Männer heute Abend beim Essen auch dabei?«, wollte Linda wissen.

Emma sah Elinor an, die ihr mit einem Nicken zu verstehen gab, dass sie übernehmen möge.

»Alexander hat mit seiner neuen Partnerin ein Lokal in Frankreich eröffnet«, erklärte sie und legte ihre Unterlagen zurück in ihre Aktentasche.

»Was? Ist das dein Ernst? Ihr habt euch scheiden lassen?

Aber, Liebes, warum hast du das nie erwähnt? Wie konnte das passieren? Und was sagt Frankie dazu? Geht es ihr gut?«

»Ja, ihr geht's gut. Sie wohnt bei ihm in Calais. Es hat sich trotz allem ganz gut gelöst. Wir waren letztlich beide unserer Beziehung überdrüssig ... Er ist kurz nach Neujahr umgezogen, und ja, das ging schnell – aber die Neue hatte er auch schon eine Weile in der Hinterhand.«

»Und geht es dir gut dabei?«

»Sehr gut«, lächelte Emma.

Linda wandte sich an Elinor. »Und dir kann ich ansehen, dass es etwas gibt, was du noch nicht erzählt hast. Man sieht, dass du traurig bist.«

Auch Emma hatte das Gefühl gehabt, dass Elinor niedergeschlagen aussah. Aber wenn man bedachte, was sie gerade hinter sich hatte, war es ein Wunder, dass sie morgens überhaupt aufstehen konnte.

»Wir reden im Büro darüber«, flüsterte Elinor, »ich will hier nicht vor aller Augen zusammenbrechen.«

49

Emma reichte Elinor Taschentuch um Taschentuch aus der Schachtel auf dem Besprechungstisch. Elinor sah sie dankbar an.

»Gut, raus damit«, sagte Emma, während Elinor sich schnäuzte.

»Ihr dürft zu Sebastian kein Wort sagen«, flehte Elinor mit belegter Stimme. »Er ist ebenfalls unglücklich, aber gegen seine Gefühle kann er nun mal nichts tun.«

»Ich fasse es nicht, dass du ihn auch noch verteidigst«, sagte Linda. »Du wirst doch wohl selbst über deinen eigenen Körper bestimmen dürfen, ohne dafür bestraft zu werden.«

»Er hätte so gern einen Sohn gehabt«, sagte Elinor.

»Soweit ich weiß, kann man sich das Geschlecht seines Kindes nicht aussuchen«, wandte Linda nachdrücklich ein. »Es hätte ebenso gut eine zweite Tochter werden können.«

»Über eine Tochter hätte er sich genauso gefreut«, flüsterte Elinor.

»Er hätte dich unterstützen müssen«, mischte sich Mary ein. »Genau wie mein Ex mich hätte unterstützen müssen, als Laurence Lansing sich an mir vergangen hat. Wir leben immer noch in einer Männerwelt – selbst im Jahr 1983! Wenn sie ihren Willen nicht kriegen, werden wir dafür abgestraft. Das ist doch nicht normal!«

Die drei anderen nickten zustimmend.

»Es ist schon bemerkenswert, dass wir vier hier als Eignerinnen von Londons bestem Hotel zusammensitzen – und das haben wir dir zu verdanken, Linda.« Mary griff nach ihrem Wasserglas. »Ich will einen Toast auf Linda aussprechen – auf uns alle und auf die Frauen dieser Welt. Wir müssen zusammenhalten. Prost!«

Sie stießen miteinander an und tranken Wasser, als wäre es ein viel edleres Getränk. Elinor spürte, dass ihr eine große Last vom Herzen gefallen war. Es war ein Trost, dass niemand sie für irgendetwas verurteilt hatte. Dann wiederum hatte sie genau gewusst, wem sie sich anvertraute. Bislang waren es nur ihre Mutter und Emma gewesen, und jetzt waren auch Linda und Mary eingeweiht. Ihre Schwiegermutter wusste ebenfalls Bescheid, aber die würde das Geheimnis ganz sicher nicht ausplaudern, solange es ihr nicht nützte.

»Vielleicht sollten wir stattdessen noch mal auf den Nachtklub zu sprechen kommen – ich kann gerade das Thema Scheidungen nicht mehr ertragen«, sagte Elinor. »Ich habe nämlich zwei Fragen. Soll der Klub privat oder öffentlich sein? Und wie soll er heißen? *Linda's*?«

»Öffentlich, finde ich – Papa hatte für geschlossene Gesellschaften nie viel übrig«, erklärte Linda. »Aber unter meinem Namen? Ernsthaft?«

Elinor konnte den Stolz in Lindas Augen blitzen sehen

und betonte deshalb: »Ja, mir würde kein besserer Name einfallen. An Linda Lansing erinnert sich jeder. Es ist fast beunruhigend, wie enttäuscht die Gäste immer noch sind, wenn sie nur Emma und mich hier antreffen.« Sie lächelte.

»Natürlich soll der Klub *Linda's* heißen«, warf Mary nachdrücklich ein. »Und er wird öffentlich sein, auch wenn unsere Hotelgäste gewisse Vergünstigungen haben sollten, damit sie das Gefühl haben, etwas Besonderes zu sein. Wie wäre es mit einem Klubausweis, wenn man öfter kommt? Wir könnten tausend davon an Prominente schicken, sowohl an britische als auch internationale, und der Rest wird mit der Zeit ausgegeben? Wir wollen eine gute Gästemischung haben, nicht nur die oberen Zehntausend, sondern auch Rockstars, Models und das Ehepaar Jones aus Wales. Und es soll verdammt schwer sein, aber nicht unmöglich, reinzukommen.« Sie fuchtelte begeistert mit den Armen herum, als sähe sie alles schon vor sich. »Wir müssen die besten DJs engagieren, und jeder Filmstar, der London besucht, muss sich im *Linda's* sehen lassen wollen. Wir brauchen Nischen für private Feiern, von denen man jederzeit alles überblicken kann, was im Klub vor sich geht.«

Sie sah Linda erwartungsvoll an, die zurücklächelte.

»Dann soll der Klub eben *Linda's* heißen. So wie du ihn beschreibst, muss ich ja klein beigeben. Ach, wie toll! Und welchen Zeitrahmen haben die Firmen genannt, mit denen ihr schon gesprochen habt?«

»Alle drei Innenarchitekturbüros rechnen mit rund sechs Monaten ab Vertragsunterzeichnung«, erklärte Emma. »Wenn wir jetzt also loslegen würden, wären wir zu

Silvester fertig. Apropos – ich muss Lily und Rose Lansing noch anrufen und fragen, ob sie morgen Zeit für eine Vorbesprechung haben.«

Linda nickte. »Es wäre gut, wenn wir sie alle vier treffen könnten. Ich weiß nicht, wie objektiv ich diesen Mädchen gegenübertreten kann, ganz gleich wie niedlich sie früher mal waren.«

Das dunkelblaue Seidenkleid umschmeichelte Emmas schlanken Leib, und mit hohen Absätzen – und wenn sie sich die Haare machte – sähe sie richtig fein aus. Robert wollte einen Bekannten treffen, und Elinor war dankbar dafür. Sie rechnete zwar nicht damit, während des Abendessens einen Zusammenbruch zu erleiden, aber es war gut zu wissen, dass sie sich nicht munterer geben müsste, als sie es in Wahrheit war.

»Glaubst du, wir werden im Hotel je über einen Dresscode hinwegkommen?«, fragte Linda, als Elinor und sie sich in der Bar niederließen, um vor dem Essen ein Glas Champagner zu trinken.

»Du meinst, dass Männer in der Bar und in den Speisesälen nicht mehr Anzug und Krawatte tragen?« Elinor schüttelte den Kopf. »Nein, ich glaube, genau das trägt zur Attraktivität unseres Hauses bei. Man macht sich schick und lädt die Ehefrau zum Afternoon Tea ein, damit man auch mal die Ausgehgarderobe auftragen kann.«

»Und was ist mit dem neuen Nachtklub?«, erkundigte Linda sich neugierig.

»Dort sollte man meines Erachtens tragen dürfen, was man will. Oder was meinst du?«

»Sehe ich genauso. Guck mal, da kommen Mary und Emma.« Linda winkte ihnen zu.

Sie plauderten über alles Mögliche, während sie ihre Gläser leerten, und zerstreut ließ Elinor den Blick über die Gäste in der Bar schweifen. Hier waren selten Frauen zu sehen, was aber nicht weiter verwunderlich war, weil die Bar weitgehend einem Klubraum für Männer mittleren Alters ähnelte. Sie nahm sich vor, bei Gelegenheit ihre weiblichen Gäste zu befragen, was ihnen im Hotel fehlte. Da gäbe es sicher einiges, woran Emma und sie noch gar nicht gedacht hatten.

Linda riss Elinor aus den Gedanken. »Du warst ganz woanders«, sagte sie mit einem Lächeln.

»Verzeihung. Ich habe darüber nachgedacht, wie männlich diese Bar wirkt und dass sich hier anscheinend nur wenige Frauen wohlfühlen.«

»Da bin ich ganz deiner Meinung«, sagte Linda.

»In den kommenden fünf Jahren werden wir das komplette Hotel renovieren müssen. Wir sprechen schon länger darüber, aber wenn wir das Flanagans vorübergehend schließen, müssen wir das mindestens fünf Jahre im Voraus planen. Unsere Stammgäste werden nicht begeistert sein.«

»Aber im Nachhinein werden sie jubeln, wenn es so wird, wie wir es uns vorstellen«, wandte Emma ein. »Allerdings bedarf es gründlicher Überlegungen, was wir alles tun müssen und wie lange das dauert.«

»Nach dem Krieg konnte mein Vater sich eine Renovierung nicht leisten, und während meiner fünfundzwanzig Jahre haben wir immer nur Ausbesserungsarbeiten vorgenommen, kann man wohl sagen. Ich glaube, wir hatten alles in allem nur einen Monat komplett geschlossen, um alles auf Vordermann zu bringen und das Mobiliar und die Teppichböden auszutauschen. Insofern – ja, eine Renovierung von Grund auf dürfte nötig sein. Woran habt ihr bislang gedacht?«

»Bislang wissen wir nur, dass die Klasse und der Stil des Flanagans bewahrt bleiben sollen. Trotzdem müssen wir mit der Zeit gehen, was immer das heißt. Dazu sollten wir Experten hinzuziehen, genau wie beim Nachtklub.«

»Ich habe mit Lily und Rose für morgen zwei Uhr ein Treffen vereinbart«, sagte Emma und sah auf ihre Armbanduhr. »Leert eure Gläser. Es ist Zeit fürs Abendessen.«

Elinor war nervös. Sie wusste, dass es an Billies Cousinen lag. Die große Frage war schließlich, ob sich Lily und Rose Lansing wirklich nur beworben hatten, um einen guten Job zu machen. Würde Elinor sie durchschauen? Mary war von Laurence vergewaltigt worden; Linda war sowohl von Laurence als auch von Sebastian, der damals noch alles für seinen Bruder getan hatte, in die Zange genommen worden; und Elinor selbst hatte in mehrfacher Hinsicht die rassistische Einstellung der Familie zu spüren bekommen. Emma war bei alledem gewissermaßen die Unbeteiligte gewesen; vielleicht wäre ihr Urteil das verlässlichste?

Elinor wusch sich hektisch die Hände, als hätte sie den Schwestern Lansing die Hand schon geschüttelt. Würde sie sich bei ihnen einschmeicheln müssen? Eigentlich musste sie das nicht. Dann dachte sie an Mary, der es so viel schlimmer ergangen war und die trotzdem an der Besprechung teilnehmen wollte.

»Jetzt reiß dich zusammen, und verhalte dich professionell. Sie werden dir schon keine Wangenküsschen geben«, redete sie sich ein und schlüpfte in ihre hohen Schuhe. Im Flur vor dem Spiegel malte sie ihre Lippen knallrot und tupfte die überschüssige Farbe an einem Kosmetiktuch ab. Dann war sie so bereit, wie sie nur sein konnte.

Als sie das Büro betrat, waren die anderen bereits alle da. Elinor hielt auf die beiden Schwestern zu und streckte ihnen die Hand entgegen. »Willkommen im Flanagans«, sagte sie, und zu ihrer eigenen Verblüffung hörte sich ihre Stimme fest und bestimmt an. Irgendwas an diesem Raum bescherte ihr Selbstsicherheit. Das hatte sie früher schon erlebt. Vielleicht lag es daran, dass Linda ihr einst ausgerechnet in diesem Zimmer ihren ersten Chefposten angeboten hatte. »Setzen wir uns«, sagte sie, nachdem sie beiden Schwestern die Hand gegeben hatte. »Wir sind sehr gespannt, was Sie mit unserem zukünftigen Nachtklub vorhaben.«

Es war schwierig, sich von ihren Plänen nicht blenden zu lassen. Mit großem Selbstvertrauen präsentierten sie ihnen einen Klub, der aus dem Londoner Nachtleben herausstechen würde. Sie wollten, dass das *Linda's* sich glamourös und einzigartig anfühlte: mit mehreren kleineren Podesten für Tänzer und diversen beweglichen Bartresen statt einem einzigen Barbereich. Drei Tanzflächen und im zentralen Bereich ein erhöhtes Podium, auf dem der jeweilige DJ des

Abends stünde. Alles wäre mobil und veränderlich, die Wände wären aus Spiegelglas, und in zwei angrenzenden Räumen könnten bis zu zwanzig Personen private Feiern ausrichten, auf bequemen Sitzmöbeln sitzen oder liegen und das Treiben im Erdgeschoss beobachten. Das ganze Konzept fußte darauf, dass man den Klub von einer Nacht zur nächsten umgestalten konnte. Ein Teil der Räumlichkeiten war abtrennbar und konnte mit einer Bühne bestückt werden, falls Culture Club sich spontan zu einem Überraschungsauftritt ankündigte.

Elinor sah den anderen an, dass sie beeindruckt waren.

Trotzdem hatte die Zusammenkunft mit den jungen Frauen bei ihr Zweifel geweckt. Ja, sie waren beide korrekt aufgetreten und hatten genau das Richtige gesagt. Gleichzeitig lag in ihren Blicken etwas Unterkühltes und Berechnendes. Das einzige Mal, da Linda und Mary zu reagieren schienen, war, als Emma die künftigen Eignerinnen Frankie und Billie erwähnte und die Schwestern unwillkürlich einen Verschwörerblick wechselten. Ob das an Frankie oder Billie lag, hätte sie nicht sagen können, aber irgendwas an der zukünftigen Eignerschaft schien sie zu irritieren. Trotzdem waren sie clever genug, es nicht zu kommentieren, sondern widmeten sich weiter dem Grund ihres Besuchs, dem Nachtklub.

Ebenso förmlich, wie sie einander begrüßt hatten, verabschiedeten sie sich voneinander, und als die Schwestern gegangen waren, sahen die vier Teilhaberinnen sich an.

Linda ergriff als Erste das Wort. »Nein, Papas Frühstücksraum werden diese beiden Damen nicht umgestalten«, verkündete sie und sah die anderen reihum an.

Mary atmete hörbar aus. »Gott sei Dank, ich wollte gerade das Gleiche sagen.«

Als die zwei sich zu Elinor umwandten, konnte sie sich nicht länger zurückhalten. Sie nickte, und Tränen liefen ihr übers Gesicht. Himmel, dachte sie bei sich, hoffentlich rächt sich diese Entscheidung nicht.

50

»Ich mag mich selbst, wie ich hier in Schweden bin«, sagte Billie zu Annika. »Ich bin hier freier.« Sie hockte sich aufs Bett und zog die Beine unter.

»Ich mochte mich, wie ich in London war«, sagte Annika. Mit hinter dem Kopf verschränkten Händen wippte sie auf dem Schreibtischstuhl leicht vor und zurück. »Aber du fährst doch im Sommer nach Hause ins Flanagans?«

Annika hatte nicht eine einzige Klausur verpasst. Sie selbst hatte Sex gehabt und Theater gespielt; es war, als wäre Billies Leben mit einem Studium einfach nicht vereinbar. Sie hatte sich wirklich alle Mühe gegeben, trotzdem musste sie noch zwei Klausuren schreiben.

Sie zuckte mit den Schultern. »Ja, wahrscheinlich schon. Meine Familie würde etwas anderes wohl kaum akzeptieren.«

»Deine Familie ist wunderbar! Deine Eltern sind so todschick, dass es schier wehtut, sie auch nur anzusehen. Glaubst du, ich könnte im Flanagans jobben, auch wenn du nicht mit zurück nach London kämst?« Sie setzte sich gerade hin und sah Billie an.

»Da bin ich mir sicher. Im Untergeschoss gibt es Bedienstetenwohnungen. Früher haben dort die meisten unverheirateten Angestellten gewohnt, aber inzwischen sind es hauptsächlich Saisonkräfte, die dort in Zeiten unterkommen, wenn besonders viel zu tun ist.«

Annika sah erleichtert aus. »Ich hab mich schon gefragt, wie es war, als deine Mutter dort angefangen hat. Das waren bestimmt strenge Zeiten.«

»Frag sie. Sie *liebt* es, von früher zu reden.«

»Wie kommt's, dass ich mich mehr darauf freue, dass deine Mutter zu Besuch kommt, als du?«

Billie musste lachen. »Ich bin sicher, dass es cool wird, Ehrenwort. Am meisten freue ich mich darauf, ihr Karl-Johan vorzustellen. Ich glaube, die beiden könnten sich gut verstehen, findest du nicht auch?«

Elinor wollte nicht in Arlanda abgeholt werden, sondern hatte gesagt, sie werde den Bus nach Uppsala nehmen, sodass sie sich später im Hotel treffen könnten. Sie wollte diesmal woanders wohnen und hatte sich ein Zimmer im Uplandia gebucht, um sich dort neu inspirieren zu lassen. Es war einfach *unglaublich*, dass sie immer noch solche Gedanken hatte, obwohl sie doch endlich ein paar Tage vom Flanagans freihatte, aber so war es nun mal. Immerzu wollte sie neue Hotels kennenlernen und neue Eindrücke sammeln. »Man lernt nie aus, Billie«, sagte sie gern.

Das wusste Billie besser als jeder andere, auch wenn sie in Schweden festgestellt hatte, dass es ihr gleichgültig war, ob sie je auslernte oder nicht. Ihrer Meinung nach vergeudete Elinor ihren Urlaub. Es war, als wollte sie selbst lediglich die Punkte auf ihrer To-do-Liste abhaken und sich dann etwas Neuem zuwenden. Als könnte man irgendwann auf einer Bühne stehen ohne die Zwischenschritte, die es brauchte, um oben anzukommen. Billies Mutter schien zu glauben, dass sie am meisten lernte, wenn sie Hotel um Hotel abklapperte, während es doch eigentlich eher darum ging, ein einziges Hotel gründlich kennenzulernen und sich dann erst dem nächsten zuzuwenden.

»Was, wenn sie sich nicht ausstehen können?« Annika schien die Vorstellung fast ungeheuerlich. Sie stellte sich aufs Bett, um ans obere Schrankfach zu kommen, in dem ihre Reisetasche lag. »Ich meine – vielleicht hat deine Mama andere Pläne für dich als einen Barkeeper-Schrägstrich-Theaterlehrer?« Sie ließ sich neben Billie auf die Matratze fallen und kramte in ihrem Portemonnaie.

»Dass sie andere Pläne hat, ist mir total klar, aber ich glaube auch, dass sie mir Beziehungen gönnt. Sie fragt immer wieder, ob ich schon einen Freund habe.«

»Nach einer Freundin fragt sie wohl nicht?«

»Nein, und sie hat auch keine Sekunde überlegt, ob du und ich zusammen sein könnten. Wenn ich aber mit einem Mann nach Hause geflogen wäre ...« Sie schüttelte den Kopf. Wie konservativ ihre Eltern trotz allem waren! Sie sah Annika an, die ein Häuflein Münzen aufs Bett geleert hatte. »Brauchst du Geld?«

»Was? Nein. Spinnst du? Ich hab nicht vor, von dir Geld anzunehmen, das weißt du genau.«

»Ich glaube, mein Vater wäre froh, wenn ich es mit dir teilte.«

»Bestimmt. Aber wenn ich wirklich in London jobben könnte, würde ich doch eigenes Geld verdienen, oder? Was, wenn deine Mama glaubt, ich würde unbezahlt arbeiten wollen? Mist, daran hab ich gar nicht gedacht.«

»Nein, natürlich wirst du dafür bezahlt!«

Annika atmete auf, warf die Münzen zurück in ihr Portemonnaie und packte es in die Tasche. »Wolltest du deine Mutter nicht treffen?«

»Ist es schon so spät?« Billie warf einen Blick auf den Wecker. »Shit! Ich muss mich beeilen!«

»Ich komme ein Stück mit, ich muss ohnehin los und mir etwas zu essen besorgen.«

Es war ein wärmerer Frühsommertag. Die Stadt wimmelte von Radfahrern, und überall gingen Studenten spazieren oder lagen rund um die Unigebäude im Gras. Für die meisten wäre das Semester in wenigen Wochen zu Ende, und bevor sie ihre Sommerjobs antraten, wollten sie Zeit mit ihren Freunden verbringen, die sie dann eine Weile nicht sehen würden. Am Fyristorg trennten sich Billies und Annikas Wege, und Billie ging ein wenig schneller, um sich nicht zu verspäten.

Sie kam im selben Moment an, als ihre Mutter aus dem Bus stieg.

»Man merkt, dass Papa nicht dabei ist«, stellte Billie fest, nachdem sie sich umarmt hatten. »Der wäre nie in einen Bus gestiegen.« Sie nahm Elinors kleine Reisetasche in die Hand und nickte zum Hoteleingang. »Ich wünschte mir, er hätte auch mitkommen wollen.«

Elinor, die sonst Leute unverwandt ansah, wich ihrem Blick aus.

»Hallo? Mama? Was ist los? Du bist so komisch.«

»Entschuldige, ich bin einfach nur ein bisschen müde. Ich musste früh aufstehen. Komm, sehen wir zu, dass wir mein Zimmer in Beschlag nehmen.« Sie lächelte halbherzig, und Billie hatte ein mulmiges Gefühl. Irgendwas stimmte da nicht.

Als sie das Zimmer betreten hatten, sagte Mama: »Setz dich, Billie, es gibt da etwas, worüber wir reden müssen.«

Schlagartig war Billie eiskalt: Mama war krank, womöglich sterbenskrank.

»Oh, Mama«, sagte sie und ließ sich auf der Bettkante nieder. Wie würde sie ohne ihre Mutter klarkommen? Sie war durchgeknallt, chronisch unzufrieden, ein Kontrollfreak und noch vieles mehr, aber sie war auch die liebevollste, lustigste und verlässlichste Person, die Billie je gekannt hatte. »Raus mit der Sprache«, forderte sie sie auf und krallte sich in die Bettdecke.

»In Ordnung.« Elinor setzte sich neben sie und nahm Billies Hand. »Papa und ich lassen uns scheiden.«

Erleichterung durchflutete ihren ganzen Körper. Schlimmer war es also nicht. Ihre Mutter war nicht krank und ihr Vater ebenso wenig. »Gott sei Dank«, sagte Billie, doch dann fing sie den traurigen Blick ihrer Mutter auf. »Entschuldige, Mama! Ich dachte schon, du wärst krank, und dagegen ist eine Scheidung ... Bist du sehr traurig? Hat Papa ...?«

»Es gibt Sachen, über die wir uns schlicht und ergreifend

nicht einigen können, und da ist dies die einzige Lösung«, erklärte sie. »Trotzdem bin ich todtraurig, weil ich deinen Vater liebe. Ihm geht es auch nicht gut, und er hat in letzter Zeit ziemlich viel getrunken. Ich muss zu Hause ausziehen, weil das Haus deiner Großmutter gehört, und vorübergehend wohne ich im Flanagans.« Sie legte Billie den Arm um die Schultern. »Aber ich bin mir ganz sicher, dass du und Annika im Sommer dort wohnen dürft, wenn ihr wollt – oder will Annika ein Bedienstetenzimmer haben?« Sie lehnte ihren Kopf an Billies. »Es tut mir leid, dass wir dir das antun.«

»Das wird sicher seltsam«, sagte Billie, »aber ich bin jetzt erwachsen und komme damit klar. Das Wichtigste ist doch, dass es euch beiden gut geht.«

»Irgendwann hat sich alles normalisiert, und ich hoffe, dass dein Vater und ich Freunde bleiben können. Es ist ja nicht so, als hätte einer von uns jemanden kennengelernt und als müssten wir deshalb getrennte Wege gehen.«

»Ich hab einen Freund«, platzte es aus Billie heraus. »Er heißt Karl-Johan, und er isst heute Abend mit uns.«

»Aber ... Das ist ja toll! Ist das der Theaterlehrer, den ihr in London erwähnt habt? Essen wir hier im Hotel?«

»Nein, wir essen in dem Hotel, in dem er nebenher jobbt, im Gillet. Dort hast du gewohnt, als du zuletzt hier in Uppsala warst. Er arbeitet dort als Barkeeper.«

51

Emma war von Linda und Mary, die behauptet hatten, das Flanagans problemlos zwei Tage allein leiten zu können, weggeschickt worden – sie hatten sogar den Eindruck erweckt, dass es ihnen Spaß machen würde, zurück im Hotelgeschäft zu sein.

»Fahr nach Frankreich«, hatte Mary gesagt. »So oft passiert es nicht, dass Kinder einen zu einem Besuch auffordern!«

»Seid ihr euch sicher? Du wolltest doch weiter nach Fjällbacka …«

Doch auch Linda hatte abgewinkt. »Ja, aber das läuft mir nicht weg. Ich bleibe in diesem Jahr ohnehin länger dort.« Sie setzte sich und rutschte auf dem alten Schreibtischsessel ihres Vaters in der Ecke direkt unter seinem großen Porträt hin und her. Sie hatten den Sessel dort als Erinnerung an frühere Zeiten stehen lassen. Ansonsten hatten Emma und Elinor kaum etwas an diesem Raum verändert, nachdem sie übernommen hatten: Nur ihre eigenen alten Schreibtische aus ihren Büros im Untergeschoss hatten sie hereingeschafft und einander gegenübergerückt.

»Ihr könnt unterdessen ja weiter über den Nachtklub beraten«, hatte Emma mit einem Lächeln gesagt. »Wenn ihr meinen Job machen wollt, könnt ihr ja nicht auf der faulen Haut liegen!«

»Tsch, fort mit dir! Schöne Grüße an Frankie und Alexander – sag ihnen, dass ich sie vermisse!«, sagte Linda, die Alexander einst eigenhändig aus dem Ritz abgeworben hatte.

»Wird gemacht.«

Die Fahrt nach Dover dauerte etwas länger als zwei Stunden. Emma hatte drei Kassetten in ihre Handtasche geworfen, und sobald sie auf die Autobahn aufgefahren war, drehte sie das Autoradio auf laut. *»Put on your red shoes and dance with me«*, sang sie lauthals mit und wippte auf dem Ledersitz mit, während sie in Richtung Süden fuhr.

Diese Woche war wirklich fantastisch gelaufen: produktive Besprechungen, Abendessen mit Linda und Mary – und als Sahnehäubchen das Telefonat mit Frankie. Sogar Elinor war wieder aufgeblüht, und das war auch bitter nötig gewesen, weil ihre Akkus komplett entladen gewesen waren. Wann immer Emma inzwischen an Sebastian dachte, empfand sie lediglich Gleichgültigkeit. All ihre früheren Gefühle waren wie weggefegt. Er war für sie eine Flucht aus tiefer Trauer gewesen, später dann eine Fantasie, die sie nie vollends hatte ablegen können. Für den Rest ihres Lebens würde sie mit der Scham angesichts ihres Verrats an Elinor leben müssen. Dass er Frankies Vater war und die Versuchung nach Edwins Tod einfach zu groß gewesen war, war keine Entschuldigung. Wenn Elinor je davon erfahren würde, wäre ihre Freundschaft auf ewig Geschichte, und Emma konnte nur beten, dass Sebastian seine Frau schon hinreichend abgestraft hatte und nicht noch etwas Entscheidendes verraten würde. Elinor würde es nie verstehen, sie war so durch und durch gut, und ein derartiger Vertrauensbruch ...

Emma schob den Gedanken beiseite. Sie musste sich jetzt auf ihre Tochter konzentrieren. Wie sehr sehnte sie sich nach Calais und danach, sie wieder in die Arme zu schließen.

»Little China giiiiirl«, trällerte sie vor sich hin und beschloss, Frankie zu fragen, ob sie zusammen auf ein David-Bowie-Konzert gehen wollten. Sie würde Eintrittskarten für Wembley im Juni organisieren, wenn Frankie sich vorstellen könnte, für ein paar Tage nach Hause zu kommen.

Auf der Fähre von Dover nach Calais stellte Emma sich an die Reling und schob die Sonnenbrille ins Haar. Das schöne Wetter schien sich zu halten, bald war Sommer, und das Publikum im Flanagans würde wieder aus mehr Touristen als aus Geschäftsleuten und Popstars bestehen. Und die Touristen konnten heikel sein: Dem einen schmeckten die ungewohnten Gewürze im Essen nicht, dem anderen war der Tee zu stark oder zu schwach – je nachdem, woher man stammte. Regentage waren eine Herausforderung, während die Touristen bei Sonnenschein noch ein bisschen mehr als sonst lächelten.

Emma hatte ihren Bikini eingepackt für den Fall, dass

Frankie an den Strand gehen wollte; doch um ehrlich zu sein, hatte sie keine Ahnung, was ihre Tochter vorhatte. Aber solange es gemeinsame Unternehmungen waren, spielte es keine Rolle. Zum ersten Mal seit Langem war Emma glücklich.

Die Überfahrt würde noch eine Weile dauern, und um sich die Zeit zu vertreiben, ging Emma in die Cafeteria und kaufte sich Tee in einem Pappbecher, mit dem sie sich an einen Tisch setzte. Hier und da nippte sie daran, während ihre Zeitung ungelesen vor ihr lag; sie war zu aufgeregt, um sich darauf zu konzentrieren. Rastlos ließ sie den Blick über die anderen Passagiere schweifen. Es war eine wilde Mischung aus Touristen jeglicher Couleur, Briten wie Franzosen. Und sie schien die Einzige zu sein, die allein unterwegs war. Tja, sie war derzeit vielleicht Single, aber einsam fühlte sie sich deshalb nicht. Nicht mehr. Im Grunde konnte sie tatsächlich erst jetzt das Leben führen, von dem sie als Achtzehnjährige geträumt hatte. Auch wenn ihre Träume mit den Jahren natürlich verschliffen worden waren. Wenn man Träume hatte, waren ein Kind und eine Hochzeit mit nicht mal zwanzig suboptimal. Frankies Temperament als Baby hatte Emma nächtelang wach gehalten, und als Kind Nummer zwei auf der Welt war, hatte Emma schier vergessen, wie es war, eine ganze Nacht durchzuschlafen. Trotzdem war Edwin im Vergleich zu seiner anspruchsvollen großen Schwester ein Engel gewesen.

Es war nicht Emma, die in ihrer Ehe für Beharrlichkeit gestanden hatte; es war einzig und allein Alexanders Verdienst, dass sie über all die Jahre zusammengeblieben waren. Sie hatte sich weiterentwickelt, sowohl gedanklich als auch in ihrem Verhalten, während er der Alte geblieben war. Er war ihr Fels in der Brandung gewesen, und sie hatte ihn immer für selbstverständlich erachtet. Erst nach ihrer Scheidung und Frankies Überdosis hatte sie sich mit gewissen Untiefen ihrer Persönlichkeit auseinandergesetzt. Mit ihrer Verletzlichkeit, die sie immer schon so gut verborgen hatte.

Von ihrer Tochter abgelehnt zu werden, war eine bittere Pille gewesen, und in ihrer Verzweiflung hatte Emma nur zu oft gedacht, dass sie natürlich selbst daran schuld war; sie hatte sich eingestehen müssen, dass sie nach Edwins Unfall Todesangst gehabt hatte, auch Frankie zu verlieren, und statt ihre Tochter näher an sich zu binden, hatte sie sie von sich weggeschoben und Alexander überlassen, der viel mehr Sicherheit ausstrahlte als sie – als könnte er sie vor allem Übel der Welt schützen, nachdem Emma selbst daran gescheitert war.

Emma spürte, wie ihr vor Dankbarkeit beim Gedanken an ihn ganz warm wurde. Er war ein fantastischer Mann. Und wenn sie ganz ehrlich war, empfand sie für ihn sogar noch ein bisschen mehr. Auch wenn das natürlich im Augenblick keine Rolle spielte, weil sie nur angereist war, um ihre Tochter zu treffen.

Kurz vor der Ankunft ging sie wie alle anderen zurück zu den Autos. Bis ins Zentrum von Calais wären es laut Straßenkarte rund zehn Minuten, dann würde sie Frankie endlich wiedersehen.

Verdammte Straßenkarte! Dreißig Minuten nachdem sie

von der Fähre gefahren war, hielt sie verärgert am Straßenrand, um erneut einen Blick hineinzuwerfen. Rechts, rechts, links, dann geradeaus und noch mal rechts. Genau so war sie doch gefahren! Zudem auf der falschen Straßenseite, weil die Franzosen sich weigerten, sich dem britischen Linksverkehr anzupassen.

Nachdem sie sich aus ihrer Parklücke wieder in den Verkehr eingefädelt hatte, arbeitete sie sich im Schneckentempo voran, um im Vorbeifahren die winzigen, missverständlichen Schilder lesen zu können. Ihr Sehvermögen war beim letzten Sehtest einwandfrei gewesen – die französischen Schilder waren einfach zu klein, das war das einzige Problem. Frankreich hat noch einiges nachzuholen, dachte sie bei sich.

Als sie endlich ihr Hotel fand, war sie schweißgebadet. Die heruntergekurbelten Fenster waren in dieser Hitze annähernd nutzlos gewesen. Vom Durchzug stand ihr das Haar zu Berge, und als sie einen Blick in den Rückspiegel warf, entdeckte sie Mascara an wesentlich mehr Stellen als bloß an ihren Wimpern ... Von David Bowie hatte sie die Nase so voll, dass sie die Kassette am liebsten wegwerfen und auch das Wembley-Konzert besser gar nicht erwähnen wollte.

Sie warf ihre Habseligkeiten vom Beifahrersitz samt und sonders in ihre Handtasche, und als sie im nächsten Moment aufblickte, entdeckte sie sie – Frankie und Alexander, die um die Wette schmunzelten.

Emma beugte sich aus dem Fenster. »Ein Wort, und ich fahre sofort wieder zurück!«

Als sie die Fahrertür aufschob und ausstieg, ließ sie ihre kleine Familie nicht aus den Augen. Oder vielmehr die Überreste ihrer Familie – je nachdem, wie man es betrachten wollte.

»Habt ihr jetzt fertig gegafft? Könnten wir langsam zusehen, dass ich ein Zimmer bekomme?«

Von Frankies Finger baumelte ein Schlüssel. »Du hast dank Papa ein echt schickes Zimmer gekriegt – er kennt die Hoteliers hier alle persönlich.«

Emma griff nach dem Schlüssel. »Suite oder Zimmer?«

»Zimmer.«

»Mit Dusche?«

»Japp.«

Emma atmete tief aus. »Können wir dann …?«

Alexander räusperte sich. »Anscheinend bin ich zu eurem Abendessen mit eingeladen«, verkündete er. »Hoffentlich hast du nichts dagegen.«

»Natürlich nicht. Dann sehen wir uns später. Wann genau? Um sieben? Wie früher?« Als er nickte, lächelte sie ihn an und wandte sich an Frankie. »Ich würde dich gern erst umarmen, wenn ich mich gewaschen habe, wäre das okay? Du siehst fabelhaft aus in deinem … äh …« Nachdenklich musterte sie das Outfit ihrer Tochter.

»Kaftan.«

»In deinem Kaftan, danke. Du willst bestimmt nicht, dass ich meinen Schweiß daran abtrockne.«

»Wirklich nicht. Den hab ich mir hier auf dem Flohmarkt gekauft.«

Emma lächelte. »Komm mit nach oben, es dauert nicht lange.« Sie winkte Alexander zum Abschied zu. »Bis später!«

Unter der Dusche sang sie lautstark das letzte Lied, das sie im Auto gehört hatte. Als sie sich abtrocknete, trällerte sie immer noch vor sich hin. *»And I've been putting out fire with gasoline. Putting out the fire. With gasoliiiiine.«*

Frankie steckte den Kopf durch die Badezimmertür.

»Ganz ehrlich, Mama? Du weißt schon, dass du nicht singen kannst?«

»Ich habe keine Ahnung, was du meinst. Wenn du weiter so mit mir redest, organisiere ich garantiert keine zwei Tickets für Bowie im Juni in Wembley.«

»Nicht dein Ernst! Du kämst an Tickets ran? Da muss ich glatt darüber nachdenken, wen ich mitnehmen will!«

Emma starrte ihre Tochter an. Was sollte das denn heißen? Der Groschen fiel erst, als sie Frankie breit grinsen sah.

Ihr ging das Herz über vor Liebe, und sie warf das Handtuch nach ihrer Tochter.

Frankie wollte Emma die Altstadt von Calais zeigen, und wenig später tauchten sie zwischen Souvenirständen, Kunstgalerien und kleinen Lokalen in die turbulenten Gassen ein.

»Ich würde gern mit dir über Edwin reden«, sagte Frankie, während sie in einem Laden, in dem es gefühlt *alles* zu kaufen gab, einen bunten Schal befühlte.

»Na klar«, sagte Emma. Sie war durstig und wandte sich zum Kühlschrank neben der Ladenkasse um.

»Ich hab immer geglaubt, es wäre meine Schuld gewesen«, sagte Frankie, und Emma hielt jäh inne.

»Oh, Frankie! Natürlich war das nicht deine Schuld!« Sie sah sich um. »Setzen wir uns dort an den Brunnen. Ich will nur ...«

Eilig nahm sie zwei Limodosen aus dem Kühlschrank und legte zehn Francs auf den Kassentresen. *»Merci.«* Dann eilte sie hinter ihrer Tochter her.

»Das hast du in all den Jahren mit dir herumgetragen?«, fragte sie, sobald sie sich gesetzt hatte. Sie öffnete die Dose mit Orangenlimo und drückte sie Frankie in die Hand.

Frankie nickte. »Allerdings irgendwie komisch verquer ... Es ist schwer zu erklären. Ich hatte das alles schon vergessen und doch wieder nicht.« Sie nahm ein paar Schlucke. »Dann habe ich den Umschlag mit den Zeichnungen aufgemacht, und es war, als würde endlich alles Sinn ergeben.«

»Hast du mit deinem Vater darüber gesprochen?«

»Ja, und mit ihm kann man echt gut reden. Das machen wir oft, seit wir hier sind. Es ist ein bisschen so, als würde ich ihn ganz neu kennenlernen. Ich hab ihn immer nur als dein Anhängsel betrachtet, aber hier ist er irgendwie freier.«

»Er war immer schon ein guter Zuhörer. Ich bin froh, dass er dir helfen kann.« Dass Frankie sich selbst solche Vorwürfe machte ...

»Es tut mir sehr leid, dass du so lange mit deinen Gedanken allein warst. Du warst damals elf ...« Emma hatte einen Kloß im Hals, als sie darüber nachdachte, wie einsam sich Frankie gefühlt haben musste.

Sie versuchte, einen Schluck von ihrem Getränk zu nehmen, und brachte ihn kaum hinunter.

Frankie lehnte sich an Emmas Schulter. »Und mir tut es leid, dass ich mich dir gegenüber so schrecklich verhalten habe. Ich hab darüber nachgedacht, warum das so war, und glaube, ich hab dich dafür verantwortlich gemacht, dass du nicht verhindert hast, dass ich Edwin im Weg stand ... Wenn du das getan hättest, wäre er nicht ... Na ja, du weißt schon.« Sie verstummte.

»Da könntest du recht haben«, murmelte Emma in Frankies Haar. »Trotzdem ändert es nichts an dem Umstand, dass es ein Unfall war. Wenn ich es rückgängig machen könnte ... Aber es ging alles so schnell, ich konnte dich nicht mehr rechtzeitig warnen ...«

»Ich weiß. Inzwischen verstehe ich auch all das, was ich als kleines Kind nicht verstehen konnte. Gewisse Dinge passieren nun mal, und sie sind so schrecklich, dass man lieber versucht, sie zu verdrängen, als darüber zu reden. Nur dass sie in meinem Kopf immer größere Ausmaße angenommen haben. Alles, was du je gesagt und getan hast, landete auf demselben Haufen, der für mich Beweis dafür war, dass du dich nicht gekümmert hast. Und wenn du eine Mutter warst, die sich nicht um ihre Kinder scherte, dann war das Ganze doch wohl deine Schuld und nicht meine ... Aber so war es nicht, Mama. Es war ein Unfall.«

Emmas Tränen tropften in Frankies Haar.

»Ich will versuchen, dass wir wieder gut miteinander auskommen, Mama. Wie Elinor und Billie.« Sie dachte kurz nach. »Nur will ich nie so spießig sein, nur damit du Bescheid weißt!«

»Ich will das auch versuchen, Frankie. Mehr als alles andere auf dieser Welt.«

52

Zurück im Hotel in Uppsala, kauerte Elinor vor der Toilette und dachte darüber nach, was Billie ihr über ihren Freund erzählt hatte. Barkeeper … im Hotel … im selben Hotel, in dem Elinor bei ihrem letzten Uppsalabesuch gewohnt hatte …

Das konnte doch nicht wahr sein? War Gott wirklich so gemein? Was hatte sie getan, dass sie einen solchen Zorn provoziert hatte? Elinor streckte sich nach dem Handtuch. Natürlich konnte sie jetzt nicht zu diesem Abendessen gehen – unmöglich! Sie würde eine Magenverstimmung vorschieben müssen – was ja nun nicht mal gelogen war.

Sie hatte immer wieder gehört, dass das Leben mit vierzig perfekt sei; da waren die Kinder aus dem Gröbsten raus, man konnte mehr Zeit für Beziehungen aufbringen, und auch finanziell bewegte man sich bis dahin meist halbwegs in ruhigen Gewässern. Elinor fühlte sich eher, als müsste sie noch mal ganz von vorn anfangen. Mit allem.

Das hier war der berühmte Tropfen, der das Fass … Aber sie konnte Billies Freund jetzt nicht treffen, das ging einfach nicht. Sie stemmte sich vom kühlen Boden hoch, schleppte sich ins Zimmer und nahm ihr Adressbuch zur Hand, in dem Billies Telefonnummer stand. Ihr Puls raste, als sie die Nummer wählte und ein Stoßgebet an einen Gott formulierte, der sie zu hassen schien, der diesmal aber um ihrer Tochter willen gütig sein möge.

Jemand anders ging ans Telefon. »Billie«, rief die Person über den Wohnheimflur. »Deine Mutter!«

Und kurz darauf hörte sie: »Mama? Was gibt's?«

»Ich habe mir den Magen verdorben«, sagte Elinor. »Ich kann heute Abend nicht essen gehen.«

»Oh nein! Du solltest doch Karl-Johan kennenlernen!« Ihrer Tochter war deutlich anzuhören, wie enttäuscht sie war.

»Ich weiß, Schätzchen, es tut mir furchtbar leid«, sagte Elinor und redete sich ein, dass sie nur deshalb flunkerte, um Billie zu beschützen. »Aber ich verspreche dir, ganz gleich wie schlecht es mir geht, bei der Premiere morgen bin ich dabei.«

»Hilfe! Was, wenn du mich schon angesteckt hast?!«, rief Billie.

»Das war bestimmt bloß irgendwas, was ich mir im Flieger geholt habe.« Aus ihrem Mund kam eine Lüge nach der anderen, und Elinor schlug beschämt die Augen nieder.

»Hoffentlich ... Okay. Ruh dich gut aus, dann hören wir uns morgen.«

»Danke, mein Herz. Schlaf gut!«

In der Nacht schlief Elinor schlecht, und ihre Träume ließen ihr keine Ruhe; als sie tags darauf aufwachte, hatte sie das

Gefühl, kein Auge zugetan zu haben. Sie hatte seit fast vierundzwanzig Stunden keinen Bissen mehr zu sich genommen.

Womöglich hatte sie wirklich eine Magen-Darm-Grippe? Es fühlte sich besser an, sich das einzureden, als sich einzugestehen, dass sie ein schlechter Mensch war. Sie bestellte sich Frühstück aufs Zimmer und war fest entschlossen, später am Tag wieder bei Kräften zu sein, weil sie Billies Premiere um keinen Preis verpassen wollte. Als sie sich gerade den ersten Kaffee eingeschenkt hatte, klingelte das Telefon.

»Hallo, mein Liebling, wie geht es dir heute?«, fragte sie.

Am anderen Ende der Leitung hörte sie ein Räuspern, und Sebastian antwortete: »Äh ... ganz gut. Und selbst?«

Sie lachte überrascht. »Hoppla. Ich dachte, es wäre Billie!«

»Ich bin im Hotel. Bist du wieder gesund? Darf ich raufkommen?«

»Du bist ... Jetzt gleich?« Verwirrt sah sie an sich hinab. Sie hatte bloß ihren Morgenmantel an. »Klar, komm nur.«

Als er anklopfte, stand sie schon an der Tür. Sie hatte es gerade noch geschafft, in ihre Unterwäsche zu schlüpfen.

»Komm rein. Ich hatte ja keine Ahnung, dass du auch zu Billies Premiere kommen wolltest.«

»Du hast sie mit keiner Silbe erwähnt.«

»Wir hatten andere Themen. Ich habe vorausgesetzt, dass du deine Tochter selbst hin und wieder anrufst«, sagte sie und schloss hinter ihm die Tür. »Willst du Kaffee oder Tee?« Sie hatte beides bestellt, weil sie nicht gewusst hatte, wie lange sie an dieses Zimmer gefesselt war. »Es ist auch

Toast da und …« Sie zupfte ein weißes Leintuch von einem Korb. »Eier.«

Er setzte sich in den einzigen Sessel im Zimmer und sah sich um. »Ich nehme gern eine Tasse Tee. Warum bist du denn in dieses einfache Zimmer gezogen? Haben die hier keine Suiten?«

»Mir sind solche Sachen nicht so wichtig wie dir«, entgegnete sie lächelnd. »Außerdem bin ich ja alsbald eine geschiedene Frau, die sich über ihre Ausgaben Gedanken machen sollte.« Sie schenkte ihm Tee ein und überlegte kurz, die Tasse überlaufen und ihm übers Knie tropfen zu lassen.

»Du weißt genau, dass ich dich nicht im Regen stehen lasse.« Er öffnete die Schachtel mit Würfelzucker.

»Woher soll ich das wissen? Du hast mich immerhin aus unserem Haus geworfen.«

»Ja, weil das Haus meiner Mutter gehört.«

Sie zuckte die Achseln. »Trotzdem sitze ich jetzt auf der Straße. Ich müsste allerdings noch meine Sachen holen. Wenn es für dich okay wäre, würde ich das gern nächste Woche machen.«

»Klar.« Er streckte seine langen Beine aus.

»Wann bist du hier angekommen?«

»Gestern Abend. Ich habe sie überrascht, habe sie erst angerufen, als ich in Schweden gelandet war. Und ich hatte das große Vergnügen, ihren Freund kennenzulernen. Wir haben im Gillet zu Abend gegessen – das ist das Hotel, in dem er arbeitet. Ich wohne dort ebenfalls. Netter Kerl, und er meint, sie ist ein Riesentalent auf der Theaterbühne. Stell dir das vor – die schüchterne Billie!«

»Ja, das hätte wohl keiner von uns gedacht«, sagte Elinor. »Und was machst du jetzt hier?«

»Du hast ihr ja von der Scheidung erzählt – und da wollte ich sichergehen, dass wir uns heute Abend zivilisiert verhalten, wenn wir unsere Tochter und ihre Freunde treffen.« Er nahm einen großen Bissen Toast, den er dick mit Orangenmarmelade bestrichen hatte, und schloss die Augen. »Hmm!«

Er war wie immer. Der oberflächliche Sebastian war mit Volldampf zurück, und wäre sie nicht selbst Teil des ganzen Dramas gewesen, hätte sie niemals geglaubt, dass sie einen Mann vor sich sah, der erst kürzlich nach zwanzig Jahren Ehe vor Verzweiflung angesichts einer Abtreibung die Scheidung eingereicht hatte.

Sie brodelte innerlich. Hätte ihm am liebsten eine verpasst. Sie hatte um ihn kämpfen müssen, war schier über Leichen gegangen, um Mrs Lansing zu werden – und konnte es inzwischen nicht mehr verstehen. Wo war dieser Ehrgeiz hin, die Sehnsucht nach einem anderen Leben? Er hatte ihr all das gegeben, wovon sie geglaubt hatte, dass sie es wollte: soziale Sicherheit, Geld, ein schönes Heim. All das war ihr mit der Hochzeit in den Schoß gefallen. Und Liebe ebenfalls. Sie waren verliebt gewesen. Er war alles, wovon sie kaum je zu träumen gewagt hatte. Als er sie nach jener missglückten Abtreibung aus dem Elend gerettet hatte, war ihr klar gewesen, dass er sie heiraten *musste*. Sie hätte nie akzeptiert, nur seine Geliebte zu sein. Also hatte sie ihm den Antrag gemacht. Sie hatte ihm gesagt, dass ihr Kind auch auf dem Papier einen Vater brauchte.

Eines schönen Tages würde sie mit Emma sprechen müssen. Das war sie ihr schuldig. Die Panik angesichts all dessen, was sie getan und nie eingestanden hatte, suchte sie zusehends heim. Möglicherweise würde sie ihre Panik nur überwinden können, indem sie alles erzählte.

Sie sah Sebastian an, der Marmelade im Mundwinkel hatte. Er war wie ein großes Kind. Aus unerfindlichen Gründen hatte sie ihn trotzdem immer geliebt. Sein Charme, wenn er es darauf anlegte, war einfach unwiderstehlich. Gleichzeitig dämmerte ihr, dass sie beide fürs Erste nicht mehr zusammenleben konnten. Jeder von ihnen hatte derzeit zu viel mit sich selbst zu klären.

»Ich habe nicht vor, eine Szene zu machen, wenn du davor Angst hast«, sagte sie und spürte, wie ihre Wut allmählich verebbte. Es wäre sogar gut, wenn er dabei wäre, sobald sie wieder auf Karl-Johan träfe – sie würde die brave Ehefrau spielen, und das wäre bedeutend leichter, wenn ihr Mann dabei wäre. »Und nachdem du das jetzt sichergestellt hast, möchte ich, dass du wieder gehst. Ich will Billie anrufen und muss mich dann etwas ausruhen. Aber sagen wir, du holst mich um sechs hier im Hotel ab? Es wäre doch nett, gemeinsam dort hinzugehen?«

Er wischte sich mit der Papierserviette vom Frühstückstablett den Mund ab. »So machen wir es. Das wird klasse für Billie.«

In ihren klarsten Momenten bestand für Elinor nicht der geringste Zweifel, dass Billie das Flanagans nie übernehmen würde. Was Billie auf der Bühne zustande brachte, war einzigartig, sie war für die Schauspielerei geboren. Als der Vorhang fiel, sprang das bunt gemischte Publikum schier auf die Stühle. Früher am Tag hatte Elinor einen Blumenstrauß mitsamt Karte besorgt und darauf geschrieben, die Blumen würden »von Mama und Papa« stammen. Als Billie noch auf der Bühne die Karte überflog, suchte sie ihre Eltern mit dem Blick und lächelte breit. Sebastian sah vollkommen verzückt aus, während er so heftig applaudierte, dass ihm die Hände wehtun mussten.

»Wie konnten wir dieses Talent an ihr übersehen?«, raunte sie ihm zu, während sie backstage gingen. Sie war gleichermaßen stolz und verblüfft, wie unerhört begabt ihre Tochter war. Welches Selbstvertrauen sie hatte. Sie hatte die Nora mit Verve und Nachdrücklichkeit gespielt, als hätte sie in ihrem Leben nie etwas anderes getan.

Sebastian schüttelte den Kopf. »Auch wenn ich kein Wort des Stückes verstanden habe, bin ich völlig von den Socken.«

Elinor hatte auch nicht alles verstehen können, doch die Leuchtkraft ihrer Tochter hatte sie durch die Aufführung getragen, nicht die Zeilen, die sie gesprochen hatte.

Hinter der Bühne war bereits mächtig viel los, und im Mittelpunkt stand Billie mit jeder Menge Blumen im Arm. Sie strahlte etwas aus, was Elinor noch nie an ihr bemerkt hatte. Zwischen all diesen Leuten drängten sich auch Journalisten mit Kameras, Stiften und Blöcken in der Hand, und Elinor blieb stehen und hielt Sebastian am Arm fest. »Lass sie den Moment genießen, wir können auch später noch zu ihr gehen.«

»Das da ist ihr Freund«, sagte Sebastian, und Elinors Magen zog sich zusammen. Gott, den hatte sie schon ganz vergessen!

»Wo?«

»Der dunkle, da links, in dem grauen Pulli.«

»Der?«, fragte Elinor ungläubig.

»Ja ... Was ist? Ist er dir nicht gut aussehend genug?«, hakte Sebastian lachend nach.

»Doch. Er sieht wirklich nett aus. Ich hatte irgendwie einen großen, blonden Kerl erwartet, keinen kleinen, dunkelhaarigen. Wenn die zwei wollen, könnten wir doch später alle zusammen zu Abend essen?« Ihre Erleichterung war dermaßen groß, dass sie fast lachen musste.

Sebastian sah sie schulterzuckend an. »Hab nichts dagegen.«

Billie winkte sie eifrig zu sich.

Elinor hatte Tränen in den Augen, als sie auf ihre Tochter zutrat. Sie nahm Billies Hände und sah ihr in die Augen. »Gratuliere, mein Schatz, du warst ... Gott, mir fehlen die Worte. Dein Auftritt hat mich komplett umgehauen.«

»Mama, ich ...«

»Du musst nichts mehr sagen. Ich habe es doch mit eigenen Augen gesehen. Das hier ist deine Zukunft.«

53

Emma hatte ein paar wunderbare Tage in Frankreich verbracht. Sobald sie wieder zu Hause war, rief sie ihren Kontakt beim Ticketanbieter an und besorgte Eintrittskarten für das Konzert, das sie zusammen mit Frankie besuchen wollte. Noch während sie wartete, dass ihr Bekannter ans Telefon ging, fiel ihr siedend heiß ein, dass sie vielleicht auch Elinor und Billie einladen sollte. Wäre es schlimm, wenn sie nicht zuerst Frankie fragte? Würde sie diese Wendung missverstehen? Nein, so angespannt war die Beziehung der beiden Töchter doch sicher auch wieder nicht.

»Natürlich kann ich euch aushelfen! Wie viele Eintrittskarten brauchst du? Ich organisiere euch die besten Plätze und Backstage-Ausweise und schicke sie per Kurier rüber. Vielleicht sehen wir uns dort?«

An diesem Morgen fiel es Emma schwer, sich für ein Outfit zu entscheiden. Vielleicht ihr gelb geblümtes Sommerkleid? Das Wetter in Frankreich war so gut gewesen, und sie hatte so viele Sommersprossen gekriegt, dass das bestimmt gut aussah. Auf eine Strumpfhose durfte sie nicht verzichten. Nachdem die weiblichen Bediensteten dazu verpflichtet waren, waren sich Elinor und Emma einig gewesen, dass es komisch gewesen wäre, wenn sie selbst mit bloßen Beinen gesehen würden.

Nackt tapste sie vom Bett, von wo aus sie mit ihrem Bekannten telefoniert hatte, hinüber zum Kleiderschrank. Das Spiegelbild war entlarvend; selbst die minimalste Delle war deutlich zu sehen. Sie zuckte mit den Schultern. So war es eben, wenn man älter wurde. Tatsächlich machte es ihr kaum etwas aus. Zweiundvierzig war ein fantastisches Alter.

»Jetzt hör aber auf!«, sagte Emma lachend, als Elinor ihr die Geschichte aus Uppsala erzählte. »Du hingst über der Schüssel und hast dir die Seele aus dem Leib gekotzt – und dann war es gar nicht der richtige Freund?«

Elinor nickte.

»Ich verstehe ja, dass es peinlich geworden wäre, aber es gibt nichts, wofür du dich schämen müsstest. Ihr hattet doch bloß geknutscht.«

»Ja, ich weiß.«

Emma stand auf und trat an den Aktenschrank. »Hast du schon gehört, dass sie im Ritz mehrere Leute in die USA geschickt haben, die dort Informatikkurse besuchen?«

»Was? Wozu denn?«

»Keine Ahnung. Klingt komisch, oder?«

»Allerdings habe ich auch gehört, dass die ersten Unternehmen Computer statt Schreibmaschinen benutzen.«

»Da weigere ich mich.« Emma zog den Ordner mit den Unterlagen zum alten Frühstückssaal heraus, trug ihn zum Schreibtisch und schlug ihn auf. »Solange ich Chefin im Flanagans bin, gibt's hier keine Computer«, sagte sie nachdrücklich.

»Ich frage mich, wer eines Tages das Haus von uns übernimmt«, sagte Elinor, die ihrer Freundin auch von Billies Zukunftsplänen erzählt hatte, in denen das Flanagans keine Rolle mehr spielte. »Vielleicht sollten wir ein paar junge Frauen zu Nachfolgerinnen ausbilden, wie Linda es mit uns gemacht hat?«

»Du denkst doch wohl nicht schon daran, in Rente zu gehen?« Emma lächelte sie über den Rand des Ordners hinweg an.

»Wir werden auch älter, schau dich doch an – die Lesebrille auf der Nase und das goldene Brillenkettchen um deinen Hals ... Wir sind keine jungen Hüpfer mehr, Emma. Und Computer sind eine Errungenschaft, über die wir nicht mehr lang hinwegsehen können. Aber apropos jung – hast du Lily und Rose schon angerufen und ihnen unseren Beschluss mitgeteilt?«

»Ja.«

»Was haben sie gesagt?«

Sollte Emma die Wahrheit sagen? Dass die Schwestern sich von einer gänzlich anderen Seite gezeigt hatten und dass ihr »Wartet nur ab« durchaus auch als Drohung verstanden werden konnte?

»Nichts haben sie gesagt. Ich habe auch mit der London Interior Design Group gesprochen, und die sind natürlich froh, dass sie den Auftrag bekommen haben. Ich habe ihre Pläne hier: Wir schließen ab der zweiten Oktoberwoche, sobald die LIDG hier loslegt – und das wäre vielleicht auch ein guter Zeitpunkt, um einmal groß Grundreine zu machen, die Matratzen zu checken ... Du weißt schon, das Übliche.«

»Ist die Buchungsabteilung schon informiert?«

»Habe ich heute Morgen erledigt. Es sind alles in allem vierzehn Buchungen, die wir auf andere Hotels verteilen müssen, und die Reservierungen für den Afternoon Tea und Abendessen rufen wir an und bieten Ausweichdaten an. Ärgerlich wäre nur, wenn darunter ein Geburtstag wäre, der hier hätte gefeiert werden sollen.«

»Ich rede mit meiner Mutter, die das Housekeeping für die Woche instruiert«, sagte Elinor.

»Was sagt sie eigentlich zu eurer Scheidung?«

»Du weißt, wie sie ist. Sie ist auf meiner Seite, Sebastian steht entsprechend gerade nicht allzu hoch im Kurs.«

»Bei keinem von uns«, sagte Emma.

»Ich hätte ihn nie heiraten dürfen. Wir waren immer schon viel zu verschieden. Ihr beide hättet viel besser zueinandergepasst.« Ihr Blick war schwer zu deuten.

Neinneinneinnein, bitte, sag das nicht, dachte Emma.

»So gut wie du und Alexander?« Emma lächelte, wischte sich jedoch unter der Tischplatte die feuchten Hände an ihrem Kleid ab. Sah ihr Lächeln wirklich ungekünstelt aus?

»Vielleicht.« Elinor zuckte die Achseln. »Wir haben anscheinend beide den falschen Mann gewählt.«

»Nur dass Alexander inzwischen ein richtig angenehmer Umgang ist. Dass er was Eigenes betreibt, passt richtig gut. Er ist genauso stolz auf sein Restaurant wie du und ich auf das Flanagans.«

»Ich habe viel darüber nachgedacht, wie unser Leben

verlaufen wäre, wenn Sebastian sein Unternehmen nicht verkauft hätte. Er hat sich seither nur noch ziellos treiben lassen. Es fällt mir schwer nachzuvollziehen, wie man sich damit wohlfühlen kann.«

»Ich weiß genau, was du meinst, andererseits sind wir beide auch ziemlich umtriebig. Meine Mutter hat nie etwas anderes getan, als ihr ganzes Leben lang zu Gott zu beten. Wir haben von dem Geld gelebt, das Großmutter von ihrem Mann geerbt hatte. Viel war es nicht. Die beiden Frauen, die meine Vorbilder hätten sein sollen, haben nie auch nur einen Finger krumm gemacht. Und von mir erwarteten sie, das Kindermädchen für irgendeine Familie zu werden, bessere Pläne für mein Leben hatten sie nie. Solange ich nur gottesfürchtig war und nicht mit einem unehelichen Kind heimkam, war alles bestens.«

»Ich hätte zu gern ihre Gesichter gesehen, als du schwanger dort vor der Tür standst.«

»Tja, aber umso froher waren sie, als Alexander und ich schließlich heirateten. Wir durften nur nie jemandem erzählen, dass ich das Kind schon vor der Hochzeit zur Welt gebracht hatte.«

»Haben wir eigentlich jemals darüber gesprochen, wie es dazu kommen konnte?«

Was war denn heute mit Elinor los? Emma wollte jetzt nicht darüber reden. Es war lange her und Geschichte. Sie winkte ab. »Bestimmt.« Sie sah auf die Armbanduhr und sprang regelrecht auf. »Ich komme zu spät zur Besprechung mit unserem Küchenchef! Bis später!«

Am selben Nachmittag rief Emma ihre Mutter an. »Hallo, Mama, man hat mir ausgerichtet, dass du angerufen hast. Wolltest du etwas Spezielles?« Sie konnte mit ihrer Mutter keinen Small Talk betreiben, das hatten sie noch nie gekonnt.

»Nein, ich habe nur die kleine Frankie seit Ewigkeiten nicht mehr gesehen. Ich dachte, ich komme vielleicht vorbei und besuche euch?« Ihre Stimme, die immer so stark und dominant gewesen war, klang irgendwie schwach.

»Ehrlich gesagt passt es gerade nicht gut. Können wir ein andermal darüber sprechen? Frankie ist nicht mal hier, sie ist bei ihrem Vater in Frankreich.«

»Was macht Alexander denn in Frankreich?«

»Er hat dort ein Restaurant eröffnet.« Emma brachte es nicht fertig, ihr von der Scheidung zu erzählen und sich daraufhin anhören zu müssen, was für ein schlechter Mensch sie doch war. Im Unterschied zu Elinors Mutter Ingrid würde Emmas Mutter stets zu Alexander halten.

»Den Sommer über, oder …?«

»Ja, Mama. Den Sommer über.«

»Und wenn ich im Herbst zu Besuch komme?« Ihre Stimme klang brüchig.

»Das würde gehen.«

Erst als Emma aufgelegt hatte, dämmerte ihr, dass sie ihre Mutter ebenso sehr von sich fernhielt, wie Frankie es mit ihr selbst getan hatte. Ihre Mutter wurde auch nicht jünger, und bald wäre es zu spät für Emma, herauszufinden, wer ihr leiblicher Vater war. Wenn Mama es ihr nur endlich erzählte, würden sie vielleicht Frieden schließen, zumindest in Teilen. Aber wer war sie, ihrer Mutter vorzuwerfen, dass sie die Wahrheit über die Vaterschaft verschwieg …

Sie verabscheute es, sich selbst der Heuchelei bezichtigen zu müssen. Mit einem Seufzer nahm sie den Hörer erneut zur Hand und rief ihre Mutter zurück.

54

Frankie fühlte sich vollkommen verändert; gemischte Gefühle, die sie nicht mal richtig identifizieren konnte; sie fand sich *nett*. Was für ein komplett bescheuertes Gefühl – aber so war es wirklich. Sie sah die Leute im Restaurant an und hätte sie am liebsten umarmen wollen. Alle außer Angelica – die hasste Frankie nämlich wirklich. Sie hatte Emma kein Sterbenswörtchen erzählt, weil die sich darum nun wirklich nicht scheren musste, aber es fühlte sich an, als müsste Alexander darüber Bescheid wissen, was Angelica trieb.

Am Tag zuvor hatte Carol sich gemeldet und gesagt, dass sie gern zu Besuch kommen wolle. Frankie hatte versucht zu ergründen, ob sie noch Gefühle für sie hatte, doch Carol hatte high geklungen, und Frankie hatte keine Lust, sich noch mal mit diesem Mist auseinanderzusetzen. Sie glaubte nicht, dass sie wieder zu Drogen greifen würde … aber sicherheitshalber – nein. Sie hatte Carol auf den Kopf zugesagt, dass die sich nicht mehr bei ihr zu melden brauche. Und es hatte sich richtig gut angefühlt. Sie brauchte hier keine Freundin – und auch keinen Freund. Sie wollte derzeit einfach Frankie sein, der netteste Mensch der Welt.

In diesem Jahr wollte sie sogar ein Geburtstagsgeschenk für ihren Vater kaufen. Wann hatte sie das bitte zuletzt gemacht? Sie konnte sich nicht einmal mehr daran erinnern. Allerdings wusste sie noch, was sie ihrer Mutter geschenkt hatte – ein Buch: wie man eine gute Mutter wurde. Dafür schämte sie sich jetzt. Andererseits war das gewesen, bevor sie all diese Nettigkeit in sich verspürt hatte. Wenn sie Emma heute ein Geschenk machen müsste, wären es vielleicht Gesangsstunden oder ein cooles T-Shirt mit Aufdruck ... Das wäre passend. Natürlich war sie schon ziemlich alt, aber tattrig war sie noch lange nicht.

Bis zu Alexanders Geburtstag waren es noch drei Tage. Sie hatte immer noch keine rechte Vorstellung davon, was er von ihr geschenkt bekommen sollte, und schlenderte deshalb ziellos durch die Stadt und an den Schaufenstern entlang. Mama war ein bisschen cooler als Papa, etwas für sie zu finden, fiel Frankie leichter. Sie sah ein paar neonfarbige Ohrringe, die ihre Mutter eindeutig hätte tragen können. Vielleicht wäre ein Walkman für Papa cool? Vor einem Elektronikladen blieb sie stehen. Aber wann sollte er bitte Musik hören?, fragte sie sich dann. Er arbeitet doch andauernd. Jedem anderen gab er hin und wieder frei; sich selbst nie. Dass er sich die Zeit genommen hatte und beim Abendessen mit Emma dabei gewesen war, sah ihm gar nicht ähnlich, aber es war nett gewesen, und Frankie wusste natürlich, dass er das um ihretwillen getan hatte. Eine Krawatte, ein Pullover, Strümpfe? Sie ging die Einkaufsstraße entlang und verwarf eine Idee nach der anderen. Es konnte doch nicht so schwer sein, für Alexander ein Geschenk zu finden – er war der Typ, der sich eigentlich über alles freute. Das wusste sie noch von früher, wenn sie irgendwas Hässliches gezeichnet hatte und das Bild dann an einer Heftzwecke neben Emmas Flanagans-Schichtplan in der Küche aufgehängt wurde.

Scheiße! Dort vorn war Angelica und trug etwas Großes vor sich her. Ein Gemälde? Ein Geburtstagsgeschenk für Papa? Es würde Frankie kein bisschen verwundern, wenn sie ihrem Künstler ein Bild abgekauft hätte. So machten es Fremdgeher – die hatten keine Skrupel.

Seit Frankie Angelica und den Maler zusammen gesehen hatte, war sie ihr aus dem Weg gegangen. Sie hatte sich vor jedem Versuch von Angelicas Seite, sich ihr zu nähern, sofort weggeduckt. Angelica sollte lieber mit Alexander sprechen und nicht mit Frankie.

Ihr Vater hatte ein schönes Geschenk verdient, es war einfach so. Sie lief zurück zum Elektronikladen und kaufte einen Walkman, anschließend ging sie die Auswahl an Kassetten durch, um eine zu finden, die er mögen würde. Sie bezahlte mit den Trinkgeldern, die sie von schlicht gestrickten Männern bekommen hatte; sie liebte es, an Tischen zu bedienen, an denen nur Männer saßen, weil man ihnen so leicht das Geld aus der Tasche ziehen konnte. Insgeheim würde sie ihnen viel lieber vor die Füße kotzen, hatte sich aber immer wieder für das Geld entschieden. Ihren Lohn rührte sie nicht an, nur das Trinkgeld verprasste sie, genau wie sie es sich anfangs vorgenommen hatte.

Während die Kassiererin ihre Geschenke verpackte und

eine große rosafarbene Schleife um das größere schlang, dachte Frankie erneut an Alexanders Geburtstag. Wie könnte sie zusehen, wie er Angelicas Geschenk auspackte, und dabei den Mund halten? Es wäre nur gut, wenn sie ihm ihr eigenes Geschenk später am Tag überreichen könnte. Ihre Schicht begann erst um vier, und sie könnte natürlich bis dahin in ihrem Zimmer bleiben und ausschlafen, andererseits wäre ihr Vater bestimmt enttäuscht, wenn sie nicht sofort am Morgen zu ihm liefe und ihm gratulierte. Am besten wäre sie gar nicht vor Ort – sie war immerhin zweiundzwanzig und brauchte keine Erlaubnis mehr, wenn sie Calais verließe; sie könnte zu Emma reisen.

Im selben Moment dämmerte ihr, dass die neue, nette Frankie noch nicht mal würde schwindeln müssen. Alexander würde es sogar gutheißen, wenn sie ihre Mutter so schnell würde wiedersehen wollen.

Aber wie kam man ohne Auto nach London?

»Ich hab darüber nachgedacht, für ein paar Tage zu Mama zu fahren«, sagte sie, als sie zurück und ein paar Minuten mit ihrem Vater alleine war.

»Jetzt gleich?«

»Ja.«

»Okay ... Klar, fahr nur. Wie kommst du denn hin?«

»Keine Ahnung. Wenn jemand mich zum Hafen bringen könnte, hätte ich keine Probleme, denke ich. Ich hab bei der Auskunft angerufen: Von Dover fährt ein Zug nach St Pancras.«

»Das sollte doch machbar sein. Am Donnerstag muss

ich ebenfalls für ein paar Tage nach London, dann kannst du ja mit mir zurückfahren.«

»Fährt Angelica gar nicht mit? Das ist doch dein Geburtstag?«

»Nein, ich fahre allein, und ja, da darfst du deinen Vater in London zu einem Stück Geburtstagskuchen einladen, wenn du willst. Apropos Angelica – ich mache mir immer noch Gedanken über euer Verhältnis. Auch wenn du sie nicht mehr anfauchst, gehst du ihr aus dem Weg, und das bekümmert sie.«

»Hm. Die Arme. Aber dann gehe ich wohl besser und packe meine Sachen.«

Er machte eine hilflose Geste. »Mach das. Dann kümmere ich mich darum, dass dich nachher jemand fährt.«

Die blaue Wimperntusche sah toll an ihr aus. Es war das erste Mal, dass sie sie aufgelegt hatte. Emma hatte sie ihr geschenkt. Frankie hatte sich schon lange nicht mehr geschminkt, doch sie wollte nicht langweilig aussehen, wenn sie nach London kam. Offenes oder hochgestecktes Haar? Haarband oder nicht? Zu guter Letzt entschied sie sich dafür, es offen zu lassen, und zog ein breites Haarband hervor, das zu ihrem grün-weiß gestreiften Oberteil passte. Jeansrock, ein Paar Stulpen, die sie *definitiv* im Speisesaal würde ablegen müssen, weil sie laut ihrem konservativen Vater unmöglich aussahen. Weiße, flache Pumps.

Sie sah klasse aus und war bereit für London.

Ihre Kollegin Valerie würde sie zur Fähre bringen und stand schon am Auto, als Frankie in den Garten hinaustrat.

Ihr Vater kam herausgelaufen und wünschte ihr eine gute Reise. Er würde sie anrufen, sobald auch er in London sei, sagte er noch.

Es war ihr Glückstag: Die Fähre lag am Hafen bereit, sodass sie nur ihr Ticket zu kaufen und an Bord zu gehen brauchte. In Dover hatte sie ebenfalls Glück, und obwohl sie nie gedacht hätte, dass sie sich nach dem Flanagans sehnen würde, tat sie es wirklich.

Sie las drei Seiten *Stolz und Vorurteil*, blickte auf, musterte die Jungsclique auf der anderen Seite des Abteils und wandte sich wieder ihrem Buch zu. Am liebsten hätte sie diesen Gaffern die Zunge rausgestreckt. Entweder hatten sie noch nie etwas Schickeres gesehen als sie mit ihrer blauen Wimperntusche, oder aber sie glaubten, die Wimperntusche sei das Hässlichste, was sie je gesehen hatten. Aber egal. Sie drehte die Lautstärke ihrer Kopfhörer auf, war dann aber gezwungen, sie wieder ein bisschen leiser zu stellen, weil sie zu sehr knisterten. Verdammt! Allmählich wurde sie ungeduldig. Es war nicht mehr weit bis London. Den Rest der Reise konnte sie auch stehen.

Frankie hatte gerade das Buch zugeschlagen, als sie einen kleinen Zettel zu Boden segeln sah. Hatte der in dem Buch gesteckt? Sie beugte sich nach unten und hob ihn auf.

Emma, ich schlafe heute Nacht im Ritz. Checke als Mr Lester ein. Bitte komm, ich brauche dich!
Sebastian

Wie bitte? Sie starrte auf die Nachricht. Was war das? Sebastian *brauchte* Mama? Was war das denn für ein Blödsinn? Die beiden sprachen doch kaum miteinander! Frankie drehte den Zettel hin und her. Von wann stammte der? Vielleicht handelte es sich hierbei um eine andere Emma und einen anderen Sebastian? Ihr schwirrte der Kopf. Aber der Zettel hatte in Mamas Buch gelegen. Das bedeutete doch ... Hatten Sebastian und Elinor eine Krise gehabt, und war ihre Mutter die Einzige gewesen, mit der er hatte reden können, weil sie Elinor so nahestand? Sie würde ihre Mutter dazu befragen müssen; dieser Sache selbst auf den Grund zu gehen, wäre für sie unmöglich.

Sie zog ihre Reisetasche von der Ablage, und als sie an den Jungs vorbeiging, beugte sie sich an denjenigen heran, der dem Mittelgang am nächsten saß, und schrie ihm »Buh!« ins Ohr. Er zuckte zusammen, als hätte sie ihn gekniffen. Grinsend ging sie weiter durch das Abteil, während sie hinter sich seine Freunde laut lachen hörte.

Sie war immer noch die nette Frankie. Aber nur zu netten Leuten.

55

Billie hatte Karl-Johan zu verstehen gegeben, dass es ihm nach ihrer Heimreise nach London freistand, sich eine neue Freundin zu suchen.

»Aber warum denn?« Karl-Johan sah sie traurig an. »Ich will nicht mit einer anderen zusammen sein.«

»Ich weiß aber nicht, ob ich je wiederkomme«, sagte sie bekümmert. Sie hielt den Atem an. Sie brachte die Worte kaum heraus, und sie hatte keine Ahnung, wie er als Nächstes reagieren würde.

»Können wir nicht einfach sehen, wie es sich entwickelt?«

»Ich glaube nicht, dass das eine gute Idee wäre. Es tut mir leid! Es hat nichts mit dir zu tun, du bist wunderbar!«

»Und deshalb machst du jetzt Schluss mit mir. Weil ich so wunderbar bin.« Er war sauer. Seine Mundwinkel wiesen nach unten.

»Ja, ich finde wirklich, wir hatten eine fantastische Zeit, aber jetzt will ich nach London zurückkehren und mich wieder …«

»… frei fühlen«, fiel er ihr ins Wort. »Danke, ich hab schon verstanden.«

»Okay …«

»Wenn du wiederkommst, weiß ich nicht, ob ich dich noch im Ensemble haben will.«

»Das kann ich verstehen.«

Himmel, wie anstrengend das war! Sollte sie ihm erzählen, dass es in England großartige Schauspielschulen gab und Mama, die aus unerfindlichen Gründen sofort kapiert hatte, dass dies Billies Zukunft wäre, sogar schon mit Lindas Mann Robert über Schulen in den USA gesprochen hatte? Es war nicht sehr wahrscheinlich, dass sie nach Uppsala zurückkäme, ganz gleich ob sie an einer anderen Schauspielschule angenommen würde. Sie wollte hier schlichtweg nicht mehr BWL studieren. Allerdings würde sie Annika vermissen. Seit die zu ihren Eltern gereist war, hatten sich die Flure im Wohnheim nur noch verwaist angefühlt. Aber in drei Wochen würde sie ihren Job im Flanagans antreten, und dort könnten sie sich täglich treffen. Wenn Annika im Moment nur in der Nähe wäre … Billie hatte nie zuvor im Leben mit jemandem Schluss gemacht, und es war wesentlich schwieriger, als sie es sich vorgestellt hatte.

»Vielleicht mag ich es ja so sehr, dass ich im Flanagans bleibe«, hatte Annika gesagt, und Billie hatte erwidert, dass sie das liebend gern tun könne. Das Beste, was sich ihre Mutter vorstellen konnte, waren junge, ehrgeizige Frauen, und dass Annika überdies Schwedin war, war ein zusätzliches Plus.

»Du bist genau die Art Frau, die Mama und Emma mögen. Du kannst dort Karriere machen, wenn du das willst.«

»Glaubst du?«

»Ich weiß es«, hatte Billie erwidert.

Sie spürte Karl-Johans herausfordernden Blick auf sich, wusste jedoch nicht richtig, was sie noch sagen sollte. Als sie noch jünger gewesen war, hatte sie manchmal so getan, als wäre sie Frankie, um den Mut zu haben, etwas auszusprechen; auch wenn sie Frankie nicht ausstehen konnte – dass diese nie um Worte verlegen war, fand sie trotz allem bewundernswert. Doch in diesem Augenblick konnte Billie Frankies Stimme in sich nicht erspüren, sodass sie lieber den Mund hielt.

Sie nestelte ein wenig an ihrem Gepäck herum, obwohl eigentlich alles fertig gepackt war. Das Taxi würde in zehn Minuten vorfahren. Sollte sie ihn darum bitten, ihr mit den Taschen zu helfen? Nein, das wäre zu viel verlangt. Billie hatte ihn verletzt, und das war nicht ihre Absicht gewesen. Aber es war nun mal schwer zusammenzubleiben, wenn man sich nicht einmal mehr im selben Land befand. Verstand er das denn nicht?

»Hast du mir nichts mehr zu sagen?«, fragte er wütend.

»Nein«, antwortete sie.

»Okay, dann noch ein schönes Leben«, sagte er und kehrte ihr den Rücken zu. Die Tür fiel laut ins Schloss, und endlich konnte Billie wieder durchatmen.

Ihr Vater winkte schon eifrig, als sie in Heathrow durch die Zollkontrolle kam.

»Endlich bist du wieder da!«, sagte er und nahm den Wagen mit den Taschen. »Dein Zimmer ist schon vorbereitet, und Magda hat ein Chicken Curry gekocht. Als Frankie und du noch klein wart und Edwin noch lebte, wart ihr euch alle einig, dass es nichts Leckereres auf der Welt gibt.«

Sie grinste. »Das finde ich immer noch.«

»Ich weiß!«

Draußen stand sein kleiner Sportwagen mit geöffnetem Verdeck.

»Oh, Papa, bitte ... Da passt doch mein Gepäck nicht rein!«

»Mist, daran habe ich gar nicht gedacht. Dann müssen wir zusätzlich ein Taxi nehmen. Aber fährst du trotzdem mit mir? Dann höre ich schon mal, wie es dir ergangen ist. Wie geht es Karl-Johan?«, fragte er, während er nebenbei einem Taxifahrer zuwinkte, der rauchend neben seinem Wagen stand.

»Mit dem ist Schluss.«

»Ach, so schnell? Das ist ja traurig.«

Sie zuckte mit den Schultern.

Der Taxifahrer wollte erst nicht nur das Gepäck für sie transportieren, doch sobald Papa die Fahrt im Voraus bezahlt und ein ordentliches Trinkgeld draufgelegt hatte, verstummte er und nahm Billies Taschen entgegen.

»Da siehst du es«, sagte Papa. »Die Menschen sind doch alle käuflich.«

Er zog die Beifahrertür für sie auf.

»Das ist aber ein zynisches Menschenbild«, erwiderte sie, sobald er hinters Steuer gerutscht war.

»Nichtsdestoweniger wahr«, sagte er, warf einen Blick über die Schulter und fuhr vom Straßenrand. »Schnall dich an. Sonst fliegst du ohne Wagendach meilenweit, wenn etwas passiert. Oder wolltest du vielleicht fahren?«, fragte er. »Daran hab ich gar nicht gedacht.«

»Nein, fahr du.«

»Hast du in Schweden im Rechtsverkehr geübt?«

Sie lachte. »Ein Mal – und bin in die falsche Richtung in einen Kreisel eingefahren. Hat ein bisschen gedauert, da wieder rauszukommen.«

Er lächelte breit. »Wenn du wüsstest, wie froh ich bin, dass du nach Hause gekommen bist!« Er tätschelte ihr Bein. »Wann kommt deine Freundin?«

»In ein paar Wochen. Sie wohnt in einer der Personalwohnungen im Hotel.«

»Aber du ziehst wieder daheim ein?«

»Na klar.«

Billie atmete die wohlbekannten Gerüche Londons ein, als wäre die Stadt ein riesiger Wald. Es roch nach Autoreifen, warmem Asphalt, Abgasen und Benzin. Sie war wieder zu Hause.

Ein halbes Jahr zuvor hatte sie sich von hier weggesehnt, doch seither hatte sich vieles verändert. Das Theater hatte eine ganz neue Bedeutung für sie erlangt, die schwer zu erklären war. Sie hatte versucht, es in Worte zu packen, aber Worte hatten dafür nicht ausgereicht. Wer sie noch immer am besten verstand, war Annika. Nicht weil sie die gleichen Gefühle gehabt hätte, sondern weil sie die Veränderung an Billie erlebt hatte: von Todesangst zur Leidenschaft.

»Du wirst Filmstar«, hatte sie verkündet.

»Wie viele schwarze britische Filmstars kennst du denn?«, hatte Billie erwidert.

Die Frage war berechtigt gewesen, und seither hatte sie viel darüber nachgedacht. Wenn sie wirklich Schauspielerin werden wollte, würde von ihr unendlich mehr verlangt werden als von einer jungen weißen Frau. Aber sie würde kämpfen, genau wie ihre Mutter im Flanagans gekämpft hatte. Nur so würde sie etwas erreichen. Jetzt, da sie selbst etwas gefunden hatte, wofür sie brannte, konnte sie so viel besser verstehen, warum ihre Mutter stets so ehrgeizig gewesen war.

»Lässt du mich im Flanagans raus, damit ich bei Mama Hallo sagen kann?«, fragte sie, als sie sich dem Stadtzentrum näherten.

»Natürlich. Um sieben gibt's Abendessen.«

Billie umarmte sich schier quer durchs Foyer, und an der Rezeption blieb sie kurz stehen, um mit ihren alten Kollegen ein paar Worte zu wechseln. Auch in diesem Sommer würde sie wieder hier aushelfen. Mama hatte ihr einen Bürojob angeboten, aber Billie wollte mit den Gästen zu tun haben. Das wäre so viel netter als bloß Papierkram.

Mit einem Mal hörte sie eine bekannte Stimme und erstarrte. Frankie? Oh nein! Was machte die denn im Flanagans? Billie starrte sie an, und Frankie glotzte ebenso verdattert zurück.

»Hallo«, sagte Billie schließlich.

»Hallo.« Frankie trat an die Rezeption. Sie sah immer

noch genauso cool aus wie immer. Total bescheuerte Klamotten – aber sie konnte es tragen.

»Was machst du denn hier?«, fragte Billie, nachdem sie sie gemustert hatte.

»Womöglich das Gleiche wie du.«

»Willst du auch hoch ins Büro?«

Frankie nickte. »Gehen wir?«

Wollte sie tatsächlich, dass sie gemeinsam hochgingen? Bemerkenswert. Frankie wirkte fast ... freundlich? Wie konnte das sein? Billie sah sie von der Seite an. Frankie hatte immer eine Aura gehabt, die Billie einschüchternd gefunden hatte, doch die war wie weggefegt, und es war ein merkwürdiges Gefühl, keine Angst mehr vor ihr zu haben. Entweder war Billie in Schweden erwachsen geworden, oder Frankie war in Frankreich netter geworden, weil sie jetzt in aller Seelenruhe nebeneinanderher über den Marmorboden auf die Treppe zugehen konnten. Keine von ihnen sagte etwas Fieses, stattdessen grüßten sie beide freundlich dieselben Leute, blieben stehen und umarmten Charlie, der das Gepäck abstellte, das er gerade getragen hatte, um sie angemessen willkommen zu heißen. Sie spähten in den Salon, wo die schick gekleideten Gäste saßen, und als sie an der Treppe ankamen, setzten sie gleichzeitig den ersten Schritt auf die unterste Stufe.

Frankie hielt Billie am Arm fest und lächelte sie an. »Weißt du noch?«

Billie fühlte sich um Jahre zurückversetzt. Plötzlich war sie wieder neun Jahre alt, und sie beide lieferten sich ein

Wettrennen ins nächste Stockwerk. »Ja klar.« Sie erwiderte das Lächeln.

»Bereit?« Frankie sah Billie herausfordernd an.

Sie nickte, und ihre Beinmuskeln spannten sich fast instinktiv an. »Achtung, fertig, los!«

Wie der Blitz schossen beide die Treppe empor, und Billie kam als Erste oben an. Frankie sah sie mit großen Augen an. »Du hast *gewonnen*«, keuchte sie.

Billie zog eine Augenbraue hoch. »Früher hab ich dich immer gewinnen *lassen*.«

Als Billie die Tür zum Büro aufschob, lachte Frankie hinter ihr immer noch.

Emma juchzte und sprang sofort auf. Sie hatte anscheinend nicht einmal gewusst, dass Frankie in der Stadt war.

Billie sah ihre Mutter verdutzt an, als Frankie und Emma einander umarmten. Wann war das denn passiert? Glaubte Frankie gar nicht mehr, dass Emma die schlechteste Mutter der Welt war? Anscheinend nicht. Vielleicht war sie deshalb auch so freundlich zu Billie gewesen. Als ihre Mutter auf sie zurauschte, riss sie sie aus den Gedanken. Die Umarmung war warm, und ihre Mutter duftete wie immer nach Chanel.

»Willkommen zu Hause, mein Schatz«, sagte sie und ließ sie immer noch nicht wieder los.

Lächelnd wand sie sich aus deren Armen. »Ich wollte nur Hallo sagen. Ich bekomme ein Chicken Curry bei Papa – Magda hat gekocht.«

»Oh«, sagte Frankie. »Das beste Essen überhaupt!«

Billie zögerte kurz, aber dann sagte sie: »Komm doch

mit! Papa freut sich, und Magda kocht immer für eine ganze Kompanie. Oder, Mama?«

Ihre Mutter nickte. Sie und Emma sahen glücklich aus. Hoffentlich erwarteten sie nicht zu viel. Wenn Frankie jetzt mitkäme, wäre es nur wegen des Currys, nicht aus ... einer Art Freundschaft.

»Da schließe ich mich gern an«, sagte Frankie. »Ist doch okay, Mama?«

»Ja, sicher. Ich stehe nur leicht unter Schock, glaube ich. Wohnst du bei mir?«

»Ja, gern, wenn ich darf? Ich wollte ein paar Tage bleiben. Will einfach nur ein bisschen rumhängen. Papa kommt am Donnerstag, sodass ich mit ihm nach Calais zurückfahren kann. Er hat übrigens Geburtstag – wenn du willst, komm mit, wenn ich ihm den versprochenen Geburtstagskuchen spendiere.«

Billie hätte schwören können, dass sie Frankie noch nie so nett gegenüber ihrer Mutter erlebt hatte. Man hätte vor Rührung weinen können.

»Lass deine Tasche hier, die nehme ich später mit hoch«, sagte Emma, die derart ergriffen war, dass Billie wegsehen musste, um nicht rührselig zu werden.

»Kommst du?«, fragte sie Frankie und wandte sich zur Tür.

Gemeinsam gingen sie die Treppe hinunter. Es fühlte sich bemerkenswert okay an, und Billie war erstaunt, wie leicht diese Veränderung vonstattengegangen war. Klar kannten sie sich schon ihr Leben lang. Ihre Mütter waren fast wie Schwestern, was dazu führte, dass Frankie und Billie so gut wie alles wussten, was die jeweils andere gerade machte. Trotzdem war es Jahre her, seit sie zuletzt freundlich miteinander umgegangen waren. Wenn Frankie Billie nicht gerade einen Streich gespielt hatte, hatte Billie etwas Überhebliches zu Frankie gesagt. Doch all das schien vergessen zu sein. Wenn Frankie jetzt nicht fies zu Billie war, wollte die es ebenso wenig sein. Sie waren beide eine Zeit lang weg gewesen, vielleicht fiel es ihnen deshalb leichter, nett zueinander zu sein.

»Schick«, sagte Frankie und nickte auf Billies Handtasche hinab.

»Deine aber auch«, erwiderte Billie.

Sie lächelten einander an. Nicht einmal das fühlte sich merkwürdig an.

56

»Oh, Liebling, wie spannend! Was ist das?«, fragte Alexander, als er am Geburtstagsmorgen das große Päckchen entgegennahm.

Angelica schaute ihn aufgeregt an. »Mach es auf!« Sie sah aus, als hätte sie das Geschenkpapier am liebsten selbst abgerissen.

Alexander ließ sich provozierend viel Zeit und zog das Papier vorsichtig ab, damit es ja nicht zerriss. Zu guter Letzt enthüllte er ein Ölgemälde. Es stellte Angelica dar – auf einer karierten Decke und mit fächerartig ausgebreitetem Haar. Sie hatte gerötete Wangen, als hätte sie soeben Sex gehabt. Der Maler – wer immer es war – hatte sie perfekt eingefangen.

Nur wo soll ich das Bild ihrer Meinung nach aufhängen?, dachte er sich.

»Wie schön!«, sagte er, weil er nicht recht wusste, was er sonst sagen sollte. »Wer ist denn der Künstler?«

»Ein Maler hier aus der Altstadt, ein wahres Genie. Ist es nicht fabelhaft?« Der Stolz leuchtete in ihrem Blick.

Er nickte. Ja, sie sah auf dem Bild fantastisch aus. Erotisch. Die leicht gespreizten Beine und ... Als er näher heranging, meinte er sogar, ihre Feuchte erkennen zu können. Herr im Himmel ...

»Du siehst ... unfassbar lustvoll aus«, murmelte er, um irgendwas zu sagen.

Ehrlich gesagt war das Bild für ihn schlichtweg zu viel des Guten. Es war zu intim, zu pornografisch, um wirklich schön zu sein. Und gleich würde sie ihn fragen, wo er es hinhängen wolle – und was sollte er da antworten? Hinter die Schlafzimmertür?

Er lächelte sie an, und sie musterte ihn, als erwartete sie jetzt etwas von ihm. Was das war, verstand er erst, als sie ihm die Hand auf den Oberschenkel legte und sie dann weiter nach oben wandern ließ, bis sie seinen vollkommen desinteressierten Penis berührte. Es fühlte sich an, als würde der sich sogar zurückziehen, je näher sie kam.

Schlussendlich schob er ihre Hand beiseite. »Tut mir leid, ich kann nicht«, sagte er und kniff die Augen zusammen, weil er irgendeine Art Ausbruch erwartete. Als er die Augen aufmachte und zu ihr hinsah, weinte sie still und hatte die Hände aufs Gesicht gepresst.

»Es tut mir leid, Angelica, aber das hier funktioniert so nicht«, sagte er. Aber tat es ihm wirklich leid? Nein, er war hauptsächlich froh, dass das Restaurant und ihr Wohnhaus ihm allein gehörten. Was für ein Mistkerl er doch war. Sie hatte genauso viel Arbeit dort hineingesteckt wie er – und in ihre Beziehung eindeutig noch viel mehr.

Sie stand auf, griff nach dem Bild und wandte sich zur Tür. »Ich ziehe noch heute aus.«

»Wo willst du denn hin?«

»Zu jemandem, der mich begehrt. Denn das hast du nie«, sagte sie. »Ich wäre dir dankbar, wenn du deine Sachen aus meiner Londoner Wohnung räumen würdest, während du ohnehin dort bist.«

Alexander hätte womöglich traurig sein sollen, aber als er durch den Garten und ins Restaurant ging, war sein einziger Gedanke, dass es mit einer Kraft weniger im Restaurant hart werden könnte. War das alles, was er fühlte? Wirklich? Ja. Da konnte er sich nicht belügen. Es war fast eine Erleichterung, dass sie sofort ausziehen wollte. Er hatte versucht, sie zu lieben, es aber nicht geschafft. Sie verdiente etwas Besseres. Trotzdem war jetzt, da er Angelicas Schicht übernehmen musste, natürlich keine Rede mehr davon, nach England zu fahren und seine Sachen aus ihrer Wohnung zu räumen.

Bei Pierre, der gerade die Mittagsgerichte vorbereitete, beklagte er sich mit einem schiefen Lächeln: »Kennst du nicht jemanden, der einen Job sucht und heute noch loslegen könnte?«

»Na klar. Ich hab eine ganze Liste von Leuten, die nur zu gern hier anfangen würden.«

»Nimmst du mich auf den Arm?«

»Nimmst *du* mich jetzt auf den Arm? Das Restaurant hat dank mir einen sehr guten Ruf«, sagte der Koch. »Es wäre überhaupt kein Problem. Was brauchst du? Mann oder Frau? Welche Qualifikationen? Ich hole die Bewerberliste, und du sagst mir, wonach du suchst.«

»Ich brauche einen Oberkellner, der auch die Restaurantleitung übernehmen könnte, wenn ich andere Sachen zu tun habe, und der im Notfall auch im Service mit anpacken könnte.«

»Eine neue Angelica?«

»Du weißt schon, dass sie uns verlässt?«

Pierre zuckte mit den Schultern. »Ich hab sie neulich Arm in Arm mit diesem komischen Künstler gesehen, da hab ich mir das irgendwie schon gedacht.«

»Verdammt, ich hatte ja keine Ahnung.« Alexander nahm beschwichtigend die Hände hoch, als Pierre ihn beunruhigt ansah. »Keine Sorge, ich freue mich für sie. Wann kann ich deine Bewerber kennenlernen?«

Er verspürte *Erleichterung*, weil Angelica anscheinend schon einen Neuen gefunden hatte.

Ich sollte mich schämen, schoss es ihm durch den Kopf.

Pierre warf einen Blick auf seine Armbanduhr. »In einer Stunde?«

Alexander musste lachen. »Großartig!«

»Wo ist denn Frankie?«, wollte Pierre wissen.

»Bei ihrer Mutter in London. Sie kommt in ein paar Tagen zurück.«

»Oh, gut. Sie ist … echt klasse.« Es war fast, als würde der Koch aufatmen.

Hatte Alexander hier irgendetwas übersehen? Er hatte geglaubt, dass Pierre und Frankie einander nicht ausstehen konnten. Trotzdem freute es ihn, dass der Koch Frankie gelobt hatte.

»Da hast du recht«, sagte Alexander stolz.

Zwei Stunden später hatte er zwei neue Mitarbeiter angestellt: einen erfahrenen Oberkellner, der als stellvertretender Restaurantleiter einspringen könnte, und einen sehr jungen, aber gewitzten Mann, der unbedingt als Bedienung arbeiten wollte.

Was für ein Tag! Vielleicht hatte er niemanden gehabt, mit dem er hätte feiern können, aber als Frankie anrief und ihm ein Ständchen sang, fühlte er sich trotzdem halbwegs gut.

»Du hast es gewusst«, sagte er, als Frankie kein bisschen überrascht reagierte.

»Japp, ich hab den Maler zwischen ihren Beinen ertappt.«

»Frankie!« Er räusperte sich.

»Sorry, wenn es doch wahr ist. Gut, dass du sie los bist. Sie hat sich alle Mühe gegeben, nett und lieb zu sein, aber sie war ein falscher Fuffziger. Ich hasse solche Frauen.« Dann sprach sie leise weiter: »Mama ist vielleicht nicht so bildschön, aber sie ist ehrlich. Das mag ich, und ich glaube, das magst du auch. Wann kommst du her?«

Freute er sich gerade, oder war er zu Tode verängstigt? Er hatte Emma so oft vorgeworfen, dass sie ihn belog, wann immer er geglaubt hatte, dass sie sich hinter seinem Rücken mit anderen getroffen hatte. Und er war das Gefühl nie losgeworden, dass er ihre Verletzlichkeit ausgenutzt hatte, kurz nachdem sie mutterseelenallein Frankie zur Welt gebracht hatte; dass er sie auf diese Weise in etwas hineingelockt hatte, was sie womöglich nicht gewählt hätte, wenn sie andere Optionen gehabt hätte. Wann immer sie einen anderen ansah, beschlich ihn die Angst.

Sie hatten sich scheiden lassen, er hatte eine Neue gehabt, und trotzdem hatte er immer nur Emma gewollt. Seine Tochter wusste das genau.

Er nahm sich die Schürze ab. »Ich fahre sofort los und melde mich, wenn ich da bin. Frag deine Mutter, ob es in Ordnung wäre, wenn ich ein paar Nächte im Flanagans bliebe.«

Es war noch nicht vorbei zwischen Emma und ihm. Bei Weitem nicht.

57

Gott, steh mir bei, dachte Elinor verzweifelt. Was sie eben erfahren hatte, stellte alles auf den Kopf. Jetzt gab es kein Zurück mehr, sie würde die Karten auf den Tisch legen müssen, ganz gleich was Alexander davon hielt. Zuvor war immer er es gewesen, der für die Wahrheit plädiert hatte, und sie hatte ihm Einhalt geboten. Jetzt war es genau umgekehrt. Sie würde mit ihm reden müssen. Sie würden es erzählen müssen.

Es würde zwar eine Menge Leute betreffen, aber die Wahrheit *musste* ans Licht.

Emmas Stimme holte sie ins Hier und Jetzt zurück. »Glaubst du nicht auch, dass unsere Töchter am Ende doch Freundinnen werden könnten?« Emma hob ihre Teetasse hoch und strahlte hoffnungsfroh.

»Ja, auch wenn sie wohl nie das Flanagans übernehmen werden«, erwiderte Elinor. Sie hatte sich auf den Tag gefreut, da sie Billie die Schlüssel zum Hotel überreichen würde. Aber das alles war nicht mehr wichtig. Was hatte sie sich in all den Jahren nur gedacht, in denen sie versucht hatte, Billie in eine bestimmte Richtung zu steuern, wenn am Ende doch nur wichtig war, dass ihre Tochter sich glücklich fühlte?

»Wen wir hier einen Schlussstrich ziehen, sind wir schon in den Zweitausendern. Stell dir die Silvesterfeier 1999 vor! Da sind wir bald sechzig!« Emma lachte, als wäre das ein unbegreifliches Alter. Als Elinor nicht reagierte, fragte sie: »Was ist heute mit dir los, Elinor? Du hast doch etwas auf dem Herzen.«

»Alte Zeiten ... Passiert dir das nie? Dass du an Fehler denkst, die du gemacht hast und von denen du dir aus vollem Herzen wünschst, du könntest sie ungeschehen machen?«

Emma zuckte zusammen – kaum merklich, aber doch so, dass Elinor es mitbekam.

»Ich kann mir kaum vorstellen, dass du je einen Fehler gemacht hast«, sagte sie lächelnd, doch Elinor sah die Skepsis in Emmas Blick. Die Wahrheit lag ihr auf der Zunge, sie würde nur den Mund aufmachen müssen, aber noch war nicht der richtige Moment. Sie schluckte und nötigte sich ein Lächeln ab. »Noch Tee?«

Elinor fühlte sich fast, als trauerte sie um ihre Familie und all das, was alsbald passieren würde. Die bedrohliche Dunkelheit, die sie nach Billies Geburt verspürt hatte, war zurück. Damals hatte ihr Frauenarzt gesagt, es sei nicht ungewöhnlich für frischgebackene Mütter, dass sie sich so fühlten; wenn sie sich nur um ihre Tochter kümmere, werde sich alles zum Guten entwickeln. Er hatte recht gehabt, es war vorbeigegangen, allerdings war es ganz schrecklich gewesen. Diesmal war die Situation eine andere, trotzdem erkannte sie die düsteren Gedanken wieder.

Sie sprach ein Stoßgebet, dass sie nicht erneut Familien entzweien würde, sobald sie die Wahrheit erzählte; tatsächlich zielte sie auf das Gegenteil ab. Sie brauchte ihre Lieben mehr denn je, und sie alle brauchten einander. Nur würden sie das verstehen?

»Wann wollte Alexander kommen?«, fragte sie tonlos.

»Gegen zwei. Er will mit uns zu Mittag essen. Willst du dich anschließen?«

»Nein, aber ich würde ihn anschließend gern etwas fragen. Ich rede später mit ihm. Wollt ihr hier essen?«

Emma nickte, und Elinor wich ihrem Blick aus. Sie musste unter vier Augen mit Alexander sprechen.

Später am Nachmittag kam Alexander in Emmas Begleitung ins Büro.

»Hallo«, sagte er, trat auf Elinor zu und begrüßte sie mit Wangenküsschen. »Wie schön, dich zu sehen! Wie geht es dir?« Er sah sie aufmerksam an. »Du siehst erschöpft aus, Elinor. Du arbeitest dich doch hoffentlich nicht kaputt?«

»Ach, alles beim Alten. Das kommt und geht auch wieder.« Sie versuchte sich an einem Lächeln. »Darf ich dich für einen Moment entführen? Wärst du so nett und würdest ganz kurz mitkommen?«

Er sah sie überrascht an. »Klar«, sagte er dann und sah flüchtig zu Emma.

Man kann gar nicht umhin zu bemerken, wie sehr er sie immer noch liebt, dachte Elinor und geriet kurz ins Wanken.

Doch dann holte die Wirklichkeit sie wieder ein. Sie hatte keine andere Wahl mehr.

»Nein«, sagte Alexander, als sie in Elinors Suite angekommen waren und sie ihm erklärt hatte, was sie vorhatte. »Es ist zu spät. Lass es bleiben – wir verstehen uns, und meiner Familie geht es gut. Und denk mal an deine Tochter! Man muss nicht immer alles erzählen. Unsere Fehler von damals sind inzwischen verjährt.«

»Können sie jemals verjähren?«, fragte Elinor. »Sollte es dann nicht irgendwann aufhören, mir auf der Seele zu liegen?«

»Aber was glaubst du denn, was sich dadurch verändert, wenn du es erzählst? Du erleichterst vielleicht dein Gewissen, aber das ist auch schon alles.«

»Ich habe darüber mein Lebtag nachgegrübelt und will das hier um meinetwillen tun«, sagte sie. »Es muss sein.«

»Nein, dein Lebtag stimmt nicht«, entgegnete Alexander scharf. »Genau das ist nämlich das Problem. Du bist nicht die Heilige Elinor, die du gern wärst – und nur das treibt dich um.«

»Du findest, ich bin egoistisch?«

»Was dieses Thema angeht? Ja.«

»Du wolltest es doch auch allen sagen.«

Er lachte. »Damals, jetzt nicht mehr.«

»Dann kann ich nicht mit deiner Unterstützung rechnen?«

»Nein, tut mir leid, kannst du nicht. Und ich bitte dich – lass es uns für uns behalten. Schlaf noch mal darüber, Elinor, vielleicht denkst du morgen anders darüber.«

58

Am folgenden Vormittag steckte Frankie den Kopf durch die Bürotür, um zu sehen, ob Billie da war. Doch Elinor war dort allein. Und sie war nicht sie selbst. Sie war sonst immer so froh, Frankie zu sehen.

»Wo steckt denn Billie?«, wollte Frankie wissen.

Elinor blickte auf. »Sie ist unterwegs.« Ihre Stimme war dünn.

»Ist etwas passiert?« Frankie betrat das Zimmer.

»Nein, ich bin einfach nur gestresst.«

Als hätte Frankie keine Augen im Kopf.

»Gut, dann verschwinde ich wieder und gehe ihr entgegen. Bis später!«

»Mach das. Und … Frankie?«

Sie hielt inne.

»Ich bin unglaublich froh, dass ihr wieder Freundinnen seid.«

Frankie lief die Treppe hinunter und war gerade in der Lobby angekommen, als Billie durch die Tür kam. »Komm mal mit, ich muss dir etwas zeigen«, sagte sie, als sie einander auf dem Marmorboden gegenüberstanden. Sie zog Billie auf eine freie Sitzgruppe vor dem Teesalon zu. Dann drückte sie ihr den Zettel in die Hand, den sie in ihrem Buch gefunden hatte. »Was hältst du davon?«

Leise murmelnd las Billie die Nachricht. »Verstehe ich nicht ... Meinst du, dass das mein Vater an deine Mutter geschrieben hat?«

»Keine Ahnung. Ist das seine Schrift?«

Billie nickte. »Ja, schon ...«

Frankie seufzte. Sie hätte natürlich erst ihre Mutter fragen müssen, aber es war gerade so nett mit ihr, dass Frankie das nicht aufs Spiel setzen wollte. Gestern hatte ihr Vater mit ihnen zu Abend gegessen, und es hatte sich fast angefühlt, als wären sie wieder eine Familie. Trotzdem hatte die Nachricht ihr den ganzen Abend im Kopf herumgespukt.

»Glaubst du, die hatten mal was miteinander?« Frankie lachte, als würde sie selbst nicht daran glauben. »Großmutter hat Mama mal ein loses Frauenzimmer genannt – und vielleicht ist sie das ja?«

»Aber Papa? Was wäre er in diesem Fall für ein Mistkerl!«, sagte Billie. »Nein, das hier muss von etwas anderem handeln. Hast du Emma gar nicht gefragt?«

»Nein, hätte ich aber tun sollen. Aber – mal ganz ehrlich: meine Mutter und dein Vater?«

»Es wäre eigenartig.«

»Sie wären ein toxisches Paar gewesen«, stellte Frankie fest.

»Genau wie Alexander und meine Mama ein ... langweiliges gewesen wären ...«

»So was in der Art.«

Sie lachten fast einvernehmlich darüber. Billie ist echt nicht mehr die Langweilerin, dachte Frankie. Sie hat sich in Schweden wirklich weiterentwickelt. Sie zieht sich schick an und hat ein ganz neues Selbstbewusstsein. Und sie wollte sich an einer Schauspielschule bewerben – das war ziemlich cool. Sie beneidete Billie dafür, dass sie etwas gefunden hatte, wofür sie Leidenschaft aufbrachte.

»Sag mir, was du denkst«, bat Frankie sie.

Billie musste kurz nachdenken. »Vielleicht hatten Mama und Papa Streit, und Papa wollte darüber mit Emma beratschlagen?«

»Daran habe ich auch gedacht. Eine Affäre der beiden klingt einfach zu unwahrscheinlich. Mama und Elinor sind immerhin beste Freundinnen.«

Billie sah beunruhigt aus, und Frankie beschloss, lieber das Thema zu wechseln. »Hast du übrigens schon Schauspielschulen recherchiert? Stell dir vor, du würdest weltberühmt und bekämst einen Oscar oder so! Oder den BAFTA! Das wäre echt krass!«

»Haha, na sicher. Ich bin schon froh, wenn eine Schule mich nimmt.«

»Das klappt bestimmt«, sagte Frankie.

»Dank dir. Wenn du weiter so nett bist, lade ich dich vielleicht mal zu einer Premiere ein«, grinste Billie.

»Da freue ich mich jetzt schon darauf«, Frankie grinste zurück. »Worüber will deine Mutter eigentlich mit allen sprechen?«

Billie zuckte mit den Schultern. »Weiß auch nicht. Aber du solltest deine Mutter später nach diesem Zettel fragen, weil ich allmählich wirklich wissen will, warum Papa den geschrieben hat.«

»Wenn du jetzt nervös wirst, werde ich es auch«, sagte Frankie.

»Ich weiß ja nicht … Fühlt sich nur komisch an. Sie sind ja nicht mal befreundet.«

»Oder? Ich hab die beiden nie auch nur miteinander reden sehen.«

»Ach, wir steigern uns völlig unnötigerweise in etwas rein.«

Hoffentlich, dachte Frankie. Das hoffe ich wirklich.

Frankie spürte sofort, welche bedrückende Stimmung im Büro herrschte, als sie und Billie dort ankamen. Ihre Eltern waren schon da und saßen auf dem Sofa. Sebastian lehnte sich auf einem Sessel zurück und hatte den Autoschlüssel neben sich liegen, als wollte er jeden Augenblick aufbrechen. Elinor stand in der Zimmerecke und sah völlig verstört aus. Dabei war sie sonst immer so beherrscht.

»Na, ihr hattet es anscheinend lustig«, kommentierte Frankie und ließ sich auf einem freien Platz nieder.

Ihre Mutter lächelte nervös, und ihr Vater sah auch nicht sonderlich entspannt aus.

Frankie spähte zu Billie, die mitten im Zimmer stehen geblieben war. Man konnte ihr ansehen, dass sie beunruhigt war, weil hier irgendetwas im Busch war.

Elinor zeigte auf einen Stuhl.

»Und wenn ich lieber stehe?«, gab Billie zurück.

»Ich möchte, dass du dich hinsetzt«, sagte Elinor, die für ihre Verhältnisse ein bisschen zu schneidend klang.

Frankie fing Billies Blick auf. Irgendwas war hier doch faul, Frankie spürte es am ganzen Leib.

Elinor räusperte sich. »Was ich euch zu erzählen habe, geht unser beider Familien an, und ich wäre euch dankbar, wenn niemand mich unterbrechen würde, bis ich fertig bin.«

59

Elinors Hand zitterte. Sie hatte sich aufgeschrieben, was sie sagen wollte, weil sie es vorsichtig formulieren musste. Sie hatte die ganze Nacht damit zugebracht. Nichts hatte sich verändert, auch wenn Alexander sich gewünscht hatte, dass sie es sich noch mal überlegte. Die Familien mussten Bescheid wissen. Sie sah Alexander an. Sein Blick war flehend, aber sie beschloss, ihn zu ignorieren. Dies hier war das Schwierigste, was sie je getan hatte.

»1962«, las sie von ihrem Notizbuch ab, hob den Blick und sah der Reihe nach alle im Zimmer an. Billie, ihre geliebte Billie, sah verwirrt aus. Frankie, die danebenstand, ebenfalls. Emmas Blick war schwerer zu deuten, und Elinor sah, wie sie nach Alexanders Hand tastete. Er hatte die Augen geschlossen. Er war der Einzige, der wusste, was ihnen bevorstand. Sebastian wippte nervös mit dem Fuß. Ihm stand ins Gesicht geschrieben, dass er lieber nicht hier sein wollte.

»1962«, wiederholte sie, »nachdem ich gerade Billie zur Welt gebracht hatte … Mir jagte damals so vieles eine Todesangst ein. Dass ich Billie vor allem Übel der Welt beschützen sollte, fühlte sich übermächtig an, und die Angst, dass Sebastian mich verlassen würde, bescherte mir schlaflose Nächte. Anfangs habe ich kein Auge zugemacht. Mein Baby schrie sich die Lunge aus dem Leib, weil ich nicht genug Milch hatte, und wurde wunderbar ruhig, sobald es im Schoß der Kinderfrau das Fläschchen bekam. Nacht für Nacht bin ich durch unser Haus gewankt, während Sebastian schlief. ›Sie müssen überglücklich sein‹, meinten die Leute – sie kapierten gar nichts, und ich konnte nicht erklären, wie *unglücklich* ich war. Wie hätte ich es auch erklären können …«

Sie atmete tief ein, bevor sie weitersprach, sah aber niemanden im Zimmer an.

»Monate zuvor hatte ich Sebastian aus Emmas Zimmer kommen sehen. Mit eigenen Augen hatte ich gesehen, wie er sich das Hemd wieder zuknöpfte und sich die Hose zurechtzog. Er fuhr sich mit den Fingern durchs Haar wie immer, wenn er mit mir zusammen gewesen war.«

Elinor hörte, wie Sebastian hüstelte, und beeilte sich, weiter vorzulesen. Jetzt gab es kein Zurück mehr.

»Damals wusste ich noch nicht, dass ich bereits schwanger war. Es dauerte weitere fünf Wochen – und letztlich bis zu unserer Hochzeit, ehe ich erfuhr, dass auch Emma schwanger war. Erst später hat mir gedämmert, dass Emma gar nicht mit Alexander zusammen war, und da war es ein Leichtes, sich auszurechnen, wer der Vater von Emmas Baby war … und warum sie so übereilt zu ihrer Mutter abreiste, statt bei unserer Hochzeit dabei zu sein.«

»Elinor«, flehte Emma sie an, doch Elinor brachte sie mit

erhobener Hand zum Schweigen. Sie musste es ihnen erklären.

»Wenn jetzt ein schwarzes gegen ein weißes Baby stünde, wie würde Sebastian sich wohl entscheiden? Der Mensch will sich selbst in seinen Kindern sehen. Ich konnte den Gedanken einfach nicht abschütteln. Meine Angst, dass Emma mit einem Baby im Arm zurückkommen könnte, war schwer erklärbar – ich habe sie unendlich vermisst, während ich gleichzeitig hoffte, sie würde sich für alle Zeit fernhalten.«

Elinor legte eine Pause ein. Die Stille war so schwer, dass jeder die Atmung des anderen hören konnte.

Sie räusperte sich und las weiter: »Wenn Emma ihr Kind hätte abtreiben lassen, wäre sie längst wieder zurück im Flanagans gewesen. Also musste sie immer noch schwanger gewesen sein. Liebte sie Sebastian? Ich betete zu Gott, dass sie ihn nicht liebte. Ich war mir sicher, wenn sie ihm ihre wahren Gefühle zeigte – zudem mit dem Kind im Arm –, würde er mich verlassen. Dass Alexander so sehr in Emma verliebt war, war meine Rettung. Als ich ihm die ganze Geschichte erzählte und ihn anschwindelte, dass Emma in Wahrheit in ihn verliebt sei, fuhr er sofort zu ihrer Mutter, die ihn auf das Zimmerchen verwies, das Emma für sich selbst und Frankie angemietet hatte.« Sie musste etwas trinken, und ohne aufzublicken, befeuchtete sie ihre Kehle mit dem Wasser, das sie zuvor bereitgestellt hatte. Sie schluckte und fuhr fort: »Nachdem ihr als Familie Nolan mit der kleinen Frankie zurückgekommen wart, redete ich mir ein, dass ich nur meine eigene Familie beschützt und dafür gesorgt hatte, dass Emma ebenfalls einen Ehemann bekommen hätte. Alexander würde niemals verraten, dass er nicht Frankies leiblicher Vater war, und Emma würde natürlich auch nichts anderes behaupten. Jahrelang betrachtete ich mich als den rettenden Engel: Zwei kleine Mädchen hatten nur dank mir einen Vater bekommen. Doch dann starb Edwin.«

Elinor hörte Emmas schwere Atemzüge und wünschte sich, sie könnte den Rest verschweigen. Aber es musste heraus.

»Sein Tod hat uns alle verändert, und meine Schuldgefühle, weil ich dafür gesorgt hatte, dass Frankie die Möglichkeit verwehrt blieb, mit ihrer leiblichen Schwester aufzuwachsen, waren monströs. Je mehr die Mädchen mit ihren Gefühlen zu kämpfen hatten, umso verkehrter kam es mir vor, dass sie ihre wahre Herkunft nicht kannten.«

Als Elinor umblättern musste, sah sie kurz auf. Sebastian saß inzwischen stocksteif da. Emma hatte Alexanders Hand losgelassen. Elinor traute sich nicht, zu Billie und Frankie zu sehen, weil sie den Mut verloren hätte weiterzuerzählen – denn was sie gleich über ihre Eltern erfahren würden, wäre womöglich noch schlimmer.

»Ich hatte das Gefühl, etwas opfern zu müssen, wenn ich meine Schuldgefühle loswerden wollte«, fuhr sie fort und zwang sich, die Stimme stabil zu halten. »Als sich also die Möglichkeit auftat, euch beide zusammenzubringen, Sebastian und Emma, habe ich sie beim Schopfe gepackt. Emma, du hattest es so sehr verdient, die Chance zu bekommen, dich Sebastian anzuvertrauen, und diese Chance habe ich dir gegeben. Deine verstohlenen Blicke in all den Jahren waren mir nicht entgangen. Und Sebastian – du hast damals keinen Gedanken an Emma verloren oder daran, dass Frankie deine Tochter sein könnte, zumindest nicht dass ich es mitbekommen hätte.« Sie sah ihren Mann unverwandt an. »Als ich dich an jenem Wochenende mit Emma nach Weymouth geschickt habe, war mir, als wäre es das einzig Richtige, was ich hätte tun können, aber in deiner Abwesenheit bekam ich kaum Luft. Doch erst als du wieder hinfuhrst, um das Boot zu Wasser zu lassen, muss zwischen euch etwas passiert sein, weil du bei deiner Rückkehr verändert warst. Du warst mit den Gedanken woanders – bei Emma, wie mir dämmerte. Trotzdem hast du anscheinend nicht darüber nachgedacht, mich und Billie zu verlassen. Obwohl sie nun die Chance gehabt hatte, hatte Emma dir anscheinend nicht die Wahrheit über Frankie erzählt. Und ich glaube auch nicht, dass ihr euch später je wieder unter vier Augen begegnet seid. Ich hatte mein Leben aufs Spiel gesetzt ... und gewonnen.«

Elinor legte ihr Notizbuch auf den Schreibtisch.

»Ihr habt das Recht zu erfahren, dass ihr Schwestern seid«, sagte sie. Ihre Hände zitterten noch immer, und ihr war schwindlig.

»Himmel, damit habe ich nicht gerechnet«, sagte Sebastian und streckte die langen Beine aus. Er verschränkte die Hände im Nacken und sah nacheinander Emma, Alexander und Elinor an. »Dass ich der Einzige wäre, der mit einem reinen Gewissen aus dieser Sache herauskäme. Es ist doch ein bemerkenswertes Gefühl, dass ich ausgerechnet von dieser erlauchten Gesellschaft jahrelang als der Schweinehund gehandelt wurde.«

Emma versuchte, sich hochzustemmen, wurde aber von Alexander zurückgehalten. »Dann hast du es immer gewusst?«, fragte sie an Elinor gewandt.

Elinor nickte. »Verzeih mir, Emma, du musst mir verzeihen!« Sie brach in Tränen aus. Es war ausgestanden. Sie musste die Fassung wiedererlangen. Nur eine Sache musste sie noch loswerden.

Emma wandte sich an Alexander. »Und du wusstest immer, wer Frankies leiblicher Vater war?«

Er nickte und versuchte, sie in den Arm zu nehmen, doch sie entwand sich ihm und stand auf.

Billie beugte sich zu Frankie hinüber. »Alles klar bei dir?«

Frankie schüttelte den Kopf, als wäre all das, was sie soeben gehört hatte, der totale Wahnsinn. »Fast schön, dass wir diesen Zettel gefunden haben und gewissermaßen vorgewarnt waren«, flüsterte sie zurück.

Billie wandte sich an ihre Mutter. »Warum jetzt, nach all diesen Jahren der Heimlichtuerei?«

»Weil ich krank bin«, sagte sie mit schwacher Stimme. Sie versuchte erneut, reihum all diese Leute anzusehen, die ihr so viel bedeuteten, aber sie war am Ende ihrer Kräfte. Alle Gefühle und alle Energie waren aus ihr herausgesickert. Nur noch die Angst war übrig.

In Billies Blick stand der blanke Schrecken. »Mama ...«

Sebastian setzte sich gerade auf, und Emma blieb mitten in der Bewegung stehen.

»Elinor«, sagte Alexander verängstigt, »was hast du gerade gesagt?«

In ihrem Kopf rauschte es. Sie versuchte, Billie ein tröstliches Lächeln zu schenken – vergebens. Sebastian kam auf sie zu.

»Krank?«, flüsterte er panisch. »Was meinst du damit? Setz dich, setz dich da hin ... Du fällst sonst in Ohnmacht!«

Elinor sah, wie Emma sich nach Frankie ausstreckte.

»Mama, sag etwas!«, bat Billie. »Sag, was los ist. Ich hatte schon in Uppsala einen Verdacht, aber da hast du mich angelogen.«

»Da wusste ich es noch nicht«, sagte Elinor. »Komm!« Sie streckte ihrer Tochter die Hand entgegen. Ihr war schwindlig, sie hatte den ganzen Tag nichts gegessen. Sie setzte sich auf den Stuhl, den Sebastian ihr hingestellt hatte. Er war kreidebleich, und Billies Hand war eiskalt. Auch wenn ihre Stimme kaum mehr hörbar war, erklärte sie: »Ich weiß immer noch nicht, wie schlimm es ist, aber man hat in einer Brust Krebszellen gefunden, und ich muss operiert werden ... Meine Ärztin hofft, dass wir früh genug dran sind.«

In sämtlichen Gesichtern stand der Schock. Hätte sie es ihnen anders beibringen können? Hätte sie allein mit Billie sprechen und ihr erzählen müssen, dass sie zum einen krank und dass Frankie zum anderen Billies Schwester war? Oder hätte sie erst mit Emma sprechen müssen, damit sie es ihren Töchtern gemeinsam hätten eröffnen können?

Aber es war alles so schnell gegangen, und die OP war bereits tags darauf ...

Sebastian zog einen Stuhl heran und setzte sich neben sie. Er legte ihr den Arm um die Schultern. »Elinor, ich hatte ja keine Ahnung. Ich schäme mich. Ich habe in den letzten Monaten viel Dummes gesagt. Du brauchst mich jetzt.« Ihm versagte die Stimme.

Emma ging neben Elinor in die Hocke. »Es tut mir alles so leid«, sagte sie. »Ich habe unendlich viele Fehler gemacht und erwarte nicht, dass du sie mir vergibst, aber wir müssen einander jetzt helfen. Unsere Töchter, deine Krankheit ...« Sie stockte.

»Kannst du denn *mir* verzeihen?«, wisperte Elinor.

»Das weißt du doch«, sagte Emma. »Du bist meine beste Freundin. Ich liebe dich! Eines schönen Tages setzen wir uns noch mal zusammen und sprechen alles durch, aber nicht jetzt.«

Emmas Sorge um Elinor vermischte sich mit der Panik, sie könnte ihre Tochter von Neuem verlieren. Emma und Frankie unterhielten sich bis spät in die Nacht, und zwischendurch steckte Alexander den Kopf zur Tür herein, um zu fragen, ob sie etwas bräuchten. Er würde noch ein paar Tage in London bleiben, und Emma hatte ihn gebeten, zu ihr und Frankie in die Wohnung zu ziehen, weil die Tochter ihren Vater ebenfalls brauchte.

»Warum, Mama?«

»Ich glaube einfach, ich wollte für dich den bestmöglichen Vater. Alexander hat dich immer bedingungslos geliebt. Wenn ich Sebastian von dir erzählt hätte, wäre es durchaus möglich gewesen, dass du überhaupt keinen Vater mehr gehabt hättest, der anwesend gewesen wäre.« Sie dachte eine Weile nach. »Ich war immer schon stärker als Elinor«, sagte sie dann. »Sie wirkt nach außen so kompetent und beherrscht, aber ich weiß auch, wie empfindsam sie ist. Sie hat Sebastian früher zutiefst geliebt, auch wenn ihre Gefühle irgendwann durch seine Betrügereien abhandenkamen. Aber früher, als ihr noch ganz klein wart, war er ihre große Liebe und Sicherheit. Ich hätte mit der Wahrheit damals eine Menge zerstört.«

»Hattest du je das Gefühl, dass du ihr den Vorzug über mich gegeben hättest?«, fragte Frankie. Sie wollte ihr damit keinen Vorwurf machen, brauchte aber die Antwort.

»Nein, nie. Allerdings gab ich deinem Vater den Vorzug, ohne verliebt in ihn gewesen zu sein, und deshalb hatte ich immer ein schlechtes Gewissen. Sowohl dir als auch ihm gegenüber.«

»Du hast noch mal mit Sebastian geschlafen. Das ist ein bisschen widerlich …«

»Ja, ich war vor Trauer nicht ich selbst. Er auch nicht, als er seinen Bruder verlor.«

»Wir brauchen nicht länger darüber zu sprechen. Dafür aber über Papa.« Frankie blickte von Emmas Schoß auf, auf den sie fast eine Stunde lang ihren Kopf gebettet hatte. »Ich habe deine Blicke gesehen. Lass ihn jetzt nicht gehen, Mama, das wäre der größte Fehler deines Lebens.«

Emma strich ihr über die Wange.

»Ich glaube, du hast recht«, sagte sie mit einem Lächeln; der Jubel in ihrem Innern vermischte sich mit ihrer Sorge um Elinor. »Liebling, ich glaube, du hast recht.«

Frankie nickte.

»Aber das Wichtigste ist, dass ich dich nie verliere, Frankie«, sagte Emma. »Dich liebe ich am meisten von allen.«

Billie verließ die Abteilung, sobald ihre Mutter in den OP geschoben wurde. Sie brauchte frische Luft, wenn sie diesen Tag überstehen wollte. Vor dem Krankenhaus wartete Frankie.

»Also ... Schwestern«, sagte Billie, nachdem sie einander umarmt hatten. »Wer hätte das gedacht!«

»Wirklich«, sagte Frankie. »Konntest du gestern Nacht schlafen?«

Billie schüttelte den Kopf. »Nein, keine Sekunde. Papa war die ganze Nacht bei uns. Er ist komplett am Boden und bereut, dass er die Scheidung eingereicht hat. ›Ich sage Nein‹, hat er heute Morgen gesagt, bevor wir Mama hergebracht haben.«

»Wozu denn Nein?«

»Zur Scheidung.« Billie lächelte schief. »In ihm hat sich ein Schalter umgelegt, als er erfahren hat, dass sie krank ist. Ihm scheint es zu gefallen, gebraucht zu werden. Er meint, es war immer andersherum.«

»Wie geht es Elinor?«

»Schlecht. Sie ist nervös und hat Angst. Auf dem Weg hierher hat sie die ganze Zeit geweint. Sie haben sie gerade in Narkose gelegt.«

»Die Arme«, sagte Frankie. »Und wie geht es dir?«

»Es ist alles ganz schrecklich, Frankie.« Ihre Blicke trafen sich, und als Billie erkannte, wie verzweifelt auch Frankie war, kitzelten Tränen in ihren Augen. »Ich bin nur froh, dass du meine Mama kennst. Da ist es leichter zu reden«, erklärte sie leise.

»Elinor war immer mein sicherer Hafen, wenn ich mich mit Mama gestritten habe. Sie war immer so furchtbar nett … Es war, als könnte sie mich verstehen. Ich liebe deine Mutter von ganzem Herzen.«

Billie nickte. »Sie hat dich auch immer geliebt.«

»Komm, gehen wir zu den anderen. Meine Eltern sind da«, sagte Frankie und wischte sich über die Augen.

»Bist du auf Emma und Alexander wütend?« Billie hielt die Tür für Frankie auf, die zur Antwort den Kopf schüttelte.

»Nein, ehrlich gesagt nicht. Ich verstehe sie ja. Es ist schräg, aber so ist es wirklich. Und du? Muss schwer sein, wütend auf jemanden zu sein, der krank ist, nehme ich an.« Sie drückte auf den Fahrstuhlknopf.

»Möglich, aber ich bin nicht wütend«, antwortete Billie. »Ich kann verstehen, welche Angst Mama hatte. Papa hat mir ein bisschen mehr erzählt, als sie gestern eingeschlafen war.« Sie bestiegen den Aufzug. »Sie wird doch wieder gesund?« Billies Stimme war kaum zu hören.

»Na klar«, sagte Frankie selbstsicher.

Es war schön zu hören, dass sie sich alle so sicher waren. Billie selbst wagte es kaum zu hoffen. Als sie aus dem Fahrstuhl stiegen, hielt sie Frankie zurück.

»Ich bin froh, dass wir Freundinnen … und Schwestern sind«, sagte sei behutsam.

Frankie nahm Billies Hand.

»Das bin ich auch.«

Danksagung

Normalerweise danke ich am Ende meiner Bücher immer einer Menge Leute, doch diesmal will ich meine Widmung Dank genug sein lassen.

Ihr anderen wisst ohnehin, was ihr mir bedeutet.

Liebe Grüße
Åsa

Farsta, im Mai 2020